相遇

上

秋夜雨寒／著

上海社会科学院出版社
SHANGHAI ACADEMY OF SOCIAL SCIENCES PRESS

目录

上册

下册

第一章　茶馆错认，似曾旧时曾相识

“小晚，帮我接一下电话。”池小曼在洗手池边高声喊，水龙头里的水哗哗地流着，“快点，告诉对方我正忙着，不方便接电话，有什么事到公司再说。”

“噢。”池小晚从自己的房间里刚刚走出来，客厅的茶几上，池小曼的手机响个不停，坐在一边的池小珉面无表情地看着报纸，这家的宝贝公子，永远是这样一副天下大事小事皆与他无关的状态，池小晚早已习惯，从哥哥面前绕过去，拿起池小曼的手机，“你好。”

对方的声音听起来有些焦急，甚至没有听清楚对方是谁，就脱口说：“曼，今晚我有事，不能见面了，回来再联系你。”说完，没等池小晚反应过来，电话就已经挂掉。

“姐，是个男的，他说他今天晚上有事，不能见面了，回来再联系你，是你男朋友吧？”池小晚笑着提高些声音，她的漂亮姐姐是池家的骄傲，永远那么亮丽光鲜，走到哪儿都是亮点，追她的人可以排成一条长龙。

“喀，喀——”池小曼似乎被漱口水呛了一下，连着咳嗽了好几声，才高声说，“肯定是有人打错了。”

“应该不会吧，他喊你曼，应该是你朋友。”池小晚微笑着把手机放下，“好啦，没事了，等会你再打给他就好了，听声音好像很急的。妈呢？”

“你妈还在厨房忙。”池森从外面走了进来，手里提着豆浆油条，“我闻着煎鸡蛋的香味了，小珉，起来吃饭了，别坐在沙发上装样子了，快点吃了早饭去上班。”

正说着，余雪琴从房间里走了出来，解下身上的围裙，说："几个小祖宗，快点过来吃东西，真是的，这早上伺候你们几个就能忙个半死。哎，小晚，你姐呢？"

"在洗脸。"池小晚在桌前坐下，拿起一根油条，一边吃一边说，"今天好像不太忙，所以起得晚一些，哥，吃早饭了，别再看了，你去单位不能看呀，偏要在家里装样子。"

池小珉从沙发上站起来，不乐意地说："臭丫头，你和爹真是一个模子刻出来的，真奇怪，我们两个会是双胞胎，长得不像，性格不像，我猜，你不是从医院抱来的，就是医生把别人家的孩子放在我旁边了。妈，你真的没有搞错吗？"

"小珉。"余雪琴笑着斥责，"鬼话连篇，快吃饭，煎蛋凉了不好吃。小曼，吃饭了，你爸买了你最爱吃的豆浆油条，快点来。"

池小曼从卫生间出来，拿起茶几上的手机看了看，走到桌前坐下，似乎有些心不在焉，漫不经心地扒了两口饭，懒懒地说："我有事，先走了，你们慢慢吃。小晚，今天有事吗？能不能帮我一个忙？"

"你还没吃呢。"余雪琴说，"什么事就差这几分钟，来，我帮你把油条泡好，快点吃两口，早上不吃饭，对肠胃不好。"

"什么事？"池小晚一边吃饭，一边抬头看着池小曼，说，"应该不忙，今天单位里没什么事。"

"中午的时候去清心茶馆替我见一个人，约了他的，今天没心情也没时间，你去替我挡一下，到时候我会联系你。"池小曼推开余雪琴放在她面前的碗，站起身，一边走一边说，"别忘了，要不黎姨又得和我没完没了。好了，我走了，你们慢慢吃。"

"黎姨？"池小晚愣了一下，突然想起这个黎姨是池小曼的同事，经常替池小曼介绍男朋友，不会吧，天，这个宝贝姐姐不会让自己去替她相亲吧？她，替池小曼相亲，简直是开玩笑，谁不知道池家有三个女儿，最漂亮的就是老大池小曼，最吸引人的是老二池小慧，最平常的就是她这个老三，确切地讲是老四，因为上面有个哥哥池小珉，她替池小曼相亲，纯粹是找堵。"姐，不行，哎——"

池小曼的身影早已在众人面前消失，她匆匆地关上房门，行色匆匆地离开。

池小珉哈哈一笑，说：“那个老是跟在小曼后面嚷着要替小曼介绍男朋友的黎老太太吧？小晚，你糗大了，准保是要替小曼去相亲的，估计人家一见你，一定吓得立刻逃跑！”

“池小珉，讨厌。”池小晚见池小珉要拿油条，立刻把放油条的盘子一拉，假装生气地说，“还想吃饭，就不让你吃。”

池小珉一伸懒腰，站起身，冲池小晚坏坏地一笑，说：“本少爷吃饱了，你们慢慢吃，小晚，祝你今天好运，说不定，人家看见你会相中你也说不定，如果没有小曼和小慧比着，你还是不差的，怎么说也是我池小珉大帅哥的同胞妹妹。”

“一边去，别耽误我吃饭。”池小晚嘴一噘，不理池小珉，低头吃自己的东西。

出了家门，左拐一百米，池小晚走到站牌处等车。今天天色不好，可能要下雨，这个城市，似乎每个季节都会下雨，春天就经常下这种毛毛雨，细细密密的如同雾般，空气湿润，路边的树绿得让人心静。

“小晚。”一个声音匆匆响起，一个微微有些胖的女孩子跑了过来，一笑，露出一口洁白整齐的牙齿，虽然平凡，这一笑，却有几分可人模样，“打你电话怎么没接？”

“是吗？”池小晚一愣，拿出手机，“噢，昨天晚上手机充电，今天早上忘了开机，找我有事吗？”

“没事，约你一起走。”女孩子乐呵呵地笑，有些不好意思地问，“你哥哥没和你一起走吗？”

池小晚摇摇头，“他每天都有顺风车可以搭，才不会和我一起挤公交呢。你找他有事？”

“没事，没事。”女孩子笑得有些心虚，顾左右而言之，“他有同事住在这附近吗？”

“没有。”池小晚一边往来车的方向看，一边漫不经心地回答，“是他的爱慕者大老远跑这儿来接他，还说是顺道。车来了，我们走吧。”

公交车上两个人找了位子坐下，池小晚想着如何应付中午的见面，刚打开手机，池小曼的短信就过来了，“小晚，十一点半，清心茶馆。对方叫牟佳木，是一家公司的经理，黎姨给了他我的照片，你只要告诉他我今天特别忙，没时间见面就可以。谢了。曼。”池小晚叹了口气，心说：还好，对方见过池小曼的照片，应该不会对我评头论足了！

“小晚，你看昨天的新闻了吗？”女孩子突然问。

“什么新闻？”池小晚漫不经心地问，手里的手机转来转去，“昨天太累了，回家就睡了，有什么大新闻吗？”

“一号旧址又挖掘出一些文物。”女孩子激动地说，“再次证明那个朝代是存在的，也可以推断出，我们这个城市就是曾经的皇宫旧址，说是里面有些奇怪的咒语类的东西，好像挺恐怖，你说会不会和僵尸、吸血鬼有关呢？”

“桑心柔，不要吓唬人好不好？”池小晚无可奈何地说，“你怎么对这个这么感兴趣，什么僵尸、吸血鬼，你是不是小说看多了？那儿是那个朝代的皇宫旧址，这是专家已经认定的，既然是皇宫，就肯定会有些东西是那个朝代的，挖出来那个朝代的东西，最正常不过了。好啦，留着你的脑袋应付今天的工作吧。”

“好吧。”桑心柔不甘心地闭上嘴，但眼睛转来转去，摆明了没打算放弃这个话题。

一进单位，就觉得氛围不对，每个人都低着头，不言不语，池小晚和桑心柔在自己位子上坐下，两人是邻桌，中间就隔着一个矮矮的小挡板。

“小晚，大家怎么了？”桑心柔压低声音问。

池小晚摇了摇头，她怎么知道。

“池小晚！”一个高亢的声音突然响起，把池小晚和桑心柔吓了一跳，齐齐抬起头来，她们的主任站在二人桌前，一脸怒气地看着池小晚，大声说，“池小晚，昨天晚上是不是你最后离开单位的？我和你讲过多少次，走的时候一定要关好门窗，你是不是又忘了？昨天我临走前放在桌上的文件跑哪里去了，那里面有今天要和总经理汇报的资料，你是不是存心捣乱呀！”

池小晚一愣，刚要解释，旁边有人轻声说：“主任，池小晚一定不是故意的，可能昨天有什么事情太过着急，所以她忘记了。不过，您不要着急，那份资料是我整理的，我电脑里还有存储的备份文件，我立刻给您出一份。

池小晚扭头看着说话的人，与自己的桌子只不过一人之隔的桌子后面的江萍正温柔地微笑着看着主任，一副谦虚谨慎的模样。池小晚心想：她搞什么搞，这样说，好像就认定了我是昨天最后一个离开单位的人，明明不是我！“主任，我——”

“你什么！”高主任生气地看着池小晚，“你向小江学学，你看人家做什么都是稳重可靠的，哪像你，永远丢三落四，如果不是看在你姐的面子上，早就处罚你了！”

池小晚狠狠瞪了江萍一眼，江萍的注意力根本就不在她身上，完全没有反应。池小晚有些泄气，这件事，她这个黑锅是背定了，搞什么名堂，简直是可恶至极！

“小晚，你昨天晚上做什么来着，怎么那么晚才离开单位？”桑心柔看着高主任气呼呼地转身离开，小声问，“这个江萍，年纪不大，倒是挺能‘表现’的，你怎么落她手里啦？”

“好好工作，别烦我。”池小晚不耐烦地说，今天出门应该看看黄历，如果出门不宜，就不来单位了！“我背黑锅你高兴是不是？等会我要去考古专家组拿资料，你要不要去？”

“去！”桑心柔立刻说，“我的拍摄技术是咱们这一组里最好的，一定可以把那些东西拍得清清楚楚的，保证可以帮你挽回你在高主任心目中的地位！”

一号旧址，在城市的外围，因为发现了古代的东西，市里很重视，一直安排专家在挖掘研究，池小晚和桑心柔一同赶到这儿，作为杂志社的后勤人员，她们不是太有机会接触这种事情，平常一般都是在资料堆中待着，四处送来的资料她们一一处理。不过，因为池小珉在这群专家里面，所以，杂志社特意安排池小晚来取资料。

池小珉工作的时候和平常的散漫不同，显得很严肃，看到池小晚，脸上才带出几分笑模样，从小他就对历史特别感兴趣，所以才会从事这种寂寞的工作。“池小晚，来看我呀？”

池小晚历来对这个玩世不恭的哥哥没有一点办法，她是个懒散的人，有些事情处理不好，就直接不理。“我来拿资料，欧阳伯伯呢？”

“欧阳伯伯不在，欧阳清在，要不要过去打声招呼？”池小珉笑嘻嘻地说，“那傻小子对你可是用情专一，从小时候见到你，就跟屁虫一样跟在你后面，哈哈！”

池小晚瞪了哥哥一眼，对桑心柔说：“我们走，懒得理这个疯子！哎，桑心柔，你呆什么呆呀？走呀——”

桑心柔一脸幸福微笑地看着池小珉，根本没有听到池小晚的话，池小珉是她的梦中情人，多么不容易才可以看到他一面，怎么可以说走就走，她来这儿可不是为了帮池小晚照相的，她是为了见到她的梦中情人——大帅哥池小珉的。

“桑心柔！”池小晚看到桑心柔呆呆的表情，叹了口气，她这个漂亮哥哥真是害人不浅，搞得每一个看到他的人都跟花痴一般，真是的，“好啦，你在这儿慢慢欣赏吧，我进去拿资料，别等我回来的时候变成一尊雕像，如何？”

桑心柔忙不迭地点头，看着池小珉，高兴得不得了。

池小晚笑笑，自己走了进去，一进大会议室，一眼就看到欧阳清正在低头整理桌上的东西，他戴着一副眼镜，斯斯文文，很清秀的面容，脾气也不是一般地好。

“欧阳清。”池小晚喊了一声。

“小晚。”欧阳清抬头看到池小晚，高兴地搓了搓手，说，“你怎么有时间过来，快坐，想喝什么，绿茶还是花茶？这儿有点乱，你随意。”

池小晚微笑着，她不懂得爱情是什么，对欧阳清更多是一份兄长般的信赖，看到他就如同看到自己的哥哥，纵然气到不行，心中却依然亲情浓浓，“你不用理我，继续忙你的。欧阳伯伯呢？昨天他和我说，让我过来拿份资料，是报社里要的。”

“我爸到下面去了，应该快回来了，你先坐会。来，喝杯茶。”欧阳清温和地笑着，说，“应该是有关这段时间发现新文物的事。对啦，小晚，想不想看看我们刚刚发掘出来的雕像？相当漂亮，原来世上真有让人过目难忘的女子，难怪历史上说，这个朝代本来就是一个传奇。来，我带你去看看。”

“可以吗？”池小晚有些迟疑，说实话，她对这个并不感兴趣，也不大关心与这个朝代有关的事情，对于她来说，这个朝代只是历史书上的一个符号，只有考试的时候她才会去想，“都在旧址里吗？”

“是的。”欧阳清笑了笑，他真的很喜欢池小晚这种不温不火的脾气。小时候第一次看到她，邻桌的小男生一副霸道模样，在桌上画出一道线，却怎么也画不好，小小的池小晚站在一边看着，也不生气，也不哭闹，看那个小男生画完一道弯弯曲曲的线，占了整张桌子的三分之二，然后拿过粉笔，一道直线画下来，漂亮得让小男生目瞪口呆，对面前这个安静聪明的小姑娘生出几分怯意，竟然再也没有欺负过她。想到那个小男生，如今也长大了，正苦苦追求着池小慧，那个漂亮的空姐，性感而冷漠的女孩子。

“噢，还是算了吧。”池小晚摆了摆手说，“这是你们考古专家组的内部秘密，我还是不要介入好。”

“小晚来了。”一个笑着说话的声音传入池小晚耳中，她回头看到自己哥哥的导师欧阳瑞祥笑呵呵地走了进来，“是来拿资料的吧？先坐会，让伯伯完成手头的事情，欧阳清，你先照顾着小晚，我要把这样物品清理干净再说。”

“好的，欧阳伯伯，您忙，我不急。”池小晚坐在桌前，端起茶水喝了一口，看着桌上摆放的各种物品，都是些陈旧的文物。他们研究的朝代本身就是历史书上的，还花这么多的人力物力来研究它是不是真实存在？真是很奇怪的一件事情。

“小晚，你哥哥他真的好帅！”桑心柔从外面跑进来，一脸潮红未退，羞涩的表情表明刚刚肯定发生了什么事，池小晚想，保准是哥哥又说了两句“调戏”的话，让桑心柔乱了分寸，“他有女朋友了吗？他的女朋友是不是特别漂亮呀？”

池小晚摇摇头：“我对那个花花公子的事情一概不感兴趣，有什么想要知道的，你直接问他好了。”

桑心柔吐了一下舌头，轻声说：“我还是有自知之明的，像我这样普通的人，做做梦就好了，不要当真的。你哥哥那么出色的人怎么会喜欢我这样的女孩子，偷偷喜欢喜欢就行了，别的不敢想。”

池小晚微微一笑，说：“这就好，对他那样的花花公子，最好是不要用情，免得到最后难过。对啦,几点了?我还有点私事要去处理。”

“十一点多一些。”桑心柔看了一下表。

从这儿到清心茶馆有两个站的路程,这个时候走过去还来得及,路上还可以想一想如何应对那个叫什么牟佳木的某公司经理,而且欧阳伯伯只要忙上工作,是六亲不认的,打扰不得,正好趁这个时间溜出去一趟。有欧阳清和桑心柔在,她离开一会应该没事。

“欧阳清,你这会不忙吧?”池小晚笑了笑,说,“帮我照顾一下桑心柔,她是个问题多多的人,对你们研究的朝代好奇得不得了,你和她讲讲你们的发现吧,她肯定是个好的听众。我有点私事要出去一下,过午就回来,那个时候,欧阳伯伯应该已经做好手头的事情,可以吗?”

欧阳清点了点头,说:“好的,路上小心些。”

走在路上,池小晚一直专心在想如何应付要见的人,到了清心茶馆才突然想起忘了问那个人坐几号桌?现在刚好十一点半,那个人已经来了吧?池小曼是个凡事追求完美的人,和她见面,应该不会有人傻到迟到。她沉了沉心,推门进入。

“欢迎光临清心茶馆,请问小姐几位?”一个清秀斯文的服务生帮她拉开门,温柔的声音听来很舒服。

“我找人,一位姓牟的先生。”池小晚微笑着礼貌地说。

“噢,楼上十号桌。”服务生微笑着回答,“他已经过来一会了。”

池小晚微笑着点头,匆匆登上楼,二楼人不多,大家都在悄声说话。十号桌在一个临窗的位子,坐着一个年轻人,池小晚第一感觉,这不像是个生意人,犹豫一下,她走过去,微笑着打招呼:“牟先生吗?你好,我是池小曼的妹妹池小晚,真抱歉,我姐姐她临时有急事过不来,所以让我过来和你解释一下。”

坐在那儿的年轻人似乎有些意外,抬头看了池小晚一眼,微微一笑。他的笑容看起来真是干净,池小晚想,一点也不像生意人,看来,黎姨的眼光还是蛮不错的,说不定,今天池小曼来的话,会看中。“你好,坐吧,想喝什么茶,红茶可以吗?”

“好的,谢谢。”池小晚在牟佳木对面坐下,礼貌地笑了笑,看着年轻人招呼服务生上了一壶红茶，“我姐姐今天忙一些，没办法过来，但是，她觉得打电话解释不太礼貌，就让我过来解释一下，道声歉。”

牟佳木笑了笑，摇摇头，随意地说：“池小晚，是吧？名字很好，你姐姐是S公司出名的美女，没想到妹妹也是如此清秀可人。来，喝茶。很高兴认识你。”

池小晚有些不好意思地笑了笑，说：“牟先生客气，我和我姐姐比起来差远了。”

池小曼坐在办公桌后面，盯着面前的资料，静静地发呆，他真的这么忙吗？还是——犹豫了好半天，她拿起桌上的电话，拨通了一个熟记在心的号码，在听着电话铃声响起的时候，她觉得她的心几乎要从嗓子里跳出来，他会接电话吗？

“喂。你好。请问是哪位？”对方的声音传来，是个沉静的女声。

池小曼吓了一跳，立刻条件反射地说：“您好，请问是S公司企划部吗？

“噢，不是，你打错了，这是私人电话。”对方立刻挂上了电话。

池小曼松了口气，捂住自己的胸口，好半天才止住狂跳的心，是他的妻子吧？他的电话怎么会在他妻子手里？如果不是立刻想到让对方以为自己打错，真不知会出什么状况。

“池部长。”秘书从外面敲门进来，抱着满怀的资料，看着发呆的池小曼，有些奇怪，轻声提醒，“您不舒服吗？”

池小曼愣了一下，立刻清醒过来，说：“没事，会议的事情准备得怎样了？”

“已经准备妥当，只等着您过去主持会议。”秘书微笑着说，偷偷看了池小曼一眼，有些好奇，但没有说什么。

结束嘈杂的会议，池小曼觉得头疼，今天是怎么了？怎么这么容易觉得疲惫？不会是他的缘故吧？回到办公室，打开手机，手机上立刻出现一条短信：曼，不要打电话找我，有事我会联系你。

他真的和他妻子在一起！池小曼觉得有些悲哀，但是，他还记得她的存在，起码还知道发个短信过来。

手机铃声突然响起，把池小曼吓了一跳，差点把手机扔到地上，看了一眼号码，才松了口气，是自己的妹妹池小晚。“小晚，怎么了？有什么事吗？人你见过了吗？替我推掉了吗？”

“姐，人我已经见过了，我觉得挺不错。”池小晚笑呵呵地说，“最起码我觉得他人挺干净斯文，像个有教养的人，一点也不像个生意人，不过，他应该是个成功的商人。”

“你要是觉得不错，自己留着吧，听黎姨说，他的条件不错。”池小曼笑着说，“反正你也没男朋友，只是别让欧阳清知道，我可不想欧阳清恼恨我一辈子。”

“姐。”池小晚嗔怪地说，“下次再有这种事，不要再想着让我帮忙，不理你了，我还有事要做，不过，姐姐，那个牟佳木还真是一个不错的年轻人，你可以试着交往一下。好啦，姐，我有事，先挂了。”

“嗯。Byebye。”池小曼身体往后靠在椅背上，盯着天花板发呆，觉得心不在焉，做什么都没意思。

“小晚，牟佳木是谁呀？”桑心柔从后面把头探过来，笑眯眯地问，“嘿嘿，‘那个牟佳木还真是一个不错的年轻人’，谁呀，让我们小晚动了心？你不会是趁这个空跑去见男朋友了吧？”

“桑心柔！”池小晚盯着桑心柔，似笑非笑地说，“你的听力可不可以不要这么好呀？你不是和欧阳清在一起的吗？怎么突然间跑来这？他没和你讲你最感兴趣的僵尸和吸血鬼吗？”

“讲了！”桑心柔的眼睛一下子变得贼亮，说话的速度也快了许多，“开始的时候他不理我，你走了之后，他就埋头工作，收拾桌上的那些东西。可是，禁不住我在旁边一个劲地问，他终于和我讲了一些，而且，经过我不懈的努力，还真是让我挖掘出不少的内幕来。小晚，这个朝代真的是个传奇！”

“是吗？”池小晚不感兴趣地应了一声，她从小就不喜欢历史，从小她的宝贝哥哥就可以把历史书倒背如流，而她，永远是听众，听池小珉神采飞扬地讲述历史。“不过是历史书上的一个名称，好像有关它的记载也相当少，轻描淡写地一笔带过，连考试都不会出这方面的填空题，你还真是会联想。那个朝代有僵尸活到现在？还是那儿盛产吸血鬼？”

“这个他倒没讲。”桑心柔想了想，突然说，“你知道吗，他们发现了一对红烛，一对相当漂亮的红烛，而且，是一对没有燃尽的红烛。欧阳清说，那对红烛只出现在皇家的婚礼上，民间百姓是不可以使用的，和普通的红烛不同……哎，你去哪儿呀？喂，你等等我。”

池小晚没兴趣听桑心柔讲这些，要听这些，不如去问自己哥哥，最起码池小珉讲来会更生动些，他会讲成故事。她走进大会议室，一眼看见欧阳清正在清理一对红烛，那个朝代离现在应该有一千多年了吧？历史书上只是一笔带过，好像没有任何与这个朝代有关的记载。

“小晚，回来了。”欧阳清停下手中的工作，小心地从红烛旁边离开，微笑着看着池小晚。

“你们的收获看起来好像挺丰富的。”池小晚并不是特别感兴趣，但是，那对红烛好像还挺新的，这让她多少有点好奇，这么多年了，埋在土里的东西，怎么会保持得如此好呢？“这对红烛也是你们刚刚发现的吗？”

欧阳清笑了笑，说：“这是昨天刚刚发现的。但是，它看起来好像刚刚做好的一般，很奇怪在地下埋了这么多年，竟然还完好无损，正如你哥哥说的，这个在历史书上被一笔带过的朝代，绝对是个传奇。每一样发现，都让我们激动不已。”

池小晚笑笑，没有接话，这个欧阳清，和他的父亲欧阳瑞祥以及哥哥池小珉一样，是疯狂的考古学家，他们异于常人地迷恋这个她根本不感兴趣的朝代。一个历史上突然出现，突然消失的朝代，值得他们如此狂热吗？

“欧阳伯伯忙完了吗？我想带着资料回去了，已经出来大半天，再不回去，要挨骂的。”池小晚转移开话题，把目光从红烛上挪开，却看到池小珉正一脸不乐意地瞧着她。

“池小晚，你还真是朽木不可雕也！”池小珉满脸不高兴地说，“你竟然如此看轻这个朝代，这个王朝绝对是我国历史上最大的一个传奇，这儿发现的任何一件物品，都足以证明这个朝代是真实存在的。你怎么可能是我池小珉的妹妹。简直是——可悲！”

“它本来就存在呀。”池小晚笑嘻嘻地说，她已经习惯于哥哥在这个问题上的尖锐，“何必要证明，历史书上不是说过了吗，国号不详，一个历史上存在过的朝代，又突然之间不复存在。你们花钱出力，用了这么多的人力物力财力就是为了证明它是存在的，呵呵，你告诉我，你们发现了他们什么？国号？经历？还是？”

“欧阳清，快点把这丫头要的东西给她，让她远离开我的视线，在她把我气糊涂之前，让她立刻消失！”池小珉头一扭，完全不看池小晚，气呼呼地说，“还有，欧阳清，你说你还是我的好兄弟，你放着其他好的姑娘不喜欢，偏偏喜欢我这个对历史一窍不通的妹妹！你还不如喜欢喜欢池小慧，最起码她还够时尚性感，多少对我们的工作还感点兴趣。”

欧阳清好脾气地一笑，对于池小珉和池小晚之间的“争执”已经习以为常，其实私下里，池小珉很疼爱他这个同胞妹妹。

池小晚确实对这些东西不感兴趣，也不喜欢和池小珉讲道理，这家伙根本就不是一个讲道理的人，他被大家宠坏了，从小就是大家的焦点，一路顺风顺水，懒得理他啦。“好的，欧阳清，欧阳伯伯呢？我拿了资料就走。”

“资料在我这，我爸已经下去了，这儿的东西几乎是一层层的，稍不小心就会被损坏，他不放心，下去盯着了。”欧阳清微笑着温和地说，“已经过午，吃过饭再走吧。”

“她，哼，”池小珉一撇嘴，刚要说什么，突然脸上鬼鬼地一笑，说，“对啦，池小晚，你刚刚是不是相亲去了？感觉如何？有没有遇到帅哥？有没有被人家修理一顿？”

池小晚脸上一红，这个要命的哥哥，永远以让她难堪为乐，她怎么会和这个“可恶”的家伙是双胞胎兄妹。

“相亲？相什么亲？”桑心柔好奇地插了一句，突然大声说，“噢，是不是你刚刚电话里说的那个‘那个牟佳木还真是一个不错的年轻人’，哈哈，都什么年代了，你还去相亲，哈哈，太有趣了，池小晚，你简直太有趣了！”

池小晚简直快让池小珉和桑心柔给气糊涂了，她拿起放在桌上的资料，头也不回头地从大会议室里走了出去。

“哎，小晚，等等我，哎，你不会真的生气了吧？哎，你倒是等等我呀——”桑心柔立刻追出去，她是开玩笑的，池小晚不会真的生气不理她了吧？池小晚轻易不生气，但要是生起气来，是挺“可怕”的，根本就当旁边的人是空气，感觉很难受的。

池小珉一扭头看到欧阳清表情有些茫然，立刻笑着说："欧阳清，瞧你吓得，从小你就盯着我妹妹，怎么到现在还是患得患失。和你开玩笑的，她是替我那个宝贝大姐相亲，就她这个样子，认识池小曼的人肯定看不上她，也就你当她是个宝。好啦，我们去吃饭，下午还有得忙的。"

池小曼有些累，进了房门，换了鞋，就一头倒在床上。

"小曼，今天回来得真早。"余雪琴微笑着走进来，将一杯刚刚煮好的汤放在桌上，"来，起来喝点滋补的汤，老是把自己弄得这么累，一个女孩子家，搞成个女强人有意思吗？以后嫁了，也要这样拼命？你看妈在家待着，不用风吹日晒，日子不也过得挺好吗？"

"妈。"池小曼心烦地喊了一声，把被子蒙在头上，闷闷地说，"好了啦，在公司已经听了满耳朵的话，回到家，您让我消停会好不好？我乐意忙，不乐意闲着，成不成！"

余雪琴轻轻摇了摇头，微皱了一下眉头，淡淡地说："可以，妈不烦你，你自己歇会吧，你们姐仨呀，就属小晚那丫头想得开，你和小慧一样跟自己过不去。好了，我走了，等会别忘了把汤喝了。"

"知道了！"池小曼闷闷的声音从被子下面传来。

余雪琴关上房门，在门口站了一会，轻叹了口气，还是从房门口走开，池小曼这丫头一定有什么心事，只怕还不是工作上的，这丫头从来不会为工作上的事累成这样。

桌上的电话突然响了起来，余雪琴走过去拿起电话，听见一个热情的声音从里面传了过来。"是池小曼家吗？我是池小曼同事，我姓黎，请问池小曼在吗？"

"在，不过，她正在休息。"余雪琴听对方声音应该是个和自己年纪相仿的女子，热情爽朗的声音，透着股子热心劲。

"噢，那就不打扰她了，我打她手机她不接，我也估计着她不是在路上就是在休息。没关系，我只是想要问一下她对牟老板的印象如何，牟老板对她印象极好。噢，小曼可能还没跟你提吧，这个牟老板是市里年轻有为的一个生意人，做电器生意，年纪不大，生意做得不小，而且人也长得挺帅，挺壮实，是个不错的小伙子！我呀，就是喜欢小曼这姑娘，人长得漂亮，能干，时尚年轻，所以呀，一直想把牟老板介绍给她，他们今天见面了，我这里想打听一下小曼对他的印象如何，我也好给对方回话，牟老板还等着我回话呢。”对方一口气说了一大堆，一边说一边笑，听起来很是热闹。

余雪琴犹豫了一下，池小曼相亲？这有些意外，倒是在今早的时候听池小曼说过让池小晚去替她见一个人，难道就是这个人？牟老板？她一时不知道要如何回答才好，拿着电话，忽然看到池森走了进来，立刻捂住话筒：“你快过来帮我应付一下。”

池森一愣，放下手中盛菜的提篮，问：“出了什么事？”

“是小曼的同事，给小曼介绍了一个什么做电器生意的老板，来问今天见面的印象，我不知道如何回答，对方很热心。”余雪琴把电话塞到丈夫手中，站在一边等着，“小曼刚刚回来，好像情绪不太好，正在床上躺着。”

池森拿着电话，想着如何回答。

突然，池小曼的房门打开，池小曼从里面走了出来，伸手从父亲手中拿过电话。“黎姨，您好，不好意思，我刚刚在床上躺了一会，没听见电话响，您找我有事吗？”

“小曼呀。”黎姨的声音从话筒传来，很高兴的声音，“今天见面还开心吗？觉得那人怎么样？他说他希望请你吃晚饭，看样子对你很满意哟，怎么样？你觉得怎么样？”

池小曼脸上全无表情，但声音听在耳中却很温柔和气：“谢谢黎姨，好啊，正好今天晚上我也没什么事，不如就约在一起吃顿饭吧，若是黎姨不忙，可以一起。”

“好啊，好啊，这太好了，我这就立刻去通知牟老板，他一定乐得自个不知道自个姓什么啦。”黎姨在电话那边的声音几乎是跳跃的，“太好了，太好了。哎，那个老伴呀，我有事不在家里吃了，你不要准备我的了，小曼呀，我这就去联系牟老板，然后立刻告诉你去哪家吃，咱们得挑家好的，好好吃一顿！”

电话这边的池小曼依然面无表情，声音却温柔热情：“好的，那就谢谢黎姨了，我等您电话。”挂上电话，池小曼往客厅的沙发上一坐，又发起呆来，好像刚刚接电话的不是她，也与她没有任何关系。

“小曼，怎么了？”池森温和地问，“是不是不舒服？如果不舒服就不去，不要太勉强，在公司忙一天一定很累，我今天买了你最爱吃的鱼，要不就在家吃吧。”

“没事，你们自己做着吃吧。”池小曼从沙发起来，“我去收拾一下，小晚回来的时候喊我一声。”

泡在浴盆里，池小曼闭上眼睛，让自己尽可能地放松，不过是他有事，今晚不能见面，又不是一辈子不见面，何必如此心烦？就算他和他老婆在一起又怎样？他喜欢的还是自己！想着，安慰着自己，但眼泪还是不争气地流了出来，心里恼得不得了。

“我怎么觉得小曼好像有心事呀？”余雪琴不放心地看着女儿进了浴室，轻声问。

池森笑笑说：“女儿家大了，自然会有些心事，相相亲也好，多认识几个朋友，说不定会遇到合适的。你不要在那担心了，没事的，以小曼的聪明，她不糊弄别人就好了，别人还能糊弄她？走，到厨房做饭吧，小珉和小晚也快回来了。”

余雪琴叹了口气，小曼太像自己年轻时候，但愿她不要犯自己当年的错，有些错是不能改的。余雪琴应了一声：“好。”

对着桌上的资料，池小晚叹了口气，今天晚上又得加班，怎么每一次都是自己这么倒霉？她最不喜欢历史，偏偏要她来做这个，她只是一家私人杂志社的普通后勤人员，尤其这件事要和那个总喜欢挖苦她的哥哥池小珉合作，想想就觉得恐怖。

“小晚，怎么了？”桑心柔从外面回来，她刚刚去洗了在旧址拍的照片，“是今天晚上要加班，还是让主任训了一通？好了，咱大人大量，不和他们计较，快来看我拍的照片，尤其这对红烛，拍得简直太漂亮了。”

池小晚面无表情地看着桑心柔：“二者合一，这两天高主任特别喜欢训我，而且，桑心柔，她竟然让我做我最头疼的事情，研究这个朝代的历史，写出一篇报道来。”

“好啊，”桑心柔露着洁白的牙齿，笑着说，“这有什么难的。有你哥哥和那个欧阳清在，简直是太毛毛雨了。我再给你配上几张诡异的照片，准保吸引一大片人。嗯，让我想一想，叫什么名字好呢，就叫“来自遥远时空的爱”吧，这对红烛我们可以大做文章，嘻嘻，让我们煽一下情，编出一段才子佳人的传奇，怎么样？”

池小晚鼻子里轻轻哼了一声，无奈地说：“桑心柔，你能不能不要做梦，不过是古代皇族们结婚用的两根红烛，关才子佳人什么事。而且，没有经过考古专家组的同意，即使你把这对红烛拍下来，也是不能用的。欧阳伯伯可是个固执的考古专家，惹了他，以后就别想踏入考古专家组半步，靠近都不成。别闹了，我还要想怎么写呢。”

桑心柔笑眯眯地盯着自己拍的照片，说：“唉，我简直是太喜欢我的作品了，这对红烛简直太漂亮了，真希望我可以知道这红烛后面的故事，小晚，你说，哎，小晚，你干什么呀？”

“回家。”池小晚简单地说，“回去请教我那个宝贝哥哥。”

“好啊，好啊。”桑心柔笑着说，“我一起，我就想听这个朝代的事情，那个欧阳清不太愿意和我讲，他脾气是顶好，怎么都不烦，可是，他也太闷了，和他讲话，三句话换不回来半句，太没劲了，没有你哥哥好，他讲起来，再普通的话听着也是好的。”

池小晚忍不住笑着说：“桑心柔，我哥他可是个花心大萝卜，你呀，还是离他远远的好，可不要闲着没事拿自己后半生的幸福赌着玩。”

桑心柔搂着池小晚的肩膀，笑嘻嘻地说：“爱美之心人皆有之，你哥哥他实在是太帅了。”

池小晚一笑，说：“好了啦，不和你耍贫嘴了，我真得回去了，要不明天交不了工作，走吧，别的同事都走了。”

“好的。”桑心柔揽着池小晚，二人有说有笑地离开办公室，谁也没有注意到仍然有一个人安静地待在黑影里，在她们二人说话的时候，这个人始终把自己藏在暗暗的角落里，悄无声息。

池小曼盯着面前的男子，有些诧异，牟佳木大约三十岁左右，中等身材，头发极短，竖立着，身体挺壮，不太像生意人，倒像个搞体育的。说话中气很足，脸上始终带着笑，很健谈，也很能喝酒，坐在那，从她出现到现在，就没停止说话和喝酒。

“最起码我觉得他人挺干净斯文，像个有教养的人，一点也不像个生意人，不过，他应该是个成功的商人。”池小晚的话在池小曼耳边响起，她忍不住笑了笑，小晚的话真是太夸张了，这种人也叫干净斯文？虽然不粗鲁，但也不算是一个太有教养的人，倒是确实不像个生意人，呵呵，或许确实是个成功的商人。

黎姨看到池小曼唇边的笑，悄悄松了口气，看样子她对牟佳木的感觉还不错，立刻说：“来，小曼，吃东西，别光顾着听牟老板说话，尝尝这道菜，是这儿的拿手菜。”

“牟老板平常一定很喜欢运动吧？”池小曼微笑着说，心中想：小晚对这个人评价那么好，也许是看着他喜欢吧，不如撮合他和自己的妹妹。小晚虽然不及她和小慧引人注目，但也是个温柔可人的姑娘，配面前这个人绰绰有余。

“是的，我特别喜欢运动。”牟佳木笑着，喝着酒，爽快地说，“平常喜欢和几个哥们一起打篮球，出一身臭汗，那真叫痛快。池小姐平时喜欢什么运动？现在很多女人都喜欢练瑜伽，我公司的几个小姑娘天天挂在嘴边的就是瑜伽。”

池小曼礼貌地一笑，比起心中的他来说，面前的这个男人实在是太差劲了。他也喜欢运动，快四十岁的人，看起来和三十岁的小伙子差不多，每天都是神采奕奕地出现在众人面前，他喜欢打网球，穿一身白色网球服的时候简直太迷人了。“我喜欢打网球。”

“好呀，有时间去打。”牟佳木笑着说，“看池小姐如此娇柔模样，还以为你不太喜欢运动呢。”

“我不太有时间，”池小曼微笑着说，“不过，我妹妹小晚有时间，她挺喜欢运动，可惜我不太有时间陪她，如果牟老板有时间，可以带我妹妹小晚一起去运动。”

“你妹妹？”牟佳木笑呵呵地说，“池小姐如此美丽动人，想必你妹妹也是一位漂亮出众的女孩子，改天有时间一定请你们姐妹二人一起去运动。来，别光说话，吃东西。”

“你见过她的。”池小曼应付地夹了一筷子菜放入口中，慢慢地嚼过咽下，然后才慢慢地说，“今天中午因为公司忙着开会，所以特意让小晚去跟你道的歉，在清心茶馆你见到的那个女孩子就是我妹妹池小晚，正如你所说，我妹妹也很漂亮。”

“清心茶馆?”牟佳木一愣，困惑地说，“是啊，今天中午我是在清心茶馆等你，但是并没有看到你或者你妹妹呀，我一直在二楼四号桌坐着，没见任何人呀，倒是因为你没去，约了几个朋友打了一会牌才走。”

池小曼愣了一下，第一感觉，一定是池小晚出了差错。池小晚绝对不会撒谎骗她，从小，池小晚就是乖巧听话的孩子，不引人注目，不论是上学还是工作，永远都是平凡的，池小晚永远是一片绿叶，安静地衬托着漂亮的姐姐和哥哥，从不出风头。

她有些意外地笑着说：“只怕是我妹妹认错了人，或者是茶馆的人说错了桌位也不一定，那真是不好意思，让你等那么久。”

“没事。”牟佳木摆了摆手，笑着说，“反正今天中午也没什么事，正好借此机会和几个朋友玩了一下午，平常难得有时间聚在一起。真的没事，来，吃东西，黎姨，吃。”

第二章　初见红烛，谈笑只当是灵异

回到家，刚进门就听见池小珉正在数落池小晚。这对双胞胎兄妹自打他们会说话开始，就一直是池小珉欺负池小晚，从小，他们两个就是两个极端，池小珉因为长得漂亮老是引得人逗弄，而相对于漂亮帅气的池小珉来说，池小晚就有些逊色了。其实小晚也是个眉清目秀的女子，只是太安静，不太引人注目罢了。然后，小珉一路飘红地走下来，让一个好好的小晚永远是他背后的影子。

"小珉，怎么又欺负小晚。"池小曼笑着说，"一进家门就听见你在数落小晚。对啦，小晚，你今天中午几点去的清心茶馆，怎么和牟老板联系的。"

"十一点多吧。"池小晚窝在沙发里，资料抱在怀中，这个臭哥哥还真是不给面子，让他给讲讲这个朝代的故事，他竟然拿起架子来，"茶馆里的小姑娘告诉我牟先生在楼上十号桌等，我就上去了，他挺有礼貌也挺有教养，虽然只聊了几句，但是感觉上是个不错的人。你们今天晚上吃得开心吗？妈说你外面有应酬，是一位姓牟的老板约你，还说你找我有事。"

池小曼摆摆手，"小晚，你呀，算啦，我先去洗个澡回来再说。一身的酒气，出去的时候刚洗过，在餐厅待着，又弄了一身酒气，那个牟老板还真是能喝酒，跟喝白开水差不多。还斯文干净呢，真是糟蹋了这个词。"说着，笑了笑，转身去了浴室。

"大姐你洁癖呀。"池小珉提高声音，开玩笑地说，"快点，讲讲那个什么牟老板，你知道吗，今天欧阳清那小子还吃这个人的醋。哈哈，那小子，八成上辈子欠小晚的，怎么就那么死心踏地喜欢着这个笨丫头呢。"

“池小珉!”池小晚噘了一下嘴,“你爱讲不讲,你要是不讲,我就去问欧阳清,他知道的不比你少!”

池小珉清了清嗓子:“池小晚,有你这样求人的吗?好吧,看在我们是兄妹的分上,看在欧阳清那个傻小子的分上,我就破例和你讲讲这个朝代的一些事情,你想知道什么?”

“历史书上一直没有这个朝代的资料,你们一直在研究,你们知道这个朝代的东西有多少?你们现在甚至不知道这个朝代的国号,不过就是发现了一个地下城,而且这个地下城你们至今没有完全发掘出什么,好像这个朝代并没有留下什么东西,是不是?”池小晚拿了杯茶,慢慢地喝。

“嗯,见解比较深刻。”池小珉故意严肃地说,然后换了一种口气,带着敬仰,“这个朝代就是一个传奇,虽然它在历史书上只是一句简单的话,一个轻描淡写的解释,我觉得这个朝代和我们好像就隔着一层窗户纸,一捅就破,但是,就是没有人去捅破这层窗户纸,所以,这个朝代一直是个谜。我们发现的这个地下城只是冰山一角,未来我们可以发现更多。你知道吗,这个地下城和我们印象中的古代有着很大的区别,它是有生命的,是鲜活的,当我们发现它的时候,我们甚至能够感觉到生命的存在。”

“有的话也是僵尸了。”池小曼从浴室里出来,穿了件漂亮的粉色浴袍,为自己倒了杯咖啡,“搞得这么神秘,还能够感觉到生命的存在?你太神了吧,也就糊弄糊弄小晚这样的女孩子,小晚,他说的话你也信呀。对啦,爸妈呢?”

“出去散步还没回来。”池小晚叹了口气,“我也不信呀,可是,我们主任让我编一篇有关这个朝代的文章出来,我没有办法。你也知道的,我对历史一类的东西一直不感兴趣,不听哥哥说怎么办?唉,这段时间我运气很糟。”

“是真的。”池小珉认真地说,“当我看到欧阳老师发现的物品时,我就发誓一定要搞明白这个朝代背后的所有故事,所以才会选择考古。当时他发现了一块玉的残片,这块玉就和我们祖传下来的那片残玉极为相似,可惜还缺一片,否则我一定会把它们拼在一起,看看是不是同一块。”

“小珉,你不会认为你是这个不知名的朝代的后代吧?”池小曼睁大眼睛,不太相信地说,“你是不是走火入魔了?那片残玉不过是姥姥放在杂物箱里一件无用的物品，不晓得是什么时候的东西，你还真当是宝贝了，晕。”

池小珉叹了口气，“和你们讲真是浪费这个朝代的神奇，我真是这样觉得。当我们发现那对红烛的时候，我甚至能够听到一声深深的叹息，让我心中一紧，真是寂寞得很，那绝对不是错觉，我们所有在场的人都听到了，一声真真实实的叹息。”

池小晚哆嗦了一下，说：“算啦，哥，你还是休息吧，我还是明天去问欧阳清吧，他起码还能讲得正常些，你别和桑心柔似的，弄出一个什么僵尸和吸血鬼出来。大姐，我先去睡了。”

池小曼笑着点了点头。

“吸血鬼？”池小珉很认真地点了点头，“嗯，有道理，桑心柔？是不是今天早上那个胖丫头呀？池小晚，我问你呢。”

“是的，你的一个崇拜者，为了你，大清早走两个站到我们家门前的站坐公交，为的就是见你一面。”池小晚一边刷牙一边说，“为着你今天一句献殷勤的话激动了整整一个下午。”

池小曼的手机突然响了三下，没有任何音乐，单纯的铃声。池小曼立刻拿起手机，脸上带着幸福的微笑，没和任何人打招呼直接回她自己房中。

“姐，你什么时候换这个铃声了，吓我一跳。”池小珉嘟囔一声，遥控器换了个台，看起体育比赛。

关上房门，池小曼脸上的微笑越来越深，他还是想着她的，这个时候，他应该和他老婆在一起，但是，他却记得给她这个信息。三声，他爱她，这是特意为他设的铃声，为的就是可以听到三声单纯的声音，清楚明白地告诉她，他——爱——她！这铃声就像他本人，霸道而直接，轻易掳获了她的心。

清晨，池小晚顺着街边走着去考古专家组，有一段距离，但是，清晨空气如此好，树间还有鸟儿叫，路上行人车辆也少，走走还可以锻炼身体，益处多多。

“你好。”一个人顺着路边跑步，突然在超过她之后又停了下来，微笑着看着她，很温和地打招呼，“池小晚。”

池小晚愣了一下，一时之间想不起对方是谁，但是看着眼熟，似乎在哪里见过。他穿了一身浅色运动服，很干净清爽的一个人，看不出具体年龄，但是应该不大。池小晚犹豫一下才笑着说:“牟先生,这么巧,你换了衣服,我差点没认出来。”

对方微笑着说:“出来锻炼身体?”

“不是。”池小晚微笑着说,“今天早上起得早,要去一号皇宫旧址,不想坐公交,就走着去。对啦,昨晚和我姐见面了吧?我姐是不是比照片还漂亮?”

对方很温和地说:“池小曼?是的,你姐姐是个相当漂亮出色的女孩子,S公司里最厉害最年轻的企划人。好啦,不耽误你,我先走。”说着,摆摆手,继续跑他自己的步,很快就消失在池小晚的视线中。

这个人看起来相当高贵,也很吸引人,眉眼间寂寞而深情,配池小曼相当合适。郎才女貌,这人大概算是才貌俱全之辈,钻石级的王老五。只是,池小晚皱了皱眉,是不是自己太敏感,好像这个人对池小曼并不感兴趣,礼貌中透着拒人于千里之外的距离感。

“小晚。”一个声音在池小晚的身后响了起来,是欧阳清,一脸阳光般灿烂的笑脸,看到池小晚他就开心,“是要去皇宫一号旧址吗?”

池小晚很高兴地点头,“我正准备去找你帮忙,这么巧在这儿遇到你,今天有空吗?我请你喝茶,你帮我个忙,如何?”

“可以,但是不必请我喝茶。”欧阳清微笑着和池小晚并肩同行,温和地说,“我今天不是特别忙,虽然我爸相信会有更多更大的发现,但是担心会损坏里面的物品,所以进展非常慢,他甚至不放心任何人去做,凡事亲力亲为。我们可以到那边谈,昨天我姐从外地带回来上好的春茶,我泡给你喝,味道很醇香的。”

“好的。”池小晚爽快地答应,稍微顿了一下,又说,“欧阳清,我哥昨天告诉我说,你们发现那对红烛的时候,曾经听到一声长长的叹息,是真的吗?还是我哥哥故意吓我?害得我晚上没睡好,一大清晨就醒了。若是假的,我一定要好好修理修理他!”

欧阳清温和地一笑,轻声说:“小珉告诉你的?他不是在撒谎,他说的是真的,你哥哥虽然平时会故意开你玩笑开心,但是,只要是说到这个朝代,他一定是怀着不可亵渎的念头,很认真地在讲。那一天,我们发现了这对红烛，它们完好地直立着，就好像一直在燃烧，虽然没有烛火，可是，真的就好像它们一直在燃烧，当时我们确确实实听到一声长长的叹息，非常寂寞伤心，让大家的心一下子就如同坠到了冰里一般，很难过。”

池小晚盯着欧阳清，他脸上没有池小珉的狂热和崇敬，但更像是讲实话，欧阳清不会说假话骗她，这一点可以肯定。但是，也说得太神了吧？虽然是站在阳光底下，今天没有下雨，天气不错，阳光很温暖，风也是吹面不寒，可是，池小晚仍然觉得有些冷。“听起来有些可怕。不会是凑巧有什么风吹过，所以你们听成了叹息吧？”

欧阳清微笑着说：“小晚，没事的，这毕竟是千年之前的一个被历史忽略或者遗忘的朝代，有些奇怪的事情发生并不意外。而且，这并不具备攻击性，也并不可怕。我想，也许是古人当时的一种遗憾吧，我爸曾经怀疑，这对红烛当时是用在一场婚礼上的，但是却突然发生了变故，所以没有燃烧完。小珉对这个好奇得很，他对这个不知名的朝代充满了崇敬，其实我也想知道当时发生了什么，但是，时间过去这么久了，很难知道当时的情景。”

池小晚点点头，在阳光下听这些还好些，比起在家里坐在沙发上听池小珉绘声绘色地讲心安得多。

刚走进皇宫一号旧址，看到停了一辆黑色的轿车，有个儒雅的中年男子从车里走了出来，很沉稳的面容，正巧看到池小晚，面带微笑，很和气地打招呼：“你是池小晚吧？”

后面跟着下来一位年轻女子，一身合体的职业套装，眉眼和欧阳清有几分相似，很开心地和欧阳清、池小晚打招呼：“弟弟，小晚妹妹。”

池小晚认得这个年轻女子，她是欧阳清的姐姐欧阳蓓，但是和她打招呼的中年男子她不认得，对方怎么会认识她呢？“你好蓓姐。这位我好像没见过，不知如何称呼。”

“这位是 S 公司的总裁杜先生，也是这次皇宫一号旧址挖掘的赞助人之一。”欧阳蓓微笑着说，“今天杜先生特意过来看看旧址挖掘进展如何。”

池小晚点了点头，微笑着说：“原来是我姐姐的顶头上司，是不是在姐姐桌上放的照片里看到过我？”

“是的。”杜先生温和地说，“你姐姐是我公司里最优秀的一位女士，她桌上放的唯一装饰就是你们一家人的合影。她曾经对我说起过照片上的每个人,所以我认得你,也知道你叫池小晚,你和你姐姐一样吸引人,一样出色。”

池小晚脸一红,她还真不习惯被人这样直白地夸奖。

“杜先生。”欧阳瑞祥迎了出来,看样子已经忙了半天,身上的衣服上沾满了尘土,“知道你要过来的,一忙就忘了时间,真是不好意思,还要让你把车停在这儿步行进去。”

“没关系。”杜先生很有教养地说,“这儿是旧址发现地,每一寸土地下面都可能有着珍贵的古物,步行也好,锻炼身体。欧阳教授,挖掘进展如何?听说这段时间发现了不少有价值的东西。”

欧阳瑞祥笑笑说:“谢谢杜先生体谅,正如杜先生所说,这儿的每一寸土地下面可能都有着让人震惊的故事,所以,我们还是对古人尊重些好。挖掘进展得很顺利,但是,因为书本上对这个不知名的朝代记载少得可怜,而且这个地下城的构造与我们印象中的古代完全不同,完全不能以原来的方式进行,因而导致速度上有些缓慢。不过,确实发现了一些相当有价值的东西。”

杜先生跟着欧阳瑞祥一同走进会议室。

“这儿有着先进的防盗设备,所以,就算是物品摆放在桌子上,也无法拿走,每分每秒都有监视记录。”欧阳瑞祥介绍着,“这儿是发现的一些物品,它们会在被清理干净后送入保险柜中保存,有些清理干净的物品已经送去保存。”

池小晚愣了一下,心想:昨天桑心柔是怎么拍的照片?如果有监视的器材,应该拍的时候就会被发现,还是欧阳清允许?

“听说你们刚刚发现了一对红烛?”杜先生语气平和,似乎是相当无意地问。

欧阳瑞祥有些意外,这个消息,他并没有对外公开,昨天只有池小晚,还有与她一起过来的一个叫什么桑心柔的女孩子见过,难道是她们走漏的消息?但是,看样子,她们应该不认识杜先生。他顿了一下说:“是的,不过,红烛已经清理完毕送去保存,现在看,只能透过防盗防爆的玻璃才可以看到。”

杜先生只是随意地点点头,并没有继续这个话题。他看着桌上发现的物品，这些物品并不多，但样样精美，而且保存完整。

看着欧阳瑞祥和杜先生一同去了别处，欧阳蓓也跟在后面，池小晚才悄悄地说："欧阳清，昨天桑心柔拍照是你同意的吗？"

"拍照？"欧阳清愣了一下，想了想，"我不记得桑心柔拍过照片，如果有，估计是她用手机拍的。这儿不允许拍照，照片呢？她都拍了些什么？你要告诉她，千万不能对外公开，如果没有得到我爸爸的同意，照片流传出去，她是要吃官司的。"

池小晚想了想说："我没有仔细看，不过，照片里确实有那对红烛，只拍了一张，但是拍得异常清晰，而且相当诡异，我是这样觉得。照片还在她手里，我会告诉她，她不会乱发的。"

"好的。"欧阳清微笑着说，"她不发就好。"

突然，池小晚的手机响了起来，她看了一下号码，笑着说："真是不经念叨，正说着她，她就来电话了，我立刻就嘱咐一下她。桑心柔，什么事？对啦，你昨天拍——"

桑心柔打断她的话，急促地说："小晚，邪门，真是太邪门了！还记得我昨天拍的那几张照片吗？就是昨天晚上下班前我给你看的那几张，其中有一张红烛的，我拍得相当漂亮，还记得吗？"

"记得，正要和你说——"池小晚立刻说，但她的话再次被桑心柔打断。

"太邪门了，我告诉你，这对红烛一定有问题，一定藏着什么秘密。"桑心柔的声音听来有些激动，"我昨晚把它们放在桌上，今天早上起来，想拿着再看看，谁知道，当阳光照在上面的时候，整张照片竟然一片空白，什么都没有了！"

池小晚有些恐怖，搞什么呀，大清早的出这么邪门的事情，她不相信地问："桑心柔，大清早的你吓我做什么？怎么会没有呢？你用什么拍的？手机吗？里面应该还有存储的图片吧？"

"没有了！"桑心柔也有些害怕，阳光底下，照片上的颜色惨白得吓人，那对喜庆的红烛不知去了哪里，明明昨天晚上还向家里人炫耀来着，怎么可能一大清早就不见了呢?！"我刚刚和你打电话之前打开手机看，里面也什么没有了！真是太邪门了，太恐怖了，不会真的有什么鬼怪吧?！你快问问欧阳清，是不是那个旧址真的是不吉利的地方？！”

池小晚挂了电话，盯着欧阳清，看着安静的不知名的朝代的皇宫遗址，有些寒意，“桑心柔说，她昨天拍的照片，那唯一的一张红烛的照片，今天早上在阳光底下突然间什么也没有了！”

欧阳清一愣，有些不太相信，轻声说：“不可能，这个地方虽然有些莫名的气氛，但是，并不令人恐怖，只是有些悲哀，她是不是在开玩笑？”

“不像，她好像都快吓哭了。”池小晚犹豫了一下，“说真的，我也有些害怕，我对古代的这些东西总有些敬仰，好像还是不要打扰好，而且，她不可能这么大清早地开这种恐怖的玩笑。”

欧阳清正要说话，看到杜先生和他父亲、欧阳蓓一起从下面上来，其实下面什么东西也没有，发现的雕像也已经保存好，外人是不可能看到的，最多能够看到一些已经挖掘出的类似道路的通道。他闭上了嘴，这种事情有些邪门，还是不要乱讲为好。

“我哥哥呢？”池小晚轻声问。

“他在下面，正在进行挖掘。”欧阳清微笑着轻声回答。

杜先生和欧阳瑞祥道别，带着欧阳蓓准备离开，看到池小晚，犹豫一下，停下来，温和地说：“池小晚，有件事情想和你讲一下。你姐姐是我公司里最优秀的员工，所以，我一直很想认识你们的父母，想请你们一家人一起吃顿饭。请回去告诉你姐姐一声，请她安排一下时间，我希望可以和你们一家人共进晚餐。今天晚上可以吗？”

池小晚下意识地点了一下头，这个男人似乎具有一种蛊惑人的能力，他说出来的话听来很有道理也很替人着想，让人不由自主地会答应。不过，她还不知道自己的姐姐会不会答应，应该会吧，池小曼是个工作上相当敬业的人，对老板也很尊重。

目送杜先生离开，欧阳瑞祥转过头看着池小晚，似乎是在强压恼怒之意，尽量语气还算温和地说：“小晚，你昨天是不是偷偷拍了这儿的照片？或者是你那个朋友没有经过允许把这儿的事情告诉了别人？你是小珉的妹妹，知道一些并不太要紧，可是，这些事情若是传了出去，对我们的考古工作来说，是相当不好的！你哥哥一直那么谨慎，怎么你会这样不注意呢！”

池小晚有些尴尬，低下头，欧阳瑞祥在考古上面是一个相当严厉的老人，训起人来完全不管不顾，对她已经算是和气的。

“以后，没有事情不要再进入这个房间，有什么事，就在外面和欧阳清说吧。”欧阳瑞祥加了一句，面沉如水，返回下面。

池小晚立刻乖乖地从大会议室里走出来，站在外面阳光下，有些小小的难堪。欧阳清立刻追了出来，“小晚，别生气，我爸他就这样，只要是工作上的事，他就是六亲不认，他只是说说，你别放心上。”

“是我的不对。”池小晚低声说，“我并没有想到桑心柔会拍照片，但是，她应该不会告诉别人呀，就算是告诉了她的家人，也不可能这么快就传到外人耳朵里，杜先生是S公司的总裁，怎么会认识桑心柔。或者是她洗照片的地方？或者是我们当时在办公室聊起红烛的时候还有别的人在？但不管怎么说，是我们走漏了消息，是我们不对，欧阳伯伯生气也是应该的。”

“不过，桑心柔提到的事情确实很古怪，我爸私下里也和你哥哥说起过，说是这个一号旧址有些奇怪。你回去之后问问她，问清楚了和我说说，或许能够对我们有启发。”欧阳清把话题转移开，“说不定到时候就什么事也没有了。”

“嗯。”池小晚点点头，没有心情再问什么，自己一个人闷闷不乐地离开。

刚进科室的门，桑心柔就迎了上来，面色有些不安，把池小晚拉到一边，低低的声音说：“呶，你瞧，这就是我昨天洗好的照片，红烛这张完全是空白的，其他的只要上面带有文物的照片，文物都看不到了，简直是太邪门，实在是太恐怖！”

池小晚接过照片，确实，昨天她还看了一眼的红烛的那张，完全变成了白色，就好像一张和照片大小相仿的白纸，而另外有文物的几张照片也只剩下摆放文物的桌子。

池小晚觉得有些发冷，看着桑心柔，轻声问：“怎么会这样？”

“池小晚！”高主任的声音在她们二人身后响起，吓得二人一哆嗦，这几天高主任是怎么了，怎么这么容易上火？“你和桑心柔两个人傻站在这儿干什么，你们是来上班的还是来聊天的，简直是一点责任感也没有！”

“上班。”桑心柔立刻回答，然后轻声对池小晚说，“高主任这几天怎么了？是不是到了更年期？”

池小晚差点笑出来，努力绷着脸，低着头。

“池小晚，你有没有脑子？要你交的稿子呢？好不容易给你一点正经事做，你竟然花时间和同事聊天，你的稿子写得怎样了？”高主任怒气冲冲地盯着池小晚，心想怎么看怎么不顺眼，怎么手底下净是一些“废物”？好在还有一个聪明懂事的江萍，否则，疯掉都有可能！

“我马上就写。”池小晚轻声说，到桌前坐下。

“算啦，指望你，我还是现实点吧，小江已经写好了，不用你再写了。她写得很精彩，肯定是做足了功夫，甚至对发现的物品都有一些言语上的描写，你好好反省一下吧！”高主任冷冷地说，如果不是因为她哥哥池小珉和她姐姐池小曼的关系，早就把她撵出去了。

池小晚和桑心柔立刻相互看了一眼，桑心柔脱口说：“江萍？她，你，江萍，你偷听我们讲话？！”

江萍正安静地坐在桌前做事，听到桑心柔这样说，抬起头来，面上带着淡淡的笑意，说：“桑心柔，你这话是什么意思？什么叫我偷听你们讲话？我有很多的事情要做，哪里会有时间听你们闲聊？不过是我对这个题材很感兴趣，去搜集了一些，写成了文字，高主任觉得还可以，夸奖两句，你何必这样讲。”

“好啦，桑心柔，别站在那乱猜，快去做你的事！”高主任不高兴地说，“你和池小晚真是一对绝配，好啦，立刻给我住声，免得我看见你们两个不吃也饱！”

桑心柔笑嘻嘻地冲高主任一笑，说：“讲了些什么呀？我还真是想看看，里面说旧址里发现了什么东西，她有什么爆料？真不知道除了小晚还有谁可以进入那个地方。”

“你以为只有池小晚能够打听到里面有什么吗？”高主任瞪了桑心柔一眼，轻轻哼了一声，“江萍的描写虽然不是特别明确，但是她却说出里面发现的一对红烛是如何令人着迷。今天早上在桌上看到她的文字，我特意联络了一下 S 公司的杜先生，他是我们最大的广告客户之一，也是一号旧址的赞助商之一，他说他对此很感兴趣，特意去一号旧址看了看，告诉我，确实是发现了一对红烛。所以说，有些事情不在于你后面有什么人帮忙，而在于你有没有花心思！立刻去工作，别在这和我胡说八道浪费时间！”

桑心柔微笑着目送着高主任离开，然后转过身，一步一步地走到江萍桌前，趴在桌上，盯着江萍，两个人的脸仅仅相隔不足十厘米，然后冷冷地说：“江萍，你还真是够厚脸皮的，那天晚上，你一定是偷听了我和小晚之间的谈话，那里面发现红烛我们是最早知道的，你根本没有可能打听到，好你个江萍，和我们玩这种心眼，我还真是不服不行！”

江萍也冷冷地说：“你不要太自以为是，我不过是昨天去见了里面一个熟人，和他打听了一些内幕，然后写了出来而已，你以为只有你们知道吗？”

“江萍，那对红烛我们去的时候刚刚发现，一点消息也没有对外公布，除了欧阳教授、欧阳清和池小晚的哥哥外，连参与挖掘的一些工人都不知道，你从哪里知道的！你也太会开玩笑了吧，我们从那里回来时你就一直在，今天早上在高主任桌上看到你的文字，除非你有穿越或者通灵的本事，否则，你就是在胡说八道！”桑心柔的脸又向前凑了一些，热热的气扑在江萍脸上。

江萍轻轻哼了一声，冷冷地说：“我不与你计较，我只做我自己的事，我做得问心无愧，对得起良心就行！”

桑心柔翻了一下白眼，吐了口气，站起身来，看着江萍，慢慢地说：“江萍，你真的令我不得不‘佩服’！好，我倒要看你如何继续后面的文章，有这个开头，高主任会让你继续写下去，我倒要看看你如何去找你认识的熟人打听内幕！”

回到自己桌前坐下，才发现池小晚正盯着她刚刚递给池小晚的几张照片发呆，她推了池小晚一下，“你发什么呆呀，我和江萍吵了几句，你竟然没有反应，还好朋友呢，也不帮个人场。”

池小晚吓了一跳，愣愣地看着桑心柔，茫然地问：“有事吗？”

桑心柔叹了口气，“池小晚，你怎么了？对着这几张照片发什么呆，你可别中邪呀。没有就没有了，我下次再也不敢偷拍了。那个一号旧址绝对是个邪门的地方。”

池小晚表情有些茫然，说：“欧阳伯伯生气了，不许我再过去，以后就算是你想要偷拍也没有可能进去了。”

“你告诉他偷拍的事情了?”桑心柔吐了一下舌头,轻声问,“那个小老头看起来挺和气,但是,感觉上不太好对付。他好像不太喜欢我,我在里面的时候他看见我,一脸不高兴,还说欧阳清随意放陌生人进来,听说我是你的同事才没说什么。”

“没有。今天S公司的总裁杜先生过去看了挖掘现场,当着我的面问欧阳伯伯是不是发现了一对红烛,当时欧阳伯伯就不高兴,后来杜先生走后,欧阳伯伯就直接说,以后不许我再踏入那儿半步。”池小晚叹了口气,轻声说,“最惨的是,要是我哥哥知道了,肯定不会放过我,他对这个不知名的朝代根本就是狂热一族。”

桑心柔一听池小晚提到池小珉,立刻甜蜜地笑着说:“你哥哥不是一个凶巴巴的人,你不要背后讲他坏话。”

池小晚瞪大眼睛看着桑心柔,喃喃地说:“又是一个中了池小珉毒的女子,可怜,桑心柔,我最后一次提醒你,我哥哥绝对是个花心大萝卜,你不要傻到去爱他,喜欢可以,爱绝对不可以。”

临近中午,池小曼结束了一个会议,在办公椅上坐着,靠在椅背上闭目休息,刚刚有些倦意袭来,就听到手机响起,她微皱一下眉头,拿起电话,看了一下号码,不太熟悉。“喂,你好。”

“池小姐吗?我是牟佳木,今天有时间吗?今天中午有朋友约我一起去打网球,昨天吃饭的时候你说你喜欢打网球,所以今天想请你一同去,可以吗?”牟佳木的声音从电话那边传过来,很热情。

池小曼脸上带着不太耐烦的表情,但声音还是客气礼貌的:“谢谢牟老板,不过,今天我有许多的事情要处理,实在不能过去,真是很遗憾。改天有时间我请你。”

“没关系,对啦,你昨天说你妹妹也很喜欢运动,要是你没有时间,可以让你妹妹过来,反正都是熟悉的朋友,大家认识一下也好。”牟佳木在电话那边笑呵呵地说。

池小曼犹豫一下,说:“主意不错,我妹妹她是个性格内向的女孩子,出去多认识一些人也好,我给她电话,让她和你联络,可以吗?”

“好的。”牟佳木呵呵一笑,继续说,“你告诉我她在什么地方工作就可以，我开车去接她，免得她要自己过来，会不好意思。”

“好。”池小曼挂了电话，拨通池小晚的手机，“小晚，我是姐姐，你今天中午有事吗？牟老板约我去打网球，如果没事的话，我让牟老板开车带你去玩。”

池小晚噘了一下嘴，不太乐意地说：“我不去，你知道我不太会打，还是算了吧。噢，对啦，今天在一号旧址那儿遇到你们S公司的总裁杜先生，他说你是他公司里最出色的员工。想今晚请我们全家吃饭，我当时不知道怎么地就答应他了，还没和你商量呢，你看要怎么办？姐，你怎么不说话？”

池小曼拿着手机半天没吭声，心却几乎要跳出来，他要请她全家人吃饭，他刚刚回来就安排请她全家吃饭，他一定知道她是多么想念他！她一下子狂喜起来。

“姐，你怎么了？是不是我做错了？”池小晚半天没听到池小曼说话，心中猜测，是不是姐姐不高兴她答应吃饭的事？

“不是。”池小曼忙回答，“很好，真的很好。好吧，我会和杜先生联系，稍后我会联络你。”

挂了电话，池小曼立刻从椅子上站起来，冲到镜子跟前，天哪，她昨天没有休息好，眼睛看着没有精神，而且，好像还有些细细的皱纹，还有眼袋，天哪，怎么可以这样，她绝对不可以这个样子去见他，她怎么可以用这个模样去见他！

还有许多的工作要做，可是，他要请她的家人吃饭。算啦，工作可以暂时放一边，她先要给自己一个最好的状态，她不可以这个样子见他。她的脸上露出灿烂羞涩的微笑，整个人立刻阳光起来。

按了铃叫秘书进来，快速地吩咐：“我有事情要外出，如果没有什么特别要紧的事情不要联络我，特别要紧的事情就短信联系我。”

“是。”秘书恭敬地说，“只是，池部长，总裁回来了，请您马上过去一下。”

他已经回公司了？！

池小曼瞪大眼睛，好半天才冲秘书摆了摆手，“好的，我知道了，马上过去。”

看着秘书离开，池小曼有些沮丧，她原本是想出去做个美容打理下头发换身衣服再去找他，他怎么已经到公司，一点准备的时间也不给她？她这个样子见他，他会不会失望？她只有一点点时间洗把脸，简单化了下妆，整理一下衣服，然后看一眼镜中的自己，轻轻微笑一下，从房间里走出去。

真的很感谢这个公司允许一些高层在自己的办公室内部设立一间休息的房间，可以让她偶尔休息一下，外出的时候打扮一下。今天尤其感谢，可以让她有个收拾自己的时间，最起码让自己看起来更漂亮一些。

几乎每一步都是在心跳的陪伴下走的，就好像她第一次来这家公司应聘一样。当时的她就紧张得很，她是一个不能失败的人，当时选择这家最大的公司来应聘，也没有十二分的把握，就在那一次应聘面试中，她遇到了他。

当时她还只是一个刚刚毕业的青涩学生，站在他面前有些紧张，努力面带微笑，静静地看着他。那个时候，他就坐在桌后，平静温和地看着她，那份成熟的味道让她差点乱了分寸。

轻轻敲门，里面传来他成熟稳重的声音："请进。"

池小曼深深吸一口气，然后面带微笑，推开门走进去，看着桌子后面坐着的人，轻轻地，努力藏着所有激动地说："杜总裁，您好。希望您这次外出一切都顺利满意。"

"给池部长倒杯咖啡，池部长，请坐。"杜辉成熟稳重地安排秘书，然后温和地一笑，"这两天让你忙碌，真是很感谢。"

池小曼接过秘书递过来的咖啡，杜辉是个喜欢享受的人，他喜欢现磨的咖啡，所以他的办公室永远有咖啡煮着的香气，醇香寂寞。"总裁，您太客气了，我只是在做我分内的工作，这是应该的。"

"去忙吧，如果有事的话，我会叫你。"杜辉平静地对自己的秘书说，"有些事情要和池部长商量一下，没有什么大事，不要打扰我们。如果有急事，就电话联系我。"

秘书点头，冲池小曼微微一笑，转身离开。

房门轻轻关上，室内的两个人安静地坐着，听着房门关上时轻轻的咔嚓声，一切都被关在了门外。

杜辉站起身，冲池小曼伸开双臂，轻轻地喊："曼。"

池小曼委屈地流下眼泪，却身不由己地站起身轻轻扑入杜辉的怀抱，闻着他身上熟悉的味道,仿佛一切都突然松懈下来,好像船靠了港湾。她把脸藏在杜辉的胸前,听着杜辉怦怦的心跳声,真希望时间就此停住。

“曼,我知道你想我。”杜辉轻轻拍着池小曼的后背,“我也想你,可是,我确实有些事情不得不离开你去处理一下,不过是一个晚上,就把你恼成这个模样吗?”

池小曼的眼泪就是止不住,杜辉越说她越委屈,竟然小声哽咽起来,紧紧抱着杜辉,喃喃地说:“可是,人家就是想你嘛。你不在,人家就是不知道要怎么办才好。尤其是想到你会陪在另外一个女人身边,我,我就,就觉得你会不要我了。你又不接我电话。”

“曼,我才离开一天,只是一个晚上失约。”杜辉微笑着抬起池小曼的脸,“你这个样子我很心疼的。”

池小曼落着泪,却忍不住脸上幸福的浅浅笑意,撒娇说:“我就是要让你心疼。”

杜辉把池小曼重新搂进怀中,让她在自己怀中安静地待了一会,才轻轻推开她,说:“这里是办公室,万一被人看到不好。来,听话,把眼泪擦干,去洗洗脸,然后坐下来我们好好说话。”

池小曼点点头,去到杜辉办公室的套间洗脸,补了妆,整理一下,然后重新走出来,在桌前坐下,面带微笑地看着杜辉,调皮地问:“好啦,杜总裁,您要和我说什么呢?”

“咖啡味道不错,尝尝。”杜辉微笑着,看着池小曼,她年轻精致的美丽曾经让他一下子就动了心,但是,他却一直不让自己乱了分寸。他喜欢这种感觉,拥有却不占有,既有爱情又不会惊扰现实生活的平静,他不会为了一个女子葬送他所有的获得。如果被别人知道他和池小曼的事,他会陷在舆论中不可自拔,“今天我遇到了你妹妹,叫池小晚,对吗?”

“是的,小晚刚刚在电话里和我说了您要请我们全家吃饭的事,谢谢,我父母和兄妹们知道了,一定会非常高兴。”池小曼轻轻咽了一口咖啡,苦苦的,回味却是醇香无比。

“你妹妹是个很不错的女孩子。”杜辉似乎是相当无意地说,“虽然长得不如你和你另外一个妹妹漂亮,但看起来很舒服。”

池小曼微微一笑，“她长得也很好看，只不过不太喜欢收拾自己，平常都是怎么简单怎么来。她和我弟弟池小珉是双胞胎，小珉看起来就比小晚要引人注意。小珉也在考古组里，是欧阳教授的助手，您今天是不是也看到他了？”

“他们两个人看起来长得并不怎么像。”杜辉把咖啡放下，“你弟弟长得更耀眼些，而你妹妹则让人觉得温暖。”

池小曼笑了笑，说：“您真是会夸人。”

“和你家人商量一下吧，来的路上看到路边新开了一家相当气派的饭店，名字叫饮香食府，很有特色。”杜辉微笑着站起身，走到落地窗前，把窗纱拉开，让外面的光线完全没有遮拦地照射进来。在阳光中，他微微眯上眼睛，“我想请你的全家在那儿吃顿晚饭。”

池小曼微笑着点头，刚要说话，听见外面的门被轻轻敲了几下，很有礼貌而且很熟络的感觉，然后听到杜辉说：“请进。”池小曼微微一愣，除了她，还有谁可以不经秘书通报直接敲门进来？

门被推开，欧阳蓓从外面走了进来，她的头发短短的，看起来相当干练爽朗，“杜先生，您要的资料我已经准备妥当，您要看一下吗？咦，你是小晚的姐姐吧？我是欧阳清的姐姐欧阳蓓。”

池小曼认得欧阳清，但是并不常见，一年可以见上两三回，至于他姐姐，她是第一次看到。她和欧阳清长得有些像，说不上怎么漂亮，却很有味道，就像她手中的咖啡，醇香而洒脱。

“你好。”池小曼和欧阳蓓握了一下手，“很高兴认识你。”

欧阳蓓愣了一下，“咦，我好像在什么地方听过你的声音，我们有过电话联络吗？”

池小曼摇摇头，似乎欧阳蓓的声音她也在近期听到过，对方说到电话联络，让她突然想起那天她打给杜辉的电话是个女的接的，她开始以为是杜辉的妻子，难道是这个女人？

“你们是初次见面，怎么会有电话联络。”杜辉突然笑着说，“我来给你们介绍一下，池小曼，公司企划部部长，欧阳蓓，我的私人理财顾问。”

池小曼和欧阳蓓再次彼此点了点头，微笑一下。

私人理财顾问？池小曼心中有些不太舒服，杜辉是S公司的总裁，名下财产过亿，怎么会请这样一个年轻的私人理财顾问？欧阳蓓虽然长得不是特别漂亮，但是很有味道，一笑一言间透着妩媚与干练，让人很想亲近。

第三章　你侬我侬，却只是游戏一场

池小晚拿起手机，是姐姐的号码。刚刚不是说不去打网球了吗？怎么还来电话？“姐。”

“小晚，中午有时间吗？我想约你一起吃午饭。”池小曼手中漫不经心地玩着桌上的签字笔。

池小晚愣了一下，不会吧，姐姐今天是怎么了，她的单位离S公司不近，就算是开车也要二十分钟，平常吃饭都嫌浪费时间的姐姐怎么会有时间这么悠闲地约她一起吃午饭？“好啊，不过你的时间会不会太赶？”

“没事，我开车去你单位附近，那家家常小菜馆就行。”池小曼手中的签字笔从桌上滑了下去，她的眉头一皱，“你先去点上几个菜，今天中午我们简单吃，晚上的时候公司的总裁杜先生要请我们全家吃饭，到时候再好好吃吧。”

“噢，好的。”池小晚挂了电话，看了一下时间，想了想，起身离开，在这家杂志社上班，唯一的好处就是时间相对来说自由一些。她不是一个喜欢出风头的人，最喜欢的事情就是安静地甚至有些平淡地过每一天。

“小晚，你去哪里？”桑心柔立刻扭头看着她，小声问。

“我姐找我有事。”池小晚简单地说，“我出去一下。”

“你小心些，这几天高主任和你犯克，你不要没事找事。”桑心柔悄悄做了个鬼脸，吐了一下舌头。

池小晚点点头，现在是十一点，池小曼应该在二十分钟后赶来，她现在赶过去，把菜点了，池小曼过来，刚好可以一边吃一边说话。池小曼平常很少约她一起吃饭，今天是个例外。

家常小菜馆人不多，地方虽然不大，倒也干净。屋里只有三张桌子，老板是个很有趣的小老头，一辈子没结婚，但每天都乐呵呵，经营着这个不大的小菜馆，每天只招待几桌，从不让自己忙碌。他见池小晚进来，立刻笑呵呵地打招呼，“姑娘，吃点什么？”

“你还真是悠闲。”池小晚和桑心柔中午的时候常常过来，对这非常熟悉，和这个有趣的小老头也很熟，见他正端着他喝茶的紫砂壶，坐在一把摇椅上前后晃着，旁边放一个收音机，正放着评书，他听得滋润，笑得跟弥勒佛似的。“你乐意炒什么随你，我姐等会过来，在这儿和我一起吃饭。”

小老头眼睛一亮，笑嘻嘻地说：“你大姐还是你二姐，呵呵，你们家真是出美人的地方。”

池小晚知道他并无恶意，上次和大姐一起来的时候，小老头一直夸池小曼长得漂亮，让池小曼立刻记住了这个地方，这个小老头极是有趣，按池小曼的话来说，就是他还真是可爱！笑了笑说：“你省点赞美的词夸别的女孩子吧，我姐她什么样的赞美没听过，估计已经麻木了。”

“呵呵，听得再多，再听仍然是一心高兴。”小老头笑呵呵地起身，把茶壶放下，“今天中午我就做你们一桌，咱不让别人打扰咱吃饭说话，你姐呀，约你来吃饭，一定是有心事。”

“你怎么知道是她约我不是我约她。”池小晚在桌前坐下，“我想吃清炒西兰花。”

“成，你想吃什么，我变也要变给你。”小老头笑着进厨房，这家家常小菜馆的厨房和吃饭的地方是用玻璃隔开的，炒菜的过程全在食客的目光中，看这小老头做饭也是一种乐趣，好像他本身就把它当成一种乐趣，“那个胖丫头怎么没来？”

池小晚一笑，“你能不能不提她的伤心事。”

“那个小胖丫头是不是喜欢你那个帅得一塌糊涂的哥哥呀？”小老头的声音从厨房里传了出来，油烟机的声音有点大，听不太清楚，“小胖丫头不错，不知道你哥哥懂不懂得她。”

池小晚大声说：“你把油烟机关小些，我听不清你说话。”

小老头探出头来，笑着说：“我怕油烟大了，你们姐俩呛得慌，成，我开小点，不过，你姐来了，说这儿有油烟味，你可别埋怨。姑娘，你今天进来的时候，我看你额前一片桃花飘飘，看样子，要走桃花运呀。”

池小晚口中的茶水差点喷出来，这个小老头，确实是相当可爱，她开玩笑说：“那你瞧瞧我会嫁一个怎样的男人。”

小老头一边炒菜一边大声说：“你是个好人，好人会有好报，但是，你呀，估计得流不少的眼泪。”

池小晚笑了笑，不再理他，因为她看到池小曼已经走了进来。

“什么事这么高兴？”池小曼微微皱了一下眉头，在桌前坐下，“告诉厨师把油烟机开到最大，免得弄我一身油烟味，下午我还有事情要做。”

“好的。”池小晚大声说，“老板，把油烟机开到最大。”

小老头哈哈一笑，说：“你看，我没说错吧。”

池小晚笑笑，没理他。“姐，今天怎么这么有时间？”

池小曼装作无意地问：“对啦，你今天看到欧阳清了吗？他有个姐姐吗？”

“是的，”池小晚微笑着说，“他有一个在国外读书的姐姐，听欧阳清说，是学财经的，在财经界相当有名气。今天早上我在考古专家组还看见她，对啦，她和你们总裁在一起，叫欧阳蓓。我不太常见她，但是，她是个很好的人，为人爽朗。姐，怎么突然想起来问这个？”

“她是我们公司总裁的私人理财顾问。”池小曼心中悄悄松了口气，看样子，他们之间应该没有什么事情，欧阳蓓年纪不大，但是在财经界相当有名气，杜辉请她也应该是合情合理的。

小老头端了四样菜出来，色香味俱全，让人很有食欲。

“谢了。”池小曼微笑着，在外人面前，她总是习惯性保持自己最好的状态。

小老头背对池小曼冲池小晚做了个得意的表情，池小晚忍不住一笑，说：“姐，你夸了他两句，看把他美的。”

“被美人夸，是种幸福。”小老头哈哈一笑，在自己的摇椅上坐下，端起茶壶，闭上眼睛，戴上耳机听收音机，“你们姐俩慢慢聊，本人不在。”

池小晚笑着看了他一眼，和池小曼一起吃东西。

“欧阳蓓结婚了吗？”池小曼夹了口菜，装作并不在意地说，“今天在公司里遇到她，虽然不是特别漂亮，但是却挺有味道，一定有很多人喜欢。欧阳清有和你说起吗？我要和她做同事，希望可以多了解一些她的情况。”

“以前偶尔听欧阳清提过几次，我也很少见到她，欧阳清说他这个姐姐一向个性独立，从小就一个人在外求学。倒是偶尔见过她和一些异性的合影，但从没有听她说起过她喜欢谁。”池小晚微笑着说，小老头的清炒西兰花真是不错，清淡合口，入味三分。

“嗯。”池小曼点点头，突然转开话题，“对啦，小晚，现在有合适的男朋友吗？还记得牟老板吗？我觉得他挺适合你，想不想认识他？”

“牟佳木？”池小晚愣了愣，接着一笑说，“你不说我还忘了，今天早上在路上的时候我还遇到过他，他正跑步，停下来和我说了几句话，我倒是觉得你们挺般配。”

池小曼先是一愣，继而想起池小晚有可能认错人的事，心中倒是对这个假冒牟佳木的人有了几分好奇，是不是这个人对池小晚有意思，故意不说明她认错人的事？“他是怎样的一个人？我是问你看到的牟佳木，你为何这样认定我们合适？”

“他大概一米八多，很挺拔，不胖，嗯，长得很干净，剑眉星目，很像书中描写的模样。”池小晚想了想，说，“看不出具体的年龄，眼神有些忧郁，有些冷冷的，但是说话很有教养，而且气质高贵，是那种放在人群中绝对令人一眼看到，过目不忘的人。”

池小曼挑了一下眉，这哪里是她看到的牟佳木，池小晚绝对是认错人了。如果真的和池小晚说得一样，这是个相当有教养的人，不愿意当面说出池小晚认错人的事，一定是不希望池小晚太难堪，应该是个很会照顾人的男人，就和她心中的他一般模样。一想到杜辉，池小曼的唇畔立刻挂上了甜蜜幸福的微笑。

杜辉是她的第一个男人，第一个让她爱得死心塌地的男人。

“姐，你怎么了？”池小晚看到池小曼突然微笑发呆，有些奇怪，轻声问，“怎么突然发起呆来？”

“噢,没事,没事。”池小曼立刻笑着说,“只是突然很好奇你说起的这个人,对啦,小晚,那天晚上我见到牟老板了,他可不是你说的模样,估计你是认错人了,他一直在二楼四号桌等我,你告诉我说,你到了二楼十号桌,那正好是一个在东一个在西吧,不过,看样子,这位先生还真是有教养,没有当场点破你令你难堪。”

池小晚睁大眼睛看着自己的姐姐,有些意外地说:“是吗？怎么这样？那,牟老板有没有怪你呢?”

“没有,他还想约你一起打网球,他是个很喜欢运动的人,我觉得这个真正的牟老板和你挺合适,他的电器生意做得不错,人也挺爽朗好客,长得浓眉大眼,不丑。”

池小晚摇摇头:“算啦,有你如此美丽的姐姐前面站着,我还是不要心存妄想,他想约我一起打网球,应该只是希望可以看到你,讨好于你。”

正在听评书的小老头突然睁开眼,看着池小晚和池小曼姐妹二人,笑呵呵地说:“姑娘,你看吧,我说你要走桃花运是一点也不错,你呀,就是一朵桃花,只要有合适的机会,就会落入众人眼中。”

池小晚笑了笑,“你不是说本人不在吗,怎么还偷听我们姐俩说话。你真当你是算命先生呀,那你怎么不算算你自己为何今生没有摘下花一朵,按你的条件和性格,该有个很好的妻子呀。”

池小曼对小老头的话一点也不感兴趣,倒是杜辉的话此时突然在脑海中出现:“你弟弟长得更耀眼些,而你妹妹则让人觉得温暖。”她看着池小晚,她此时正笑着,眉清目秀,并不艳丽。不过,正如杜辉所说,池小晚是一个让人觉得温暖的女子,她的笑总是淡淡的,做什么也都是随意的,放在人群中,并不引人注目,却不能忽视她天生的恬静气质,如同花静静地开,如果细看,心会微微颤动。

听见小老头在那儿乐呵呵地说:“人呀,各自的命,不能强求,我这人就是不适合娶妻生子,咱就不去惹那麻烦,这样就很好。”

“好啦,我还得回公司,你慢慢吃。老板,多少钱?”池小曼放下筷子,取出钱放在桌上,“晚上杜先生请客,记得穿漂亮正规些,免得让杜先生说我们不重视。路上我看了一下杜先生所说的饮香食府,好像是刚刚开张的,门面很大，装潢很气派很有特色，只是多少有点——我也说不上来，估计小珉会喜欢。记得通知小珉，爸妈我通知，小珉就交给你了，不知道小慧今天回不回来。好啦，我先走了，公司里还有事。你慢慢吃。”

“好的。”池小晚点点头，看着池小曼离开。

“你姐姐属猫呀，就吃这么点？”小老头看了看桌上剩下的饭菜，咂了咂嘴，“难怪体形保持得那么好。这要是那小胖丫头在这，估计还不够吃的，她前生一定是饿死鬼托生。”

一个人从外面推门而入，口中说：“谁呀，闲着没事在背后叨叨我，害得我打了好几个喷嚏。咦，小晚，你在这呀，我还真是命好，得，我就和你一起吃了。”

池小晚一下子笑出声来，这真是说谁谁来呀，刚刚小老头正在说那个小胖丫头，她就来了。看着桑心柔再看看一脸惊愕表情的小老头，池小晚无法止住笑，笑得桑心柔一脸狐疑，立刻看向正装着喝茶的小老头，“喂，是不是你在背后又说我什么坏话了？要不小晚不会看见我出现笑成这个样子，是不是正在讲我坏话，我就进来了？”

“没有。”小老头咽了口茶水，一本正经地说，“我正在夸你是个有福相的人。”

桑心柔一撇嘴，不相信地说：“你的话只有鬼才肯信。小晚，他是不是说我坏话了？我不信他但我信你。”

池小晚努力忍住笑，说：“他只是说我姐姐不肯好好吃东西，说如果你在这儿的话，这些菜可能还不够你一个人吃。”

“好呀，你变相说我是饭桶！”桑心柔假装生气地说，“你胆子越来越大了，哼，不过，看在你菜做得不错的分上，算了，我不和你计较了。主要是我太饿，吃完再说。小晚，你姐来了？早知道我早过来一会，你姐又漂亮又能干，你妈还真是会生。”

“好了啦，吃东西还堵不住你的嘴。”池小晚给桑心柔倒了杯茶水放在她面前，“怎么这么晚才出来吃饭？”

“还不是那个可恶的高主任和江萍。”桑心柔一脸哀伤表情，“我还真是倒霉，那个江萍还真的是一个狠角色，以前真是小瞧她了。让她得了势，我是没有好日子可过了。你走之后，江萍就去了高主任办公室，她去了不久，高主任就把我找了过去，你猜她怎么说？”

池小晚摇了摇头。

“高主任说，‘桑心柔，你应该谢谢小江，她说，其实你并不是不想好好做事，只是没有得到合适的机会。所以她希望可以和你一起合作来继续一号旧址的文字部分，因为她相信你的拍摄技术是好的。她说，你负责拍照，她负责写文章，一定会做得很好。从今天开始，你们就在一起做这个题目。S公司的总裁杜先生是我们最大的广告客户，他对这个题材很感兴趣，你们要好好做。’唉，我现在是落入苦海无法自救，问题是我就算是拍得再好，也得有可拍的内容呀，我可是再也不想拍那个邪门的红烛，打死我也不敢了。”桑心柔边吃边说，“现在可倒好，江萍把事情全都推到我身上，我要是不带她去旧址看，估计她就可以和主任说，是我不和她合作，你说我倒霉不倒霉。真是喝口凉水都塞牙！”

池小晚犹豫一下说：“现在外人是很难进入考古专家组了，自从红烛发现的消息有外人知道开始，欧阳伯伯就非常恼火，已经不准我再踏入那儿半步。”

“唉，不说了，再说都没有胃口吃饭了。”桑心柔叹了口气，“走一步看一步吧，不就是一个小小杂志社吗？实在不行，走人，此处不留人，自有留人处。”

拽过杜辉搭在床尾的白衬衣随意穿上，欧阳蓓拿了杯红酒喝了一口，递给仍然躺在床上的杜辉，一笑，说：“你还真是个多情种，那个池小曼是不是也是你的猎物？那姑娘只怕是初涉情场，你招惹她做什么，可是害人一生呀。”

杜辉懒洋洋地一笑，坐起来靠在床头，“她和你不一样，还记得我们第一次见面吗，到现在有多少年了？”

“少提那次见面，好好的一个人让你糟蹋了。”欧阳蓓半真半假，走到窗前，一把拉开窗帘，隔着朦胧的窗纱看着远处的风景。杜辉是个相当有钱的人，住在这，视线开阔，活在别人的目光之外，只看得见远处的山峦。下午的阳光透过窗纱照起来，勾勒出欧阳蓓健康性感的身体，微显古铜色的皮肤在这种阳光下有着毒药般的致命吸引力，“你害得我再也不能嫁人。我这代价实在是太大了。”

“我们这样不是很好吗？”杜辉披上睡袍走了过来，从后面抱着欧阳蓓，声音在欧阳蓓耳边轻轻地传递，热热的气息让欧阳蓓觉得脖子痒痒的，“婚姻算什么，不过是一张纸，说它有效就有效，说它无效就是废纸一张！”

“哼。”欧阳蓓推开杜辉，走进浴室，声音清晰地传来，“少说这些混话，你占尽了便宜，我还想嫁人生子做个完整女人，这算什么？你有老婆，又有数不清的情人，还不知道下一个猎物是谁，我可不觉得这样很好！”

水声传来，欧阳蓓的声音不再传来。

杜辉的唇角闪过一丝得意的笑，他就是喜欢不停地和不同的女人交往，不喜欢固定在一个女人身上，再好的女人时间久了，也会觉得无趣，开始的新鲜很快就会变成白开水一杯。下一个猎物是谁？想着，一个温暖的微笑，一张看着舒服的脸在脑海中出现。那个看着沉静温和的女子，不张扬，不耀眼，却让人看过后，觉得心里头有种温暖的味道，池小晚，就是他的下一个猎物！

“杜辉，我警告你，谁的主意都可以打，池家三姐妹中，唯一不可以打主意的就是池小晚，她是我弟弟的唯一，你动了她，我会和你拼命。”欧阳蓓从浴室里出来，头发微湿，一边换上自己的衣服，一边说，“那天我看你看见小晚就好像狼发现了羊，今天给你一个小小的警告，如果你做事过分了，我会和你没完！”

杜辉懒洋洋地说：“池小晚？没兴趣。”

“哼，没兴趣最好。”欧阳蓓轻哼一声，拿过自己的包，到门口穿好鞋，回头看着杜辉，“不过，我还不了解你，你的眼神最能出卖你，你看到她的时候，就和当年看见我一样双眼放光。你最好是没兴趣，我已经上当了，没办法，但是小晚不可以，她几乎是欧阳清的命，如果她有事，就等于是欧阳清有事。你还是和池小曼一起吧，别打小晚的主意，我会时刻留心的。”

“好的。”杜辉听欧阳蓓这样说，心中更是痒痒，但嘴上却淡淡地说，“那样一个毫不出色的女孩子，我怎么会花心思。”

欧阳蓓稍微用力地关上门，这个男人想要骗她，他看到池小晚时微微发呆的表情，早就出卖了他。池小晚确实是没有她上面两个姐姐漂亮出众，但却有着上面两个姐姐无法模仿的独特，漂亮的女人到处可见，有味道的女孩子却不多见，而池小晚就是后者。像杜辉这样经验老到的男人，是会一眼发现的。

饮香食府离一号旧址不远，坐在饮香食府的顶楼就可以看到一号旧址的大体位置。

“这儿还真是不错。”池小珉难得夸了一句，他是个挑剔的人，调侃可以，却很少会夸奖，尤其是真心夸奖，“这个杜先生品味还不错。小姑娘，你们的老板姓什么呀？”

正在倒水的服务生抬起头来看了看池小珉，对方脸上迷人的微笑让她微微有些害羞，她轻声说：“我不知道。”

池小珉点点头，“嗯，有趣，蛮神秘的。我得想办法认识认识这个人，小晚，你看这里感觉如何？对啦，我听欧阳清说起那个桑心柔拍的红烛照片突然变成白纸一张的事，是真的吗？”

“当然是真的。”池小晚从大大的落地窗前转回头，“在这儿可以看到你们考古专家组的大体位置，这什么时候开始建的酒店？以前没注意，装饰很古典很大气，有点怪怪的，好像久远的东西，不是属于现在的。”

“对，这儿的风格和我们发现的一号皇宫旧址的某些风格有些像，不过，挖掘的速度很慢，所以，目前这些东西只是我的感觉。这儿的东西还是结合了现在的风格，但里面多多少少有些旧址的味道。小晚，和我说说照片的事。”池小珉好奇地说。

池小晚刚要说话，门被打开，杜辉和池小曼一同走了进来，没看到池森和余雪琴。

“爸妈没来吗？”池小珉随口说，“小晚说杜先生请的是我们全家，我还以为爸妈也会来呢。”

“家里来客人，爸妈走不开，所以就没来，杜先生说改天再请他们二位。”池小曼微笑着，她打扮得非常精致美丽，再小的细节似乎都用了心，“今天就我们四个一起。”

杜辉看着坐着的池小珉和站着的池小晚，他们是双胞兄妹吗？看起来并不像，如果说池小珉是耀眼的太阳，那么，池小晚就是夜空的星星。她站在那儿，身材苗条婀娜，简单的白衬衫，合体的牛仔裤，简单得不能再简单，却与这种隆重的场合不冲突。

她好就好在这种坦然的自然。

服务生轻轻走了进来，手里捧着一束带着露水的粉百合，扑鼻的香气，好像是刚刚折下来的，“请问哪一位是池小姐？”

池小曼微笑着说：“我就是。”

服务生把花递给池小曼，微笑着说：“我们老板说，很高兴池小姐来这里就餐，所以特意送了束粉百合，他说池小姐是位清纯高贵的女孩子，配得起这种花。”

“你刚刚不是说你不知道老板是谁吗？”池小珉脱口说，“让你们老板过来一下，就说我真的很想认识他。”

服务生微微一笑，有些不好意思地低下头，轻轻地退了出去。

“唉，小晚呀，你看人家池小曼，到个地方吃饭都有人送花，你得好好学学，都是姓池的，怎么差别如此大呀。”池小珉一脸坏坏的笑，调侃地说，“唉，真是让我这个同胞哥哥欲哭无泪。”

“小晚，花是给你的。”池小曼从花中抽出一张卡片，“你认识这儿的老板吗？”

池小晚摇了摇头，接过花和卡片，卡片上确实是她的名字，“池小晚，很高兴你来这儿就餐。”字写得很洒脱很随意很漂亮，但是，她不知道是谁，她有些困惑地看着花。

“不会吧。”池小珉有些意外，站起来从池小晚手中拿过卡片，瞧了瞧，“还真是，小晚，你真够嘴严，杜先生请客，你认识这儿的老板，可以打折吧，让杜先生少花些钱。对啦，刚刚那个服务生说是这儿老板送你的，也就是说你认识这儿的老板，那你快快请他过来，我真的很想认识他，他一定对那个朝代也有些研究心得。我太喜欢这儿的装饰风格了，看着真是亲切。”

“可我确实不认识这儿的老板呀，我也不知道这花到底是谁送的。”池小晚一脸困惑。

“小晚可能真的不认识。”杜辉温和地说，“别为难她了，如果你真的很想认识这里的老板，我来想办法。”

“你要是有办法最好了。”池小珉笑着说，“现在可以吗？”

池小曼瞪了池小珉一眼，轻声斥责：“你怎么可以要求杜先生替你做什么？”

“没事。”杜辉依然温和地说，却看着池小晚，微笑着继续说，“可能这饭店的老板是小晚以前的某位同学或者朋友，故意要给小晚一个惊喜，所以不肯露面，不过，粉百合倒是蛮适合小晚，清纯高贵，嗯，这也是一位有趣的人。来，我们坐下来吃吧。”

池小曼在座位上坐下，看着杜辉，微笑着说：“谢谢您，杜先生，只是可惜今天我父母和小慧都不能过来，我要代他们说声抱歉。”

华灯初上，大大的落地窗外美得令人着迷，满天的星星闪啊闪，月亮寂寞地躲在云层中，不肯露面，唯一划破这种安静画面的是偶尔飞过的飞机。突然，落地窗徐徐打开，一个点缀着绿色植物的栅栏慢慢升起，晚风吹进来，窗纱轻舞，空气中有着春日夜晚的慵懒味道。

四个人全都不由自主放下手中的筷子，惊讶地盯着窗外，这简直是太意外的惊喜了。

“小晚，你一定要把这儿的老板叫来，我一定要认识他，他简直是个天才。”池小珉惊叹地说，“小晚，你现在就去，去请他过来。”

池小晚有些无奈地看着哥哥，看着窗外的景色，会是谁呢？她怎么不记得自己有如此富有如此有创意的同学或者朋友？

“快去呀。”池小珉着急地催促着。

池小晚站起身，她对这儿的老板也有些好奇，她很想知道是谁和她开了这么一个玩笑，在池小曼在场的情况下，鲜花却是送给她的！这是她第一次遇到。“好吧，我去试试，但是我不能保证我可以找得到，因为我确实不知道这儿的老板是谁。”

“小晚，先吃饭吧。”杜辉温和地说，“过一会结账的时候我会去和服务台的人说，请这儿的老板出来一下。”

“没事，我出去看看，我也好奇得很，找不到再说。”池小晚一笑，“如果我现在不出去，准保会被我哥哥烦死。”

“要我陪吗?”杜辉一直保持着温和的态度,很有耐心。

池小曼看在眼里,心里真是欢喜,不论怎样,杜辉是给足了她面子,虽然是对着她的家人。如果他要向自己献殷勤,说不定会引起家人的怀疑,保守的父母绝对不允许她成为第三者,或者成为别人的情人。

池小晚笑着摇了摇头,自己一个人从房间里走了出来。

已经是晚上,走廊里全部亮了灯,整个走廊照得很明亮,每个房间的门都是关着的。如果有客人,门上会有一杯冒着热气的茶杯状的小灯亮着,如果没有,就说明没有客人。

她现在待的位置应该是顶楼,因为来的时候服务台的服务生告诉他们,杜先生订的是顶楼的星阁,所以她准备坐电梯下去,问题是她找不到上来的时候乘坐的电梯了。应该是对面的位置吧,也是一扇门,她想不起来出来的时候有没有看电梯外面是做成门的形状还是普通的电梯门?

奇怪的是,整个走廊里只有她一个人。这个时候服务生们大概都在房间里服务,他们房间里的服务生出来之后不知道去了哪里,她犹豫一下,向着正对着她的那扇门走去,没有亮冒着热气的茶杯状的灯,但是门两边也没有按钮。轻轻一推,门竟然开了,池小晚意外地发现这儿竟然还有楼梯,不已经是顶楼了吗?

她不是一个好奇的人,也不是一个胆大的人,望着有些黑洞洞的楼梯,心里还真是忐忑不安,她没打算上去,转身要走。

“你不是想要见到这里的老板吗?”一个温和而带有磁性的声音在她耳边突然响起,不过,不是在她附近,而是在楼梯的上方。

池小晚吓了一跳,轻轻啊了一声,这儿还真是瘆人,整个走廊里一个人也没有,明明已经是顶楼却偏偏又冒出一个楼梯。她犹豫一下,有人在讲话,就说明上面还有人,可能就是一个内部人员使用的楼梯,应该不要紧。

“你在上面吗?”池小晚轻声问了句。

一声轻轻的笑声从上面传来,挺友善,不像是坏人,随着笑声,门外的楼梯突然变成明亮的台阶。池小晚发现楼梯是玻璃的,里面有灯,一亮,非常灿烂,而且,这样可以看到楼梯是通上面的,上面应该是一个类似于楼顶花园式的地方。

池小晚轻轻笑了笑，她顺着楼梯向上走，楼梯是螺旋形的，上去是真正的楼顶，晚风吹拂，很舒服。这儿真的是个花园，问题是，这儿并没有花房，却可以生长一些似乎不应该是这个季节可以开花的植物。粉百合就在她视线可及之处，安静地开着。

可是，人在哪儿呢？

她小心地四处看了看，这儿是有桌椅，桌上放着一瓶红酒，颜色艳丽诱人，却在灯光下闪着令人不安的诡异光泽。池小晚感觉有些怪怪的，第一次知道红酒在灯光底下会是如此光泽。走过去，她刚要看仔细些，却突然听到一个冷冷的声音。

“你很好奇吗？”

池小晚吓得直接后退了一大步。

顺着声音的来源，池小晚一眼看到坐在楼边上的一个男子，一身黑衣，几乎融入黑色的夜幕中。他就坐在楼的边缘处，这个楼很高，如果不小心摔下去会死人的。“您为什么坐在那呀？”

“想一个人。”黑衣人平静地说，是刚刚那个带着磁性的声音，此刻听来有些冷漠。

“噢。”池小晚微笑着，有些小小的心虚，轻声说，“您是这家酒店的老板吗？谢谢您的粉百合，还有，我哥哥他很想认识您，他对您的酒店印象很好，他很喜欢。”

“池小珉？”黑衣人淡淡地问。

“是的。”池小晚偷偷瞄了一眼那瓶红酒，怎么就是觉得有些让她心里发毛的诡异呀，估计在一段时间内她对红酒都不会再感冒了，颜色如此之鲜艳，是灯光的缘故还是别的什么原因？

“你好像对它很好奇。”黑衣人似乎轻轻笑了一下，但不真切。

“我从来不知道红酒在灯光底下会有如此奇怪的感觉，它让我觉得有些诡异。”池小晚脱口说出实话，似乎觉得自己说得唐突，立刻闭上嘴，有些忐忑。

“红酒？”黑衣人似乎又轻轻笑了一下，他从楼的边缘下来，走到有灯光的地方，“想喝吗？”

池小晚立刻把头摇得跟拨浪鼓一般，同时也发现，对方并不是穿了一身黑，他穿的是一件棉制的浅色衬衣和一条同色系同布料的长裤，真是奇怪，自己怎么刚刚会看成他穿了一身黑衣呢？

在灯光下，池小晚发现原来是那个人。“原来是你，牟佳——噢，对啦，是我认错人了，您不是牟佳木。”说着，池小晚的脸一红，有些不好意思，“谢谢您当时没有立刻告诉我认错人了。”

“被美女认错是件幸福的事，我为何要告诉你呢。”那人微微一笑，为自己倒了杯红酒。“要吗？”

那酒倒进杯中，颜色愈发明艳起来，更加显得诡异和暧昧。池小晚心中犹豫一下，红酒和暧昧能够联系在一起吗？这是很奇怪的联系。她摇了摇头，“谢谢，我不喜欢喝酒。”

那人微微一笑，喝了口红酒，淡淡地说：“喝酒好，人醉了，可以忘记许多，包括寂寞。”

池小晚没有接话，但是心里真的是对那红酒好奇极了，那颜色怎么如此奇怪呢？

“你哥哥在挖掘深埋地下的皇宫旧址？”明明是一句问话，怎么听到耳中却是不带丝毫的询问之意。

“是的。”池小晚微微一笑，说，“我哥哥对历史上这个不知名的朝代十分好奇，确切地讲，是敬仰。他看到这个酒店的时候，就说这儿的装饰风格和发现的皇宫旧址风格接近，他激动得不得了，尤其是当大落地窗突然打开，点缀着绿色植物的栅栏出现的时候，他就一心一意地想要见到您。因为您送了花给我，所以大家认定我认识这家酒店的老板，我也是十分好奇，就出来找找看，没想到，真的让我找到了。”

那人一笑，端着杯子欣赏着杯中酒在灯光下美丽的颜色，淡淡的语气，说：“果然是很奇怪的颜色，喝了这么久，竟然一直没有注意到。其实，这种酒还是不要喝的好，喝了，就会寂寞。对啦，你刚刚说你哥哥他想见我，今天我有些累了，改天有时间吧。”

池小晚不好意思勉强别人，而且，这也不是她可以勉强的事。她点点头，站在那儿，对方不再说话，她觉得有些尴尬，说：“那我下去了。”

那人点点头，没再说话，重新回到楼的边缘处坐下，他就坐在楼的边缘处，似乎风一吹他就会掉下去。

这一过去，很奇怪，也不知道是光线的事还是自己眼花，池小晚觉得她看到的就是一个黑衣人。她从楼梯上下来，刚回到门口，楼梯上的灯突然间全部灭了，她走到门外，转身准备关门，门却自己合上，走廊里灯光依然明亮，依然没有任何人。

这地方有点瘆人。池小晚心里想。

回到星阁，池小晚推开门，迎面是一股粉百合的清香之气，正在吃饭的三个人一同抬起头来看着池小晚。

"你去了哪里？"池小珉抱怨道，"怎么才回来，酒店的老板呢？"

"他说他今天有些累了，改天有时间再说。"池小晚在位子上坐下，喝了杯水。桌上有红酒，在灯光下是熟悉的颜色，真是奇怪，那瓶红酒怎么是那么艳丽的颜色？"原来是我认错的那个人。姐，就是我以为的牟佳木，那天在清心茶馆我误以为是牟老板的男子。"

"他叫什么名字？"池小曼似乎并不愿意谈论那个牟佳木，"有没有告诉你？"

"没有。"池小晚微笑着说，"他不是一个特别爱讲话的人，但是爱喝酒，他说喝了酒可以忘记寂寞，不过，他倒是没喝白酒，一个人在楼顶喝红酒。"

"楼顶？"池小珉好奇地说，"那我去找他不就行了吗？"

"池小珉，不要多事。"池小曼立刻阻止，"也许人家根本就不想见你，你不要去自找无趣。我们吃得差不多了，杜先生还有事情要做，如果没事的话，我们就散了吧，回去晚了，爸妈也担心。"

"嗯，也好。"杜辉微笑着说，"今天大家吃得高兴。不过，小晚，你出去了一段时间，只怕是没有吃饱，还要再吃一些吗？"

池小晚摇了摇头，微笑着说："我已经吃饱了。"

一行人离开饮香食府，这儿虽然是刚刚开张，但是人还真是多，门前的车停得密密麻麻，杜辉的车一时半会儿竟然开不出来了。

池小晚下意识抬头看着饮香食府的楼顶，夜色中，什么也看不到，除了天上的星星。

“小晚，走了，你看什么呢？”池小曼拉了池小晚一下。

“没什么，看星星。”池小晚一笑，“今天的星星真亮。”

回到家，看到余雪琴一个人坐在沙发上发呆，池小珉开玩笑地说：“妈，你怎么一个人？我爸呢？今天姐的老板带我们去了新开的饮香食府，你们没去真是可惜，那儿的风格真是太棒了。”

余雪琴叹了口气，看了一眼池小珉，眼神怪怪的，发了一会呆，慢慢地说：“噢，是吗？小晚呢？”

“妈，你怎么了？不舒服吗？”池小晚走过去。

“没事，你爸去送朋友了，没事都早点休息吧。”余雪琴站起身，扶了一下自己的腰，可能要下雨了，她觉得腰有些酸疼，年纪大了，毛病就跟着来了，“我累了，去睡了。”

池小珉看着余雪琴走进卧室，悄悄地说：“怎么回事，我怎么觉得刚才妈看我的时候像是在看仇人一般。”

“你太敏感了。”池小曼微微一笑，今天杜辉真是给足了面子，让她从心里觉得满意。“爸妈一向最疼你，我们不吃醋就已经是给你面子了，你还在那胡说八道。”

杜辉的车慢慢地开离了池小曼的家，过了一条街是一家咖啡厅，里面的灯光昏暗，他停下来，拿出电话拨了一个号码，接通后就挂上，不到五分钟，欧阳蓓从里面走了出来，完全不同于白天的打扮，显得悠闲而随意。杜辉微微一笑，欧阳蓓是他认识的女人中最懂得疼爱自己的一个，她从来不会亏待自己，包括跟他在一起。

“想吃东西吗？”杜辉看着欧阳蓓坐进车里，拍拍她的手，问。

“吃了。”欧阳蓓淡淡地说，“这儿的点心不错，怎么，没和池小曼一起？你把人家骗到手，总得给点甜头吧。”

“吃醋了？”杜辉不以为然地一笑，在欧阳蓓面前，他并不是特别注意自己是否绅士，是否有耐性，好像更随意些，“她是一条鱼，偶尔喂点食物就可以，多了会撑死她，再说，你在，我对别的女人没兴趣。”

欧阳蓓鼻子里哼了一声，漠然地说：“你还当我是你当初遇到的那个十六七岁的小丫头呀，拿这些好话哄我。算了，我知道，你只要有了新的猎物，对旧的就不感兴趣了。我们只是在床上配合很好，别的我们心知肚明，你不爱我，我也不爱你。何必说这些虚话。”

杜辉一笑，开着车，眼前是池小晚干净的面容。那束粉百合更让他心中有了想要获得的念头，见惯了风花雪月，池小晚就好似那突然吹进来的风，平静得让他充满了好奇。

“喂，小心！”欧阳蓓高声提醒，一把把方向盘打到右边，一辆大车猛地按响喇叭，充满愤怒地急驶过去，“你要干什么呀？！开车发什么呆呀？！”

杜辉才反应过来，吓得出了一身冷汗，他刚刚走神了，踩了刹车，把车靠边停下来。一辆车迎面驶来，车窗开着，开车的人一只胳膊垫在车窗上，一只手闲闲地握着方向盘，从他的车旁驶过，静静地望着他，似乎是无意的，却好像看到了他内心最深处，只是一瞬间，或许对方只是无意间一回眸，却让他一身冷汗。

“你怎么了？”欧阳蓓不高兴地说，“怎么会开着车走神呢？不会是又想哪位漂亮姑娘了吧？杜辉，我可告诉你，谁你都可以去想可以去追，我都会装作看不到，但是，只有池小晚，你绝对不可以动一丝一毫的心思，她是我弟弟的唯一！”

杜辉没有吭声，他懒得和她吵，和女人吵架是傻瓜才会做的事，根本理不清，最好的办法就是装作没有听到没有看到，不去理会。

杜辉的手机突然响了起来，欧阳蓓顺手拿了过来，微微一笑，看着杜辉，有些幸灾乐祸地说：“池小曼，你的企划部池部长，大概是担心你有没有到家吧。呶，接吧，如果不接，她会担心得睡不着。”说着，接通了电话，并同时打开了免提。

杜辉有些无可奈何，这个欧阳蓓，总是如此野猫般难以捉摸，总是在他没有反应过来的时候把一个个难题抛到他面前。

池小曼的声音从手机那边传了过来，声音很温柔，听起来也很幸福，应该是躲在自己房间躺在床上打电话，“辉，你到了吗？”

欧阳蓓唇角挑起，似乎是笃定了要看杜辉的笑话，盯着杜辉，示意他接着说。

杜辉看着欧阳蓓，手伸过去握着欧阳蓓的手，一边轻轻抚摸一边对着手机温柔地说："还没有，在路上，有车，不方便和你讲话，回去再打给你，乖，早点睡吧。"

池小曼有些恋恋不舍，但是仍然是轻声说："好，我等你电话。"然后乖乖挂了电话。

欧阳蓓抽出自己的手，冷冷地说："杜辉，你还真是够恶心的！"

杜辉不介意地说："这是一个愿打一个愿挨，什么叫我真是够恶心的，大家都有所图，何必说得这样刻薄。"

欧阳蓓看着车窗外，她刚刚认识杜辉的时候还是一位在校大学生，清纯活泼，看世界处处美好，突然出现一个温柔体贴、高贵绅士的杜辉，天天鲜花，天天甜言蜜语，她就交付了自己，如今想，实在是一场噩梦。

"你打算怎样安置池小曼？"欧阳蓓淡淡地说，"她和我不一样，她出身在一个传统的家庭，她的家庭绝对不允许她做别人的情妇，而且，她肯定还对爱情充满了幻想，只怕到了最后，你会难以收场。"

杜辉冷冷地看着车窗外，他游戏了这么久，还没有人可以左右他的选择，不就是一个小小的池小曼，他想要就要，想放就放！但是，他却语气温柔地说："这与我有什么关系？"

欧阳蓓冷笑了一下，点了支烟，慢慢地说："杜辉，你有没有真心真意地爱过一个人？包括你老婆在内，或者算上你所有的红颜！有没有人是真的让你动心，而并非是贪恋年轻的身体和新鲜感？"

杜辉哈哈一笑，发动车子，开了音乐，夜空中，音乐声中香烟的雾升起，欧阳蓓悄悄落下泪来，这样一个男人，却让她浪费了那么多的青春和梦想，值得吗？他有没有一丝一毫的爱意？

第四章　心生爱慕，心柔醉酒为小珉

池小晚一进科室，桑心柔的声音就传进了耳朵中，听起来相当愤怒，“江萍，你故意的是不是?！你搞什么搞！简直是太可恶了！”

“桑心柔，我并没有什么意思，是你自己多想了。”江萍的声音听来很冷静，似乎并不动怒，而且还有隐约的委屈，“我只是去解释一下，你何必多想。”

“你哪只眼见我去了?”桑心柔是个急脾气的人，而且心里藏不住事，“就算我真的去了，与你有什么关系?！我就是不拍，我没那本事，除了小晚，现在没有人可以进得去，有本事你找你那个所谓的熟人带我们进去呀！”

“桑心柔，我们是在谈论工作，不是在泄私人恩怨，我不过是写了一篇有关红烛的文章，你就认定我不仁不义，认定我偷听了你们谈话，认定我窃取了你们的业绩！你现在根本就是在公报私仇，你明明去了一号旧址，为什么不肯承认。”江萍冷冷地说，“我就是亲眼见你从那走过来的，所以，才会去找高主任，说你可能已经取得了好的照片，希望高主任鼓励你一下，不过就是这样罢了。”

“我用得着你去替我表功吗！”桑心柔气结地说，“你根本就是在为你自己着想，你不过是用我来推卸你无法完成后面文字的窘况。别和我说那些个好听的话，这种好话我也会说！”

“桑心柔！”一个愤怒的声音在池小晚身后响起，把池小晚吓了一跳，她正在奇怪桑心柔为何愤怒成这个模样，突然听到高主任在自己身后大声地说，“你别没完没了！小江过去就只是告诉我说你有可能拍了新的照片，说你很努力,她很惭愧,没有像你一样那么早就赶去一号旧址。她看你从那出来,就没再去打扰考古专家组的人,因为老是麻烦人家也不好,她还让我多夸夸你的努力。你好好地站在这儿发什么疯呀!"

桑心柔扭头看到高主任,刚要说什么,一眼看到了池小晚,立刻扑到池小晚怀里大哭起来,嘴里嚷着:"小晚,简直快要气死我了!"

"怎么了?"池小晚小声地问。

"说来话长。"桑心柔没理会高主任,她拉着池小晚回到自己的桌后坐下,一抹眼泪,说,"今天一早我接到你哥哥的电话,说是有事找我,我就立刻赶了过去,但是,我真的没有进考古专家组,就是站在五十米外和你哥哥说了几句。回来的路上不知道什么时候让江萍看到了,然后一进单位高主任就把我找了去,问我照片拍得如何了,我说我没拍,我进不去,高主任就说我不配合江萍的工作,有意与她为难,然后把我训了好几分钟。我气不过,回来问江萍,她说她什么也没说,还说是为了我好,简直不是一般的可恶!"

池小晚一愣,有些不解地问:"我哥哥找你什么事?他怎么知道你的号码?"

桑心柔脸上一红,有些不好意思,轻声说:"上次我和你一起去的时候,你哥哥的手机刚好放在桌上,我就把我的手机号码存到了你哥哥的手机上。然后,今天一早他就打了电话给我,约我见面,把我手中那张已经变成白纸的照片拿走了,然后问了我几个问题,就分手了。"

池小晚想了一下,昨天池小珉好像并没有特别在意问她有关桑心柔手中那张照片的事,原来池小珉是想到直接问桑心柔。

"你们两个,不许聊天,快点工作!"高主任恼怒的声音再次响起。"小江,你过来一下。"

桑心柔瞧着高主任和江萍一同离开,轻声说:"听我表嫂说,高主任的老公在外面有了别的女人,两口子一见面就吵,嚷嚷着要离婚,一吵架,整栋楼都听得到,所以,心情不好,更年期就提前了。"

池小晚一笑:"你消息还真是灵通。"

"是真的。"桑心柔认真地说,"昨天晚上我表嫂去我家吃饭的时候说的,她住高主任家对面,高主任的老公很帅的,是个老师,很斯文很有教养,而且年纪也不显大,快五十岁了,看起来也就四十岁刚出头。我表嫂说的。”

“是吗?”池小晚对这些事不感兴趣,起身倒了杯茶水,准备着手今天的工作。

“你别不相信呀。”桑心柔早就忘了自己刚刚生气的事,隔着小挡板和池小晚说,“我表嫂说,其实也不是真的就有什么女人,就是高主任在她老公的一本书里发现了一张年轻女子的照片,是三十几年前的,黑白的,照片上是个很漂亮的小姑娘,当时应该是个学生吧,好像是高主任老公的初恋情人。”

池小晚忍不住笑了笑:“你知道的还真是详细,你还是想想如何应付你的工作吧,照片准备怎么办?”

“我才不管呢。”桑心柔一撇嘴,“那个江萍,我是一点也不喜欢,和她合作,我就是不配合,摆明了,怎么样!”

池小晚一笑:“不是刚刚哭得鼻涕一把泪一把了,这一会儿的工夫就全忘了。”

“我这人就这样,就是一阵,一阵就好,看在高主任现在心情不佳的分上,不和她计较。”桑心柔不在意地说,突然又脸上一红,轻声说,“你哥哥工作起来真的很认真,很迷人。”

一阵扑鼻的花香传来,一个小姑娘捧着一大束新鲜的玫瑰走了进来,声音清脆地问:“请问哪一位是池小晚?”

“在这,在这。池小晚在这,就是她。”桑心柔立刻指着池小晚高声说,送花,这是多么浪漫的事,哪个帅哥有如此雅兴?“小晚,你什么时候交男朋友了?不会是欧阳清吧?或者是那个那天你相亲认识的看起来还不错的什么老板?”

“闭嘴!”池小晚用很轻的声音说,签收了花,忽略大家投来的目光,她不喜欢这种张扬的方式,是谁呢?花里有一张卡片,她不认得上面的字,是一句诗,“众里寻她千百度,蓦然回首,那人却在灯火阑珊处。”署名是简单的两个字母,很艺术地签着“DH”。

“谁呀?这么有雅兴,还用这样一首诗来说明你是他心中蓦然回首的选择?好浪漫。”桑心柔探过身子,数着玫瑰,“1,2,3……36,36 朵玫瑰是什么意思?等等,我查一下——36 朵玫瑰,意思是,是我心属于你,浪漫心情全因有你！而且，是代表浪漫的紫玫瑰，昂贵倒在其次，小晚，你的爱慕者真浪漫。”

池小晚没说话，DH 是谁？这么霸道，这么直接！她好像不记得自己认识这样一个人。

“小晚，你还真是嘴严，什么时候有了如此大胆浪漫的追求者，竟然也不吭一声，我还真是好奇。”桑心柔笑着说，眼睛里有羡慕之意，“好朋友，你总该稍稍透露些吧。”

“我不知道是谁送来的。”池小晚是真的不喜欢这种所谓的浪漫，DH，谁呀？连个名字也不敢署，搞什么名堂？“你也看到后面的署名了，DH，猜猜会是谁？”

桑心柔想了想，摇了摇头，“想不出来，欧阳清，应该是 OYQ，对啦，是不是那个什么牟老板？”

池小晚没理桑心柔，喝了口茶，低头忙自己的事情。

桑心柔知道池小晚例来是个不多事的，她不想说不想谈论的时候，任谁也左右不了她。于是，桑心柔也不再要什么答案，自顾自地在那儿说起来。“对啦，小晚，也有可能是他哟，虽然说现在不流行相亲，可是，也有因相亲而结成眷属的呀，你说是不是？小晚，要是他的话，你会不会感动呢？真是讨厌，江萍回来了，不晓得高主任又怎么安排我，真是捉弄我！”

池小晚不喜欢江萍，她不喜欢心机太过复杂的女孩子，在这现实社会中待着，难免要为了生存花些心思，可是，真的要处处与人提防，就太累了。就如二姐池小慧，她就是不明白，也懒得去明白，每个人有每个人的活法，她何必用自己的标准评定天下人。

“桑心柔。”江萍走过来，语气很温和，目光从鲜花上瞟过，似乎有微微的愕然，却转瞬即逝，看着桑心柔，“高主任让我们继续想办法，我现在去想一下文字要怎样写才会吸引读者的眼球，你去想想如何拍出照片来，我们要好好合作，高主任希望我们可以做得比现在更好一些。”

“我没那本事。”桑心柔面无表情地说，“现在连小晚也进不去，我又不是孙悟空，可以变成一只飞虫飞进去。你还是别指望我，我不怕被高主任训，也不想做得如何优秀，本人只是一个小小的后勤人员，做好本份就好。”

江萍也面无表情地说："高主任安排的事我已经传达到，你愿意怎么做我不能左右，有什么事，去和高主任说，不要冲我发牢骚。"

桑心柔脸上笑嘻嘻的，目送着气怒的江萍离开，然后小声对池小晚说："小晚，看见她那张笑容谨慎的脸，我就想一巴掌打过去，让她变个形状，实在是太可恶了，我怎么会和她合作！高主任真是更年期更糊涂了。"

池小晚差点笑出声来，忍着，突然想：如果哥哥和桑心柔在一起，说不定不是件坏事，如此"活宝"的桑心柔也许会让那个花心大萝卜无从花心。"下一步打算怎么办？"

"没想好。"桑心柔叹了口气，想了一会，然后看着池小晚，可怜兮兮地说，"小晚，可不可以让你哥哥帮帮忙，让我拍几张照片？"

池小晚立刻摇头："在这件事上，和他讲，绝对是一点回旋余地也没有，你还是另想办法吧。"

桑心柔的电话突然响起，吓了她一跳，"谁呀？这个时候打电话，不知道本小姐心情不好吗？真是可——小晚，是你哥哥！"桑心柔后面的声音把池小晚吓了一跳，她的声音已经直接不成腔调。

"接电话。"池小晚已经习惯女孩子在哥哥面前的失态，谁让哥哥长得太招摇，"估计还是问你照片的事。"

"小晚妹妹。"一个声音在池小晚的桌前响起，"很让人羡慕呀，一大早就收了这么一大束玫瑰，是哪位痴情人送的呀？"

"蓓姐。"池小晚微笑着站起来，拉过一把椅子，"你坐，怎么有时间过来？今天不忙吗？我姐好像一直都很忙的。"

欧阳蓓坐下，看着那束玫瑰，"她是企划部，忙是正常的，我只是杜先生的私人理财顾问，除了他需要，我可以不忙。这花是谁送的，这种紫玫瑰相当少见，而且看样子这花还新鲜得很，很难得哟。"她的手轻轻划过玫瑰，这花应该不是自己的弟弟送的，这花很昂贵，以前的时候杜辉曾经送过自己一次，他是个喜欢送花的人，喜欢用小小的心思打动不谙世事的女孩子。

"我不知道是谁送的。"池小晚摇了摇头，"我想不起我认识的朋友中有哪一位的名字简写是DH。"

"DH？"欧阳蓓脸色一下子就变了，她立刻抽出花中的卡片，看着上面熟悉的字体，差点骂出声来。这个老狐狸，她就知道他没安好心，她就知道他看到池小晚时的表情就是一只狼看到了一只羊，他还真的在打池小晚的主意。她努力控制住自己的情绪，笑着，虽然笑容有些小小的僵硬，但是语气还算正常。“这花还真是漂亮，小晚妹妹，如果你不喜欢，送我可以吗？我最喜欢这种紫玫瑰啦。”

“可以。”池小晚想也没想，微笑着说，“我还在猜是不是送错了，没有署名确定一定是送给我，而且我也确实没有朋友名字的开头是 DH 组成。对啦，蓓姐，你还没告诉我你来这儿找我有什么事呢？”

“没事，我经过这，就过来看看。”欧阳蓓微笑着，心里头把杜辉骂了几百遍，“好久没去我们家了吧，今天晚上有时间吗？去我们家吃饭，我也好久没在家吃饭了，一起吃个便饭如何？我妈妈的小菜做得不错。”

池小晚想了一下，微笑着说：“好吧，正好要和欧阳伯伯道个歉，前两天因为我一时疏忽给欧阳伯伯造成了一些小小的麻烦，正好今天晚上过去说一声。”

“嗯，好的。”欧阳蓓微笑着站起身，“记得叫上你哥哥，那可是个养眼的帅哥呀，有些日子没见他了，那天见他，还真是越来越帅。好啦，我先走了，花我带走了，晚上见。”

“晚上见。”池小晚送欧阳蓓离开，看见桑心柔正拿着电话，露出一脸幸福笑容，不由笑了笑，但愿她不是真的爱上池小珉，喜欢一下可以，托付终身，池小珉不是一个好的选择。

出了大门，欧阳蓓第一个动作就是把整束的玫瑰花狠狠扔在地上，准备踩上几脚，脚举起来，却突然停在半空，想了想，她弯腰捡起地上的玫瑰花，杜辉，你个老狐狸，看我怎么收拾你！

池小曼站起来，挺直背做了一个伸展的动作，太累了，昨天晚上等了很久，也没有等到杜辉的电话，只收到一个短信：曼，已到家，很累，明天见。她怎么也睡不着，睁着眼耗到了天亮，想着杜辉，就是一心的甜蜜，他可能是担心回家晚了再打电话给她打扰她休息吧。他永远是那么体贴周到。

“池部长，有人送花给您。”秘书敲门进来，把一大束紫玫瑰放在桌上，微笑着说，“好像是 36 朵，很浪漫呀。”

池小曼一愣，看着花，发现花里面有一张卡片，放在花束最深处，好像是送花的人故意不让人看到，她取出卡片，卡片上的字她认识，而且署名她也认识。她的脸立刻被幸福染得红红的，“好的，放这吧，出去忙吧，我想一个人待会。”

“好的。”秘书微笑着退了出去，美丽动人的池小曼，收花太容易了，不过，今天收到花好像心情不错，一脸幸福，不晓得是哪位幸运的帅哥。唉，自己什么时候能收束花呀？

“众里寻她千百度，蓦然回首，那人却在灯火阑珊处。”池小曼喃喃念着，仿佛整个人都醉了，“辉，我真的没办法不爱你。就算是这一辈子我永远只能是你的情人，我也不后悔。”

桌上的手机突然响起，池小曼立刻抓起电话，难道是杜辉打电话过来？看了一眼号码，不是，是那个什么牟老板，叫什么名字来着？池小曼努力想着，不太情愿地接通，“牟老板，你好。”

“池小曼，今天中午有时间吗？”牟佳木乐呵呵地说，“昨天是不是太忙了，一直没给我电话。”

池小曼突然想起昨天答应牟佳木让池小晚一起去打网球的事，他这个时候来凑什么热闹。她语气温和却面无表情地说：“对不起，牟老板，昨天公事太多，一忙就给忘记了，真是对不起，这样吧，今天中午我请你吃饭，如何？”

“好的，不过，怎么好意思让你请客，只要有时间，自然是我来请。对啦，叫上你妹妹一起吧。”牟佳木的声音听来很是爽朗，“一直没有机会认识她，认识了，以后还可以随时请她去做做运动。”

“好。”池小曼嘴角一翘，她原本就打算到赴约的时候借口有事让池小晚替她过去，牟佳木这样说，实在是太好，“我会通知我妹妹，这样吧，昨天去了一家不错的饭店，是新开张的饮香食府，就去那儿吧。”

“好的。”牟佳木爽快地答应，“中午的时候我在饮香食府恭候，到时候见。”

池小曼看着面前的紫玫瑰，脸上又浮现出甜蜜的微笑，杜辉，天下有谁可以比得上杜辉？拨通池小晚的电话，池小曼习惯性地安排，“小晚，姐今天中午有会议要开，不过，姐答应了牟老板今天中午吃饭，不好悔约，这样，你中午的时候替我去趟饮香食府，牟老板在那儿等着，我把牟老板的电话给你，到时你联系他，这次可千万别认错人。”

“姐，怎么又是我？”池小晚皱了一下眉头，这个大姐，真是的，每次这种事总是找她，“如果没时间就改天，一定要今天中午吗？而且，他约的是你，我去不太合适。”

“没关系，到时候我会打电话给他解释一下。”池小曼没有商量余地地说，“要是你觉得不太自由，就找个同事一起。对啦，你不是和一个叫桑心柔的女孩子关系不错吗？就约她一起去吧。昨天我们去的饮香食府，她应该还没有去过吧？听你们主任说，你们两个走得很近，就当是你请她吧。”

“姐。”池小晚还没说出下面的话，池小曼已经挂了电话，池小晚叹了口气，心说，真希望池小曼快点结婚，那样，就不用她替池小曼去挡这些个追求者了，“桑心柔。”

桑心柔还在发呆，一脸的甜蜜笑容，整个人魂不守舍，池小晚相信池小珉不过是例行公事说了几句好听些的话，其主要目的一定还是在于照片为什么突然消失的正事上，不过，池小珉整个就是一个“妖言惑众”的家伙，他说句话，在他的爱慕者心中就是阳光！

“桑心柔，醒一醒好不好？”池小晚摇了摇桑心柔。

桑心柔有些茫然地看着池小晚：“怎么了？”

池小晚有些无奈地看着桑心柔：“池小珉他说了什么呀，你怎么傻成这个模样，你不会真的喜欢上他了吧？”

“他问我照片的事。”桑心柔笑着说，“你哥哥的声音真好听。你有这样优秀的哥哥，真是前生修来的福气。”

池小晚笑了笑，说不出来什么，人呀，要是喜欢某个人和某样东西，真的是好的是好的，坏的也是好的，“我姐今天让我去替她吃饭，你去吗？”

“好啊。”桑心柔立刻答应，“有人请客吃饭是好事，岂有不答应的道理。对啦，去哪儿吃，去家常小菜馆，还是别的什么地方？”

“饮香食府。”池小晚微笑着说。

“饮香食府！天，你姐可真有钱，那可是死贵死贵的地方，不是我们这种小人物去得了的。”桑心柔惊讶地说，“这种地方不去真是我白痴了，去，一定要去！”

下班的时候，两人准备离开，江萍突然喊住桑心柔，语气很平静严谨地说：“桑心柔，文字部分我已经做好，你什么时候把照片拍好，高主任希望能够尽快出稿。”

“现在是下班时间。”桑心柔面无表情地说，“是我的自由时间，并且我再次申明一下，本人无能，实在没办法拍出照片来，你还是让高主任为你另外配一下合适的同事吧，不要让本人耽误了你的前程。”

“请你自己去跟高主任解释。”江萍也面无表情地说，低下头继续她自己的工作，看也不看桑心柔和池小晚。

“小晚，我们走，真是倒霉。”桑心柔嘟囔一句，拉着池小晚离开办公室，走到外面，大大地呼吸了一口外面的空气，沮丧地说，“小晚，我还真是不知道要如何应付这个疯子。”

走了两步，池小晚看了一眼满脸沮丧之意的桑心柔，犹豫了一下，轻声说：“或许你真的可以请我哥哥帮忙，他很想知道照片的事情，或许你可以以此为借口进去，和欧阳清商量一下，看能不能拍一些不太重要的东西，或者是大家都知道的已经发现的东西，不要拍那些太过神秘和邪门的东西。”

桑心柔盯着池小晚，脸上渐渐有了开心的表情，她拉着池小晚的手，高兴地说：“我就说嘛，我们是好朋友，你肯定会帮我的，可是，我不敢给你哥哥主动打电话，我应该怎么联络他呢？”

“你有不敢的事？”池小晚笑了笑，说，“我哥他又不是什么可怕的怪兽，不过是个长得有点帅，有些自以为是的家伙，你怕他做什么？况且，现在因为照片的事情，他还有求于你。好啦，主意我帮你想了，如何做看你自己。我们是走着去，还是打车过去？”

“打车。”桑心柔乐呵呵地说，“你请客吃饭，我请客坐车。”

饮香食府，在阳光下显得气派沉静，不知道为什么，再次看到饮香食府，池小晚突然想到昨晚看到的那个奇怪的酒店老板，总是给她一种说不出的诡异感，让她有些害怕。

这次池小晚特别询问了对方的姓名，免得再出现上次的状况，竟然认错人，想想也觉得不太好意思。大厅的服务生带着她们两个到了一个临窗的位子，可以坐六个人的桌，已经坐了三个年轻的男子，“牟先生，您的客人到了。”

牟佳木抬起头，看着池小晚和桑心柔，有些迟疑，她们哪一个是池小曼的妹妹？前面的女孩子略瘦些，个子高挑，一张脸干净得很，眉清目秀，后面一个稍微胖些，笑容甜美，正眼神好奇地盯着他们三人。“两位，哪位是池小曼的妹妹？”

“我是。”池小晚看着面前的牟佳木，心中奇怪，池小曼会喜欢这样的男人吗？不是这人不好，而是在池小曼的审美观中好像不太喜欢年轻人，她更喜欢成熟斯文，就好像那天见到的她的老板杜辉那样的男子，心里想着，池小晚温和地笑了笑，“牟先生吗？真是很抱歉，我姐姐中午突然有会议要开，一时走不开，让我过来和你说一声。”

“噢，你就是那个相亲的什么牟老板呀？”桑心柔惊讶地说，“回来听小晚说，你是个不错的年轻人，你还真不像是什么老板，更像是体育人士，或者说，是个黑道人士。”

“哈哈。”牟佳木有些掩饰地笑了笑，这人谁呀，说话怎么这样直接。池小曼的妹妹虽然没有池小曼艳丽动人，却也清秀可人，看来，池家还真是出美人，听说还有一个池小慧，更是漂亮。

“搞什么鬼。”另外一个年轻人不乐意地说，“池小曼的架子还真是大，不就是一个有些姿色的女子吗，竟然敢一次又一次地耍我们，真是太过分，真当她自己是个——”

“好啦！”牟佳木扭头看了朋友一眼，“她是S公司的红人，忙一些也正常，是我约她，你们跟着想要瞧瞧，添什么乱。吃你们的东西。”

“噢，原来和你相亲的不是小晚，是小晚的姐姐呀。”桑心柔到桌前坐下，满桌子的菜，还真是丰盛，她笑嘻嘻地说，“不过，难得小晚夸人。”

“桑心柔。”池小晚有些尴尬地喊了一声，然后对着牟佳木不好意思地一笑，说，“我姐姐她确实有事，否则不会如此，不是特殊情况，她不会失信于人。”

“没关系。”牟佳木说，“来，坐吧，你姐姐她没时间我们就再约下次。今天没有外人,只是几个熟悉的朋友,知道我今天约你姐姐吃饭,想要认识一下你漂亮的姐姐,就一起来了。”

池小晚礼貌地点点头,在桌前坐下。

其中一个年轻人盯着池小晚,问:“喝什么酒?白的红的还是啤的?别告诉我你不会喝酒,这年头谁信。”

“欺负人是不是?”桑心柔不屑地说,“这话讲得怎么这么难听,不就是喝酒吗,小晚她今天不舒服,我奉陪!喝白的。”

桑心柔的酒量池小晚知道,好像天生就是个对酒来者不拒的人,喝酒比喝白开水还轻松,从认识就知道,面前这个年轻人,不一定喝得过桑心柔。

“不行,多少也得喝一点。”那年轻人好像打定主意要和池小晚过不去,而且很明显他完全看不起面前这个胖胖的有些可爱的女孩子,由着她喝她能喝多少,哼,心里想着,嘴上喊道,“服务生,来一箱你们这儿最好的酒,白的!”

一个清秀的服务生走了过来,微笑着,轻声说:“我们这儿最好的酒是我们自己酿的,几位可以尝尝。”

“好!”那年轻人豪爽地说,“今天我哥请客。”

牟佳木觉得有些不妥,立刻说:“佳林,你疯什么!”

“没关系。”桑心柔插嘴说,“不就是喝酒吗,乐意奉陪!”

池小晚有些愕然,怎么吃顿饭,弄得如此剑拔弩张?

服务生送了酒上来,很漂亮的瓶子,流线型的线条,细长而不羁,“打开吗?”

牟佳木点了点头。

服务生拿过一瓶酒,很熟练地打开盖子,酒的香气立刻扑鼻而来,醇香悠长,然后拿着酒瓶为在座的每个人倒酒,池小晚看着无色的水流入杯中,玻璃杯立刻鲜活起来,并不是特别紧张,有桑心柔在,应该不至于太糟糕。

“来,池小姐,为你姐姐的失约干一杯。”牟佳林挑衅地说,“你姐姐真是个大忙人,吃顿饭都没时间,还让自己妹妹过来,真给面子。两位不要客气,请顿饭还是可以!”

牟佳木看了弟弟一眼,这小子,摆明了找事。

池小晚明白对方是恼火自己姐姐的失约，犹豫一下，端起酒杯，心想，少少地喝一口还是可以的吧，如果一口不喝，对方肯定不会善罢甘休，“真是抱歉，我代我姐姐表示歉意。”口中说着，酒杯却就是不太情愿往嘴上送。

“这酒很好喝，您不必担心。”清秀的服务生微微笑着，轻轻的声音说，“这酒入口绵软醇香，不会上头，不会难受。”

牟佳林先是一口喝下了杯中的酒，就算是玻璃杯不大，但是这一口下去也看得出来是个酒量不错的人。“嗯，酒真是不错，好！”

桑心柔也不示弱，同样一口喝下，“你人不怎么样，对酒的评价倒是正确的，嗯，这酒还真是相当不错，好喝！”

池小晚有些茫然地看着手中的酒，她确实不善饮酒，犹豫了一下，硬着头皮把酒杯送到唇边小小地啜了一口，奇怪，她愣了一下，再轻轻喝了一小口，怎么回事？她有些疑惑地看着站在自己身边的服务生，这哪里是酒，根本就是白开水！再看一下其他人，难道是自己搞错了，一杯酒下肚，牟佳林的脸颊有些浅浅的红意，应该是酒呀？可是，为什么她喝着是白开水的味道？她喝下剩下的酒，天，她可以保证，她喝的绝对是白开水！

“您不用担心，我们的酒喝了绝对不伤身。”服务生再替池小晚倒上酒，俏皮地笑着，眼神中有着灵活的东西在跳跃。

“小晚，你今天好酒量，平常你可是滴酒不沾，今天真是厉害。”桑心柔笑着说，“这酒入口醇香，只怕后劲是大的，你小心些，不要和这人赌气，咱们不理他，有我在，看谁敢在酒上欺负你，哼，不是说狂话，本小姐天生就是酒的终结者！”

牟佳林一撇嘴，“你就吹吧！来，我们接着来。”

“佳林，你老实一会，不许找事。”牟佳木有些恼火，池小晚和池小曼不同，她是平和安静的，连笑容都是淡淡的随意的，让人看着很舒服，知道弟弟恼火于池小曼的失约，但这和池小晚没有什么关系，“池小晚是吗？不用理他，我弟弟就这样，你越理他他越疯，不理他他就老实了。”

池小晚倒并不在意此时发生的事情，她更好奇的是她杯中的酒到底是怎么回事，她拿起酒杯，再次小心翼翼地喝了一口，确实是白开水，但是，好像有酒的香气，再看其他人，大家是在拼酒，真是奇了怪了。她扭头看向服务生,服务生只是微笑着礼貌地给每个人倒酒,并没有看她。

连着几杯酒喝下去,牟佳林有些心虚,他似乎真的不是小胖妮的对手,她喝起酒来,面不改色心不跳,一口一杯,真是痛快,他已经觉得有点控制不住自己的面部表情,有点僵硬,有点傻笑,他傻兮兮地看着桑心柔,醉眼看人,这小胖妮还真是不让人讨厌,脸上皮肤挺滋润,尤其笑容,甜死人不偿命。

“看什么看!能喝就喝,不能喝就一边去。”桑心柔看着牟佳林,一脸恼火,这人眼光真是十足讨厌,色眯眯的!

池小晚起身想去一下洗手间,她是所有人中最清醒的,因为她确实是滴酒未沾。大厅里很多人在吃饭,人声喧哗,没有人注意她,电梯的门打开,一对男女从里面走出来,样子很亲密,她立刻闪身躲到一边,那女的,是她二姐池小慧。

池小慧很漂亮,相当耀眼,有她在,就算池小曼都要逊色很多,池小慧不同于池小曼,池小曼娇艳而冷静,她却妖艳而性感,她永远不吝啬炫耀她的身体她的美丽,就连她的空姐制服她都会穿出一种诱惑,让男人心跳加快。

和她在一起的是一个高大威猛的男子,样子很帅,像个混血儿。池小晚对二姐身边走马灯般更换的男人已经习惯,她似乎永远不会在一个男人身边停留超过三天。

“好,回去给你电话。”池小慧的声音听来甜而娇媚,手指轻轻划过那男子的手指,一个小小的动作,说不出的暧昧,“我要先回家,很想他们啦。”

“好。”那男子很听话地回答,眼睛一刻也没有离开池小慧。

“我先走了。”池小慧回头冲那男子一笑,自顾自地走开,那男子站在那依然痴迷地望着池小慧玲珑有致的背影,池小晚却看到转头后的池小慧一脸漠然,好像刚刚不是她。这是二姐最正常的作风,她只是游戏。

池小晚把自己的身体努力地往一棵大型绿色植物的后面藏,她不想被池小慧发现,如果池小慧发现她在这,准保得让吃饭的那桌人一个个流鼻血不成。

有人吹了一声口哨,是那个牟佳林,他还真是一个不怕多事的!

池小慧听到口哨声,向口哨声传来的方向看去,看到一个已经一脸醉意的年轻人正傻乎乎地看着她，眼球都快要从眼眶里掉出来。停一下，她竟然朝他们走过去，微笑着，轻声说："口哨是你吹的吗？"

牟佳林傻笑着点头，这女的，真是个尤物！

池小慧刚要说什么，突然看到坐在一边的桑心柔，"你叫什么？怎么看着有些眼熟，是小晚的朋友吗？"

"是的，是的，我是桑心柔，小晚的同事兼好友。"桑心柔立刻认出对方，"你是小慧姐，天，你真是太漂亮了！"

池小慧柔柔地一笑，"小晚呢，有和你在一起吗？"

"有，她去洗手间了。"桑心柔高兴地说，"今天是小曼姐有事不能来，让小晚替她过来，正吃着呢。你什么时候来的？有没有吃？要不一起吃？"

"我吃过了。"池小慧微笑着回答，然后冲已经有些醉意朦胧的牟佳林一笑，"这位小帅哥口哨吹得不错，有事吗？"

牟佳林想要站起来，却觉得头重脚轻，一个劲地晃，他伸出手想和池小慧握手，却觉得一股子寒风吹过，眼睛被重物狠狠击中，嗡的一下，一股甜腻的液体流到嘴里，他向后直直地仰倒在地，旁边的牟佳木和另外一个都没来得及抓住他。

牟佳木立刻起身扶起自己的弟弟，抬眼看到一个高大威猛的男子正一脸怒气地盯着自己的弟弟，刚才就是他出手打伤了牟佳林。"你什么人？为什么要打伤我弟弟？"

"我是小慧的男朋友，这小子竟然敢冲着我女朋友吹口哨，我当然要教训他！"男子明显还在愤怒中，大声说。

池小晚不知道是出去劝阻好，还是躲在这儿好，犹豫着。

"对，教训他一下也好，刚刚他竟然对小晚不尊敬，出口伤人，让他清醒一下也好。"桑心柔接口说。

池小慧嗔怪的口气对着那男子说："你弄清楚了再出手，这儿的人是我妹妹的朋友，你伤了他们，我还得向人家道歉。"说着，走过去，在刚刚睁开眼，还有些糊里糊涂的牟佳林面前半蹲下，伸手轻轻抚过牟佳林额前的头发，细声细语地说，"真对不起，他出手太重了，有没有伤到你？"

牟佳木看着池小慧，这池家三姐妹还真是各有风采，这个池小慧，绝对是迷惑众生的女子，天生的狐狸精转世，这一笑，估计弟弟已经晕得不知道自己姓什么了。

“没，没，没事了。”牟佳林激动地说着，只觉得眼前的女子笑容妩媚动人，就算是为她死，也是值得的，更何况只是被人打了一拳，如果让人打一拳可以让她关心一下的话，他倒愿意再挨一下。

桑心柔在一旁看得目瞪口呆，池小慧真是颠倒众生的美丽女子，一句话，红颜祸水！

池小晚躲在那棵大型绿色植物的后面，思忖着要如何面对姐姐池小慧，心里很希望可以拖到池小慧离开再出去，那样，或许好些。池小慧应该对那个年轻小伙子没什么意思吧，她只是习惯于展现自己的魅力。

“慧。”那男子诚惶诚恐地看着池小慧，莫名紧张，“我，我只是听见他吹口哨好像没存什么好心，我——”

池小慧回头看着他，脸上依然带着迷人的微笑，静静的，好像在说着最甜蜜的事，“你想让我原谅你是吗？很简单，你打了人家，再让人家打回来我就原谅你。你叫什么名字？刚刚他打了你，你现在打回来，好吗？”

桑心柔觉得自己的嘴张得已经不能再大了，可是，还是觉得不足以表达她的惊讶，这个池小慧，真是太，太，太不一般啦！

牟佳林傻兮兮地看着池小慧，此时池小慧让他死他都会答应，别说打人啦！“好！”牟佳林努力站起来，酒意让他脚下不稳，他摇晃着，攒足了劲，池小慧让他打人，他一定要尽心尽力地打。对面的男子似乎想要躲闪，但看了一眼面带迷人笑容的池小慧，他犹豫了，咬着牙，硬着头皮，实实在在挨上了牟佳林的一拳。

桑心柔先是惊愕地看着，嘴巴努力地张着，然后，整个人再也无法控制地大笑起来，这简直太夸张太好玩了！

池家三姐妹，真是三个完全不同的精彩！

池小晚将身子轻轻站直，这个宝贝二姐，这种事情，也只有她做得出来，那两个男的只怕也是中了她的“毒”。

“你有个相当有趣的姐姐。”一个温和略带磁性的声音在池小晚的身后响起，声音中却不带任何感情。

池小晚吓了一跳，回头看，身后站着一个干净的男子，看不出具体年龄，面容很年轻，气质高贵沉稳，“是你。”她轻声说，唯恐被池小慧发现，“很高兴再次遇到你。”

对方淡淡一笑，看着那一桌有些乱的食客，没有说话，走开。

池小晚并没有发现对方离开，她还在担心，倒不是害怕二姐，而是她实在是不想看到池小慧再做出怎样“可怕”的举动！

池小慧脸上始终带着甜蜜的微笑，看着两个模样狼狈的男子，笑容在她脸上渐渐地加深，她看了一眼已经笑到直不起腰的桑心柔，温柔地说：“是小晚的朋友吧？如果有人敢欺负小晚，你就来告诉我，我们一起教训他，好不好？”

桑心柔傻乎乎地点头。

看着池小慧终于离开，池小晚松了口气，她这个宝贝姐姐和那个宝贝哥哥池小珉应该是一对双胞胎才对，他们两个人的性格实在太“奇怪”。想起刚刚和自己说话的男子，这个酒店的老板，四处看了一下，早已经看不到人。

“小晚，你回来了。”桑心柔看着池小晚走回来，在座位上坐下，迫不及待地说，“你怎么才回来，刚才，你二姐过来替你教训了一通那个小子，”她指着仍然一脸傻兮兮笑容的牟佳林，笑着说，“刚刚真是太有趣了，你怎么才回来，要是你在，你看了也一定笑得不行，你二姐简直太棒了！”

池小晚有些勉强地笑了笑，再看前面的饭菜，竟然一点食欲也没有，拿着筷子，不知道吃什么才好，端起桌上的酒杯喝了一口，还是白开水，她有些困惑地看着桑心柔，想了一下，用筷子沾了一下桑心柔酒杯中的酒尝了一下，忍不住皱了一下眉头，那才是酒，什么入口醇香，根本就是辣的！

“怎么？还没喝够。”桑心柔乐呵呵地问，转身叫来服务生，“服务生，再来一瓶酒，我们还要喝！”

池小晚叹了口气，看着一桌子人兴奋的表情，尤其那个牟佳林，挨了打还一脸幸福表情，真是，欠揍！

“你二姐做什么的？”牟佳木问，看向酒店大门，那儿早已没有池小慧的身影，那个女子，轻易就让男人们热血沸腾！

“空姐。”池小晚说。

“她很漂亮。”牟佳木笑着说，“和你大姐完全不同的美，你们池家三姐妹个个都很漂亮，但个个不同。不过，我还是喜欢你大姐，池小曼冷静端庄，是个适合做老婆的人，娶了她起码不用像娶你二姐这样的女子让人时刻担心。”

池小晚勉强一笑。

不知道如何带桑心柔回去，到了最后，桑心柔也喝多了，把桌上三个男士通通喝得钻了桌子底，她喝得一直在唱歌，她的嗓子够响亮，唱得也挺好听，但是，总不能让她这个样子回单位，在办公室里一直高歌不止吧？

“带她去休息区，她喝多了，这样子出去，你照顾不了。”那位一直在接待他们这桌的清秀的服务生走过来，温和地说，“我们老板让我们扶她去休息，我们这儿有休息室，就是为了让喝醉酒的顾客先休息一会，等醒了酒再走。”

池小晚感激地点头，这儿的老板真是想得周到，其他服务生过来把酒醉的三人先扶到他们的车上，剩下这位清秀的服务生和池小晚一起扶着桑心柔到了一处安静的房间前。

“就这儿，你和你朋友一起进去休息一下吧，里面有准备好的茶水，也有电视和杂志，你可以一边看一边等你朋友酒醒。”服务生始终温和地笑着，让人看着很亲切。

打开门，里面有沙发，池小晚扶着桑心柔进到里面，把桑心柔放到沙发上。这是一间不大的房间，窗户外面是一片绿色，应该是酒店的后面，刚刚修剪过，有着淡淡的草香，风把窗帘吹起放下，感觉很舒服。池小晚在另外一个沙发坐下，找了本杂志看着，看了一会，觉得有些累，便靠在沙发上闭上眼睛休息。

不知过了多久，池小晚被电话铃声惊醒，是她的手机，她拿起电话，仍有些不太清醒地问：“你好。”

“小晚，你怎么了？”欧阳清的声音充满了担心，“你的嗓子怎么了？好像有些哑，是不是没休息好？”

“不是。”池小晚叹了口气，懒懒地说，“我刚刚睡着了，你的电话吵醒了我，所以讲话才会这样，现在几点了？”

说话间，才发现自己身上盖着一个薄薄的被，白底蓝花的薄被，有着淡淡的花香，难怪虽然窗户开着，但她一直没有觉得寒意。扭头看，桑心柔身上搭着桑心柔自己的外套，整个人窝在沙发里，睡得正香甜，脸上还带着甜蜜的笑，陶醉得不得了。池小晚几乎不用脑子想就知道，这丫头，梦里一定遇到了池小珉！

"现在是下午五点，我姐说你今天和你哥会来我们家吃饭，我想问一下，你什么时候过来。"欧阳清轻声说，"你在家吗？睡着的话应该把手机关上，我可以打你哥哥的电话，或者你家的电话。那样就不会吵到你了。"

"噢，没事。"池小晚愣了一下，已经五点了吗？已经这么晚了吗？"我哥没在单位吗？如果他在，让他先过去吧，我有点事，处理完就过去。"

"好，要我去接你吗？"欧阳清高兴地说。

"不用，我自己打车过去就行，没事的话，我挂电话了。"池小晚打开房间里的灯，一脸无奈地晃了晃仍然睡着的桑心柔，"桑心柔，醒醒，已经五点了，你得起来，我们该走了。桑心柔，快醒醒，"

桑心柔勉强睁开眼："我怎么了？我们在哪？天，我的头好疼。"

"你喝多了。"池小晚微笑着说，"在酒店的休息室睡着了，能起来吗？已经是下午五点，再不走，可以在这吃晚饭了。来，快点起来，别磨蹭了，我打个车送你回去，希望阿姨不要骂我。"

"我妈？"桑心柔笑嘻嘻的，还没想起自己怎么会在酒店里睡着，"理她，她管我？呵呵，她不管我，小晚，我刚才做了个梦，你哥哥他在我梦里出现，小晚，我正幸福得不得了，让你吵醒了，你，得还我的梦！"

"好的，如果梦可以还的话，我会还你一个让池小珉对你俯首称臣的美梦，那小子值得你做梦也不能忘记吗。"池小晚扶起桑心柔，"来，穿上你的外套，这个时候外面可能有些冷，小心感冒。"

有人轻轻敲门，池小晚走过去打开门，是那个服务生，微笑着站在那儿，轻声说："我们老板说，他正好要出去，让我过来看看，如果你们醒了，他可以顺道带你们离开。外面起风了，你们一直在休息，出去容易感冒，而且这个时候不太好打车。"

"谢谢。"桑心柔从后面探出半个脑袋，笑嘻嘻地说，"你们老板是谁呀？这么善良可爱？"

服务生轻轻一笑，温和地对池小晚说：“你朋友好像还没完全醒酒，看来我们老板的决定是正确的。”

池小晚想不出拒绝的理由，只得接受，服务生说得不错，这个时间在这个城市打车真的不容易，已经亮起的路灯下，路上车来车往，每辆出租车都有人。

开始，池小晚以为是司机开车，老板坐在车上，但是，她们上车时车内并没有人，刚刚一会，桑心柔就靠在车背上闭上眼睛再次睡着，她根本就没有醒酒。然后，他坐了进来，池小晚不由自主地连呼吸都放到最轻。

他把车窗打开，一只胳膊随意地搭在车窗上，一只手把着方向盘，沉默不语，安静地开车，风在车内像个调皮的孩子，随意地进进出出，天上的月亮和星星不知道跑去了哪里，细细的雨丝轻轻地随着风进来，有几分凉意，池小晚将自己的身体缩进黑暗中，静静地看着车窗外的景色，夜色下，这个城市如此美丽。

突然，两个人跳入她的眼帘，她诧异地看着，并且因车速快而不得不扭回头去看，是自己看错了吗？

“想停下来看吗？”他说，声音很平静，“是你认识的人吗？”

池小晚犹豫了一下，或许是自己看错了吧，怎么可能，这个时间，怎么可能会在这看到应该待在家里的妈妈，和一个她不认识的男人，肩并肩走在河边，一脸温柔微笑地说着话？

池小晚摇了摇头，轻声说：“不用了，谢谢，是我眼花了。”

池小晚把车窗重新关上，一定是自己看错了，或者只是路上碰到了熟人，所以妈妈才会在这个时候和一个她不认识的陌生男子走在河边。

第五章 再遇初恋，旧事又令心潮起

桑心柔也真是有趣，一路睡着，到了她家的时候她却刚好醒来，执意要自己走，池小晚只得目送她自己上了楼，楼道的感应灯一直亮到她家住的楼层，然后，池小晚才转身重新回到车内坐下。

不知道为什么，车内的空气突然变得莫名紧张起来，池小晚只觉得自己的呼吸都有些紧张，连她自己的心跳都听得清清楚楚，外面的雨下得大了起来，雨刮的声音是此时车内除了雨声外唯一的声音。

突然，一阵铃声响起，把池小晚吓了一大跳，电话是池小珉打来的。接通，对方的声音清晰地在车内响起，池小晚心中懊恼，怎么这车内安静到电话中对方的声音也听得清清楚楚？

“小晚，你到哪了，再不来，欧阳清这小子就要疯了，他已经把他家地板踩平了。哈哈。”池小珉的声音清晰得很，池小晚心虚地看了看前面安静开车的他，她怎么好像有些怕他？

“我在路上了。”池小晚不敢高声说话，但仍然觉得自己的声音听来异常清晰，“你不要催了，很快就到。”说完立刻挂上电话，不知所措地看着前面开车的他。

“你很怕我吗？”他安静地问。

池小晚几乎没加思索地点了点头，脱口说：“是的。”这话一出，池小晚立刻觉得不妥，但是，又不知如何解释，她确实有些怕他，确切地讲，还不是有些，根本就是很害怕，整个人僵在那。

前面是铁路，一辆火车轰鸣着经过，他停下车，安静地等着，从前面的镜子里看着坐在后面的池小晚,池小晚不知道他在观察她,此时正面带不安之色地坐着,轻轻用牙齿咬着下嘴唇,正在想着如何继续下面的话,眉头很可爱地皱着,引得他忍不住轻轻一笑。

火车经过后,再次变得安静的车内,他轻轻地微笑,缓和着车内的氛围,开口随意地问:“你父母为什么给你取名‘小晚’?”

池小晚愣了一下,车经过铁路轨道轻轻地震动了一下,犹豫一下,说:“名字是爸妈取的,好像是说我来得太晚了,我出生的时候,医院里有个人说我怎么来得这么晚,我妈是这样说的,可能就是这个原因吧。”

“小晚,名字不错,就是有些小小的忧郁。”他关上车窗,避免雨随着风吹进来。

池小晚低下头微微一笑,心里笑自己的小小紧张,人家就是一个和善的老板,人家一直在想办法缓和她的紧张情绪,她不可以再这样傻乎乎地紧张下去,这样想,池小晚努力平定一下自己的情绪,让自己可以如常地说话,然后找了一个话题,“您的饮香食府真的很不错。我哥哥非常喜欢,我也很喜欢,就是觉得有些莫名的哀伤,可能因为酒店里面的装饰和我哥哥正在发掘的一号旧址的风格有些类似吧。不过,真的很美。”

他微微一笑,望着车窗外,平稳地开着车,眼神却突然间变得忧郁哀伤,仿佛突然间陷入忧伤之中,“已经有了此时的痕迹,算不上美丽了,这么多年,最真实的东西已经成了记忆碎片,无法收拾。”

池小晚不知道如何接下去。

“唯一可以完整回忆的,就是这雨,数千年来,或许只有这雨一直如此安静,没有任何改变。”他静静地说,“那个欧阳清很喜欢你,你喜欢他吗?”

池小晚觉得脑袋有些晕,这个人讲话跳跃得很厉害,每个问题过来,连考虑的时间都没有,“他是朋友。”

他微微一笑,轻声说:“如果可以爱,一定要好好地爱,不要给爱找任何理由,能够爱,本身就是幸福。爱不是用来修饰的,是用来感动的,欧阳清是真的爱你,不加掩饰,你同样爱他吗?”

池小晚说不出话来,有些无措地看着他的背影。

“到了。”他安静地说,并没有回头,“你手边有把伞,记得还给我,见面送伞是件不吉利的事。”

“好。”池小晚除了乖乖听话，别的什么也不会做了，一伸手，碰到身边一把伞，拿在手中，打开车门，打开伞，那么优雅的蓝色，在路灯下，跳跃出一种让人心醉的灵动。这人的眼光真好，伞都可以买到如此漂亮的，难怪饮香食府装饰得那般漂亮，“谢谢，您的伞真漂亮。哪里买的，我要去买一把？”

他轻轻一笑，淡淡地说：“你无法去买，记得还我。”

池小晚点头，目送他开车离开，然后转身去按门铃，欧阳瑞祥是个专家，在考古界相当有名气，他在这儿有一套单独小院，收拾得古朴干净，很有岁月味道。路灯下，池小晚看到伞上缀着一个漂亮的饰物，伞把是木制的，有淡淡的檀香。

“小晚，你来了。”欧阳清开心的声音传入耳中，他撑着伞打开门，一脸欢喜地说，“快进来，雨下大了。”

一进客厅，就听见池小珉声音很夸张地在说：“天，这丫头终于来了，再不来，我就要变成饿死鬼了，欧阳蓓，你能不能让我先吃点，你真打算把我饿死呀！像我这样的帅哥，饿死了太可惜了。小晚，你一步一步挪来的呀？喂，小晚，你的伞真是漂亮极了，你哪里弄来的？快拿来我瞧瞧。”

没等池小晚反应过来，伞已经跑到池小珉手中，池小晚也是这个时候才看到伞的全貌。伞是油纸面，不是现在商场里随处可见的折叠伞，伞是水润的蓝，随意地画着几枝竹子，墨般湮开，鲜活无比，似乎闻得到竹香，听得到风吹竹动的声音。

“小晚，这伞真的太漂亮了，哪里买的？”欧阳蓓也凑了过来，“手艺这般精致，不是寻常处可以得到的。”

“是饮香食府的老板借我的。”池小晚安静地说，把伞撑好晾着，这伞真是漂亮，“今天姐约了一位朋友在饮香食府吃饭，因为中午有会议要参加过不去，让我过去替她应付一下。出来的时候下雨，老板开车送我和桑心柔回家，到的时候，他借了伞给我，我还得还人家的，哥，你不要那么盯着看好不好，人家是要拿回去的。”

“我一定要认识这个人，他简直就是奇迹，在这样喧嚣的现实生活中，竟然还有这样的人存在，欧阳清，这伞的图案跟我们发现的一号旧址的图案有某些近似之处,这人绝对是那个朝代的崇拜者!”池小珉激动地说,“我们一直在发掘,我想这个人一定知道比我们更多的东西,否则,他手中不会有如此接近那个朝代的东西。”

“好啦,吃饭了。”欧阳蓓乐呵呵地说,“吃完饭再说这些。”

拿出钥匙,余雪琴打开门,屋里没有亮灯,池森和孩子们都没有回来,这个时间没回来,估计是不回来吃饭了,她不饿,倒了杯水,坐在沙发里休息。

昨天,怎么会那么巧,遇到他。他变了,就如自己也变了一样。他变得成熟,更加吸引人。难怪说男人四十一枝花,虽然他已经五十多岁,却依然有着四十岁的儒雅和稳重,看不出一点老态,倒是自己,不论容颜和身体都走样了。

自己已经四十九岁,小曼都二十七岁了,自己二十二岁那年生她,最小的小晚也二十三岁了,她怎么可能不老?

他说他有个做生意的儿子,还有一个儿子刚刚大学毕业不久,跟着长子做事。大的有事业要忙,每天有应酬,所以不住家里,小儿子喜欢跟哥哥住,偶尔回家住一两天,多数时间和哥哥在一起。

“唉,我们都老了。”他感慨地说,在河边,有雨,他撑着伞,一大半替她挡着,道别的时候把伞给了她,他的衣服湿了一大半,但却很满足的模样。

好久不穿高跟鞋,脚有些痛,她倒了热水把脚泡在里面,有些嘲弄地想:自己想什么,这把年纪了,还想给他见到如何的模样?再怎么修饰,穿再漂亮的衣服,也遮不住岁月的痕迹,小慧从国外带回来的衣服也无法让她有足够的自信心,站在他身边,自己就像是一个小老太太一般!

门突然被打开,香水味传来,余雪琴一皱眉头,不用看也知道是池小慧回来了,不知道又跑去哪儿疯去了,搞得这么晚才回家。

“妈。”池小慧笑着坐到余雪琴身边,高跟鞋一下子甩到一边,甜蜜地拥着余雪琴的肩膀,“妈,我回来了,咦,其他人呢?那个自命不凡的池小珉跑哪去了,我有好东西送他。对啦,妈,我买了今夏最流行的衣服给你,你今年夏天一定是我们这儿最迷人的妈妈。”

余雪琴笑笑:“再迷人也是妈妈了。什么时候回来的?这个时间回家,又去招惹哪个倒霉鬼去了?”

“妈。”池小慧眯着眼睛，像只慵懒的猫，懒洋洋地说，“那些男人，脏死了，白送我也不要，不过是闲着无聊，看他们吃醋消磨时间罢了。姐和小晚呢？今天我在饮香食府遇到小晚的同事，竟然有人敢挑衅我池小慧的妹妹，真是活腻了，让我给收拾了一通，真是热闹。爸呢？”

“他们一起玩的几个人中有个人身体不舒服住院，年纪大，孩子又不在身边，他们几个轮着在医院陪他。”余雪琴擦了擦脚，“估计雨要下一晚，你爸可能不回来了。你吃饭了吗？没吃我去给你做，如果不吃，我就去睡了。”

“吃过了，你去睡吧。”池小慧笑了笑，“我得去洗个澡再睡。不然，等会姐回来，我就排不上号了。”

池小曼在门口换了鞋，闻到空气中充满诱惑味道的香水味，知道池小慧回来了，真是奇怪，爸妈怎么给最是妖媚的二女儿取了如此贤淑的名字，慧，不如叫狐合适些。听到水的哗哗声，知道池小慧在洗澡，她直接回自己的房间，打开灯，把那束玫瑰放在花瓶里，看着，唇畔荡漾着甜美幸福的微笑。

今天下午一直忙到现在，整个人都僵硬了，不想洗澡，一头栽在床上，看着天花板，手不由自主拿过电话，按下了那个熟记在心的号码。

“曼，这么晚了，还没睡吗？”杜辉的声音从电话那端传来，温柔稳重，池小曼的心头升起一份惬意和放松，她喜欢他的声音，只要听到他的声音，一切的一切都可以抛置脑后。

“想你，睡不着。”池小曼撒娇地说，“辉，谢谢你送的玫瑰。”

玫瑰？杜辉微微一愣，示意按摩的女孩子暂时停止，他有送玫瑰给池小曼吗？玫瑰是送池小晚的，难道花店的人搞错了？微皱着眉头，他依然温柔地说：“喜欢吗？”

“喜欢。”池小曼的声音甜蜜动人，“只要是你送的，什么我都喜欢，你写的话我也喜欢，辉，我真的不爱你都不行。”

杜辉心里骂了一句，该死！肯定是花店的人送错了！但仍然是语气温柔地说：“喜欢就好，你今天忙了一天吧，快睡吧，再不睡，我心疼。听话，快去睡觉，有什么事明天再说好吗？乖，我知道曼是最听话的了。”

“好吧。”池小曼恋恋不舍地挂了电话，一脸的甜蜜幸福。

“姐，和谁说话呢，表情这样甜蜜。”池小慧门也不敲地闯了进来，坐在池小曼的床上，笑嘻嘻地问。

“死丫头，你能不能穿上衣服再在房间里乱转呀？”池小曼轻声斥责道，“爸和小珉不在家，要是他们在家，你要丢死人了。”

池小慧哈哈一笑，不以为然地看着自己丝缕未着的身体，“身体就是最好的衣服，放心，我就是知道他们不在家才敢如此，你是我姐，我有什么好害怕的，又不是没让人看过，姐，你看我还足够迷人吧。”

“嗯。”池小曼懒懒地说，“迷死人不偿命，不理你了，我去洗澡，小珉和小晚还没回来吗？”

“没，我回来的时候只有妈一个人在家，还真够臭美的，在家也打扮得和个贵妇人差不多。”池小慧躺在池小曼的床上，盯着天花板，笑嘻嘻地说，“爸要看严点，我觉得妈有些春心乱动的模样，不为男人，哪个女人会把自己打扮得跟朵花似的。”

“闭上你的嘴吧。你和小珉真是一伙的。”池小曼拿着睡衣出去，转回头说，“也许妈是去看朋友，当然要穿得漂亮些。”

看着池小曼离开，池小慧拉过被子盖上，有些凉，可能是窗户没关，下雨的时候总是冷些。突然，看到池小曼的电话一闪，应该是个短信，她随手拿起来，看了一眼。“曼，宝贝，我也爱你，好好睡一觉。辉。”

池小慧眼睛一转，辉？是谁呀？不会是池小曼的老板吧，听说池小曼的老板叫杜辉，富人榜上有名有姓的人，池小曼不会爱上她的老板了吧？杜辉可是有家室的人。池小慧立刻查看池小曼的电话本，发短信的电话号码后面的名字确实是杜辉！

一眼看到放在花瓶里的紫玫瑰，她立刻跳起来，到了花瓶前，找到花里的卡片，看着卡片后面的署名：DH。果然是杜辉。一向聪明冷静的池小曼竟然爱上了一个有妇之夫！

这个傻瓜！池小慧嘴轻轻一撇，明知是火坑也要往里跳！她把号码记下来，把手机重新放好，然后躺回到床上，闭着眼睛休息，唇畔隐约出现一丝冷笑。杜辉，你遇到我池小慧，死定了！

欧阳家，所有人吃完饭，在客厅里坐着聊天，欧阳蓓微笑着坐在池小晚的身边，拿了个水果给池小晚，说：“来，吃点水果。”

“姐，饭后接着吃水果不好。”欧阳清立刻说。

欧阳蓓哈哈一笑，说：“小晚还没进我们家门，你就这样护着呀？爸、妈，我看呀，还是赶快让小晚嫁进来吧，免得我这个傻弟弟食不知味寝不得安。欧阳清，有没有计划呀？你们结婚时装修房子的费用姐出了，就在二楼吧，清静又漂亮。”

欧阳清不知道如何是好地看着欧阳蓓，怕池小晚生气，悄悄地扫了一眼池小晚，池小晚正一脸讶然地看着欧阳蓓，她一点思想准备都没有，欧阳蓓却谈兴正浓，不肯放过这个话题。

“爸、妈，你们不想快点抱孙子吗？”欧阳蓓笑着说，“你女儿我可是没有嫁人的计划，就让欧阳清先成家。这样想，真是一件喜庆的事，我得好好计划一下，难得回来一次，走之前一定要把弟弟的事情准备好才成，不然，对我来说始终是个心事。”

池小珉哈哈一笑：“欧阳蓓，你的想法真好，不过，这除了得小晚自己同意外，还得我们家里人都同意才行，她上面有两个姐姐一个哥哥，都还没有成家立业，你让最小的她先嫁，估计不好说。现在小曼和小慧都还没有嫁人的计划，你让她们有个心理准备好不好？小晚，你不会这么着急嫁人吧？”

池小晚立刻说：“大家不要开玩笑，我还没想过这个问题。”

“该想了。”欧阳蓓笑着说，“你今年二十三了吧？这个年纪嫁人生子是最好的。池小珉，你别自己没有合适的，就不让你妹妹嫁人，要是等你和你姐姐们都嫁了再让小晚嫁，我看那得猴年马月才成！别的不说，就说你大姐，一心忙工作，你二姐，天上飞来飞去，什么时候才会嫁人？还有你，整个一个花心大少，有结婚的意向吗？”

池小珉鼻子里轻轻哼一声：“欧阳蓓，你讲话婉转点好不好？是你们家要娶我妹妹，还没影的事，就拿我开涮，哼，我还就是不答应，让小晚嫁给欧阳清，得先过我这一关，就你这么厉害的一个姐姐放在这，我妹妹嫁过来，我还真不放心。”

欧阳清立刻在一旁说：“好啦，你们两个只要是碰在一起就会打嘴仗，这是我和小晚的事情，你们不要乱掺和好不好？”

欧阳瑞祥喝了口茶，面带微笑地看着吵吵闹闹的几个年轻人，这种感觉真好，从过往的历史中出来，看到这些鲜活的生命，心里的感觉真好！突然，他的目光落在放在门口支着的伞上，诧异地问："那是谁的伞？"

"小晚带来的。"欧阳清立刻解释，"是饮香食府的老板借给她用的。我们刚刚也在讨论这把伞，它和我们在旧址中发掘出来的物品有些相似，尤其是图案。"

欧阳瑞祥站起身走过去，拿起放在地上的伞，眼睛发着光，这个时候还能发现和那个时空如此相近的物品，真的是个天大的意外。"小晚，这把伞可以送给伯伯吗？"

池小晚摇了摇头："欧阳伯伯，这是饮香食府老板的伞，他只是借我一用，临走的时候还嘱咐过我，一定要记得把伞还给他。"

"有他电话吗？我和他联系，我出多少钱都可以，我想把它买下来，它在这个时候出现，简直就是个奇迹。"欧阳瑞祥激动地说，"这做工和用料，都足以说明这把伞绝对不是现在的人仿造出来的，如果说一定是有人仿造出来的，也是个高手！"

池小晚犹豫了一下，"我没有他的电话，我还他伞的时候可以和他说说您的想法，如何决定由他自己和您说，好吗？"

欧阳瑞祥仔细端详着手中的伞，实在不舍得放下，看着池小晚说："要不这样，你先从这拿把伞用着，我只借用一晚，仔细看看，明早就还给你。"

池小晚心中觉得这样不好，她不应该把别人借给她的东西再借给别人，尤其是如此珍贵的物品，从欧阳瑞祥的喜爱程度看得出来，这绝对是一件相当珍贵的物品，否则，一把伞怎么可以引起考古界最出名的欧阳教授的青睐。池小晚摇了摇头，轻声说："真是很抱歉，欧阳伯伯，我不能答应您。"

欧阳瑞祥有些恼怒，转头看了池小珉一眼，意思是让池小珉再劝劝池小晚，池小珉对伞也很好奇，可是，他知道池小晚是个看似平静温和但实则很有原则的女孩子，若是她不想做的事情，任何人也勉强不了。

"小晚，能不能考虑一下？"池小珉不好意思驳导师面子，应付地问了一句，"难得欧阳导师如此喜欢这把伞，只是一个晚上，应该是没什么事的。"

池小晚再次摇了摇头表示拒绝。

房间里的气氛一时之间有些尴尬，欧阳瑞祥心中觉得不快，不太情愿地放下了伞,坐回到沙发上,喝着茶,一句话也不说。

“哥,时间不早了,我们回家吧。”池小晚轻声说。

池小珉打着哈哈说:“是呀,在这待了一个晚上,也该回去了,再不回去,爸妈该着急了,他们宝贝的小晚,很少这么晚还在外面。对啦,今天二姐打电话来,说她回来了,还给我们俩带了礼物,不如我们回去瞧瞧。”

“我送你们。”欧阳蓓微笑着,心里暗骂自己父亲,真是年纪越大脾气越古怪,不就是人家小晚不答应把别人的伞借给他吗,他就摆个臭脸给人家,这不是摆明了撵人走吗？还想让人家小晚进这个家门,真是没事找事！“外面雨下大了,正好我也要走,顺道送你们。”

“好。”池小珉乐呵呵地说。

池小晚微垂着头,走到门口,把伞拿在手中,不敢回头看一脸乌云的欧阳瑞祥,她知道他并无恶意,只是太过着迷于旧址的事情,这把伞也许确实和旧址中某些物品有相似之处,所以他想得到,但是,这把伞不是她的,她没有权力随意送给他人。

“小晚,路上小心些。”欧阳清站起身,送他们到了门口。

欧阳夫人瞪了丈夫一眼,轻声斥责:“你呀,看把人家小晚吓得,你不知道吗,咱家清儿最喜欢她,你倒好,难得有机会蓓儿提起他们二人婚事,你不搭腔也就算了,还在一边添乱。”

欧阳瑞祥不耐烦地说:“你一个妇道人家懂什么！那把伞绝对和那个朝代有关联,明天我要去趟饮香食府,那个老板绝对是个人物,说不定,他比我们任何人知道得都多。”

一路上,大家沉默无语,多少有些尴尬于刚才欧阳瑞祥的反应,尤其池小晚,心里头很矛盾,一方面觉得欧阳瑞祥的要求并不过分,她相信他绝对不会损坏这把珍贵的伞,但是同时又觉得,没有经过伞的主人允许,就把伞借给别人研究,是一件不礼貌的事情。

“小晚,那个老板是怎么遇到你,把伞借给你的？”池小珉看出妹妹的矛盾,那天吃饭的时候,看得出来,小晚不一定就认识对方,而且当时小晚也解释了,就是她认错的一个人,既然是认错,应该不是特别熟悉,一个不太熟悉的人怎么会把一把如此珍贵的伞交给小晚？

“我今天替大姐去饮香食府吃饭，在那儿遇到酒店老板，他正好外出，就捎着我和心柔，然后就把伞借给我了。”池小晚有些不解地说，“我一进门你就问我了，怎么又问一遍，我已经和你解释过了呀。”

池小珉轻轻噢了一声：“噢，我忘了，我一直在看这把伞，这把伞相当珍贵，绝对不是仿造品。可以说，你手中的这把伞是个价值不菲的古物。”

“是吗？”池小晚愣了一下，一把价值不菲的古伞，就这样交到自己手中，成为一把遮挡风雨的伞，那个老板还真是“大方”。

“对啦，那个桑心柔有没有和你说起过我找她的事？”池小珉问。

“有，对啦，哥，以后你不要招惹人家了。”池小晚说，“心柔不仅是我的同事，也是我的朋友，她从来没有谈过恋爱，对你相当着迷，你的一句话可以让她幸福一整天，如果你不打算喜欢她，就不要说些个无用的甜言蜜语。”

池小珉呵呵一笑：“我没说什么甜言蜜语的话，哥有分寸，就算再花心，也不可能对你的朋友打什么主意，更何况，她也不是我喜欢的类型，我找她只是公事。”

“好吧。”池小晚叹了口气，问题是，不是哥喜欢心柔，而是心柔喜欢哥。

到了池家，欧阳蓓直接开车走了，一边开车一边眉头微微皱起，看来，喜欢池小晚的不仅仅是杜辉，或者说，打池小晚主意的不仅仅是杜辉，还有那个什么饮香食府的老板，弟弟能得到池小晚吗？她一点把握也没有，弟弟喜欢池小晚是毋庸置疑的，但是，池小晚好像并不特别喜欢他。

池小珉想了一下，对池小晚说：“小晚，等会哥想和你说点事，你去洗漱完之后，哥在书房等你。”

两人进到房中，一股香气扑鼻而来，池小珉皱下眉头，不耐烦地说：“准是池小慧，一回来，就弄得家里跟香水车间似的。”

“谁在说我坏话？”一个娇媚的声音在沙发的位置懒懒响起，像极了一只猫，虽然懒散却充满了随时发作的霸气，“池小珉，亏得姐还特意想着你，你竟然进门就说姐的坏话，还指名道姓的。”

“你弄得满屋子这么香干什么？”池小珉笑着说，“什么时候回来的？”

“今天下午。”池小慧笑着，冲池小晚摆了摆手，丝绸睡衣让她的身体愈发诱人，表情总是媚媚的，让看到的人心里头痒痒的，可眼神的最深处却是漠然，“今天在饮香食府和谁吃饭呢？桌上的几个小伙子蛮可爱的。”

池小晚微笑着说：“听桑心柔说起了，我当时刚巧去了洗手间，你还把其中一个人教训了，那个小伙子是大姐朋友的弟弟。”

池小慧妩媚地笑着，“小曼就那眼光吗？我记得她比较喜欢成熟型男人，那几个小伙子对她来说太过青涩了吧。”

池小晚摇了摇头，她不想发表评论，这不关她的事。不过，既然二姐没睡，估计会和池小珉聊到很晚，他们两个总是有说不完的话题。洗漱完，看池小珉正和池小慧聊得开心，笑得很大声，她就直接去睡觉了。

已经很晚了，杜辉起身，床上的女人睡得正香，睡姿还真是难看，没办法，每次结束时他都会觉得身边的人丑陋不堪，女人放松的时候就是一堆肉。他想着，有些恶心，有些怀念欧阳蓓健康性感的身体。他倒了杯酒，手机响起。这个时间，谁会打电话来？

是个陌生号码，他想了想，身边走马灯式地换着女人，有些没有号码，这个时候打他的电话，应该是认识的人。接通电话，还没说话，就传来一声慵懒妩媚的声音，像猫的一声懒洋洋轻叫，好像一只无形的手，轻轻地扯着他的耳朵，让他的心里痒痒的。

“在忙什么呢？”声音拖着余音，说不出的娇媚柔和。

杜辉的眼前立刻出现了一个柔美无比的女子，看不清面容，若隐若现，说不出的诱惑。他轻轻一笑，仿佛斗牛士看到了飞奔过来的小牛，情绪立刻被调动起来。“呵呵，这个时候能忙什么？”说着，心里想着，这个女人是谁？

池小慧躺在自己的床上，看着床头柜上的表，时针清楚地指到 4 上，是凌晨 4 点。这个时候，一个男人，能干什么，池小慧的表情漠然，声音却是诱惑的。“真坏……”她轻轻加了一声若有若无的“嗯”，两只脚轻轻摩擦，整个人懒懒的像极了她的声音。

杜辉觉得电话那边的女人就是一个无法抵御的诱惑，刚想继续说话，对方的电话却突然断掉，打过去，是冰冷的声音在讲“您拨打的用户已关机”，对方手机没电了吗？那声若有若无的“嗯”让他心里头痒得很，想要立刻看到对方，无关爱情，只是需要。

池小慧漠然地看着关掉的手机，这个男人，绝对不是什么好东西！池小曼真是个傻瓜！时间不早了，她要睡觉了。

一大清早，池森从医院回来，神情有些疲惫，带了早餐，进门看到四个孩子都待在饭厅里吃饭，叽叽喳喳地说个不停，看见他回来，齐齐回头打招呼。

余雪琴看了自己丈夫一眼说："回来了，累了吧，吃点早饭去休息吧。"

"我买了早饭。"池森叹了口气，"回来的时候在外面喝了碗粥，不饿，就是想去睡会，老孟昨晚折腾了一夜，病情有些起伏，看着真是可怜。唉，人要是老了真是一点用也没有，病了，就得硬挨着。"

余雪琴愣了愣，沉默地吃完饭，收拾着儿女们吃过的饭碗送去厨房冲洗，盯着流水发了半天呆，不由自主地叹着气。

"妈，怎么了？"池小晚走进厨房，"我来洗。是不是不舒服？您今天脸色不好，要不要去医院看看？"

"没事，"余雪琴微笑着摇了摇头，看着身旁的女儿，是啊，岁月真是不饶人，最小的女儿如今也长成了如此清秀动人的女子，自己怎么可能不老呢？"对啦，那天听电话里你大姐的一位同事说，她给小曼介绍了一个姓牟的男朋友，是不是那天早饭的时候小曼要你替她去相亲的那个？他们交往了吗？女孩子大了总归是要嫁人的，不能仗着自己青春年少就不管不顾地挥霍时间，妈可不想你们都待在家里成了'老大难'。"

池小晚轻轻一笑，洗着碗，说："妈，您不用担心大姐二姐，以她们的条件，找个好老公不是难事，只要她们不要太挑人家就好，没有人会挑她们的。"

余雪琴笑了笑，慢慢地说："你们还小，哪里懂得，男人找老婆的时候不一定非要找个貌若天仙的女子，有时候，只要一个眼神就可以，女人的温柔和宽容，在某些时候比美丽的容貌更有杀伤力。"

池小晚微微一笑："妈，您早早退休真是一种浪费，您呀，若是还在学校里待着，此时不知道要教出多少优秀学生。"

余雪琴笑着说："算了吧，我都没把你们教好，就不要误人子弟了。噢，对啦，我想起一件事来，我遇到一位以前的邻居，也是做老师的，他妻子是你们单位的，好像姓高。"

"姓高？"池小晚擦拭着手上的水，陪着余雪琴从厨房出来，想了一下，说，“我们单位里只有一位姓高，是我们主任，这段时间不知道怎么了，脾气很不好，老是发火，心柔开玩笑说，是我们高主任提前进入更年期了。”

余雪琴愣了一下：“知道原因吗？”

池小晚笑了笑，说：“倒是听心柔说起过，她说她有位亲戚就住高主任家对门，好像是高主任的婚姻出了些问题，她在她老公的书里发现了一张照片，是张三十多年前的黑白照片，怀疑是她老公的初恋情人，也不知道是真是假，不过，肯定是有什么事情，不然的话，高主任不会这样，以前她还算平和。”

余雪琴点了点头，有些走神地向客厅沙发走去。

“妈，我们走了。”池小曼在门口说，隐约还听得到池小慧的笑声，估计是在和池小珉打闹。池小晚在门口换鞋，轻轻带上了门。

“我送你们去上班。”池小曼笑了笑，说，“正好我也要去办点私事。小慧，你准备去哪里？今天应该没有飞的任务吧？”

“没有，”池小慧笑着，唇角划过一丝隐约的冷笑，半真半假地说，“本人发现一只可恶的老狐狸，闲着没事，想做个猎手，省得他闲着没事老是欺骗一些不谙世事的小姑娘！”

池小曼笑了笑，“小慧，你安生些吧，不要再搅得某人夜里睡不着觉，你就不能好好找个好男人谈场恋爱吗？”

“不想。”池小慧冷笑一下，“婚姻是什么东西？就好像我们的父母一般，相敬如宾，在一个屋檐底下，和和气气地过一辈子？我才不要那样，我要好好享受我的人生！你们能够看出我们父母之间有着怎样深厚的感情吗？不过是亲情，却浓不过血。”

池小曼无可奈何地摇了摇头，“你和小珉才是一伙的，真不知道怎么会是小晚和小珉是双胞胎。好啦，不和你讲了，小晚，是先送你还是小珉？”

“我想去趟饮香食府，把伞给那儿的老板送去。”池小晚看着窗外，今天也是个有雨的日子，她自己拿了把伞，那把“珍贵”的伞，一定要还给人家的。

“我和你一起。”池小珉立刻说，“我对他简直是崇拜得五体投地。我一定要认识他！饮香食府的装饰风格，你手中的伞，无一不在说明，他一定是与那个朝代有关的人，或者他是那个朝代的后人。什么样的可能都有，所以,我要认识他。”

池小晚想着那男子的漠然态度,有些担心对方会不会愿意认识池小珉,她还记得他第一次提起池小珉名字的时候是如何平淡如水,如何不放在眼中。池小珉是一个让人宠坏的人,能够忍受吗?“好吧,随你。”

池小曼把池小晚和池小珉送在饮香食府门口,开车带着池小慧离开。时间还早,饮香食府门前很安静,没有停车,几个服务生正在扫地或者擦玻璃,雨中的饮香食府有着说不出的寂寞和独立于世的傲然。

池小晚正想着要如何与对方打招呼,一个看起来有几分熟悉的服务生走了过来,微笑着说:“池小姐,您来了。是来还伞的吗?我们老板说了,把伞交给我就好了。”

“好的。”池小晚点点头,取出伞递过去。

“不行。”池小珉一旁夺过了伞,说,“如此珍贵的东西,怎么可以随便托人捎过去,我们一定要亲自交给你们老板。”

“珍贵?”服务生一笑,说,“倒也是,放在你们眼里是件珍贵的东西,毕竟也算是你们眼中的古物,但是在我们老板眼里,不过是把雨伞,用来遮风挡雨的器物。只怕你的真实目的不是为了还雨伞,而是为了见我们老板吧?”

池小珉愣了愣,这丫头讲话还真是不给面子,他一笑,展露出他那种迷死人不偿命的笑容,对着服务生说:“不管我们的目的是什么,我们现在是真的很想见到你们老板,不可以吗?”

“不可以。”服务生就好像没看到池小珉的笑容一样,微笑着轻声说,“你以为我们老板是想见就可以见的人吗?你是什么人,可以如此要求我们老板做什么?请把伞还给我们,这是我们的东西,是我们老板借给你妹妹的,与你没什么关系。”

“你。”池小珉心中有些小小的恼火,一个小小的服务生这种态度和他说话,也太不把他放眼里吧。

“哥,好了。”池小晚轻声说,“我们是来还伞的,既然这儿的老板说把伞还给这位姑娘就好,我们何必多事,谢谢你,麻烦你把伞交给你们老板,并代我说声谢谢。哥,我们走吧。”池小晚拉着池小珉离开。

“她什么态度?!”池小珉不高兴地说。

“她在维护她的老板，没什么不对呀。”池小晚不在意地说，“我们只是这儿的食客，昨天下雨，她的老板好心借了把伞给我，人家不欠我们的，就算是他和你正在发掘的旧址有某种关联，你也没有权力在人家酒店的门口如此要求人家的员工。”

“可是我是真的很想认识他呀！”池小珉有些挫败地说，“你对这个朝代不了解，你不知道我心中的念头，只要是和这个朝代有关的人和事物，我都想要了解、认识，这个朝代，这个在历史上还没有名字的朝代，绝对是人类的一个奇迹，一定有着我们也许永远也不可能了解的美丽故事。”

“这个朝代到底有什么好？”池小晚微笑着说，“让你如此着迷？在这种枯燥的工作中，把所有的热情统统贡献出来？”

池小珉眼睛看着远方，好半天才说：“你不知道，如果你知道，你介入了，你就会不由自主地被它吸引，深陷其中。还记得你那个同事拍的那对红烛吗？我们发现它们的时候，它们就静静地立着，烛火虽然已经灭了，但是，好像一直在燃烧着，我们甚至听到一声悲哀无助的叹息，那声叹息让我们所有人一下子陷入深深的无助和悲哀中，那是一种无法用语言形容的感觉，是一种绝望却不得不在的感觉，简单地讲，就好像我们最难过的时候反而落不下泪来一样，对，就叫欲哭无泪！”

“照片变成白色的原因查清楚了吗？”池小晚一边走一边问。

“我们试验过，我们也拍了那对红烛的照片，用打印机输出来，结果是，不论我们如何输出，出来的永远是一张白纸，绝对没有红烛的影子，开始我们以为打印机坏了，但是，检查过却是一切正常，就是照片来源本身的原因，我想，应当是这对红烛不想被人知道！”池小珉一口气说着，“而且我们相机中拍下的照片也消失了红烛的影子。这对平常人来说有些诡异的情况，在我们眼里却是可以发现事实真相的依据。”

池小晚真的不太感兴趣，她点了点头，微笑着说：“好啦，一提起这个朝代，你就容易激动，早知道呀，你就应该生在那个不知名的朝代里，而不是降生在我们家。时间不早了，不要在这生气浪费时间，去继续发掘你的朝代吧。我有事先走了。”

“不行。”池小珉站住身子，“我还要再试试，一定要想办法见到酒店的老板。你有事先走吧,我要再回去试一试。”

池小晚笑笑:“就算是你想要认识他,也得等午饭时间再进去,人家现在不营业,你没有理由进去的。好啦,先走了,不行的话就找个吃饭的时间再来,或许会碰上。”

“嗯,是个好办法。”池小珉点点头。

余雪琴在沙发上坐着发呆,没心思看电视,也坐不安稳,想了想,回到自己房间,池森打着呼噜睡得正香,大概昨晚累着了。她走到衣橱前,取出昨天池小慧买给自己的衣服,很漂亮,稳重大方,花纹也不俗气,真是一分钱一分货。

到池小晚的房间换衣服,池小晚的房间最小,十来个平方米,收拾得简单干净,像她的性格,平静而舒服。这三个女儿,小晚让她操心最少,从小到大,这个女儿都不是个多事的,最常做的事情就是看书听音乐,老老实实一个人待着。

其实,池小曼最像她年轻的时候,美丽高傲而单纯执着。

外面仍然在下雨,不大,但得打着伞。余雪琴提着菜篮,到市场买东西,小心地不让地上的雨水弄湿鞋子。

“哦哟,池太太,你这是做什么呀,要去喝茶吗?”一个略带嫉妒的声音突然响起,吓了余雪琴一跳,“做什么穿得这样漂亮,又是你家女儿买来讨你欢心的吧。你还真是有福气的人,生了这么三个如花似玉的女儿。真是羡慕死你了。”

说话的是个胖胖的妇人,大约四十五六岁模样,穿了件大花的裙子,腰上系着围裙,拎着垃圾站在路边和她打招呼,是一个楼里的邻居。

余雪琴陪着笑,说:“哪有,去市场买点菜。”

“穿这么漂亮去买菜?”妇女不相信地盯着余雪琴,“你真是过得太滋润了,这种衣服就算是去喝茶我也舍不得穿,一定很贵吧?是哪个女儿孝敬你的?”

“二女儿小慧,她刚刚飞了回来。”余雪琴微笑着,低头看到自己脚上价值不菲的鞋,是池小曼送她的,有一次和池森去商场闲逛,看到这双鞋的价格,差点把她吓坏,竟然那么多钱就买双鞋穿在脚上走路。

“那就难怪了，她天天飞国外，给你捎回来的东西一定是最好的。”妇女乐呵呵地说，“有人家了吗？”

“还没呢。”余雪琴微笑着礼貌地说，“女大不由娘，由她去吧，我要是给她选了，她还不一定看得中，反正也不大，就让她慢慢去选吧。这种事急不得。”

“是的。”妇女一边说一边把垃圾扔进垃圾桶，“不过，你三个女儿都是漂亮的女孩子，找婆家肯定容易，你就等着三个女婿入门吧。”

余雪琴面上带着笑，顺着街边人行道向前走着，有些出神，完全是随意的。

清晨的人不多，多半是散步和出来买菜的中年男女。转过弯是公园，有许多人在锻炼，因为下雨，大多数人没来，只有几个在亭子里伸伸胳膊踢踢腿，面色安逸。

有认识余雪琴的，老远就打招呼：“来了，今天怎么穿这么漂亮，要去喝茶呀？你这衣服真好看，哪买的？”

余雪琴有些不好意思，快五十岁的人了，大清早穿得如此郑重，提着个菜篮子跑到公园来，想想也觉得不太合适，她有些仓促地笑了笑，说：“噢，今天有朋友的孩子结婚，我要去喝喜酒，就挑了件新衣服穿，不太习惯，不太习惯。”她的脸微微有些红，怎么会说谎呢？跑来这儿到底为什么呢？

“噢，那就难怪啦。”对方并不在意地说，继续着自己的锻炼。

余雪琴觉得自己不适合再待在这儿，转身准备离开，突然听到一个温和熟悉的声音很有礼貌地打了声招呼：“池太太，早。”

猛地回头，一个成熟稳重的中年人穿着一身浅灰的运动服，正慢跑着过来，虽然已是不惑，却头发多半还是黑的，一张脸，斯文儒雅，透着书卷气，是牟德蒙。她好像就是为了他才来这儿的。

“这么巧？”她的脸再次红了起来，这话听着自己都想笑话自己，不就是以前一个自己喜欢的邻居男生吗？怎么到了这么多年后再遇见依然有些心跳，而且还傻兮兮地把自己打扮得如此“隆重”跑来这儿，为的就是可以看到他。

牟德蒙打量着余雪琴，微笑着说：“今天比昨天还好看，虽然过去这么多年了,你的变化还是不大。”

余雪琴忍不住笑了笑说:“你可真是会说话,我都多大了,三十二年了,怎么可能没有变化?当时我还是个十七岁的女孩子,如今我最小的孩子都二十三岁啦,我怎么可能不老呢?”

“可是你在我眼里没有变化。”牟德蒙很认真地说,他们一起慢慢地向前走,公园里人少,牟德蒙是顺着走廊的亭子跑的,所以他们就顺着亭子无目的地慢走,“除了比当时成熟些,妩媚些,没有别的任何变化。”

余雪琴羞涩地笑了笑,像个少女般心跳不止。

第六章　彼此算计，小慧为姐惹杜辉

“牟德蒙！”一声高高的尖锐的声音响起，虽然公园里没有多少人，可还是引起周围所有人的回眸，“你个不是东西的家伙，大清早饭也不吃，就来这里跑步，我心里就怀疑，原来你是和这个女人约会呀！真是一个道貌岸然的家伙！”

“高媛，你发什么神经，这是我以前的邻居，正好在路上碰到，说几句话，你不去上班，跑来这儿干什么？”牟德蒙尽量心平气和地说，但言词间仍然听得出来恼火。

“正好在路上碰到？！”高媛盯着一直不吭声的余雪琴，冷冷地说，“你们还真是会撒谎，她都什么年纪了，穿成这个样子，手里还提着菜篮子，我能够相信你们是无意中遇到的吗？有哪个中年妇女出来买东西会穿成这个模样？她身上的衣服你知道多少钱吗？她脚上的鞋你一个月的工资可能还买不到一只！你什么时候早上来这儿跑过步？你除了关心你的学生，什么时候干过别的，你们根本就是在偷偷约会！”

有人往这边侧目，高媛的声音既高又尖，虽然听不太明白，但是大家多少也猜得出来，可能是这个男人的老婆现场捉奸来了，可是，看余雪琴温柔贤惠的模样，也不像是呀，虽然打扮得是有些引人注目，若是不知道三人关系，这余雪琴和那中年男子倒像是一对夫妻，一样有着书卷气，温和斯文。高媛看起来太强势。

“池太太，对不起。”牟德蒙有些尴尬地小声说，“她就是无理取闹，你不要理她，去办你的事吧，这儿，我来处理。”

余雪琴更是觉得难堪，转身刚要离开，高媛一步蹿了上来，一巴掌打在余雪琴的脸上，打得余雪琴一个措手不及，一下子摔在地上，脚上的鞋跟绊了一下，好像脚踝扭伤了，不由自主地“哎哟”了一声。

“怎么了？”牟德蒙立刻上前去扶。

余雪琴紧皱眉头，有些痛苦地说：“好像是脚扭到了。”

高媛冷冷地看着，不屑地说：“你们接着演！”

余雪琴想要站起来，脚却用不上劲，她犹豫了一下，看样子她一时半会走不了，她得找个人来把她带回家，找谁好呢？池小曼有车，她来是最方便的，可是，要如何和她解释自己现在这种状况，好好的却被人打了，换了池小慧来，估计她得和面前这个女人打起来，让小晚来？面前这个人是她的上司！还是让小珉过来吧，就告诉他是自己不小心摔了一跤。

“我送你去医院吧。”牟德蒙看着余雪琴因痛苦而皱起的眉头，很担心，“看情形你伤得不轻，我去拦辆车，送你去医院。”

“不用了。”余雪琴轻声说，努力控制着想要落泪的念头，怎么这样，她真是够丢人的！“我打电话让我儿子来接我。”

“他什么时候能过来。”牟德蒙看着余雪琴，眼中有着心痛，这个从小就认识的女人，仍然可以在眉眼中看出昔日的乖巧。

余雪琴拿出手机和池小珉联系，拨通了，却无人接听，想必这孩子一定是在工作中，否则，他应该会接电话的。

“戏演得还真好！”高媛冷冷地说，“可惜你不知道这个男人心里究竟有谁，和我结婚这么多年了，竟然还在心里藏着一个女人！不过是不小心把她的照片掉到了地上，他竟然和我发火！简直是太可恶了！牟德蒙，你立刻给我从这滚开！”

“你先走吧，不然，她没完的。”余雪琴轻声说，“事情会越描越黑，你走了她也就走了。”

牟德蒙犹豫着，回头看了一眼双手抱胸面沉似水的高媛，余雪琴说得不错，如果他此时不离开，高媛是绝对不肯离开的！

余雪琴再次拨通池小珉的电话，过了一会，有人接通了电话，声音温和平稳：“是阿姨吧？我是小珉的同事欧阳清，您找小珉有事吗？他现在在下面和我爸爸一起工作。”

欧阳清？余雪琴想了想，这个名字很熟悉，常常听池小珉和池小晚提起，好像是一个特别喜欢小晚的男孩子。“他什么时候可以忙完？我有点事情想让他过来一下。”

“阿姨，您是不是不舒服？”欧阳清声音温和地问，“听您的声音好像不太舒服，小珉可能一时半会儿上不来，有什么事，我过去可以吗？”

余雪琴犹豫了一下，看着一边走一边回头的牟德蒙，以及冷眼相看的高媛，轻声说：“好吧，知道我们家在哪吗？在我们家西边的公园里，我不小心跌了一跤，扭伤了脚踝，走不动，我想让小珉过来送我去医院。”

“阿姨，我知道那个地方，您不要着急，我马上就过去，您稍微等一会儿，不要动，脚踝扭伤了肯定很疼。”欧阳清说着，“阿姨，我先挂电话，一会就赶到，您千万别着急。”

高媛有些犹豫，看起来，好像余雪琴确实是摔伤了，表情很痛苦，但是，想到这个女人大清早跑来公园和自己的老公偷情，她心中就生起一股无名之火，跺了一下脚，恼怒地走开，看着前面走得比蜗牛还慢的牟德蒙狠狠地推了一把。“看什么看，快点走！”

余雪琴看着牟德蒙不情不愿地离开，心中很是奇怪，好像他很怕高媛，为什么呢？

“哎呀，你怎么搞的？怎么让人给打了？”一个相熟的人跑了过来，瘦，但说话语速相当快，“怎么回事？你不会是——”

余雪琴脸上一红，立刻说：“哪里，你乱猜什么，刚刚那个人是我以前的一位邻居，好长时间不见了，无意中碰到，说了几句话，可能是他老婆误会，都什么年纪了，有儿有女的，可能吗！真是的，你也真是会想！”

“我觉得也是，你家老公是个人人说好的人，你的儿女一个比一个出色，你怎么可能有这种事呀！”帮着余雪琴站起来，到一边的古凳上坐下，继续说，“这女人一定是发神经，要不就是更年期到了，哎，我告诉你呀，我们楼上有个女的，前段时间在家开煤气自杀，送到医院，大夫说是什么更年期忧郁症，哎，你说人要是老了，有什么用，所以呀，就得好好锻炼……咦，那个人是不是在找你呀？”

余雪琴一抬头，看到一个眉清目秀的年轻人正在向这边张望，看着有些眼熟，似乎在家中见过他，是不是欧阳清？

“阿姨。”欧阳清看到余雪琴，他见过她，虽然不常去池家，也只见过一两面，没怎么说话，但还是认得的，“您怎么样了？没事吧？我开了车过来，送您去医院，能走吗？车开不过来。”

“可以。”余雪琴挺喜欢这个语气温和，表情温和的年轻人，“你是欧阳清吧，看着有些眼熟，去过我们家吧？”

“是的。”欧阳清微笑着说，“我和小珉小晚是同一个学校的。去过您家，只是不常遇到您。”

余雪琴站起身来想要尝试走，但只是站起来就已经相当辛苦，根本没办法走，她刚刚站起来的时候已经用了全部的力气，碍着熟人的面子，不得不咬着牙，不让人家看笑话，额上冒出了汗，有些无奈地看着欧阳清：“不行，实在动不了。”

欧阳清俯下身看了看余雪琴的脚踝，“阿姨，您伤得挺厉害，这样吧，反正离大门不远，我背您过去。”

“我很沉的。”余雪琴犹豫地看着欧阳清，并不是特别健壮的男子，能背得动她吗？

“没关系。”欧阳清微笑着说，“阿姨，您放心，我到底年轻，背您还是可以的，而且路并不是特别远。”

趴到欧阳清的背上，欧阳清背着她慢慢向公园门口走，一则她确实不沉，二则欧阳清年轻，再加上从这到门口不过五十米左右，他们慢慢地到了门口。

欧阳清放下余雪琴，打开车门，扶她进去坐好，然后自己坐到驾驶员的座位上，“阿姨，您坐好，我立刻送您去医院。”

“桑心柔！”一声恼怒万分的声音在办公室里响了起来，把每个人都吓了一跳，“你马上给我过来！”

桑心柔正趴在桌上偷偷打盹儿，让高主任一声怒斥吓得立刻站了起来，一脸不知所措，自己又哪得罪了她?！看一眼江萍的桌子，江萍不在，位子空着，说不定在主任办公室，“我在，这就去您的办公室。”

池小晚担心地看了一眼桑心柔，今天主任的脾气比哪一天都要暴躁，不会真的进入更年期了吧？她以前就是个女强人，但没有这么凶呀？现在好像吃人的心都有！

“我警告你，桑心柔，在我手底下混，想要找理由偷懒，门都没有，要想偷懒，就别在我手底下干！”高媛觉得心里的火就快要冲出来了，牟德蒙简直是太可恶了，从不和她顶嘴，例来脾气耐性极好的牟德蒙，今天竟然敢和她说，她要再这样无理取闹下去，就真的没必要过下去了！他还真是得了势就忘了他当时是如何有求于她的！没有她，他现在最多也不过是一名退休的小学教师！

桑心柔愣愣地看着高主任，心想：有病！

“还有你，池小晚，我还没说你呢。”高媛火气很大，也不回自己办公室，就站在那盯着池小晚和桑心柔。不知道为什么，看着池小晚也觉得讨厌，讨厌这丫头总是平静的表情，好像什么事情都与她无关，总是微笑着，这微笑也让高媛一心的挫败感，“你们两个昨天下午干什么去了？竟然敢一下午不上班！要不是小江替你们顶着，你们就死定了！池小晚，你今天必须把你桌上所有的资料处理完，处理不完不许下班，桑心柔，跟我去办公室！”

池小晚有些微愣，但只是听着，没有理会，她绝对做不完桌上所有的资料，怎么连江萍手中的资料都要她做？昨天下午发生什么了，让高主任气成这个样子？

看她们两人离开，再看看桌上的各种资料，轻轻叹了口气，懒得去计较，反正要做，就慢慢来吧，做得完就做，做不完也没有办法。

室内恢复了安静，所有人重新低头工作，池小晚坐下，喝了口水，开始继续处理桌上的资料。手机突然一闪，是个短信，拿起来看，是某个同事发过来的，“昨天你们去哪里了，假也没请，高主任差点让你们气疯了，你们两个也太大胆，这两天小心些，主任正在火头上，别没事找事。”

昨天吃饭，桑心柔喝多是个意外，所以，竟然忘了请假。池小晚回了短信道了声谢谢，低头开始处理桌上的资料。

同事的短信很快就回了过来，“昨天江萍替你们做了原本该你们做的工作，主任很喜欢她，你们两个要尝试着和她搞好关系。”

池小晚愣了一下，可是，面前的资料里面有许多是应该江萍做的呀，怎么反倒是江萍昨天替她们做了她们应该做的事情？

“啪！”一个极响的声音几乎是爆炸在众人耳边，池小晚被吓了一跳，抬起头，看到桑心柔正一脸愤怒地看着桌子，一大堆书被她生生地扔在桌上，她的杯子在这份突然出现的震动中晃动着，然后，就在众人视线中掉落在地上，摔成了几片。

“桑心柔，怎么了？”池小晚问，“高主任训你了？”

“那个江萍，我要生吞了她！”桑心柔咬着牙，恨恨地说，“瞧见了吗，这是江小姐找来的有关这个朝代的所有资料，哪怕里面只有一句话提到这个朝代，她也找来了，高主任简直是疯了，她让我把这些书全部看完，而且还要倒背如流，她让我必须拍出符合江萍文章的照片，气死我了，简直气死我了，她什么破文章，不过是照着书发挥想象。小晚，现在我手里要有把刀，我真会一刀捅死她，也邪了门了，怎么到最后全是她的努力，全是她的功劳？然而所有的付出不是全是我的?！高主任要疯了，骂了我半个小时，简直，简直是——”

池小晚起身把地上的碎玻璃收拾好，然后找了个纸杯给桑心柔倒了杯水，轻声说：“实在不行，你联络我哥哥，看看能不能打个擦边球，拍些不太重要的东西，应付过去。”

桑心柔喝了口水，恼怒地说：“我真是郁闷，事情我做，好是她的，到头来，我是什么也不能做主！”

池小晚没说话，桑心柔就是这样直脾气的人，生气归生气，但在工作上，她还是有分寸的。

桑心柔坐下来，拿出手机对着手机发呆，好半天才说：“小晚，我打不出去，我害怕你哥哥拒绝。”

池小晚想了想，说：“这样，我联络一下我哥哥，看看有什么办法帮你，让他从里面给你拍一两张似是而非的照片，或许可以应付得过去。”

“谢谢。”桑心柔有气无力地说，拿起桌上的书，无奈地翻看，嘴里嘟囔着，“这个朝代还真是害人，我和这个朝代前生一定有怨，偏偏让我遇到那么邪门的事，拍的照片变成了白纸一张，要不从里面找张照片顶一下也好。

唉，偏偏又碰到江萍这么一个小人，害得我天天挨训，她怎么就盯上我了呢？”

池小珉的手机半天没有人接，池小晚想，大概是在下面工作，“心柔，稍微等一会吧，估计我哥哥在下面做事，没人接电话，等他忙完了回给我再说好吗？”

“好。”桑心柔把书一推，趴在桌子上，盯着前方发呆，“实在不行，我就凭记忆画一些图像出来，我现在还记得那张红烛的模样，还有一些其他东西的大体模样，如果你哥那边不方便拍的话，我就用这个办法应付过去。”

“红烛最好是不要再涉及。”池小晚轻声说，“我觉得红烛也是考古专家组不愿意为外人知道的事情。”

桑心柔说：“可是，只有那对红烛我最有印象，也是因为照片的事，所以更是在心中时时想起。不过，你既然这样讲，我就不打它们的主意了，希望你哥哥可以帮到我。”

池小珉看着照片上的图案，对比着已经发现的种种，昨晚他趁小晚睡着的时候，拍下了那把伞的模样，对比已经发现的物品，这把伞比起发现的物品来说，更多了一些尊贵之意，他怀疑，这把伞应该和红烛一样，是用在王室礼仪上的。

“你妹妹她怎么说？”欧阳瑞祥微皱着眉头看着池小珉手中的照片，“伞的主人一定和这个朝代有关系，从他可以拥有这把伞，并且仅仅把它当成遮雨的器具来看，或许他是这个朝代王室的后人。”

“我也这样想，可他根本不肯见我。”池小珉说，“我们是否可以去那里吃顿饭，如果我们是那里的食客，或许他肯见我们。”

“好。”欧阳瑞祥立刻说，“我们今天中午就去。欧阳清呢？我怎么一直没有见他，刚刚上去一趟，上面也没有人，车也没在家，联络一下他让他安排一下今天中午的事。”

“好。”池小珉答应着，拿着照片上来，他把手机忘在桌上了。

手机还放在桌上，没看到欧阳清。手机上有两个未接来电，一个是妈妈，另一个是小晚。妈打电话有什么事？他拨通余雪琴的电话，好半天才有人接电话。“小珉，是我。阿姨不小心摔了一跤，正在医院里检查，刚拍完片子，正在等结果。”

“我妈？”池小珉吓了一跳，“严重吗？怎么会摔倒？大夫怎么说？在哪家医院？我马上就过去，通知我姐和小晚了吗？”

“没有。”欧阳清温和地说，“小珉，你不要着急，我现在在这儿，你不用担心，有什么事我会处理，还没通知你姐姐和小晚，怕她们担心。大夫正在看片子，等会给你电话。如果你担心，就过来吧，我们在三院，离你们家最近的一家，阿姨是在公园锻炼的时候摔到的。好啦，大夫找我了，等会我打给你，先挂了。”

池小珉皱着眉头，立刻拨通大姐二姐的电话，欧阳清心是很细，但毕竟是外人，妈由他照看是可以放心，可是，还是自己家的人更好一些。

小晚找他什么事呢？“小晚，你打电话找我有事吗？”

“是的，有点小事情要麻烦你。”池小晚浅笑，“确切地讲是桑心柔要麻烦你帮个小小的忙。你有时间吗？”

“小晚，你同事的事先放一边，你马上去三院，妈在医院里，她早上锻炼的时候不小心摔倒了，欧阳清在那照看着，我立刻赶过去，你也过去吧，大姐和二姐已经在去的路上了。”池小珉一口气说着。

池小晚吓了一跳，立刻说：“好的，我立刻赶过去，妈要紧吗？”

“欧阳清说还不清楚，你快点过去吧。”池小珉简短地说。

“好的。”池小晚挂了电话，来不及和桑心柔解释，匆匆离开单位，迎面和江萍碰个对面，行色匆匆的她没有注意到江萍眼光冷冷地划过。

刚到医院，池小曼正在停车，看到池小晚，立刻问：“你也是来看妈的吗？妈怎么会突然间摔倒？”

池小晚摇摇头，“我也是刚刚知道，我们上去看看吧，哥说欧阳清在上面照顾妈，问问他就知道了。”

“怎么会是他？”池小曼不解地皱了一下眉头。

进到病房，余雪琴正躺在床上，受伤的脚踝打着石膏，高高挂着，欧阳清正在倒水，看见他们进来，立刻微笑着说：“你们来了，小晚，别担心，大夫说只是有些小小撕裂和错位，已经打好石膏固定好，休息段儿时间就没事了。我自作主张替阿姨订了单独的病房，免得人多阿姨心烦。”

“谢谢你。”池小晚走到病床前，余雪琴已经换了病服，她自己的衣服已经挂进衣橱里，样子有些小小的忧伤和走神，“妈，您觉得怎样了？”

余雪琴微笑着说：“没事，你们不用担心，欧阳清这孩子已经帮我处理了所有的事情，真是比你哥哥还管用，小晚，多亏他把我从受伤的地方背到车上，又带我来医院做了详细检查，你得好好谢谢他。小曼，小慧，小珉，你们也来了，准保是小珉通知的你们，妈没事，你们都不用担心，只是不小心摔倒扭伤了脚踝，过些日子就会好。”

池小慧笑着说：“看妈的气色还好，对啦，你怎么会这么不小心，好好的怎么会摔倒，爸知道吗？”

“还没有通知他。”余雪琴立刻说，“你爸昨天晚上太累，让他在家好好休息休息，又没什么大事，等他醒了再告诉他吧。”

“嗯。”池小慧看了看周围，这是间单独病房，有单独卫生间和小阳台，床铺也干净，有电视有衣橱，她走过去，顺手打开衣橱的门，随意地说，“这儿环境还不错，收拾得也干净。欧阳清，你眼光不错。”她突然顿了一下，关上衣橱的门，回头随意地看了余雪琴一眼，妈怎么会在锻炼的时候穿得如此漂亮，而且还穿了一双昂贵的高跟鞋？

“妈，你脸怎么了？”池小曼发现余雪琴的脸有一边是肿的，嘴唇也有些充血。

余雪琴立刻捂住受伤的脸，有些慌张地解释，“没事，可能是摔倒的时候不小心弄的吧，没事，真的没事。”

池小慧满心怀疑地看着自己的母亲，她是不是多疑，总觉得余雪琴的摔倒有另外的原因，她可以断定，妈脸上的伤绝对不是摔的，而是让人打的，是巴掌的痕迹。是不是她的摔倒就是因为这巴掌的原因？妈有什么事情瞒着大家？

“欧阳清。”池小慧看欧阳清上了阳台，立刻跟了过去。

欧阳清打开阳台的窗户通风，可以看到公园，视线不错：“小慧姐，有事吗？”

“谢谢你做的一切。”池小慧面对欧阳清的时候，收敛了许多，这人是小珉的同事，她不会在这人面前展显自己的妩媚，而且他是个好人，一直喜欢着小晚，在她眼中，这个欧阳清就和池小珉一样是弟弟，“对啦，欧阳清，你去的时候我妈和谁在一起？”

欧阳清微笑着说：“好像是一个阿姨认识的人。”

“是吗？”池小慧装作不经意地问，“对方有没有说什么？”

欧阳清犹豫一下，说：“我当时着急阿姨的状况，没太在意，对啦，我好像在进公园的时候在门口看到了小晚的主任。”

“小晚的主任？”池小慧一愣，“她出现和我妈摔伤能有什么关系，算啦，你呀，就是一个单纯的好青年，问你也问不出什么事来。只问最后一句，我妈当时是什么打扮？”

“挺漂亮。”欧阳清不太好意思地说，“阿姨的衣服我放进衣橱里了，她当时就是穿的那一身，如果不是知道阿姨的年纪，还真是不敢相信阿姨已经快五十岁了。”

池小慧回到房间，也许是自己多疑了吧，妈穿得漂亮是因为妈有资本，妈看起来很年轻，又有女儿给买漂亮衣服，凭什么不能穿成那种模样？至于脸上，或许真的是不小心撞到什么东西上了，在摔倒的时候，撞到了树或者石凳上了吧。

池小珉看欧阳清从阳台回来，突然想起中午要去饮香食府吃饭的事，看妈的情况不算太糟糕，而且有姐姐和小晚照顾，便说：“欧阳清，我来的时候，欧阳导师说今天中午去饮香食府吃饭，看看能不能认识一下那位神秘的老板，你联系一下安排好。”

“好的。”欧阳清微笑着，“小晚，和我们一起去吧。”

“我不去了，想留下来照看妈妈。”池小晚摇摇头。

“不用，小晚，和欧阳清一起去吧。”余雪琴打心眼里喜欢欧阳清这个小伙子，长相斯文，脾气温和，细心体贴，而且又是那么喜欢小晚，“我想好好睡一觉，你们都别在这烦我，该干吗干吗去，省得在我眼前晃来晃去我看着烦。”

池小曼忍不住一笑，说：“妈，你是不是想要撮合欧阳清和小晚呀？欧阳清，人家是英雄救美，你却是救了美女妈妈，或者可以说你是救了你未来的岳母大人，真是运气不错。小晚，不会你是我们姐弟四个中最先成家的吧？”

池小晚脸上一红，半真半假地说："才怪，你怎么不说说你的牟老板呀？对啦，你打算怎么安排人家呀，昨天吃饭的时候，牟老板说，找老婆就一定要找你这样的，像二姐这样的，他不敢娶。"

"哈哈。"池小慧突然笑着说，"那个牟老板，大姐才不会看中呢，大姐她喜欢成熟型的，比如像大姐公司的杜老板，才是大姐的梦中情人类型，可惜人家已经结婚，那个牟老板在大姐眼中太稚嫩。"

池小曼作势打了池小慧一下，心里却悄悄地虚了一下，这丫头的话怎么听着如此真假难辨？

池小珉和欧阳清、池小晚离开医院，开车去饮香食府。

想了想，池小晚打电话给桑心柔："心柔，有时间吗？中午来饮香食府吃饭吧，我哥在，正好可以游说他一番，记得离开的时候和高主任请个假，就说你正在着手照片的事。今天你把我哥灌醉就成，他酒量不错，但是喝多了，总是会胡乱答应人家的要求。"

池小珉瞪了池小晚一眼，假装不乐意地说："你叫了谁？竟然当着我的面污蔑我的清誉？"

"桑心柔。"池小晚笑着说，"她有事要求你帮忙，如果可以就帮她一个小小的忙。"

"对啦，你刚刚提到你们主任。"欧阳清一边开车一边说，"今天早上我还在公园的门口碰到了她，她好像非常愤怒的样子，气呼呼地从我面前走了过去。"

"是吗？"池小晚不在意地说，"今天早上还听妈说起，她前两天遇到了以前认识的一个邻居，他妻子就是高主任。不过，高主任家住得离这很远，开车也得二十多分钟，她来这做什么？这段时间她脾气糟糕透顶，我和心柔天天被她训。"

饮香食府门前，欧阳清停好车，三人下了车走进大厅。已经有人在吃饭，空桌子几乎已经看不到。在大厅的休息区，欧阳瑞祥正一脸沉思地坐着，眼光中充满了狂热和执着。

"欧阳导师在那。"池小珉轻声说，"他已经着迷了。"

欧阳清正要说话，一个服务生走了过来，微笑着对池小晚说："池小姐，您好，我们老板已经替您选了一处，请随我来。”

池小晚一愣，脱口问：“他怎么知道我今天会来？”

服务生微笑着说：“今早您来还伞的时候，老板就嘱咐我们替您留一个适合您的房间，可以看到风景，也没有人打扰，他说如果有时间他会过去和你们打招呼。”

“太好了！”池小珉立刻说。

欧阳清的眼中却闪过一丝愕然，有些担心地看着池小晚。

桑心柔正好这个时候冲了进来，看到欧阳瑞祥，她有些讨好地说：“欧阳教授，您好，您也来这吃饭呀？呵呵，我来蹭您的饭局。”

欧阳瑞祥看了一眼，桑心柔一脸的甜美笑容，他还真不好意思绷着脸：“呵呵，没事，多一个人吃饭多一份热闹，你是小晚的朋友吧？”

“是的，我们见过面，在您工作的地方。”桑心柔开心地说。

服务生领着他们一行人到了一处房间前停下，打开门，微笑着说：“池小姐，您请，我们老板说，谢谢您对他的尊重，这顿饭他请您。您不必烦心吃什么，我们老板已经安排妥当。”

欧阳清脸上的表情慢慢变得有些忧郁。

房间收拾得很干净，大落地窗，前面阳台上是绽放的迎春花，灿烂得让人心醉。这个时候，迎春花还可以开得如此娇美，仿佛季节在这儿是停顿的，是可以自由左右的，素净的窗纱在风中轻轻摆动，透着一股子安静。

池小珉坐下，面前的餐具已经摆好，上好的瓷器骄傲地摆在桌上，透着贵气。“这老板真是个厉害的家伙，一个酒店让他做得如此雅致，我今天要是不能认识他，真是白活了。小晚，今天无论如何，不论你用什么办法，都一定要让我见到他！”

一声淡淡的笑，在热闹的房间中显得如此安静。虽然是笑声，却透出一种说不出的冷清，一个淡淡的有着距离感的声音在门口轻轻响起：“你好。”

所有人看向门口，一个男子站在那，面带微笑，说不出的味道让人心中不敢乱想，池小珉只有一个感觉，这人让他想起一个久远的词，一个只会在书中出现，而且只会在武侠小说中出现的形容词：玉树临风！对，就是这个词。

他穿了一身干净的休闲服，亚麻的衬衣，亚麻的裤子，同色系的鞋，透着一份雨后的清新感觉，看不出具体年纪，眼神如同深潭，望不到底，面上笑容虽然温和，却让人不能亲近。

“您好。”池小晚微笑着打了声招呼，“谢谢您的安排。”

“不过是想谢谢你还伞之情。”他淡淡地说，在池小晚身边的位子坐下，姿势随意，服务生立刻倒上茶水，上好的茶叶在水中轻轻地上上下下，渐渐地水变了颜色，淡淡的透明的黄色，茶香逸出。

“先生怎么称呼？”欧阳瑞祥突然开口。

他的手指轻轻滑过杯沿，手指修长，指甲修剪得很整齐很干净，隐约可以看见细细的血管。

“司马。”他的声音漫不经心。

“司马？”池小珉重复了一下，微笑着说，“这个姓还是比较特殊的，可是，只是个姓，我们要如何称呼你呢？”

他淡淡一笑：“司马不就是称呼吗？不过是个名字，喊得顺口就好。你是池小珉吧？听小晚说起过你。”

他的称呼是如此随意自然，让人听不出有什么不同，但是欧阳清的眉头轻轻皱了一下，他怎么可以这样，他到底和小晚是什么关系？为什么他会这样称呼，他喊池小珉是池小珉，称呼池小晚的时候，却是小晚两个字。虽然听不出什么暧昧，却让欧阳清心中极不舒服！

桑心柔傻乎乎地看着面前的男子，天下竟然有比池小珉还要出色的男子，他或许五官没有池小珉精致，池小珉帅得有些完美，但面前的男子却更气质脱俗，而且高贵，有着王者之气，与他相比，池小珉就显得有些幼稚青涩。“天，你简直是太迷人啦！”

这样的话从桑心柔嘴里说出来，没有任何人觉得奇怪，好像这种惊世骇俗的话她不说才不正常，她似乎从来不掩饰她对某些人和事物的喜爱或者厌恶。

他微微一笑，似乎是淡了所有感觉，任何事情在他面前发生都不会影响到他，喜怒哀乐，一切都是淡的。

“司马。”欧阳瑞祥直接地说，“我在小晚手中看到了属于你的那把伞，可以把它转让给我吗？对你来说，也许并不重要，但对我来说，它就是一个奇迹。”

他轻轻一笑，淡淡地说：“菜上来了，大家随意些。”

欧阳瑞祥有些尴尬，作为考古界泰斗级别的人物，他一直被人重视，但在这个人面前，他甚至比不上池小晚，努力压着怒气，继续说：“司马先生，能够告诉我你那把伞的故事吗？”

“故事？”他淡淡一笑，看着桌上的饭菜，并没有动筷子，只是看着别人吃，“不过是一把遮风挡雨的器具，能有什么故事，不过时间久了些，在如今看来珍贵些罢啦。”

“在你看来不过是件时间久远些的物品，但在我眼中，它却是一件不可多得的物件，这把伞和我目前正在进行的发掘工作有着莫名的联系，这伞的做工和质地，以及伞上的图案，和发掘出来的物品有着惊人的相似。”欧阳瑞祥认真地说，“所以，我才会如此急切地想要得到它。不论你出怎样的价格，我都会认真考虑。”

他轻轻笑着：“抱歉，我没有把自己的东西出卖的习惯，也不会借于别人。今天来这儿，只是听池小晚说你们一直很想认识我，如今认识了，知道了，就请以后不要再来打扰，如何？”

欧阳瑞祥眼中有失望之意，但仍是不肯放弃地说：“好吧，但是，可以告诉我一些那个朝代的故事吗？你应该是那个朝代的后人，否则，那样珍贵的东西应该不会出现在你手中。”

“那个朝代？”他依然微笑，却眼底眉间冷漠，池小晚坐在他身边，觉得隐约寒意，仿佛身边的人活在冰山中，透着说不出的寒气，“到现在，仅仅只是那个朝代吗？”

“是的。”欧阳瑞祥有些挫败地说，“我非常想给它一个名字，历史书上对这个朝代的记录几乎等于零，就算有所提及，也是以不知名三个字代替。但是，这个朝代，真的是个奇迹，你去过发掘现场吗，整个现场让人觉得气势惊人，这肯定是个令人振奋的朝代！”

他一笑，似乎并不奇怪于这样的评论，淡淡地说：“那是个不可复制的奇迹，一个瞬间消失的时代，一个以悲剧结束的时代。”

“我们在现场发现了一对红烛。”池小珉突然说，“那对红烛应该是用于皇家婚礼上的，但是从红烛燃烧的程度来看，那个婚礼应该没有进行完毕，或者说，应该在洞房未到时突然出现变故，时间这么久了，那对红烛依然是那样鲜亮，仿佛一直燃烧着。你不明白，我们对于这个朝代，是怎样激动和崇拜！我对这个朝代的感觉几乎是狂热的，所以，请你一定要告诉我们一些。”

他微微怔了一下，喃喃地说：“红烛？它们还在吗？”

“是的。”桑心柔接口说，“而且，相当邪门，我曾经偷偷背着欧阳教授拍了一张红烛的照片，我到现在都记忆深刻，甚至回忆得出红烛上的所有纹路，但是，那张照片却在一晚之后突然变成了一张白纸，我总觉得那个朝代太邪门。”

他看着桑心柔，目光锐利：“那是一个被诅咒的朝代。”

“被诅咒的朝代？”池小珉不解地问，“什么意思？一个诅咒可以毁掉一个那么神奇伟大的朝代吗？”

“爱可以感动天地，也可以随时毁了所有。”他突然有些疲惫，神情中有隐约的悲哀之意，“因为爱有了这个朝代，但也因为爱，它瞬间化成灰烬。有些事，想起无用，再谈，也不过是落泪两三滴，让后人感慨。”

众人无声，他突然站起身，仓促地说：“抱歉，很累，离开了。你们慢慢吃，这顿饭我请。”说完，转身离开，没有看任何人一眼，包括坐在他身边的池小晚，自始至终，似乎没有说上几句话。

“他真是一个奇怪的人。”桑心柔轻声说，“在他面前，我连大气也不敢出，好像和他说话是一种荣耀。小晚，你怎么认识他的？他好像对你和对别人不一样。”

池小晚说：“是个意外，那天我替大姐去和牟老板见面，听错了桌号，牟老板在四号桌，我听成了十号桌，当时他就坐十号桌，当时他没有说他不是牟佳木，后来又碰见几次，就认识了，但仅仅只是认识。”

“那他怎么会把那么珍贵的伞借给你用？”欧阳瑞祥问。

“当时他要外出，考虑到那个时间不方便打车就捎了我和心柔，因为下雨，就借了伞给我，但是，他要求我把伞还给他。”池小晚轻声说，“我觉得我们仅仅只是认识，你们觉得他神秘，但没必要在我与他到底是什么关系上浪费时间吧。而且,你们觉得那把伞很珍贵,但在他眼中好像就是一把雨伞,为什么一定要让他认同你们的想法？我觉得他好像并不想谈论你们关心的这个朝代,也许有什么伤心事不愿意提吧。”

欧阳清说:“好啦,你们不要为难小晚了,我看小晚和他也只是认识,你们看,他走的时候连个招呼也没和小晚打,只是进来的时候说了一句话,后来就没再和小晚照面。”

欧阳瑞祥看了儿子一眼,他也不是特别想要知道池小晚和这个神秘老板是什么关系,他只是想知道这个神秘的老板和他现在正在发掘的旧址有什么关系。他几乎可以断定,这个神秘的老板一定和那个朝代有着莫名的联系,一定是那个朝代的后人!

池小珉笑着说:“饭菜味道不错,既然是那个老板请客,我们就不要客气了,一定要吃饱吃好。对啦,桑心柔,你找我什么事?”

桑心柔立刻笑着说:“一点小忙,一点小忙,只需要你稍微帮一下就好。小晚,你和你哥哥说一下,我不知道怎么开口说。”

池小晚看了一眼脸已经红了的桑心柔,对哥哥说:“哥,你可以帮心柔拍一些不太重要的照片吗？我们杂志社要出一些有关旧址发掘的文章,高主任安排心柔和单位一位叫江萍的女同事一起做这件事,江萍负责文字部分,心柔负责照片部分,自从上次照片突然变成白纸后,她就不太敢再拍这方面的照片了。我知道现在发掘工作不对外公布情况,我只是想让你帮着拍一两张可以给大家看的,不太重要的照片就好。”

“可以。”池小珉说,“我们的发掘工作也需要媒体的关注,让那些赞助商们觉得我们的工作还是有利可图,否则,他们会怀疑他们是不是投错了资。好的,这件事我可以帮忙,回去找两张给你们,但是,有关红烛的内容不可以再对外提及。”

桑心柔立刻点头,脸上挂满了笑容,看着池小珉的眼睛亮亮的,开心地说:“池小珉,你简直是太好太好了,认识你真好,我简直是太幸运了。我请你喝酒,来,这儿自酿的酒不错,我们一起喝。”

“心柔。”池小晚无奈地说,“你不会再喝多吧?”

“不会。”桑心柔立刻说,“我不会傻到在帅哥面前出洋相,那天是那几个小子太可恶，竟然想拼酒。而且，我现在照片有着落了，终于可以不必再听高主任的训斥，也不用再面对江萍那张故作成熟稳重的脸，最起码这一段时间内不用面对。对啦，你的资料做完了没有？我看可是不少，回去的话我帮你。"

池小晚笑了笑，她并不担心工作，做得完就做，做不完也没有办法，她不是超人。"好的，但是，还是不要喝了，目的已经达到，这酒喝或者不喝，没有差别。"

"没关系，少喝一点。"池小珉不以为然地说，"有什么了不得的，而且我闻着这酒真是香，一定很好喝。"

池小晚用筷子夹了口菜，没再说什么。

杜辉的车在路上慢慢开着，欧阳蓓坐在车内，面沉如水，听杜辉说话。"你看你，至于气成这个样子吗？不就是和一个陌生女子待了一晚，多大点事，你和别的男人在一起的时候，我也没说过什么。"

"哼。"欧阳蓓鼻子里哼了一声，"那你倒是解释一下，把花送给池小晚是什么意思？"

"送花给池小晚？"杜辉故作不解地问，"那花是送给池小曼的，你也知道，我这人就是爱送花，鲜花配美人，多么浪漫，怎么和池小晚说到一起去了？她不是你弟弟的女朋友吗？"

欧阳蓓看着杜辉，一脸不屑地说："杜辉，就你那点心思，少瞒着我吧，你接着编，说是花店送错了地方！S公司和池小晚工作的地方完全两个方向，那个花店的人是白痴呀，故意多跑路？！"

杜辉耸耸肩，说："我真的是送给小曼的，你一定要这样想，就是在没事找事，就池小晚那个模样，太平凡，根本引不起我的注意，也只有你弟弟那样的人才会喜欢。"

欧阳蓓冷冷地说："杜辉，换了别人，我会睁一只眼闭一只眼，但池小晚绝对不行！"

"好啦，到酒店了。"杜辉打着哈哈说，"别再在这件事上纠缠不清了，我说过我不会喜欢池小晚那样平凡的女孩子，你放心好了，要长相没长相要身材没身材要味道没味道，我闲着没事，又不是慈善行为，特意要把感情分她一半！”

欧阳蓓冷着脸，一句话也不说。

饮香食府的服务生领着二人到了他们订好的位子，一个阳台，上面摆了一张桌子，可以随时看到外面的风景。欧阳蓓表情阴沉，杜辉一副与己无关的样子，点了一支雪茄，很享受地坐在舒服的椅子里。吃饭是其次，待在这儿，看着风景，有种莫名的优越感，人挣钱为了什么？为的就是花钱花得其他人看得流口水，这饮香食府，就让他有这种感觉，尤其是越往上越有这种感觉。

“你看你，吃个饭还这样赌气，你要是还不放心，就给你弟弟打个电话，让他带池小晚一起来吃饭，如何？”杜辉漫不经心地说。

欧阳蓓冷冷地哼了一声，不屑地说：“杜辉，我让你骗得还不够，再搭上我未来的弟妹，你只怕是不能够见到池小晚，找不到约她的理由，才想到让我弟弟带她过来吧？”

杜辉一耸眉，未置可否，手机响了起来，他拿起来看了看，是个陌生但好像有印象的号码，微皱了一下眉头：“哪位？”

“好凶呀。”一声娇娇的声音，懒洋洋的，好像一只猫在懒懒地伸着懒腰，“怎么没回电话给我？”

杜辉愣了愣，这声音是如此熟悉，牢记在脑海中的，是那个打错电话的女子，不用见面听声音就觉得诱人的女子。他忍不住笑了笑，好像猎手看到了一只就在眼前的猎物，精神立刻振作起来。“是我不对，我应该立刻给你电话的。”

对方顿了一下，有些意外地说：“你，是哪位？”

“我是杜辉。”杜辉说，他深知杜辉这两个字，和真金白银一样具有诱惑人的力量，有谁不知道他如何有钱？

“杜辉？”对方慢慢地重复着这个名字，杜辉觉得，就好像雪茄的感觉，让他欲罢不能，念得他心里痒痒的，“不好意思，打错电话了。”对方的声音听来娇柔无助，似乎有些不知所措，让杜辉心中生起一分怜惜之意。

“没事。”杜辉微笑着说。

对方却挂断了电话，似乎觉得打错电话很丢人一般。

第七章 旧址幻境,小晚再历灵异事

杜辉觉得有些遗憾,想要把电话打过去,却发现欧阳蓓正嘲讽地看着他,犹豫一下,这个欧阳蓓就好像一只小野猫,最好不要招惹,他笑笑,说:“打错电话了。”

“是女的打错了吧。”欧阳蓓笑了笑,不屑地说,“看你的表情就知道,好啊,你有感兴趣的新猎物,最起码不会再对池小晚如何,我们吃饭吧。服务生,上一瓶最好的红酒,我要替这位先生祝贺一下,祝贺他又遇到一位可以让他觉得新鲜的女人!”

杜辉已经习惯欧阳蓓的任性,在人前精明能干的欧阳蓓,在他面前永远是如此模样,让他觉得不乏味,而且在她面前,他也不用掩饰什么,这样最好,大家各自玩得开心,不约束!

服务生送上酒来,红酒倒入杯中,美丽动人的颜色,让人心醉。“二位请慢用。”

杜辉看着红酒的颜色,那痒痒的声音在耳边似乎又响了起来,那一定是个尤物,只听声音就已经觉得无法放下,可惜不知道她是什么人,好在有号码就可以找到。他微笑着,没有注意到欧阳蓓眼中的悲哀,她默默地看着他,再熟悉不过的男子,他此时在想什么要做什么,没有人会比她更清楚更明白。

举起酒杯,一大杯红酒完全没有犹豫地咽了下去,仿佛只是喝一杯白开水,欧阳蓓放下酒杯,面不改色,多少次用酒咽下心事,伤了自己,却不会表现在表面上。

“你喝那么急做什么。”杜辉品了一口酒，不以为然地说，“真是浪费这么好的红酒，这种酒要慢慢品的。”

欧阳蓓轻轻哼了一声，懒懒地说：“我怕品出最初那颗葡萄的酸涩，不如一口咽下，不知酸甜好。”

杜辉一笑，看着酒，心思不在欧阳蓓这儿。

阳台外面有个小花园，绿草青青，花如繁星点缀其中，欧阳蓓再倒了一杯，轻轻晃着杯子看着酒荡来荡去，眼光无意中瞟向小公园，午时的阳光下，有着莫名的温暖之意。突然，她看到了池小晚，正在接电话，面上有着温和的微笑，她怎么会在这儿？

池小晚微笑着接着电话，是余雪琴打来的，或许是闲着无聊吧，打来电话问她和欧阳清吃得是否开心。池小晚不想在饭桌上接电话，就暂时退了出来，池小珉和桑心柔正在“拼酒”。她不想当着欧阳清的面说出她的感受，欧阳清是个好人，可是，爱情和对方是不是好人没有直接的关系。

“妈，您好好休息。”池小晚温和地说，“欧阳清只是普通朋友，吃顿饭而已。若是喜欢，早就喜欢了，何必等到现在。”

“妈看欧阳清是个好孩子，人长得不错，工作也好，稳定，不用四处奔波，和他在一起挺好。”余雪琴对着电话耐心地说，“婚姻不是你们年轻人想的那么浪漫，爱情和婚姻根本就是两回事，妈是过来人，妈的眼光不会错，欧阳清他会一辈子对你好，会好好照顾你，他一定会是个好老公。”

“和爸一样？”池小晚微笑着，“我知道他是个好人，可是，好人和我的爱情应该没什么关系吧，您还是好好养伤，我是家中最小的，等姐姐哥哥结婚之后再说我的事情吧。”

余雪琴叹了口气：“你们四个，只有你能够让我看到婚姻的希望，你那两个姐姐和你那个哥哥，我是不抱希望了，随他们去了，只有你，从小就乖巧可爱，最适合结婚生子。妈觉得欧阳清真是个好人，你应该嫁给他。”

池小晚笑笑：“好，我考虑一下，看会不会对他有恋人的感觉。爸来了吗？”

“在路上，一会就到，给我送饭，你二姐一会儿再过来。”余雪琴还想再说上几句，犹豫了一下，心中思忖，若是催得急，小晚会不会有逆反心理，反而不肯交往了，还是别催得太急。“好，去吃饭吧，妈没别的事，就是希望你们两个正式交往，以男女朋友的身份。唉，女大不由娘，你们呀，真是不让妈省心。”

池小晚挂了电话，微笑着对自己摇了摇头，抬步走，突然，下意识抬头向上看饮香食府的最顶层，似乎隐约有个身影坐着，看不真切，或者说，是看不到，只是觉得，好像有个寂寞的人一直待在上面，正安静地看着她。

她不熟悉他，但他满身的寂寞让她心中莫名收紧，如同这寂寞是她自己的一般。

回到房间，一室的酒香，桑心柔脸色没有变，反而池小珉微红了面容，池小晚微微一笑，坐下。

“小晚，是阿姨的电话吗？”欧阳清关心地问，“她有事吗？需要我们过去吗？”

“没事。”池小晚轻轻笑着，“只是问我们吃得可好，大概一个人待在医院里有些寂寞，我爸马上就到，有人说说话会好些。”

“小晚，能够请你这位酒店老板朋友去一下旧址发掘现场吗？”欧阳瑞祥突然说，“我不会勉强他，但我相信他一定会喜欢那，他就给我是那个朝代的人的感觉，我真的很希望他可以过去看看。我可以让他看所有发掘出来的物品，有些是完全没有对外宣布的物品，相当珍贵。如果他是那个时代的后人，一定会对他自己祖先的物品有熟悉感，在这种情况下，或许他会讲一些那个时代的事，虽然书籍中没有记载，但我相信一定会有一些东西口口相传下来。”

池小晚犹豫了一下，轻轻说：“我没有联络他的办法，如果可以再碰到他，我会告诉他您的想法，看他如何决定吧。”

“你告诉他，我只是想请他去看看旧址，别的任何要求都没有，我只是觉得他是和那个朝代有关的人。”欧阳瑞祥无法掩饰语气里的迫切，“我希望他可以分享与那个时代有关的物品。”

池小晚犹豫了一下，点了点头。

顶楼，风带着几许落寞，静静地吹，草无声花无语，只有酒杯中的酒红得令人心惊，司马安静地看着杯中的酒，他的生命，在这酒的陪伴中走过了许久,久到自己几乎忘了还有时间的存在,是啊,还有时间吗？生命中还有时间吗？他突然觉得很可笑,时间,对于他来说,是最无聊的游戏！

红烛,它们真的还在吗？它们真的还在期盼吗？

时间长到已经不能相信还曾经有那样一段旧事在岁月中尘封至今,红烛,它们还是旧时模样吗？

她躺在他怀中,羞涩地笑,温柔地说:"逸轩,认识你,能够爱你,真好。"

他那样满足,那样幸福,觉得能够活着真是要好好感谢上苍的事情！他愿意用自己的生命来换取她一生一世的安稳幸福,对着红烛,他认真地说:"意儿,如果可以,我要你的生生世世。"

那个时候,墙上的清风流云安静地看着幸福的人儿,见证着这令人激动的幸福,一切,仿佛静止的美丽！但是……

风吹过,仿佛突然间惊醒梦中人,旧事已经尘封,已经在岁月中没有了一丝一毫的痕迹！轻轻捂着胸口,每每,总是觉得胸口疼得厉害,仿佛一切不过昨日！一口喝下杯中的酒,活着,究竟是为了什么？苟延残喘,究竟有什么意义！

她还会再出现吗？

那个叫池小晚的女孩子抬头向上面望了一眼,似乎看到了他,她不应该看到他,但那眼神好像是看到了他。真是奇怪,这个女孩子,究竟有什么地方让他注意到,为何总有一种莫名的亲切感,每每看到她,总会觉得胸口微微的痛。

一行人离开酒店,池小珉喝得有些醉意,这儿的酒真的很香很好喝,他伸手揽着桑心柔的肩膀,乐呵呵地说:"你的酒量真是好！佩服,我喜欢和你这样的女孩子喝酒,喝酒就是喝酒,不扭扭捏捏作态,喝得那叫一个痛快！走,我带你去旧址看一看。"

池小晚无奈地看着已经有些醉意的哥哥,桑心柔的表情羞涩而幸福,脸突然间灿烂而红润,和着池小珉有些发飘的步伐一步一步地向前走:"小晚,你哥哥说要带我去旧址看看。"

"我听到了。"池小晚微笑着说。

"嗯,去看看也好。"欧阳瑞祥突然说,"我们如何说,司马不一定会相信,说不定你看了，再告诉他，反而他会相信，会有兴趣到旧址看一看。”

“爸，您不要勉强小晚了。”欧阳清说，“我觉得小晚和对方只是认识，那个叫司马的男子确实有可能是那个朝代皇族的后人，但是，他并不愿意谈论这件事，您让小晚去联络他，只会让小晚很为难，还是算了吧。如果一定要联络到他，不如我去试一试，成或者不成，尽力就好。”

“我没有勉强小晚。”欧阳瑞祥看了一眼儿子，认真地说，“这个朝代对我们来说是一个瑰丽的迷，引得我们无法停步，而这个人是唯一有可能和这个朝代有关的人，或许根本就是这朝代唯一的传人，毕竟这个朝代突然之间消失，没有任何记载，他却仍然带着这个朝代的痕迹，这是我们唯一的希望，通过他，我们可以少走许多弯路，如果小晚可以说服他到旧址看一下，我一定可以解开许多的谜团，好好地给这个朝代一个说法。”

“爸。”欧阳清刚要说话，突然一眼看到姐姐的车，姐说是她所在公司老板杜辉配给她的，“咦，姐也在这儿。”

“好像是，这车是你姐的。”池小珉笑呵呵地说，“好啊，人跑这儿来吃饭，很奢侈哟，估计是请客户或者老板请她吃饭，早知道就不让司马请，让你姐请了。打个电话骚扰她一下，看她到底陪哪位大人物吃饭。”

说着，拨通了欧阳蓓的电话，没等他开口，电话里就传来欧阳蓓的声音：“我就在你正前方，你抬头就看得到。”

池小珉一抬头，看到一扇窗户后面，欧阳蓓正微笑着冲他打招呼，这个窗户正对着他们必经的一条小径。

“你姐在那，我们过去打个招呼。”池小珉微笑着，举步向那个方向走，老远就和欧阳蓓打招呼，“欧阳蓓，你什么时候溜来这儿的？来了也不打个招呼，早知道你在，就不让这的老板请客了，起码你回来了也应该请请我们才是。”

欧阳蓓站在阳台上，冲着下面说：“好啊，你们上来吧。小晚也在呀，欧阳清，带小晚一起上来吧。”

杜辉看着欧阳蓓的背影，她的背线条很优美，这个女人，是跟他最久的一个女人，这么长时间，好像就她没有换过。“你弟弟来了？好啊，这样你就不会怀疑我有送花给池小晚了吧，一定是花店的人弄错了，真是一点责任心都没有。”

欧阳蓓头也不回:“算了,杜辉,少在那解释,你是什么样的人别人不知道我还不知道吗?不过是防患于未然,提高一下警惕,我正在想,你还不认识池小慧,如果你遇到池小慧,那才是一场旗鼓相当的游戏。”

“池小慧?”杜辉喝了一口红酒,慢慢地说,“是小曼的妹妹吧,听说是一个相当性感的空姐,航空公司最让人注目的空姐,见过照片,是很惹人注意,不过,那种女人,玩可以,别的就算了。”

“哼。”欧阳蓓哼了一声,“你们男人就是这样,玩要玩最性感最漂亮的,娶要娶最老实最单纯的。有本事把你老婆从国外接来,让她见识见识你这些红颜知己们。”

池小珉推门走了进来,池小晚跟在后面和欧阳清一边走一边轻声说话,嘴角含着淡淡笑意,神情平静温婉,看到杜辉,微微点头打了招呼,这个人,一起吃过饭,是大姐的老板,这是他给小晚的唯一记忆。

“咦,杜老板也在。”池小珉一笑,一双桃花眼在欧阳蓓身上打了一个转,开玩笑地说,“欧阳蓓,容易让人怀疑呀。一个钻石级的男子,一个如花似玉的美貌女子。跑到饮香食府吃饭,啧啧。”

“要死呀你!”欧阳蓓打了池小珉一下,半真半假地说,“是不是多喝了几杯?杜老板可是个正人君子,人家有着美貌与才华并重的妻子,这种玩笑可开不得。”

“呵呵,开个小小玩笑而已。”池小珉笑着,对杜辉说,“不要介意,只是开个玩笑,毕竟我大姐也在你手下做事,你是正人君子,我们更是开心。”

杜辉心中暗暗骂了欧阳蓓一句,表面却微笑着说:“没事,你姐姐是个相当出色优秀的员工,这在我们上次一起吃饭的时候我就已经说过,能够有你姐姐那样优秀的员工是我的幸运。”

欧阳蓓面上带着端庄稳重的微笑,好像仅仅只是一场和公事有关的工作餐:“爸,您怎么有时间到这来吃饭?”

“我就不能来这吃饭吗?”欧阳瑞祥平淡地说,“你呀,收收心吧,好好找个人家嫁了才是正理,多大年纪了,还没个着落,虽然和老板出来吃饭是工作上的事,但让人看到还是不好。”

“爸。”欧阳蓓笑笑说，“您看您，我不回来吧，您担心我在国外有什么事情瞒着您，我回来了吧，您又不放心我和老板在一起，您放心，杜老板是不会对您女儿感兴趣的，我都什么年纪了，他要喜欢也应该喜欢像小晚这个年纪的才对。”

“姐，乱开什么玩笑。”欧阳清一边立刻说，“小晚才不是那种人。”

“哟，这就护着呀。”欧阳蓓笑着说，“好啦，姐不拿小晚乱开玩笑了，姐知道小晚不是那种人，就怕有人不安好心，像小晚这样单纯可爱的女孩子，你可得看得牢牢的。”

桑心柔一旁心里嘀咕，这欧阳蓓还真不是一般啰嗦！怎么就是担心小晚会如何如何？

“对啦，欧阳教授，我想去旧址看看，可以吗？”杜辉很沉稳地问，“想看一下进展如何，因为我打算再投一笔钱进去。”

“可以。”欧阳瑞祥点了点头，“您是赞助人，随时可以。小晚，和我们一起去吧，你还没有正式进入里面看一看，你有了亲身经历，再和司马先生说起来，可能会容易些。”

“爸。”欧阳清无奈地说。

“行了，就这样决定。你们吃完了吗？如果吃完了我们就一起走，如果没吃完，我们就先行一步。”欧阳瑞祥客气地说。

“好的，我们一起走。”杜辉微笑着应合。

几个人从饮香食府里走了出来，天似乎有些阴。

到了一号旧址，池小晚硬着头皮和大家一起向下面走，旧址在地下很深的地方，需要向下走许久才可以到，越往下走越冷，她下意识抱着胳膊，莫名地紧张起来。

“是不是有些冷？”欧阳清立刻问，“你可能不适应，我上去给你拿件外套，越往下越冷，你是第一次来，可能不知道。”

池小晚哆嗦了一下，她不仅仅是冷，还有紧张。

“小晚，先穿上我的外套。”池小珉脱下外套递给妹妹，他经常下来，工作服就放在入口的地方，用很轻的声音低低地说，“你们是第一次进入这么深的地方，上次杜先生来的时候，也只是在上层简单地看了看，今天，欧阳导师好像要带大家到下一层看看，就是发现红烛的地方，那里还没有完全发掘出来，但是，已经相当惊人了。”

池小晚穿上哥哥的外套，没说话，不知道为什么，到了这，每个人都不再说话，甚至呼吸都放得极轻，越往前走，池小晚越紧张，呼吸也开始有些不通畅，心似乎也开始隐隐作痛！

“前面就是发现红烛的地方。”欧阳瑞祥轻声说，“前面，应该是一间宽大的房子，但是，现在不敢轻易发掘，因为实在不知道这是不是一处房子，怕万一不小心伤了里面的物品……”

“小晚，你怎么了？”欧阳清一把扶住身边的池小晚。

池小晚只觉得心疼得无法忍受，胸口的位置似乎有尖锐的利器深深地刺了进去，而且呼吸也变得极其困难，整个人无法控制地哆嗦起来，伸手一把抓住身边的欧阳清，脸色变得异常苍白。

“小晚，怎么了？”池小珉一个箭步蹿了过来，抓住池小晚的手，“怎么搞得，她的脉搏怎么这么弱？小晚，你怎么了？”

池小晚想要说话，却发不出声音，就是觉得胸口疼到她整个人收紧，紧紧地抓住欧阳清，好像溺水的人抓住救命稻草一般，但欧阳清却觉得池小晚的手抓得很松，他不得不反手紧紧地抓住她的手，她的手异常冰凉。

“小晚！”池小珉吓坏了，好像突然之间池小晚的生命没有了痕迹，“欧阳清，快点带她离开！”

一声轻轻的叹息，似真似幻在周围轻轻响起，所有人都不由自主地呆在那儿，那声音，像透了小晚的声音，但是，小晚正在昏迷中，根本不可能发出任何声音，而且这声音并不是来自小晚所在的位置.

欧阳瑞祥突然说：“红烛，这声音来自红烛那！”

“小晚，你没事吧？”欧阳清把池小晚抱进怀中，她的身体冰凉如水，几乎没有气息，却有泪水从她眼眶里慢慢地流出来，“小珉，小晚的胸口怎么有血呀！”

池小珉吓了一跳，低头看，池小晚所穿的他的外套并没有扣扣子，可以看到小晚自己的衣服，胸口的位置有刺目的血痕，触目惊心。

隐约的悲哀之意瞬间在众人周围弥漫开。

一声轻轻的叹息再次响起，仿佛沉淀了千年。

“在那。”桑心柔的声音都变了，指着前面一个位置。

“那儿就是发现红烛的确切位置。”欧阳瑞祥立刻说，“我上去一趟，把红烛放回原处，看会发生什么情况。”

“爸，小晚她的情形很糟糕。”欧阳清有些生气。

“应该不会有事，可能是不适应这儿的空气，先把她带到上面休息。”欧阳瑞祥头也不回地说。

池小珉小心翼翼地用手摸了一下池小晚胸口的血痕，但是，似乎就在这一瞬间，那血痕消失不见，难道刚刚是他们看花眼了?!

池小晚努力睁开眼睛，她刚刚是怎么了？“我怎么了？”

“我还要问你呢！”池小珉看见池小晚睁开了眼睛，虽然脸色依然苍白，气息倒还正常，半带斥责地说，“你的体质也真够弱的，到了这，就算是冷些，氧气少些，也不至于让你突然间昏倒吧？你刚刚到底怎么了？怎么突然间就昏了过去？”

“我不知道，只是突然间。”池小晚微皱着眉头，觉得胸口仍然疼得让她受不了，她用手捂着胸口，轻声说，“好像，突然间一个尖锐的东西刺入胸口，疼得整个人如同溺水一般，喘不上气。”

桑心柔盯着池小晚，心惊胆战地说：“这里还真是邪门，你们一定要发掘吗？我怎么觉得这里不喜欢我们的介入呀。或许这么多年，它们已经习惯了这种安静的存在。不会真的有什么鬼呀怪呀的吧？会不会有什么吸血鬼？或者僵尸什么的？”

“你想太多了。”池小珉说，“小晚是第一次到这来，不习惯这的空气，这的空气不够流通，会觉得憋闷，再加上她胆小紧张，所以一时之间昏倒也很正常，你不要自己吓唬自己。”

一直没有说话的欧阳蓓和杜辉脸上都带了犹豫之色，欧阳蓓定了定神，声音低低地说：“小珉，刚刚的叹息是怎么回事？刚刚你们看到小晚身上的伤是怎么回事？我也注意到，刚刚她的胸口有鲜血的痕迹，好像被什么利器一下子刺中。如果只是缺氧和紧张，她不应该表现得那么痛苦，会不会这里面真有不干净的东西，小晚的体质最差，所以表现得比较明显？”

欧阳瑞祥重新回到这，看看池小晚，他的手中是那对红烛，虽然这的光线不算太好，但仍然觉得那对红烛鲜活如新。“你觉得好些了吗？你在这儿休息一下吧。小珉，过来帮忙，把红烛放回原来的地方，看看究竟会发生什么事情？”

“好。”池小珉答应一声，轻声对欧阳清说，“欧阳清，帮我照看一下小晚，她目前情形有些奇怪，我担心她……”他没有说完，因为欧阳瑞祥已经再次喊他。

看着红烛被放在台子上，池小晚的心突然间收紧，那种疼痛和尖锐感再次袭来，让她莫名的害怕，身子好像忍不住想往外面躲，怎么回事，池小晚想不明白，她不是第一次看到红烛，为什么到了这会觉得如此不舒服？

“小晚，你好些了吗？”欧阳清并不关心红烛，低头看着靠在他身上的池小晚，她的脸色再次变得苍白，气息也不再均匀，脸上的表情明显表现出紧张和害怕，她怎么了？看到什么了？欧阳清抬头去看红烛，因为他发现小晚的注意力都在那对红烛上。

仿佛，瞬间，突然，所有人都以为自己眼花了，那对红烛跳跃出火苗，当所有人屏住呼吸，想要仔细看的时候，却发现红烛根本没有变化，刚刚可能只是大家眼花了。

“刚才，你们有没有看到？”欧阳蓓有些紧张，她并不太相信什么鬼啊神啊的，但是刚才的事情怎么解释，“它自己点着了，然后……”

“看到了。”欧阳瑞祥面带狂热地说，“这个地方一定有着我们谁也猜想不到的故事，我一定要弄明白！”

欧阳蓓看了一眼狂热的父亲，再把目光放在池小珉身上，轻声问：“小珉，你不觉得这太邪门了吗？我们还是不要再和这有关联的好。我爸爸他年纪大，想法固执，难道你也这样吗？我们还是上去吧，而且小晚好像也很不舒服。”

池小珉笑了笑，说：“是有些邪门，但是这更让我觉得好奇，没有关系，再怎么厉害，也已经是消失的朝代，能如何？我们是活着的人，活着的人没必要怕这些已经死了上千年的，这个朝代本身就是一个谜，突然消失，没留下任何痕迹，当时一定发生了非常严重的事情，要么是地震，要么是别的什么大灾难,否则单凭人力是无法让一个朝代瞬间消失的,你不要害怕,我们天天在下面待着,比这更邪门的事又不是没碰到,习惯了就好。”

欧阳清看着面色苍白的池小晚,轻声说:“这样吧,你们继续在下面待着,我送小晚上去,我觉得她的情形实在不好。”

“好的,你们上去吧。”欧阳瑞祥专注地看着红烛,这些人,真是太神经了,好好地在地下埋了千年的红烛怎么可能突然自燃,不过是大家自己吓唬自己,一时眼花而已,他走过去,看着红烛,有一点是可以确定的,就是这个朝代有着让人无法放下的故事。

“我们也上去吧。”欧阳蓓轻声对杜辉说。

“好。”杜辉点点头,目光却仍在红烛上,半天没有挪动,表情有些奇怪,然后转头看着欧阳蓓,“我们上去,欧阳教授,我们先上去了。”

“我也一起上去。”桑心柔立刻说,一脸心虚的微笑,“我可不想晚上做噩梦,今天发生的事情实在是太邪门,不论是眼花还是什么,反正有照片突然变成白纸的经历放在前面,打死我也不要与这什么旧址再扯上关系,我的好奇心到此打住。”

“你们上去吧。”欧阳瑞祥的表情十分狂热,“我要单独在这待一会。小珉,你留下来,我们继续工作。杜先生,我不送您了,您自己走好。”

池小晚觉得自己的心似乎随时都会跳出来,她觉得莫名的害怕,那对红烛那种红此时看来异常娇艳诡异!她想呼吸,却觉得连呼吸的力气都没有,胸口的疼越来越尖锐,似乎是把冷冷的利器狠狠地插入,一剑刺中心脏!

“欧阳清,我们上去吧,我看小晚的脸色不对,不会真的鬼上身吧?”桑心柔提心吊胆地说,“她现在看起来就好像马上要死的人一般,就算她体质弱,也不应该是这个样子。小晚,你还能说话吗?你不要吓我!你再和我说句话好不好。”

“我真的很难受。”池小晚觉得自己用尽了所有的气力,但声音却细如蚊鸣。

“你说什么?”桑心柔听不清池小晚的话,伏下身子,仍然没有听清楚,“能大一点声吗?”

池小晚没有力气再说第二遍,连摇头的气力都没有,仿佛被突然间抽空了所有，胸口疼得厉害，呼吸也近乎窒息。

“别让她说话了，弟弟，你背她上去，不论到底发生了什么，这的空气对她现在都不好，我们带她上去让她休息一下，或者直接送她去医院。”欧阳蓓说，“这确实有些邪门，我们不是考古的，我们对这个不感兴趣，我们上去，我现在只觉得脑袋都是大的，好像感觉有个人就站在我们附近，冷冷地看着我们。”

桑心柔打了个寒战，四下里看着，突然，她一声惨叫，“啊！”的一声，把所有的人都吓了一大跳，随着她惨叫的是突然响起的一阵悠扬的音乐声，是杜辉的手机。

“桑心柔，你什么毛病呀？”池小珉脱口说，“活人也让你吓死了，不过是杜老板的手机响了，你至于这样吗？！”

桑心柔哆嗦着，说不出话来。

看了一下号码，杜辉接通电话，很正经地说：“你好，池部长，有事吗？我知道了，有事我们回去再说，我现在有别的事情要处理，你那边的事情可以看着办。”

池小曼还没来得及说话，杜辉那边就挂了电话，抬眼看到坐在沙发里的池小慧正懒洋洋地看着她，眼睛里有着让她不太自在的研判，唇角有着狡猾的笑。

“是呀。”池小慧微笑着，懒懒地说，“我怎么可能不好奇呢？一个排行榜上的大富商竟是我宝贝姐姐的老板，我一定要认识，这样钻石级的男子，岂能从我手心里跑掉。”

“你呀，怎么看都和小珉一伙的。”池小曼叹了口气，“你不是要去看妈，快去吧，我还有事要忙，如果约到杜老板，我会通知你一起吃饭，让你一饱眼福。”

“我倒是希望我和小珉是一伙的，嘿嘿。”池小慧笑嘻嘻地说，“小晚的名字多好听呀，小慧，多么俗气的名字，好吧，我去医院陪妈妈，你呀，记得要约到杜老板，一定要告诉他，我对他是仰慕已久，务必让他答应我请他吃顿饭，你要记住了！”

池小曼笑了笑，说：“好的，我记住了，一定传达。”

欧阳蓓把池小晚扶到欧阳清背上，回到上面，外面下着雨，安静无声，整个旧址有着说不清的神秘。欧阳清把池小晚放到门口的一张躺椅上，平常欧阳瑞祥累的时候会在这躺着喝会茶，写会工作笔记。

“小晚，好些了吗？”欧阳清端了杯水，扶着池小晚的头，让她喝了两口，“外面空气好些，你是不是觉得好些了？我现在联系医院，送你去看看。”

池小晚呼吸着室外的空气，胸口的疼痛突然间消失，整个人的呼吸恢复正常：“我没事了，刚才可能是不适应下面的空气，才会觉得不舒服，现在已经没事了，不用去医院，我真的没事了。”

桑心柔直勾勾地看着池小晚，用有些恐惧的声音说：“小晚，你可不可以不这么快就恢复如常，如果你迟一些时间恢复，我可能不会如此害怕，你刚才是不是撞到鬼了？”

池小晚心有余悸地回头看了一下大会议室的门，从这可以看到那个入口，那个可以进入那个朝代旧址的通道的入口。

“小晚，刚才到底是怎么了？”欧阳蓓也有些不安地问。

“我也不清楚。”池小晚想了想，“从一进入那个门开始，我就觉得害怕，进入就觉得呼吸不通畅，好像随时会窒息，然后到那，突然觉得胸口被一个尖锐锋利的东西一下子刺中，立刻就一点力气也没有了，人就往地上栽。但到了这立刻就再也没有那种感觉。”

“你有看到什么东西吗？”桑心柔声音发颤，她仍然有些哆嗦。

池小晚摇摇头：“没有，只是觉得不舒服。”

“我和蓓姐有一样的感觉，好像看到一个人，就那么冷冷地站在那盯着我们，好像恨不得吃了我们，一想就浑身起鸡皮疙瘩！”桑心柔害怕地说，“我保证我刚才的声音不是因为电话铃声，是因为我突然看到一个人，一个目光冷漠的人，隔着很远看着我们，确切地讲，是看着红烛！”

“是的，我就是这种感觉。”欧阳蓓心有余悸地说，“桑心柔说得一点也没错，我也是这种感觉，就感觉那目光冷得可以毁灭一切。”

“好啦，别说吓人的话了。”池小珉的声音突然响起，把几个人吓了一跳，这种情形下，任何一个不带任何预兆的声音都会让大家虚惊一场，“你们还真的相信这光天化日之下有僵尸和吸血鬼不成？真是的，本来挺正常的事情让你们搅得一塌糊涂。欧阳清，欧阳导师快让这些人给气疯了，你等会少不了挨训。”

“小晚的情况是有些奇怪。”欧阳清很认真地说，“他们的怀疑不是没有道理，那对红烛一定有问题，小珉，我想趁我爸爸不知道的时候，取一些蜡烛，研究一下红烛的成分，我觉得这对红烛里面一定有某种奇怪的成分，可以让人产生幻觉。”

池小珉立刻摇头，“我看还是不要了吧，那对红烛比欧阳导师自己的命都重要。不过你的想法也许有道理，我觉得我们进去的时候，那对红烛确实让人心中生出不安的感觉，经过这么多年，它依然绚丽的颜色如今看起来就很诡异。可是，今天我们进去，在红烛还没有被欧阳导师拿过来的时候，小晚就已经出现昏迷，或者并不仅仅是因为红烛的缘故。”

杜辉的手机再次响起短信提示音，他拿出来看了一下，考虑了一下，回了一个短信，继续听池小珉和欧阳清说话。

欧阳蓓在他耳边略带嘲讽地说：“杜辉，总得给人家一个交代吧，她可不会希望一辈子只做藏着不见人的女子。”

杜辉装作没听到，饶有兴趣地盯着池小珉和欧阳清，似乎那是他唯一关心的事情。

“古代的东西难免有些是我们现代人不了解的。”杜辉稳重地说，“也许和时间有关，长时间埋在地下，会在空气中遗留下因时间而形成的有毒空气，令人觉得胸口发闷，其实，这些东西可以展现给大家看，这种属于历史的物件，需要现在的民众去珍惜，单凭一个考古队的发掘，解决不了问题。”

“目前我们尚且不知道这个朝代的名字，这是让我们觉得最沮丧的事情。”池小珉叹了口气，“我们甚至无法顺利地进行发掘，因为我们根本不知道从哪下手，就像我们发现红烛的那间房子，我们就弄不明白应该从哪着手才好，整个房间的布局非常接近我们现在的模样，但是角角落落里全是珍贵的东西，稍不小心就会损坏。按我们目前的推测，这里应该是皇宫的一处房间，应该是某位君王的婚礼中出了问题。”

欧阳清看了看池小晚，她看起来气色好了许多，甚至看不出刚刚在下面的模样，就仿佛像桑心柔所说，鬼上身！但仍然还可以在池小晚眼中看到忧郁，这种忧郁并不属于他所熟悉的小晚，更像是他们在发掘现场感受到的忧郁，一直以来池小晚都是温和浅笑的女子，总是淡淡浅浅的笑容挂在唇畔，给人温暖舒服的感觉，但此时，她眼中却有着浓得化不开的忧郁。

"我已经没事了，不用担心。"池小晚看到欧阳清关心的目光，微微一笑说，"刚才真的是不适应，也许外面在下雨，所以里面的空气有些闷吧，我可不要再下去，我对这些神神奇奇的事情实在没有兴趣。"

"小晚，我送你回单位吧。"欧阳蓓微笑着说，"时间不早了，要是不想回单位，我就直接送你回家，你最好是休息一下。"

"再有两个小时就下班了。"桑心柔看了一下时间，叹了口气说，"池小珉，你帮我准备两张照片好吗？我拿回去应付一下。小晚还有不少的工作要做，她还真不能回家休息，这个时间去上班，少不了要挨一顿训，我们高主任给她留了一大堆工作，她就是加一晚上的夜班也不可能完成，哪还敢想休息二字呀。"

"这样呀。"杜辉突然温和地说，"没关系，好歹我是你们那儿最大的广告商，这点忙我还是可以帮上的，我会和你们高主任打电话，就说是我约了你们一起吃饭，耽误了上班时间，那些工作交给别人做吧。"

"杜老板，你真是大好人一个！"桑心柔笑着说，"你还真是帮了小晚一个大忙，不然的话，她今天就别想安生。难怪都说男人四十一枝花，一点也不假，你们这些成熟男人是比年轻男子细心体贴，可惜你已经结婚，否则一定是人人争着要嫁的钻石王老五！"

欧阳蓓笑着，桑心柔，多么单纯可爱的女孩子，她也曾经如桑心柔一般，现在想，能够如桑心柔这般简单活着，就是幸福的。

"呵呵。"杜辉笑了笑。

"我们走吧。"桑心柔再次回头看了看刚刚离开的地方，脸上闪过一丝恐惧，"这个地方我是多一分钟也不想待了，好奇和现实是两码事，这些事情想想挺好玩，真的发生，只有恐惧一种感受！"

"来吧，我送你们回去。"杜辉温和地说。

欧阳蓓看了一眼杜辉，再看一眼池小晚，不论杜辉怎么想，池小晚应该绝对没有这种念头，看一眼弟弟，哪一点配不上池小晚。这样想，也算是一种对自己的安慰吧。

一行人走到车旁，杜辉打开车门坐进驾驶员的位置，欧阳蓓在副驾驶座上坐下，桑心柔扶着池小晚坐进车后座。放下车窗，池小晚冲一脸担忧的欧阳清摆了摆手，然后靠在车后座上，有些隐约的累。

“坐好了，我会尽量开平稳些。”杜辉温和地说。

欧阳蓓微微一笑，却掩饰不住内心的疑虑，这个杜辉，绝对存了念头，她绝对不能让他得逞！

人未进办公室，就听到高主任的声音高高地响着，里面有明显的愤怒。“她们两个又跑哪去了?! 当这个地方是什么地方？说来就来，说走就走！眼里还有我吗?!”

“高主任，真是抱歉，没有经过你的允许，带走了你的两位下属。”杜辉笑了笑，温和稳重地说，“她们担心耽误工作，匆匆让我送来，希望没有给你的工作带来麻烦。”

高媛有些意外地看着杜辉，池小晚什么时候和杜辉有来往？

“是我。”欧阳蓓能够读懂高媛眼中的困惑，是啊，池小晚如此平静温和的女子，怎么可能和这般“优秀出色”的杜辉认识？“小晚是我弟弟的女朋友，今天有事和杜老板外出，突然想到小晚，就约了她出来，大家聊得开心，就忘了时间，希望你不要介意，小晚的姐姐也是杜老板的下属，我的同事，不过利用上班时间外出，还要请你多多原谅。”

高媛一时之间不知道说什么才好，看着面前的四个人，勉强说：“既然是这样，那就算了，你们快去做你们的事情。”

“噢，对了。”杜辉依然温和沉稳地笑着说，“还有件事，小晚不太舒服，今天的工作可否安排别的人来做？”

“是呀，杜老板不说，我都给忘了，小晚有些身子不舒服，有什么工作，还是让别的同事来做吧。”欧阳蓓随意看了一下周围，一道目光瞬间吸引了她，她立刻顺着目光看去，一个似乎在什么地方见过的女孩子正冷冷地看着池小晚和桑心柔，眼光中有着努力掩饰的嫉妒，“那位姑娘叫什么呀？”

“她，”桑心柔立刻说，“江萍。”

欧阳蓓一笑，听桑心柔的语气就猜得出这个江萍绝对不是她喜欢的女孩子。“噢，江萍是不是？看起来年轻能干，应该是可以处理许多事情的人，不如由她暂且代小晚做一下手头的工作如何？”

江萍一愣，看着欧阳蓓，这个女人是干什么的？凭什么这样吩咐她？

欧阳蓓看着江萍，一笑，这个女的，她一定在什么地方见过。

“好的。”突然，江萍温和地开口，很体谅地说，“既然池小晚不舒服，那就由我替她来做吧，都是公事，谁做都一样，只要不耽误工作。高主任，那我开始做了。”

高媛无意识地点了点头，想了一下说，“让小汪帮你吧。”

“谢谢高主任。”江萍乖巧地点头。

欧阳蓓打量着江萍，在什么地方遇到过她？有隐约的相识，但是不熟悉，应该是在某种特殊的情况下遇到过，但没说过话。

江萍似乎是有意躲过欧阳蓓的目光，她从池小晚的桌上拿走需要完成的资料，走回到自己的位子坐下，低头工作，不再说话。

“如果不舒服，就先回家休息吧。”高媛的语气中有掩饰不了的烦躁，她好像困扰在某件事情里面。

杜辉微笑着说：“谢谢，既然这样，欧阳蓓，你开车送池小晚回家休息吧，我有别的事情去处理一下。”

欧阳蓓领着池小晚离开，却发现池小晚自始至终没有说过一句话，“小晚，还是不舒服吗？”

“不是。”池小晚立刻摇了摇头，“就是不想说话，只想找个地方躺下来睡一会。”

“热杯牛奶喝，对稳定情绪有帮助。”到了池家门口，欧阳蓓笑着说，“回去躺会，有事随时打电话给我或者欧阳清，我还有别的事情，明天过来看你。”

池小晚微笑着目送欧阳蓓离开，转身准备回家，隐约觉得好像有什么人就在附近，侧头去看，是一个不认识的中年男子，儒雅稳重，和父亲年纪相仿。

看到池小晚回头，牟德蒙立刻微笑着说：“你好，请问余雪琴女士是住这吗？我是她旧时的一位邻居，我姓牟，是一位老师，今天经过这，过来看看她，她在家吗？”

“您好，早上听我母亲说起过，她说她遇到了一位以前的邻居，也是一位老师。”池小晚微笑着说，“我母亲她不在家，她有些不舒服，在医院，要过些日子才能回来。”

“她怎么了？”牟德蒙表现出担心，“我可以去医院看看她吗？”

池小晚客气地说：“谢谢，我母亲只是早上锻炼的时候不小心摔伤，扭伤了脚踝，休息几天就会没事的。”

“我现在也没什么事，如果方便，可否告诉我你母亲住在哪家医院，我们有三十二年没见面了，很想聊聊，谈谈以前的老邻居们如今都在忙些什么。”牟德蒙微笑着，很客气很诚恳。

池小晚犹豫一下，微笑着说：“她住三院，离这儿不远。”

牟德蒙温和地说：“谢谢，你是余雪琴的女儿吧，和你母亲当年长得真像，这一转眼，孩子都这么大了，我们不服老是不行了。替我向你父亲问好，我去看望一下你母亲，就不打扰你了。”

池小晚目送牟德蒙离开，突然想起这人就是高主任的丈夫，果然是个看起来挺不错的男子，难怪三十几年前的旧照片也会让高主任吃醋。拿出钥匙打开门，家里没人，门口换了拖鞋，心中随意地想，那个年纪说不定母亲就认识，他好像说，他和母亲也有三十二年未曾见面，这次是想来聊聊以前的老邻居，说不定，就是为了聊照片中的女子。

电话响起，吓了池小晚一跳，桑心柔的声音从电话那边传来，“小晚，到家了是不是？快去洗个澡，把身上的晦气全部洗干净，那个地方太邪门，我担心你会沾上什么不干净的东西，不要不相信，我可是让吓坏了！”

池小晚笑笑，说：“好。”

池小晚放了一盆热水，放了一些含有薰衣草精油的沐浴液，把自己整个身体放入热水中，一股暖暖的热气从脚心到了全身，感觉十分舒服。

听到外面的门被打开，听声音好像是父亲，他在讲电话。

“他(她)很好，你不用担心，他(她)和我的孩子处得很好，虽然不是亲的，却一直相处融洽。你如果想看他(她)，可以随时去看，但是请不要告诉他(她)这些旧事，现在他(她)知道，恐怕会不能接受。”

池小晚愣了一下，虽然不是亲的这是什么意思？

似乎是在听对方讲话，过了一会才听到父亲继续说，“没有，雪琴不知道这件事，她一直对他（她）很好，在她心中，他（她）一直是她亲生的。这你可以放心……不行，绝对不行，你这样做对雪琴不公平，我已经欺骗了，不可以再这样……不行，我说不行就是不行！你不要再说了，我是回来拿东西的，还要赶回医院，雪琴现在摔伤了脚踝，要休养一些日子，我没时间理会你的事情。……不行，你现在想到他（她）了，早干什么去了，当年的时候，你去了哪里？你这样做，小芸绝不会答应的！……好啦，就这样吧！”

父亲挂了电话，进他们的卧室，大概十分钟左右，听到他开门关门，离开！

第八章　彼此生怨，司马惹恼池小晚

池小晚换上衣服，去厨房用微波炉热了杯牛奶，端着回到客厅，窝在沙发里，喝完牛奶，过了十几分钟，不知是牛奶的缘故还是薰衣草的原因，或者仅仅是累了，池小晚觉得困得睁不开眼，强迫自己起身，回到自己房间，头一放到枕头上，立刻睡着了。

不知睡了多久，池小晚才有些迷茫地睁开眼，突然看到眼前一张脸，在昏暗的光线下静静地看着她，吓得她立刻坐了起来，脱口喊了一声，声音在她自己听来都有些失真。

然后听到池小珉用抱怨的声音说："唉呦！池小晚，你干什么装死吓我！我好心看看你睡醒了吗，买了新鲜的苹果给你吃，你却上来就撞了我一脑袋，你脑袋怎么这么硬，石头做的吗？"

池小晚捂着自己的头，发现面前是哥哥池小珉，松了口气，听到自己的心依然狂跳，"你脑袋才硬！哥，你不要这样无声无息地出现好不好，我刚刚睡醒，一睁眼，在这种光线下看到一张脸，我不害怕才怪，尤其是今天在你单位发生的事情，我要是不害怕才是反应不正常。你什么时候回来的？有去看妈吗？"

"刚回来不久，和欧阳清一起去看妈，欧阳清那小子在妈面前比我还受宠，我们去了以后，妈只和他讲话，根本就没时间理我，我看呀，要是欧阳清成了妈的女婿，妈一定偏心得厉害。"池小珉揉了揉池小晚的头，"行了，没那么严重吧，是你用脑袋撞了我的下巴，就算你是女的，还是脑袋比下巴硬。睡醒了吗？如果睡醒了就起来吃苹果。"

“大姐和二姐回来了吗？”池小晚和池小珉一起回到客厅，客厅里亮着灯，已经是晚上。

“没有，他们可能会在外面吃饭，好像是大姐的老板请大姐和二姐吃饭，那个杜辉，遇到池小慧，一定热闹。”池小珉乐呵呵地说，“家里就剩下我们两个，爸晚上不回来，要留在医院里陪妈，我们是出去吃，还是在家简单吃？”

“在家吧。”池小晚坐进沙发里，池小珉已经洗好苹果，削好了皮，切成了几片，池小晚懒得用牙签，直接用手拿着吃，酸酸甜甜的味道不错，这个时节不是苹果成熟的季节，池小珉哪里买的这样好味道的苹果？“外面雨停了吗？这苹果真好吃，你哪里买的？”

“不是买的，是饮香食府老板送的。”池小珉得意地说，“今天下午我特意绕道去了趟饮香食府，我是不甘心，那个司马太不给我面子，我心想，如果可以碰到他就说上几句话，如果碰不上就算了，也巧，在酒店外面正好碰上他下车，就随意说了几句，然后他就送苹果给我，让我带回来给你吃，说苹果是不错的水果，吃了可以让人精神些。”

“是吗？”池小晚吃着苹果，漫不经心地说，“你又怎么忽悠人家啦？是不是把在旧址发生的事情告诉人家了？”

“没有。”池小珉笑嘻嘻地说，“也只有你这样体质的人才会在里面出现那些情况，我们一起进去的有三个女的，你，欧阳蓓和你同事，出现意外情况的只有你，我可不想告诉司马，不过，他倒是主动问起你，他大概以为我们兄妹天天在一起，我说你有些不舒服先回家了，他问‘是吗？怎么了？’我就说，我妹妹体质不好，有个风吹草动必定会感冒，不要紧，休息一下就行了。他说，‘我让酒店的员工拿些苹果给你妹妹吃，苹果可以让她觉得精神好一些。’你喜欢吃就好，也不枉我舍下面子接受。”

池小晚一笑：“别说得那么伟大，味道真的不错，你也尝尝。”

“好。”池小珉拿起一个洗干净没削皮的苹果直接咬着吃，“别说，味道还真是不错，爽口，酸甜适中，这饮香食府还真是不仅神秘，东西也比别处的好吃。”

“哥，你认识一个叫小芸的人吗？”池小晚随意地问。

“小芸？”池小珉微皱了一下眉头，突然一笑，说，“是不是妈和你说的，小芸是爸的初恋情人，当年和爸爱得死去活来，但是好像是因为什么不知道的原因，爸和她分了手，过了一年后，爸认识了妈，然后就有了我们。不过，听说我和你出生那年，小芸因意外去世，难道妈到现在还对这件事耿耿于怀？”

池小晚立刻摇头：“不是听妈说的，对啦，你怎么知道？”

“我偷偷看过爸的日记，里面有他们二人的故事，真是够浪漫的，几乎全是些酸酸的文字，虽然我是个旁观者，看了心中也很难过。”池小珉笑着说，“别看爸平时不太爱说话，人也不浪漫，可是，你要是看爸的文字，绝对是个痴情人。”

池小晚咽下苹果，叹了口气，说：“哥哥，这很不好玩。”

“都是过去的事了，估计妈也只是一时想起，有些不高兴。”池小珉不在意地说，“哪个人没喜欢过自己老婆或者老公以外的人，比如你，你如果现在嫁给欧阳清，就能保证你这一生一世只爱欧阳清一个人吗？”

池小晚叹了口气说：“你们真喜欢操心，我有说过要嫁给欧阳清吗？我没有说过我喜欢他，想要嫁给他，你们却一直在制造这种可能。你们就不能分心想想你们自己？”

池小珉哈哈一笑：“我对婚姻不感兴趣，我和二姐绝对是池家的独身主义者。”

池小晚没理池小珉，吃了几块苹果，确实觉得舒服了一些。

饮香食府，杜辉看着池小曼带着一个漂亮性感的女子走进来，和池小曼长得有几分相似，但是更加妖娆妩媚，眉眼也更加精致诱人，唇角有娇媚的笑，浅浅的，让人看到就觉得心里痒痒的。

“您好，总裁，这是我妹妹池小慧，她对您仰慕已久，一定要我安排她和您认识。”池小曼微笑着礼貌地说，“小慧，这就是杜辉先生。”

“您好。”池小慧伸出手，十指上涂着红红的颜色，衬着她细腻的手，显得异常美丽诱人，让人看到心就怦怦直跳，“很高兴可以认识您，我对您可是仰慕好久了，您本人看起来比杂志上还要帅。”

这声音有些熟悉，懒懒的，像猫在伸懒腰，他有听过她的声音吗？

“你好。”杜辉很绅士地握了握池小慧的手。

池小慧收回手，很可爱地捂住嘴，有些惊讶地看着杜辉，然后娇羞可爱地说："原来是您，真不好意思，那天我不小心打错了电话，您还和我开了玩笑，我还在心里想，是什么人，声音这么好听，原来是您。"

电话？杜辉看着池小慧娇羞可爱的模样，对，这个声音就是那个半夜打来电话，后来又在他和欧阳蓓在这儿吃饭的时候再次打错电话的那个女声。"对呀，我也在想，这么好听的声音的主人是哪位可爱的女士，原来是池部长的妹妹，这就难怪了，有出色的姐姐，有你这样美丽的妹妹，应该是意料之中的。"

池小慧垂下头，眼睛一瞟，轻轻怏怏地说："可惜您结婚了，不然的话，小慧一定会好好追您的。"

"哈哈。"杜辉开怀地一笑，"这和结婚不结婚没关系，我们依然可以是朋友。来，池部长，我们吃饭，你有个相当可爱的妹妹，我相信我们这顿饭一定会吃得很开心。"

池小曼看了池小慧一眼，这个小慧，就好像是一个猎手，她喜欢让所有遇到她的男士心猿意马，估计这一会她也在尝试让杜辉这样，杜辉是怎样的男子，岂是她一个小丫头可以左右。

几杯酒喝下，池小慧的脸上染上淡淡的红晕，似乎有了些醉意，站起身，她微笑着，娇憨地说："杜先生，您和我姐姐说会话，我去下洗手间。不许背着我讲我坏话。"

杜辉微笑着点了点头，目送着池小慧起身离开。"你妹妹她很招人喜欢。"

池小曼一笑，想说什么，犹豫了一下，咽了回去，原来人的表象会如此欺骗人，不过，小慧也只是觉得好玩，开个小小玩笑，应该不会弄出什么事来。"是的，她很有趣。"

出了房门，池小慧脸上的微笑消失，这个男人，不过是一个表面沉稳内心浮躁的人，真以为她年轻就不知道他这种人到底是什么货色？轻轻哼了一声，顺着走廊向前走，前面有洗手间的标志。

安静的脚步声在她耳边轻轻响起，她下意识回头一看，是个不认识的男子，正安静地顺着楼梯向上走，没有看到脸，只看到背影，挺拔，帅气，寂寞，洒脱，许多许多的词一下子涌了上来，她心里一颤，不由自主地转身跟着那人上了楼梯。

“哎，你等等。”池小慧追不上对方的步伐，对方走得并不快，可是她就是追不上，对方应该可以听到她在后面紧紧跟随的脚步声，可是，连头也不回，“你等我一下。”

“有事吗？”对方稍微放缓了一些，没有回头，淡淡地问。

“没什么事。”池小慧愣了一下，是啊，她追这个人做什么？她认识这个人吗？好像不认识，“只是想看看你是怎样一个人，你的背影看来非常吸引人。”

对方也不说话，听她说完，继续走自己的路，完全不感兴趣，池小慧有些懊恼地站在那，她相信自己的声音不难听，很多男人喜欢听她说话，她也相信自己很漂亮，很多男人看见她就不会走路，可是这个人什么意思，竟然视她不存在！“喂，你什么意思，我和你说话，你怎么不理我？”

对方走过拐弯，消失在池小慧的视线中，她紧追几步，上了楼梯，上面没有，走廊里没有，不知道这个人去了哪里，真是讨厌，池小慧轻轻跺了跺脚，有些失望地下楼，并没有注意到在一个光线很暗的地方，那个人安静地站着，漠然地看着她赌气离开。

顶楼的风夹着雨，已经过了千年，一切都成为记忆，只有这风雨一直没变。

他觉得很难受，不知道为什么，就在今天下午，他突然觉得整个人悲哀得无法自控，像极了当时，已经千年，已经冷了心肠，已经在千年的时间里再没有感情的念头，怎么会再有这种悲哀？！

他已经在足够长的时间里一次一次地回忆当时的情景，当时是怎样亲手取走了他最爱的女人的性命，留下成为永远不会死去的吸血鬼，虽然他不是以人血为生，却如同提炼血酒那种无名花般寂寞！

原来思念在漫长的岁月里也会淡掉，淡到他再也不会落泪！淡到他再也不会爱！淡到他已经如同行尸走肉。活着，是比死更可怕的惩罚，而且，时间面前，爱已经再无感觉，甚至想起最爱的人，都已经淡到懒得再提起。

甚至会问，他还爱她吗？他还有恨吗？再回到当初，他会如何？

他的手轻轻落在自己胸前，那颗心，已经在岁月当中，慢慢停止了激动与悲喜，甚至没有了起伏，千年了，从古代到现在，从千年前的大兴王朝到现在，他走过了寂寞孤独的千年，整整千年之久，他是怎么活下来的?!

为的，是否只是抱在怀中的意儿，那最后一声："逸轩，我爱你。"

冷漠地站着，在风中，眼角没有泪，意儿这名字如风，在心头吹过，除了更添寂寞外，再无其他，时间这么久了，想念已经变得无趣，时间对他来说是停止的，没有任何意义。他不想再爱，纵然这千年走来，有那么多的人在他生命中走过，却再也没有当时的感觉，意儿，她是再也不会回来，除了意儿，还有人可以爱吗?

只有意儿，如这风雨，千年不变!

清晨6点半，医院里渐渐有了喧哗之声，池森推着余雪琴到外面休息，除了不方便走动外余雪琴并没有什么不妥，脸上的肿敷过冰块已经消退不少，小慧的猜测却让余雪琴心惊了很久，这个丫头，最擅长猜测感情故事，真担心小慧问这问那，套出整个过程。

"雨下了一个晚上吧?"余雪琴轻声问。

池森点点头，"今年雨水比往年多，每场雨之间间隔短，下的时间长，只要下雨就会觉得冷，就有些秋的味道，但现在还是春末夏初时分。"

"你朋友怎么样了?"余雪琴轻声问。

"好些了。"池森微笑着说，"你们正好住一家医院，等会我再过去看看。"

"现在去吧，正好我也没事，一个人在这儿待会，吹吹风。"余雪琴微笑着，突然抬眼看到有个人向这边走来，手里捧着一束花，娇艳的紫丁香，她最喜欢的花。

很久以前，她的家中有一棵，每当春日花开，她就站在花下微笑，如花一般，听那个男孩子笑着说：以后，还会想起我吗?

书上说紫丁香代表初恋。他来了，带着她最爱的紫丁香。

"你好。"牟德蒙看着池森，客气地说，"我叫牟德蒙，是您夫人旧时的一位邻居，昨天想去看望您和您夫人，只碰到您女儿，才知道您夫人不小心伤了脚，今天特意过来看看，已经好些了吗?"

余雪琴立刻解释说："他是我小时候的一位邻居，巧的是，他的妻子是小晚的主任，那天在路上无意中碰到，差点没敢认，这是我先生池森。没事的，我已经好多了，还麻烦你特意过来看望，真是不好意思。”

池森很客气地伸手和牟德蒙握了一下，笑着说：“这样，正好我趁这个空去看望住在同一个医院的一位老朋友，你们聊会。”

“您忙。”牟德蒙笑着说，“我可以帮您照看一会。”

“好的，谢谢。”池森看了看牟德蒙手中的紫丁香，他很不喜欢这种花的香气，觉得刺鼻呛人，但余雪琴喜欢，偶尔会在路边的花坛摘一两朵，放在厨房里，因为厨房是她待得最多的地方。

“你先生很有味道。”看着池森走开，牟德蒙把花递给余雪琴，微笑着说，“是做什么的？”

闻着紫丁香的香气，余雪琴有些神思恍惚，愣了一下，才说：“警察，已经退休。他曾经受过伤，否则，看来会更有味道，他曾经是他所在警局里最帅气的警察，我儿子小珉长得最像他。”

“你女儿长得和你当年很像。”牟德蒙将余雪琴的车子推到一处安静的亭子里，在石凳上坐下，微笑着说，“看到她就像看到当年的你。”

“你看到的是哪个？”余雪琴微笑着说，“我有三个女儿，大女儿小曼最像我。”

“我不知道是哪个。相当安静干净的女孩子，眉眼清秀，说话也很好听，温和平静。”牟德蒙想了想说。

“那应该是小晚。”余雪琴笑笑，“三个女儿中属她最安静，从小到大，都是一个不太爱热闹的女孩子，其实她不太像我，倒有些像她外婆。还记得我妈妈吗？”

“记得。”牟德蒙微笑着说，“还记得阿姨最爱谈的就是阿姨的爷爷奶奶，最后还是让你嫁了一个警察。”

“是啊。”余雪琴笑着说，“我妈现在住在我大哥家，她最喜欢小晚，说小晚和她自己的爷爷奶奶最像，恨不得让小晚改了姓才好。”

“小晚有男朋友吗？”牟德蒙笑着问，“我有两个儿子，都还没有合适的女朋友，如果小晚也没有，我倒想让她成为我的儿媳妇。”

“有个男孩子很喜欢她，就是那天送我来医院的那个，叫欧阳清，挺不错的男孩子，挺讨我喜欢。”余雪琴开心地说，“人长得清秀斯文，也很细心体贴，最重要的是，我看他对小晚真的是很上心。”

“真是可惜。”牟德蒙遗憾地说，“那其他两个女儿呢？”

“她们倒没有，对啦，你说我才想起来，前几天还有人给小曼，就是我大女儿介绍了一个也姓牟的年轻人，听说是做电器生意，好像叫什么牟佳木，挺奇怪的名字。”余雪琴想了想说，“听说正在交往。”

“牟佳木？”牟德蒙笑呵呵地说，“你知道他是谁吗？他是我大儿子，是的，做电器生意，酷爱运动。一直住在外面，我很少见到他，原来他谈女朋友了，而且是你女儿，这真是太好了。我得让他带小曼来我们家吃饭。”

余雪琴也笑了笑，顿了一下，说：“如果你妻子知道小曼是我女儿，可能不会答应他们交往。”

“没关系，我两个儿子都不听她的安排，尤其是大儿子，一直在外面打拼，自由惯了，喜欢自己处理自己的事情。”牟德蒙微笑着说，“只要他们自己开心就成，高媛也就治我成，我的孩子她左右不了。”

余雪琴远远地看到欧阳清带了花和水果过来，这小伙子真不错，比池小珉都有礼数。“欧阳清，怎么又跑来了，阿姨昨天不是说过了吗，没事的，休息几天就可以，你不用天天过来，要耽误上班。”

“没事。”欧阳清温和地一笑，扶了扶眼镜，“这两天小珉很忙，不如我有时间，就当我是他过来看您。阿姨，听说您喜欢吃草莓，就买了些，我已经洗干净，您随时可以吃。”

“谢谢。”余雪琴微笑着说，“没联系小晚吗？”

“没有，她昨天有些不太舒服，大概是让凉风吹了一下，不过今天已经没事了。”欧阳清笑着说，“我已经打过电话给她，她去单位上班了，早上是小曼姐送她过去的。听桑心柔说，这几天她的主任对她不太好，所以小曼姐想过去看看，毕竟小曼姐所在的 S 公司是小晚所在单位最大的广告商，小曼姐也认识小晚的主任。”

余雪琴看了一眼牟德蒙，犹豫了一下，轻声问：“因为什么？小晚不是个惹是生非的孩子，参加工作不久，应该不会有什么让人讨厌的地方。”

“听桑心柔说，这段时间她们主任心情不好，所以有些麻烦。”欧阳清安慰地说，“也许只是一时，您放心，有我们在，没人敢拿小晚如何，别的不说，就说只是小曼姐，也没人敢欺负小晚。您好好养着，别担心。”

“小晚的主任叫什么？”牟德蒙问。

“好像姓高。”欧阳清不认识面前的男子，隐约记得那天在公园的时候有见过这个男人，和高媛一前一后离开。

牟德蒙心中猜测，难道高媛知道小晚是余雪琴的女儿故意为难？真是可恶！

“妈。”一个娇柔的声音响起，池小慧静静地站在一行人后面，“这位是？”

“是你牟伯伯。”余雪琴看到池小慧审视牟德蒙的表情心里忐忑了几下，努力平静地说，“是妈妈小时候的邻居，几十年不见，那天无意中遇到，昨天知道我不小心摔伤了，特意过来瞧瞧。这是我二女儿小慧，是个空姐。”

“你好。”牟德蒙面带微笑，这个女孩子盯着他看的目光中让他觉得有些心虚，似乎看穿了他的心，“我姓牟，和你母亲小时候是隔壁的邻居。”

池小慧甜甜地一笑，说：“牟伯伯好。”眼光落在余雪琴腿上的紫丁香，“是您送的？这么多年了，您还记得我母亲最爱紫丁香，连我们这些做儿女的都快忘记了，谢谢您。”

牟德蒙面带微笑地说：“小时候我常常跑到你外婆家吃东西，你外婆家院子里种着一棵紫丁香，我记得好像还是你母亲亲手种的，前几天在街上无意中遇到你母亲的时候，记起这些旧事，昨天听说你母亲不舒服，就特意买了紫丁香，人年纪大了，反而对小时候的事请记得特别清楚，现在想起来，还能想起你外婆做的好吃的油饼的香气。”

池小慧一脸甜美的笑容，“您这样一说，我还真是想念外婆。妈，爸呢？”

“去看你孟伯伯了，他也住在这家医院。”余雪琴立刻说。

“爸也真是，到底是朋友重要还是老婆重要，越老越粗心。”池小慧笑着说，“牟伯伯您和我妈聊着，我去看看我爸。欧阳清，陪我一起好吗？我一进医院就头晕。”

“好。”欧阳清好脾气地说。

走出去二十米，池小慧突然问：“那个人你认识吗？就是我妈妈小时候的邻居。”

“牟先生？”欧阳清摇摇头，“不认识，但之前见过一面，阿姨受伤那天，我看见他也正好离开公园。”

池小慧一笑：“还真是凑巧，你还看到什么熟人？”

“熟人？”欧阳清一愣，“我还真遇到一个认识的人，就是小晚的主任，气呼呼的，我们以前因为公事见过面，不过当时她可能太生气，竟然连我和她打招呼都没听到，急匆匆地就走了。”

“小晚的主任？姓什么？”池小慧偏着头，笑着看着欧阳清，一副好奇的表情。

“姓高，叫高媛，她父亲曾经是政府高官，已经退了。”欧阳清笑着说，“小慧姐，你还真是好奇。”

池小慧轻轻挑了一下眉，没有说话，那天一定有什么事情发生，当天她偷偷问过，大夫说母亲脸上的肿痕是用手打的，不是摔的，什么人敢打她池小慧的母亲，不想活了！

“你的女儿每个都很出色。”牟德蒙微笑着说，“她和我昨天遇到的小晚不同，更加活泼些。”

余雪琴微笑着，轻声说：“三个女儿里属她长得最漂亮，她和她姐姐长得比较像她们的奶奶，小晚更像她外婆些。”

牟德蒙的电话响起，他看了一眼电话，脸上立刻带上了厌恶的表情，不太情愿地接了电话：“什么事？”

“你在哪里？”高媛的声音传来。

“有什么事，说。”牟德蒙冷冷地说。

“牟德蒙，你给我听好了，没有我高媛，你今天也就是个一事无成的小老师，如今，你有名气了，有地位了，腰板直了，是不是?！立刻给我滚回来，我爸爸他不舒服，你立刻陪他去医院检查。”高媛冷冷地说，“少瞒着我干些肮脏的事，要是让我知道你还和那个女人待在一起，我就让她身败名裂！”

高媛的声音从电话里清晰地传了出来，余雪琴听得有些心惊，那个女人怎么这样的野蛮？

牟德蒙的脸上带着悲伤无奈的表情，挂了电话，苦笑一下，轻轻地说：“雪琴，让你看笑话了，不过高媛说得没错，如果没有她，也许到现在我也就只是一个临时的代课老师，不会有今天的生活。从老家搬走后，我们家出了很大的变故，当时高媛是我大学同学，她很喜欢我，依靠她父亲的关系，帮我处理了很多难题，并让我留在学校里做了一名老师，后来，我和她结了婚，走到了现在。”

余雪琴叹了口气：“活着都不是件容易的事，既然这样，你们就好好过，怎么弄成现在这个样子？”

“自从她父亲退休后，她就开始变得多疑，脾气也变得暴躁，动不动就发火，两个孩子因为这个都搬了出去，老二跟着老大干，就住在老大买的房子里。”牟德蒙也叹了口气，“后来，她就开始担心我会抛弃她，时时刻刻监视我，我们整天因为一些小事吵架，闹得相当不开心，后来，她在我一本书里发现了你的照片，开始大吵大闹，说我变心了，说我不是东西，几乎整栋楼都听得到，有时候邻居们看到我，表情都是怪怪的。”

余雪琴安慰说：“她可能心情不好，你多陪陪她，你快去忙你的吧，我这没什么事，休息几日就好了。”

“唉，让你平白无故地挨了一巴掌。”牟德蒙难过地说。

“没事。”余雪琴微微一笑，“已经消肿了。”

高媛放下电话，心里恼怒得厉害，怎么想也不能平静下来，一生气，手机“啪”的扔在地上，碎成几片，用脚狠狠地跺了好几下才解恨，他肯定和那个女人在一起，否则他不会用这种语气和她说话，哼，男人，什么东西！在她面前狗一样听话，在别的女人面前，装起人样来！

那个女人究竟是个什么东西？竟然可以让牟德蒙如此！

“小晚，我要疯了。”桑心柔看着池小晚坐下，苦着脸说，“我昨天一晚上没睡着，一闭上眼，就看到一个人站在我面前，冷冷地盯着我，我越是害怕，这个形象越是清晰，好像对方的呼吸就要扑到我脸上似的，吓死我了，害得我晚上把我爸从我妈床上赶跑，在我妈床上赖了一个晚上！太恐怖了。”

池小晚喝了口水，轻声说：“你把自己搞累一些就会没事的，你想得太多了，昨天是我出现了幻觉，你什么事情也没有，反倒你做噩梦，我一觉到了天亮。照片的事情通过了吗？”

“算是糊弄过去了，我再也不想和那个旧址有联系了，江萍想弄让她弄去，我绝对不插手此事！”桑心柔叹了口气，眼睛上有明显的黑眼圈，神情也有些疲惫，“中午我请客，我们去家常小菜馆，我得请那个小老头给我支支招，看看有什么办法让阳气重一些。我开始怀疑世间是有鬼的，以前我是不相信的。”

欧阳蓓闲着无事，翻弄着放在茶几下面的几本旧杂志，杜辉在里面换衣服，中午有个酒会要参加，好像请的客人非常尊贵。杜辉不喜欢家里有外人，总是约定时间由保姆来打扫，这几本杂志，估计是杜辉自己随便放的。

这些杂志几乎都和杜辉有关，这人还蛮自恋。欧阳蓓翻到一页，是杜辉出席某个酒会时拍摄的照片，大概一年前，陪着杜辉的是杜辉的妻子，打扮得雍容华贵，听说只是身上那套衣服就上百万元，上面的装饰全是天然的钻石。

有钱人还真是有钱，估计这种衣服是不会穿出门的。

突然，欧阳蓓愣了一下，拿近杂志仔细看了看，在杜辉和他夫人合影的那张，有个女的引起了欧阳蓓的注意，看着有些面熟，大概二十几岁，头发盘着，化着精致的妆，表情沉静冷漠，就在照片的一角，看表情好像正在看合影的杜氏夫妇。

这女的竟然是江萍。

是的，是江萍，不会错，难怪看着这个女孩子有些面熟，这个江萍，她确实见过，而这个江萍和杜辉肯定认识，这种正式场合，杜辉和妻子合影的时候应该很小心，绝对不会粗心到要在照片中出现别的女人！

如果，江萍认识杜辉，那么江萍就有可能知道杜辉和池小曼的事，也就是说，她讨厌池小晚，并不是因为池小晚得罪了她，极有可能是因着池小曼的缘故。

杜辉走了出来，看了一眼欧阳蓓，问：“发什么呆呢？”

“没事。”欧阳蓓合上杂志，“看到你和你妻子一对神仙眷侣的合影，她看起来还是很年轻呀，保养得不错，难得她心胸如此宽大，肯配合你在众人面前表现恩爱。”

杜辉哈哈一笑，走过来，揽着欧阳蓓的腰，“吃醋了？应该是她吃你的醋才对，我和她在一起的时间还不如我们一起吃饭的时间多。”

“哼。”欧阳蓓撇了杜辉一眼，“你的嘴不是人嘴，是蜂蜜做的，总会拣些好听的话哄人。你是不是也是这样把池小曼哄到手的？”

“池小曼？”杜辉一笑，神秘兮兮地说，“我告诉你我和她之间什么事也没有，你相信吗？她把我当成初恋的人选，好久没玩这种游戏了，这种精神恋爱，很新鲜，否则，我哪有时间陪她玩。”

欧阳蓓愣了一下，脱口说：“你们没在一起？”

“是的。”杜辉整理了一下自己的领带，不在意地说，“她这种女人，单纯高傲，没意思，不过，玩个感情游戏，好像年轻人一样谈谈恋爱，对我多少还有几分吸引，想要她，我随叫她随到，还用花这些心思，你也太小瞧我了。”

欧阳蓓叹了口气，说：“杜辉，算了吧，要是你和池小曼之间什么也没发生，就放过她吧，她还没有谈过恋爱，一旦傻乎乎地爱上你，就等于是要了她的命，你肯定不会给她承诺，也不会娶她，而她这种女人，是会傻到想要嫁给你，为你生儿育女的。”

“玩不起就不要玩。”杜辉冷冷地说，“是她自己想进来玩这个游戏，我又没逼她，都什么年纪了，还做这种梦，把我当成她生命中的白马王子，这年头，没有骑白马的王子，如果她以为我会爱上她，为了她抛弃一切，那只能说她是个大傻瓜。”

欧阳蓓突然间觉得池小曼极是可怜。

家常小菜馆，门虚掩着，很安静，池小晚和桑心柔推门走了进去，桑心柔大声说：“喂，老板，跑哪里去了？我们要吃饭！”

池小晚向自己习惯坐的位子走去，突然愣了一下，有个人正坐在角落的位子上，安静地喝着酒，他怎么会来这种地方？经营那么大的一个饭店，却跑到这儿来吃饭？

“你好。”他看了池小晚一眼，打了声招呼，笑容看起来不算太冷，似乎他并不讨厌看到池小晚。

池小晚点了点头，正要说话，听到桑心柔恼怒万分地接电话。

“江萍，现在是下班时间，你能不能等我吃完饭再谈工作，照片我已经给你，你还要干什么？盒饭？我不吃盒饭，吃完饭我马上回去。什么，高主任，拜托，能不能不要以单位为家！好，好，我回去，我现在就回去！”

看着池小晚，桑心柔长叹一声，“这个江萍真是阴魂不散，真是讨厌，她说高主任安排我和她中午加班，还为我特意叫了盒饭，简直不是一般的可恶，我怎么和她混在一起了！我回去看一下，你自己吃吧。”

池小晚点点头，目送桑心柔离开，到另外一张桌子上坐下，四下里看了看，没有发现老板的影子。

“他出去了，一会儿回来，门上已经挂了暂停营业。”司马淡淡地说，“苹果好吃吗？”

提到苹果，池小晚立刻微笑着说：“你不提我还忘了，谢谢你的苹果，这个时间有口感那么好的苹果实在很难得。这样，今天中午我要在这吃饭，你也应该是到这吃饭的吧？我请你，如何？”

司马一愣，继而一笑，说：“好。”

池小晚看着他的微笑，有些不太好意思，不知接下来说什么。

“是你过来坐还是我过去坐。”司马看出了池小晚的羞涩之意，换了一种更加温和的语气，“不如你过来吧，这儿临窗，可以看得见外面的风雨，开着窗，可以不必开空调。”

池小晚笑了笑，做什么这样羞涩，不过是一起吃顿饭，谢谢他的苹果。“好，你那儿靠窗，开窗可以看到雨，嗅到雨的气息，坐着最舒服。”

司马淡淡地一笑，看着池小晚走过来坐下，为她倒了杯水。

“谢谢。”池小晚接过茶杯，看着司马，还没有开始吃饭，他就开始喝酒？“空腹喝酒，对身体不好。”

司马漠然地说：“我不喜欢别人教我什么好什么不好。”

池小晚一下子什么话也说不出来，坐在那有些尴尬，刚刚还说得好好的，怎么突然间就变了脸，她只是好心劝他一句，担心他空腹喝酒对他的胃不好，怎么他突然变得如此冷漠，她低下头，坐在那儿，心里莫名地委屈。

“我们不会是朋友，永远不会是。”司马淡漠地说，“你只是一个让我觉得有些熟悉和温暖的女子，仅此，你让我想起一些过往，但是喜欢你，便是对她的一份亵渎，你某些地方和她有些相似，这是我注意你的唯一原因。”

池小晚没想到他会如此直白地说出，有些愕然，对方明白地告诉她，不要去喜欢他，更不要爱他，仅仅只是认识的人，她平定了一下心情，离开是最好的选择，可是，离开在此时会有些小家子气。她想了想，抬起头，轻轻地一笑，说：“只是一份关心，我有男朋友，不会对您产生类似感情的东西，只是因为认识您，看您空腹喝酒，有些担心会伤害您的胃，您不要担心，我们只是过客。”

“欧阳清。”司马脸上表情平静，看不出悲喜，甚至看不出他这样说话是否对无辜的池小晚有丝毫的内疚之意，“是个不错的年轻人，脾气不错，对你是真的用心。”

池小晚在心中叹了口气，男朋友三个字不过是此时随便拿出来挡一时难堪的借口。

门被从外面推开，店里的小老板提着菜篮子笑呵呵地走了进来，一眼看到坐在一起的两个人，愣了一下，脱口说：“你们两个会遇到一起，好好的，两个完全不同世界的人？”

司马面无表情，继续喝他的酒，池小晚有些愕然，这什么意思？难道一个普通上班族和一个酒店老板不能坐在一起吃饭吗？

“那个小胖丫头呢？”发觉自己说错了话，小老头立刻转移话题，脸上的笑却有几分不自然，“平常你们经常一起来这，怎么今天是你一个人？”

“怎么今天你讲话这么奇怪。”池小晚微笑着说，“我确实是和她一起来的，她临时要加班离开，不过，听到你还记得她，她一定会很开心，她正好有事要找你。”

“她有事找我。”小老头恢复了平静，笑呵呵地说，“不会是问我姻缘之事吧？”

“有一些是。”池小晚想避开司马，站在玻璃外面和在里面忙着的小老头说话，既然对方说得如此明白，那就干脆连普通朋友都不要做，如果做朋友，肯定有关心的成分在，这个人是很帅，也很吸引人，可是，也不能单凭这两点就可以肯定地认为她会喜欢上他吧，还真是够自信的。

司马看着池小晚倔强的背影，她和她还真是有些莫名的相似之处，在茶馆，她微笑着走过来和他说话的时候，他还真是吓了一跳，那语气中的温和坦然，就如同意儿突然站在他面前一般，那么神似，让他神思恍惚了半天，已经千年，他的心竟然还会有颤抖。

可是，他再也不会爱了，更何况他和任何一个人，就如同这小老板所说的，根本就是两个不同世界的人！

小老头炒好一个菜，递给站在玻璃外面的池小晚，笑了笑，似乎只是开个小玩笑。“有男朋友吗？没有的话我帮你介绍一个，看外面那个坐着喝酒的家伙如何，我看他人长得不错，也有钱，不用管他是做什么的，就只是看他穿戴已经是很有钱了。”

池小晚一下子笑了出来，转头看了一下坐在桌前的司马，小老头如此开玩笑，反而让她不再觉得不好意思，她微笑着说：“他有他喜欢的人，我有我要交往的人，你不要乱点鸳鸯谱了，还是为自己找个合适的老伴吧。”

门再次被从外面推开，一股花香传来，一个年轻人抱着一大束漂亮的香水百合，职业化地问：“请问，池小晚在这吗？”

池小晚一挑眉，心想，这谁呀，怎么会知道她中午在这儿吃饭。“我就是，你怎么找来这儿的？”

“我是花店的送花员，刚才去了你工作的地方，按那位老板给的地址，你同事说你正在这吃饭，我就直接送来了，那位老板再三吩咐一定要亲手交给你，如果出了差错，我就不要再做这份工作了。”年轻人很认真地说，“那个老板很厉害的。”

池小晚接过花束，签了字，里面有一张卡片：百合如你，留香我心。DH

DH到底是谁呀？她好像不记得她认识这么一个人。

“他是怎样一个人？”池小晚微皱了一下眉头，“我不记得有这样名字缩写的朋友。”

“是一个很好看的中年男子。”年轻人挠了挠头，似乎是想要寻找合适的词，半天说，“就是很有钱的那种。”

池小晚差点笑出声来，什么叫就是很有钱的那种？这是什么形容词呀，“好吧，我还是自己去想吧，谢谢你了。”

年轻人走后，池小晚打开门，把花暂时放在门外。

“你把花放外面干什么？”小老头在桌上放第二盘菜，看着池小晚。

池小晚一笑，说：“香水百合的香气太浓，与菜香混在一起，这顿饭就别想吃得舒服，先放门口，反正我也不知道是谁，有人喜欢拿了去更好，连个名字也不敢留，应该不是特别熟悉的人。”

司马淡淡地说："DH 是杜辉的缩写。"

"杜辉！"池小晚瞪着司马，怎么可能，那个杜辉，他是有妇之夫！"你怎么知道？"

"无意中看到了卡片上的字。"司马依然淡淡地说，心里却在奇怪，自己多这个嘴干什么？"你几次来饭店吃饭，跟来的这几个人中，只有杜辉的名字是这两个字缩写。"

"DH，杜辉，DuHui，好像是。"池小晚轻声说，"他是不是弄错了？如果是这样，还是有喜欢香水百合的人拿走吧。老板，我想吃凉拌木耳，要凉凉的酸酸的。"

"好的。"小老头说，"我拿手的小菜。"

在桌前坐下，池小晚拿起筷子，看着司马说："我不可以当你是朋友，也不可以当你是陌生人，因为我们不是朋友，不当朋友可以，但是我们认识，算不得陌生人，我们要如何相处才好？我对天发誓，就算我喜欢上你，也不会说，而且，我保证绝对不会喜欢你，这样可以吗？"

司马看着池小晚，犹豫一下，"你们还真是像。好，既然你这样说，我们就这样做。永远，不做朋友，也不是陌生人。"

"嘿嘿，来吃饭。"小老头微笑着端上凉拌木耳。

池小晚不再看司马，心中多少有些小小的不舒服，这个人真是太自信，自信得让她觉得受了伤害，不过是个酒店老板，就算是人长得帅又有钱，值得她动心吗？她闷闷地吃着饭，想着赶快吃完就离开，再也不要和这个人打交道。

司马安静地喝着酒，似乎完全没有看到池小晚的反应。

"好啦，我吃好了，我要走了。"池小晚觉得再吃下去，她非得疯掉不成，这个人坐在自己面前，不是朋友不是陌生人，却和自己同一张桌子吃饭，感觉太怪。

"就吃这么少？"小老头看着桌上的菜，这两个人似乎都没有吃东西，"你减肥呀？不要学那个小胖丫头，你胖瘦正好。"

"我今天不太有胃口。"池小晚微笑着说，"结账吧。"

小老头看了一下桌上的菜，叹了口气，说："这顿我请，你们基本上没吃，你走吧，我和他一起吃。”

池小晚犹豫一下，转身离开，门在她身后关上，一股香水百合的香气在房间再次荡漾开。她在花前停了一下，然后离开。

“你招惹她做什么。”小老头在桌前坐下，看着闷声喝酒的司马，“我们认识有多久了，你怎么就是不变样子，我都已经老成这个样子。唉，这个小姑娘是个好姑娘，你不要打扰她的生活，当时为什么不说开，让她认识你，隐约对你有了好感，你再表现冷漠？”

“只是意外。”司马淡淡地说。

“意外？”小老头叹了口气，“什么叫意外？像你这样帅气有钱的家伙，在任何一个女孩子生命中出现成为意外都会让她们乱了分寸，你如果不打算爱，就不要出现，好好地待在你自己的世界里，我跟了你这么久，我都跟烦了，都说了，意儿已经死了，已经不存在了，你就死了这条心吧，找不到了！”

“真的吗？”司马抬起头，冷冷地看着小老头，“我相信她一定有来生，只是，我知道，就算她出现，我也不会知道她就是意儿，意儿只有一个，就算是意儿的轮回，再爱上，也是一种奢望，我爱的只是意儿，不是任何一个其他人！”

小老头再次叹了口气说：“你能够活下来是个意外，当时的情形也是意外，没有人会想到发生那种事情，我也不知道下面究竟还会发生什么，我也想把红线给你们重新牵上，可是我也不知道她在哪呀！”

司马漠然地笑笑，笑容看起来是如此冷漠。“我心中已经没有爱，也没有恨，我甚至想不起当时的情形，当时的悲伤与绝望，就算是意儿现在重新出现在我面前，我也不知道我会如何。”

“这里已经不是大兴王朝，你也已经不是大兴王朝的皇上，你只是一个永远不会死的吸血鬼。”小老头叹了口气，看着司马，除了叹气还真的不知道做什么才好。

“为什么要让他们发现旧址？”司马突然问。

小老头很无辜地摇了摇头，“我也不知道。”

“不要让那人再出现在我面前，否则我会亲自出手了结！”司马冷冷地说，“那样才对得起我这千年来的存在。”

“当时情形太意外，一切乱了套，我也不知道到底发生了什么。”小老头喝了杯酒，“你可以永远年轻地活着，不用像我，一生一世活来活去陪着你，真是太无聊了，你这样活着，不觉得无聊吗？不爱不恨，就这么活着，真是浪费了你这个人！你就不能试着爱上别的女人吗？好歹也可以调剂一下无聊的时间。”

司马鼻子里轻哼了一声。

“不过，你终于露面了，真是奇怪，什么理由你要再次走入人群？不会是因为这个池小晚吧？”小老头好奇地问，“你这一露面，肯定会吸引不少人的注意，可不可以以后不要那样刻薄地和池小晚说话，我觉得她挺好的，这么长时间过去了，这还是我觉得第一个感觉不错的女孩子。”

“原因只是旧址被发现。”司马淡漠地说。

小老头叹了口气，不再说话，两个人就着外面的风雨之声喝起闷酒，开着窗，香水百合的香气不时被风送进来，看样子，池小晚没有拿走花。

第九章　痴情纠缠，陆与荣最爱小慧

池小晚回到办公室，大家都还没来，桑心柔和江萍也不在，她在桌前坐下，发了一会儿呆，起身给自己倒了杯水，回头看到放在桑心柔桌上的一大堆书，好像是江萍找来给桑心柔看的有关旧址的资料，拿起最上面的一本翻看，基本上没有与这个朝代有关的，这个朝代和那个莫名其妙的司马有什么关系吗？

她拿起放在桌上的铅笔，在一张白纸上画着，在旧址下面，她看到的东西，那对红烛，为什么看到红烛她会那么难受，难道真是鬼上身？那个地方为什么让她有濒临死亡的感觉？

“发什么呆呢？”桑心柔的声音吓了池小晚一跳，“怎么这么个表情，好像看见鬼似的。吃完了？唉，还是你幸福，那个盒饭简直就是猪食，不能吃。”

池小晚吁了口气说：“没事，吃完饭回来，你们都还没有来，就坐在这发呆，你的声音吓了我一跳，怎么就你一个人回来，其他人呢，江萍呢？”

“她在高主任办公室，正陪高主任聊天，小晚，现在离上班还有半个小时。”桑心柔在桌前坐下，拿起池小晚随手涂鸦的白纸，“咦，你怎么也开始研究这些东西，这对红烛你画得真像，比我这个拍过照片的人记得还清楚。唉，想想还是觉得心跳，那个地方实在是不干净。”

池小晚正要说话，手机响了起来，看了一下号码，是二姐池小慧。“二姐。”

“小晚，你们主任姓什么叫什么？”池小慧一边看着柜台里的东西一边问，“那天你在家门口遇到的人是不是姓牟，他今天早上来看妈了，听说他老婆是你们主任,欧阳清说,好像你们这个主任这段时间心情不好,为什么呢?”

池小晚一愣,二姐问这个做什么?“我不知道她为什么不开心,听妈说牟先生是妈小时候的邻居,他来找妈可能是想打听一些以前邻居的情形,我听心柔说,高主任和牟先生这段时间里有些别扭,因为一张三十几年前的黑白照片,我想,他找妈是不是想要打听那个照片的女孩子如今在哪里?”

池小慧眉头微微一蹙。“三十几年前的黑白照片,是妈认识的人吗?”

“我不知道。”池小晚说,“我只是猜想。”

“嗯,我知道了。”池小慧挂了电话,对售货员说,“帮我拿那对龙凤的手镯看看。对,就是那对,嗯,挺好,给我包起来。”

医院病房里只有余雪琴在,池森不知去了哪里。

余雪琴看着池小慧,“你又乱买东西,哪有时间戴这些东西,又花了不少钱吧?”

池小慧在床上坐下,甩掉脚上的高跟鞋,“累死我了,这双鞋看着好看,穿着真是累人,回家我就立刻扔了它。没时间戴,就放着,你喜欢就行。妈,那天是不是那个什么牟伯伯的老婆打了您?您不要说脸上的肿是摔的,我问过医生,脸上的肿痕是让人打的,欧阳清说那天曾经在花园看见过牟伯伯,还有他老婆,也就是小晚的主任,是那个女人打的是不是?敢打我池小慧的母亲,她还真是活得太舒坦了!”

“小慧,你不要管了。”余雪琴心跳了一下,这丫头,还是让她猜出来了,“事情已经过去了,她只是一时气头上误会了我和你牟伯伯,事情过去就过去了,你大姐还在和他们的大儿子谈恋爱,多一事不如少一事,算了吧。”

“哼,果然是她,这个可恶的女人,我得打回来。”池小慧抿了一下嘴,“什么谈恋爱,你真以为姐会看中那个什么牟伯伯的儿子呀,那个人我见过,不是姐喜欢的类型。”

“行了,小慧。”余雪琴无奈地说,“你就别再生事了。”

“才怪。”池小慧不乐意地说,“凭什么让她白打,你不要管,你管了也没用,我一定要打回来!”

池森从外面走了进来,提着食盒,看到池小慧,有些意外,笑呵呵地说:

“咦，你难得在家待这么长时间，这几天没有外飞的任务吗？那个小子没有天天缠着你？”

“爸。”池小慧笑嘻嘻地说，“我看不顺眼那个机长，所以就不飞了，我请假休息，飞够了，来来回回就那么几条路线，没意思，而且，现在我有更有意思的事情要做，至于那小子，从小到大缠到现在，他不烦我也烦了，少看他一眼也是幸福。你弄了什么好吃的？我要尝尝。”

“鸡汤，你不是最不爱吃这些容易长胖的东西吗？”池森笑着把食盒打开，给余雪琴盛了一碗，“你妈中午的时候说突然想喝徐家鸡汤，我去买的。”

池小慧努了努嘴，假装不乐意地说：“爸就是偏心，妈说想吃什么东西，就立刻跑去买，我说想吃什么东西，也没见你这样上心过。”

池森笑了笑，说：“好，你想吃什么，爸立刻去给你买。”

余雪琴看着打趣的池森和池小慧，这父女二人性格不同，但是平常最和得来，余雪琴的眼中划过一丝忧郁，说不出的担心从她眼中划过，低下头喝了口鸡汤，却觉得没有一点味道。

池小曼从公司里走出来，一辆车突然停在她面前，新的越野车，新买的，很招眼。

“池小曼，下班了是吗？”是牟佳木。

“新买的车？”池小曼有些意外。

“漂亮吧。”牟佳木笑呵呵地说，“早就想换了，一直没有时间，见了你之后，觉得这种车配你最好，所以就买了，以后带你出去也有面子，至少不会让你的朋友们觉得你找了一个拿不出手的男朋友，来，上来，你的车放公司，我带你去吃饭。”

池小曼笑笑，这个牟佳木还真当他是自己的男朋友呀，正要拒绝，看到欧阳蓓从里面出来，看到池小曼，再看一眼牟佳木，笑着打招呼：“咦，小曼，还没走？这么漂亮的车，是你朋友吗？”

牟佳木从车上下来，笑呵呵地说：“牟佳木，池小曼的男朋友，正准备带她去吃饭。”

欧阳蓓一笑：“小曼，有这么出色的男朋友也不吭一声，真的不错，小曼，好好珍惜，有人爱是件好事。”

池小曼却不答理牟佳木和欧阳蓓，转身就走，牟佳木一脸茫然。“她怎么了？”

欧阳蓓轻轻一笑说：“追女孩子要脸皮厚，尤其池小曼这样漂亮出色的女孩子，要死缠烂打。没事，你去追她吧，我有事要走，挺好的女孩子，好好追吧。”

牟佳木笑了笑，“好的，谢谢，我去了。”说着，上车向池小曼消失的方向追去。

欧阳蓓静静地看着他们离开，轻轻叹了声，但愿池小曼懂得珍惜，其实杜辉真的不是值得托付终身的男人，她一个人上当就算了，不要再有别的女孩子上当，尤其是小晚！

想到小晚，欧阳蓓心中一沉，杜辉说昨天他和池小曼池小慧一起吃饭，那么性感妩媚的池小慧，他提起的时候，也只是说：“嗯，不错，一个尤物。”

最可恨的是，她发现，杜辉又送花给小晚了。那个安静的不引人注目的小晚，怎么偏偏引起杜辉的注意呢？花店的店员说，杜老板又定了一束花给池小晚小姐，那家花店是本市最好的花店，杜辉只在那儿订花。店里的老板与她私交甚好，今天打了电话给她。

高媛匆匆赶去医院，牟德蒙打来电话说，她父亲已经送到医院，一进医院病房，就看到父亲已经躺在床上睡着了，牟德蒙正脸沉如水地坐在沙发上，她刚要发火，牟德蒙指了指躺在床上的她的父亲，示意她不要高声说话。

“你父亲刚刚睡着，你有什么火要发，外面说。”牟德蒙站起身走到外面，关上房门，站在走廊，看着高媛，“说吧。”

“你少给我装，今天是不是又和那个女的在一起了？”高媛尽量压低声音恼恨地说，“为什么不留在家中，明知道我父亲他身体不好，随时需要人在身旁，你竟然为了约会那个女的，把我父亲一个人丢在家里，如果不是我母亲发现得早，及时给他吃了药，此时会出现什么状况？！”

“不错，我是去看她了。”牟德蒙不想和她吵，“你打了人家，让人家扭伤了脚踝，她只是我小时候的一个邻居，都什么年纪了，能有什么事情发生？你疯了似的找事？”

“她是不是就是照片中的那个女孩子，你竟然把照片留到现在，哼，你说你什么意思？”高媛的声音不自觉地提高，来往的人都好奇地往这边看。

“是的，她就是照片中的女孩子，可是，有什么关系呢？”牟德蒙看了看过往的人，恼怒地说，“你怎么这样无理取闹，我们以前是邻居，两家关系一直很好，那张照片，我都忘了是什么时候放在里面的，就算是如你想的一样，我曾经喜欢过她，可是都已经过去三十多年了，我们都老了，有儿有女，还能做什么？她有幸福的家庭，我有我的家庭，你说我们还能做什么？！”

“能做什么？”高媛高声地说，“你们男人没有一个好东西！”

“你！”牟德蒙生气地说，“你以为天下的男人都和你父亲一样，做了官发了财就不要家庭了？你母亲都没说什么，你发什么神经，你和你父亲一样，做错了事情还不肯认错！”

高媛抬手一巴掌打在牟德蒙的脸上，引得过往的人驻足观望，她高声说：“我父亲如何你没有权力评判，没有我父亲能有你今天！你竟然敢指责我父亲，你给我滚！”

牟德蒙觉得脸上火辣辣的，气得转身就走。

“你给我回来，你要是敢离开，我就让你立刻失去所有！”高媛大声说，“不要以为我父亲现在不做官了，管不了你了，你……”

“随便！”牟德蒙头也不回地说。

“小媛。”高媛的母亲正好回来，看到这一幕，生气地说，“你现在怎么变得这样无理取闹，我听别人说，你这段时间老是和德蒙吵架，我还不相信，他是个不轻易发火的人，除非是你找事，原来是真的，你是不是肝火太盛，这什么地方，你胡说八道什么，竟然还动手打人，德蒙说得不错，你真不愧是你父亲的女儿！”

“妈！”高媛大声说，“你还向着他！”

“进去，别在外面丢人。”高媛的母亲把高媛推进病房，把看热闹的人关在了外面。

高媛的父亲已经醒过来，躺在床上看着进来的母女，问：“发生了什么事，怎么外面那么吵，小媛，你又和德蒙吵架了？”

“好了，你不要问了！”高媛生气地说，“你怎么样了？怎么会突然不舒服？医生怎么说？”

“没事。”高媛的母亲生气地说，“偷着喝酒喝多了，打几天针就没事了，说也不听，你们父女俩真是。”

高媛没有说话，坐下又站起来，烦躁得很。

“你去找医生看看吧，你这段时间情绪不对。”高媛的母亲叹了口气说，“德蒙是个不错的人，你这样的脾气，也不是一天两天了，他能够一直和你相安无事地过着，已经可以了。你自己不知道吗，你两个儿子都躲你远远的，你还想德蒙怎样对你？”

“我没病！”高媛大声说，坐下，心里头闷得要炸开。

“好，你没病。”高媛的母亲倒了杯水给高媛，“到底出了什么事，和德蒙吵成这个样子，还动手打他。我听你说什么女的，德蒙不是那种人，如果有，早就和你离了。他长相和工作都不错，虽然当时因为你父亲的帮忙少走了不少弯路，但也靠他自己努力才站稳脚跟，你不要口口声声说人家全靠你才走到现在，你这样妈看着都不顺眼。”

“妈，你不知道，不要胡说。”高媛生气地说，“没事我先走了。”

看着高媛摔门离开，高媛的母亲叹了口气，她这样下去，牟德蒙还能忍受多久？

一出病房，高媛就开始拨打牟德蒙的手机，始终无人接听，她简直要疯掉了，这个牟德蒙，竟然这样对她，没有她能有他吗！

欧阳清等着池小晚从单位里出来，刚刚接到欧阳蓓的电话，说要请他们两个人去吃烧烤，说她发现了一家相当不错的摊子。池小珉要留下来帮着欧阳瑞祥处理发掘的事宜，没有同来，这是第一次站在池小晚的单位外面等她，欧阳蓓让他这样来接她，说是小晚没车，他应当开车去接她。

池小晚和桑心柔一起从里面走出来，看到欧阳清有些意外。“你什么时候来的？怎么不打个电话说一声。等很久了吧？”

“没有，我刚来。”欧阳清温和地说，“姐要请我们去吃烧烤，我过来接你，姐已经在等我们了。”

池小晚犹豫了一下，说：“我想去医院看我妈妈，昨天就没去，今天一定要去的。”

“我和阿姨说过了，吃过饭我陪你一起去。”欧阳清微笑着，那笑容让池小晚不知道如何拒绝才好，只能点点头，和桑心柔道别上了欧阳清的车，车后座放着一束漂亮的花，是娇艳的玫瑰，“送你。”

“谢谢。”池小晚笑了笑，“怎么突然想起来送花给我。”

欧阳清刚要说是欧阳蓓教的，但是，又收回已经到了嘴边的话，欧阳蓓说，不可以说是她教的，讨女孩子欢心的办法姐在电话里说了不少，这只是其中一招，姐说，再安静内秀的女孩子也喜欢有人热烈追求，他想要追到池小晚，就一定要用心“讨”她欢心。

“喜欢吗？”欧阳清温和地说。

池小晚回头看了看放在后座的花，“很漂亮。”

“喜欢就好。”欧阳清微笑，“我可以天天送你。”

池小晚忍不住笑了笑，说：“欧阳清，你不会是真的要追我吧？”

欧阳清脸上一红，不好意思地说：“我一直都在追你呀。”

池小晚笑笑，打开车窗让风吹进车内，一辆车与他们的车平行开着，开车的人安静地一手把着方向盘，一手闲闲地放在车窗边上，安静地等着红灯变成绿灯，目光淡淡的落在前方。

“司马。”池小晚差点喊出来，想到中午一起吃饭的情形，又咽回了招呼，不做朋友，就相见不相识吧，她收回目光，前方的红灯变成绿灯，两辆车同时向前开去，池小晚的心突然快速地跳动起来，不明白为什么，下意识地又向那个方向看去，司马的车已经向另外一个方向驶去，消失在她的视线中。心中突然有些遗憾，轻轻地叹了一声。

到了吃饭的地方，池小晚发现欧阳蓓带了杜辉，看到杜辉，池小晚心中有些不太舒服，这个已婚男人送花给自己做什么？

杜辉微笑着温和地打招呼说：“你好，欧阳蓓说今天要请她弟弟和未来的弟媳妇一起吃饭，让我帮个人场，我就过来了，这个地方算是干净而且味道不错，来坐下吧，随便点你们想吃的食物，这顿我请。”

池小晚坐在欧阳清和欧阳蓓中间，客气地点了点头，说：“你好。”

欧阳蓓笑着说：“杜辉，这可不是你平常吃饭的地方，别拿老板的架子出来，要是我看着不顺眼，立刻让你滚蛋！”

池小晚有些意外地看着欧阳蓓，她如此态度和杜辉讲话，很容易带给别人一个讯息，就是她和杜辉的关系绝对不仅仅是上下级关系。欧阳清也有些意外地看了一眼欧阳蓓和杜辉，姐在国外待了那么多年，有些事情发生，也是意料之中。

四个人坐下来，叫了些食物，要了些啤酒，杜辉不太适应，这种地方他是第一次来，穿着名贵的西服，打着华丽的领带，看起来有些异类，而且吃不习惯。

“怎么了？”欧阳蓓明知故问，杜辉的优秀要体现在一些昂贵的场合，而不是这种平常的环境里，没有那些名贵物品的陪衬还真的看不出他的出色来，在晃动的灯光下，他看起来有些拘束，“吃不惯吗？”

“还好。”杜辉心里有些恼火，但面上温和儒雅，“你们喜欢吃就好。”

欧阳蓓冲欧阳清和池小晚一笑，说：“我们吃我们的，不理他，他在那种让人仰头看的环境里待得久，不晓得如何应付这种平常环境了。小晚，还想吃些什么，不如我们再烤些蔬菜如何，我喜欢吃土豆片或者蘑菇。”

池小晚点了点头，觉得啤酒有些凉。

坐在车里，司马静静地看着窗外，看着一个女孩子妩媚地笑着，像只蝴蝶般从他车前走过，跟在她身后的男孩子，一张脸上全是讨好的笑容，因着她的存在而欣喜万分。

那个女孩子应该是池小晚的姐姐池小慧，那天跟在他身后要和他说话的女孩子，一个像猫一样性感灵活的女子。他对任何女孩子都没有喜欢或者不喜欢的感觉，仅仅是看着两个人一边走一边说话，车像剑般脱鞘而出，在大道上如同夜风吹过，那风吹动池小慧的衣裙，吓了她一跳，回头，只看到一辆车飞驶而过，让她的心微微颤抖了一下。

“你把车开过来，我要追上那辆车。”池小慧立刻说。

“好。”陆与荣立刻把自己的车开了过来，这是一辆跑车，追刚才那辆车不成问题，打开车门讨好地说，“慧，上来，我们去追他！”

司马静静地等着前方的红绿灯，突然，后面一辆车加速追了上来，明显超速，这里是外环，车辆不是特别多，但是这种速度开车，应该是存心的，他冷漠地看着车后视镜中渐渐接近的跑车，车上的池小慧正笑得花朵一般灿烂。

两辆车在大路上一前一后跑着，无论陆与荣怎么加速，怎么想尽办法追上前面的车，可是，前面的车始终与他隔着两个车身的距离，不紧不慢地开在他的前面。

“你怎么搞的，怎么到现在也追不上，你今天一定要追上他，否则我就和你分手！”池小慧不高兴地说，什么人，竟然敢这样和她玩心眼，摆明了不让他们追上，她就偏偏要追上看看，是什么人！

司马把车开上高速，他们想玩就玩个痛快，到了高速，司马的车速突然加快，拉开了与陆与荣的距离，这让池小慧更加不高兴，“啪”的一声给了陆与荣一巴掌，大声说：“快点！”

陆与荣额头上出了汗，前面的人一定是开车的高手，他不仅知道自己的速度，还控制着自己的速度，让自己始终跟着他的节拍开。他踩下油门，以最快的速度，冒着被拍的危险紧追，两辆车就这样一前一后在公路上跑着，突然，司马一刹车停了下来，前面是红绿灯，但没有人，是寂寞的夜。

视线的远处有一处热闹的摊位，一个女孩子侧着脸，微笑着和同桌的人聊着天。

陆与荣没有提防对方突然停车，一个紧急刹车，车子熄了火，才发现他们已经回到市区，他专心追这个人的车，竟然没有注意他们绕城外一圈又返了回来。

他擦了一下头上的汗，刚要说话，池小慧已经打开车门下了车，直接走到司马的车前，拍了拍车门，“你车开得真漂亮，我叫池小慧，你呢？喂，我在和你说话，你为什么不理我？”

池小慧看着开车的人，夜晚的光线下，司马的脸看起来干净内敛，透着王者之气，眉宇之间，寂寞深锁，气质不俗，简直是太出色了，池小慧半天没动弹，有些呆傻。

司马看着正和欧阳清、欧阳蓓以及杜辉一起吃饭的池小晚，很奇怪，这个女孩子，总让他有莫名的熟悉感，每每看到她，心里头总有隐约的开心，有多久没有这种感觉了？他几乎已经忘记所谓开心与不开心是怎样的区别。

“慧。”陆与荣下了车，走到池小慧身边，看到池小慧一脸呆怔的表情，看着坐在车内并没有看他们的司马，“没事吧？”

池小慧根本没有听到陆与荣的话，只觉得面前的司马简直是太迷人了，这个男人怎么可以如此让人着迷，他在看什么？顺着他的目光，她看到了正一起吃饭的四个人，杜辉也在？和杜辉在一起，有说有笑的好像是欧阳清的姐姐欧阳蓓，他们怎么会在一起，尤其是杜辉怎么会出现在这种奇怪的场所？

突然，司马的车再次发动，消失在夜色中，池小慧完全没有反应过来，整个人呆愣愣地站着，这个男人，让她心头有了一种说不出的感觉，他越是这样，她越是想要接近他！

“咦，那不是你妹妹池小晚吗？和她在一起的好像是欧阳清，这小子到现在还在追你妹妹呀，你妹妹到底有什么好，整天一张几乎没有表情的脸，做什么都是安静的，好像发生什么都与她无关，怎么欧阳清就偏偏那么喜欢她呢。”陆与荣看着吃饭的一桌人，嘴里说着，“和你妹妹一起……哎呀！”

池小慧朝着陆与荣的脚狠狠地踩了一下。“闭上嘴，没人当你是哑巴，你说我妹妹什么？不嫌丢人，从上学开始就欺负我妹妹，也不知道你怎么上的学，比我妹妹大三岁竟然和我妹妹一个班级上学，不想混了是不是，当着我的面说我妹妹的不是！”

陆与荣捂着脚皱着眉头，不敢顶嘴，池小慧脚下一点情面也没留，大脚趾头还真是够疼的。

“你先走，我和我妹妹玩会。”池小慧头也不回地一边走一边说，这个杜辉怎么会和池小晚他们在一起？

“慧。”陆与荣有些不太情愿，好不容易约了池小慧出来，实在是不舍得。

“立马在我眼前消失！”池小慧回头瞪了陆与荣一眼。

陆与荣没敢再多话，不太情愿地走回到车上，眼睁睁地看着池小慧向着池小晚吃饭的方向走去。

“咦，这么巧，你们几个一起在这吃饭。”池小慧脸上带着笑，完全一副意外遇到的表情，“小晚，也不和姐姐说一声，自己跑到这来吃独食。原来杜先生也在这。”

杜辉看着池小慧，很是奇怪，这个丫头是个尤物不错，却无法让他有什么念头，像她这样的女人他见得多了，对他仰慕，其实喜欢的不过是他的外表和他的金钱，比起池小晚来，差得远了，池小晚根本不把他放在眼里，这让他心里颇有一份征服的欲望。

欧阳蓓一边微笑着让池小慧坐下，一边偷偷观察杜辉的反应，灯光下，美丽的池小慧几乎让所有食客屏住了呼吸，但杜辉的反应平常得很，“来，小慧，坐下一起吃，今天也是凑巧，你有事来这吗？”

“没事。”池小慧娇笑着，目光在杜辉身上轻轻扫过，“只是很难得在这种场合中遇到杜先生。”

杜辉看了一眼池小慧，没有特别惊艳地表示，也许因为池小晚在，他不想太露骨，调戏像池小慧这样在他看来有些轻薄的女子完全不用花心思，太没意思，一个好的猎手，要的一定是特别难于捕捉的猎物。

“今天欧阳蓓请欧阳清和池小晚吃饭，我来凑个人场。”杜辉表现得非常稳重，语气也很温和。

池小慧愣了一下，今天的杜辉和那天的杜辉，好像两个人，那天，她明明从杜辉的眼中看到了欲望，可是今天，他好像有所避讳，和她讲起话来一本正经。

“可恶的老狐狸！”欧阳蓓在心中暗暗骂了一声，杜辉这样做纯粹是因为有池小晚在，他对他完全没有感觉的池小晚产生了一种猎捕的念头。

池小晚能够感觉到杜辉的目光在她身上轻轻扫过，让她觉得很不舒服，也许是敏感，也许因为知道花是他送的，与他同一张桌子吃饭，让她觉得有种莫名的别扭。

“小晚，怎么了？好像不开心。”欧阳清细心地观察着，照顾着有些漫不经心的池小晚，他看得出，她不太喜欢坐在这吃饭。

池小晚愣了一下，收回有些走神的心思，微笑着说：“没事。”

“小晚，真的跟欧阳清开始谈恋爱了？”池小慧轻轻推了池小晚一下，微笑着打趣道，“欧阳清，你真是守得云开见月明，从小时候见到我妹妹一直喜欢到现在，终于我妹妹答应和你一起了。真的要祝贺你，说不定，小晚是我们家第一个结婚的。”

欧阳蓓笑了笑说：“小慧，你有合适的人吗？听池小珉说，有个小子也一直从小追你到现在。”

“陆与荣吗？”池小慧娇娇地一笑，“他一直在呀。”

杜辉无意于听她们二人聊天，目光总是不受控制地落在安静的池小晚身上，她完全无视他的存在，偶尔浅笑，也只是侧首和欧阳清说上一两句，她的眉眼，比不上池小慧精致美丽，但是，看着却是一心的舒服和喜爱。

欧阳蓓的心中充满了恼怒，杜辉是怎样的人她最清楚，如果他决定要哪个女人，没有哪个女人可以幸免。池小晚此时是拒绝的，如果一天一天下来，池小晚还能够坚持吗？“杜辉，你看小慧她漂亮吗？你觉得有男人可以视她如同看不见吗？”

“她？”杜辉微笑一下，喝了口啤酒，“池小姐长得很漂亮，我估计在场的所有人，此时都恨不得立刻与池小姐说上一两句话，自然不会有男人看见她装作看不见。”

“是吗？”欧阳蓓脚下狠狠踩了杜辉一下，面上却依然微笑着说，“我怎么觉得你就好像很不给小慧面子呀，连杯酒也不和小慧喝，你呀，真是太不给我们小慧面子了。”

“是吗？”杜辉故作认真地说，“好，小慧是吧？我们喝一杯。”

“好呀。”池小慧也很认真很“欣喜”地说，“能够和排名富豪榜的杜老板一起喝酒，是多少女人做梦都不敢想的事，我哪里会不答应，来，我们一起喝。”说着，一仰头，一大杯啤酒一口气喝了下去，然后拿着空杯子，浅笑盈盈地看着一脸错愕的杜辉。

杜辉没想到池小慧会一口气把整整一大杯啤酒喝下去，一时之间有些意外，让他把一大杯冷冷的啤酒一口气喝下去，他还真没有把握，他喜欢在优雅的环境里，浅浅地品着名贵的酒。池小晚脸上浅浅的微笑，正看着欧阳清低声说些什么，如果此时他推脱不喝，只怕会让包括池小晚在内的所有人看笑话。脸上依然笑着，硬着头皮把一大杯冰冷的啤酒喝了下去，觉得整个人从胃里凉到头顶。

“杜先生真是豪爽，本以为像你们这样有钱有地位的男人是不屑于来这种地方的。”池小慧笑容灿烂如盛开的牡丹，带着似乎是崇拜的表情，对忙碌的伙计说，“来，再上几杯扎啤。杜先生，今天我们一定要好好地喝上几杯，是不是，欧阳蓓？”

“好啊。”欧阳蓓看出池小慧眼中的有意而为，她这样做是为什么，是为了看杜辉笑话还是想要引起杜辉的注意？

杜辉心中暗自叫苦，这样喝下去，他应付不了。

池小慧微笑着继续和众人攀谈，笑容明媚，坐在附近吃饭的男人们一时之间变得有些心不在焉，目光总是时不时地向这边瞟过来，池小慧似乎很享受这些目光，笑容愈加明艳起来。

池小晚已经习惯池小慧这种人前疯的个性，对于四处投来的目光视若未见，和池小慧池小珉在一起的时候，这种待遇太正常。她无意间抬头，看到杜辉的目光暧昧地落在她身上，立刻低头专心喝茶。

欧阳蓓快让杜辉气疯了，当着她的面，一再地注视着她未来的弟妹！碰了杜辉一下，“来，我们喝酒。”

杜辉收回神，微笑着端起酒杯。

“不许再打池小晚的主意！”欧阳蓓压低声音恼怒地说，“你想老牛吃嫩草吗？！”

杜辉眼中有了一些恼怒之意，他喜欢哪个女子，值得她如此一再警告吗，她当她是他什么人，“我的事情轮得到你做主吗，你算哪根葱？”

“你们两个说什么悄悄话呀，快点，我们喝酒。”池小慧掩饰着心中的好奇，看杜辉和欧阳蓓讲话的情形有些暧昧，他们之间也有故事吗？如果他们之间有故事，也许池小曼就是安全的，就不用她花心思让池小曼明白杜辉是个什么东西了！

欧阳蓓狠狠瞪了杜辉一眼，碰了杜辉的酒杯一下，口中笑着说：“是啊，我们喝酒，不说悄悄话。”目光中却有冷冷的东西划过，一个声音轻轻地从她嘴中说出，只有离她最近的杜辉可以听到：杜辉，你要是敢，我绝对不会放过你！

杜辉微笑着喝酒，也轻声说：“欧阳蓓，你少威胁我，我们之间如何我们最清楚，我想如何，轮不到你指手画脚，你不过是我床上的玩伴，大家玩得开心就待在一起，玩得不开心，你就立刻给我消失！”

“你说过对池小晚不在意。”欧阳蓓脸上保持着微笑，没有注意到池小慧一脸研究的表情。

“我说过吗？”杜辉懒懒地说，“你知道，你越不想让我注意的人，我越想注意，你最好是保持沉默。”

“姐，你们说什么，我和你讲话，你都听不到吗？”欧阳清大声说，有些不解地看着一边喝酒一边轻声和杜辉说话的姐姐。

“啊？”欧阳蓓看着自己的弟弟，“你说什么？”

“姐，你怎么了？”欧阳清不解地看着姐姐，“我和你说，我想先陪小晚去医院看看阿姨，你们慢慢吃。”

“噢。”欧阳蓓笑着说，“我有些走神，你们去吧，代我向阿姨问好。”

“好的。”欧阳清微笑着，和池小晚一起站起来，“你们慢慢吃，小慧姐，杜先生，你们继续吃，我和小晚先走一步。”

“我开车送你们去？”杜辉和气地问。

“不用。”欧阳蓓冷冷地说，“我弟弟有车。”

杜辉面带微笑地目送欧阳清和池小晚离开，一直维持着绅士风度，然后转头看着欧阳蓓，冷冷地说：“现在满意了吗？来，我们尽情地喝，喝个不醉不归！”

欧阳蓓直直地看着杜辉，一仰头，满满一大杯啤酒一口气喝下去，心如这啤酒般冷到了不能够正常跳动。“来，我们喝，小慧，你怎么不喝？”

池小慧笑嘻嘻地看着杜辉和欧阳蓓，他们两个人之间肯定有什么事情，她慢吞吞地喝着酒，饶有兴趣地看着面前的两个人。他们两个为什么生气？男女之间生气的理由似乎只有一个，就是吃醋，问题是，他们为什么吃醋呢？

池小晚坐在车内看着两边的路灯不停地向后闪，突然看到“饮香食府”四个字在夜色中，华丽寂寞地亮着。

“小晚，是不是累了？”欧阳清一边开车一边轻声问，“我们刚刚吃饭的地方有点乱，是不是不太舒服？”

“没事。”池小晚轻轻一笑。

车子开进医院，池小晚和欧阳清一起上楼，远远看到有一个人在自己母亲病房外面来回走着，有些面熟，想不起是谁。

“咦，是牟先生。”欧阳清认出是那天自己过来看望余雪琴的时候遇到的余雪琴幼时的邻居牟德蒙，他这个时间来医院干什么？来了为什么不进去？

“这么晚了？怎么有时间过来？”

池小晚也同时认出，在母亲病房外面走来走去的中年男子是那天和自己打听母亲现状的牟德蒙，礼貌地微微一笑，说：“原来是牟伯伯，您过来看我母亲吗？为什么不进去？”

“时间不早了。”牟德蒙立刻微笑着看着池小晚，“正好路过医院就想着进来看看，到了门前才发现时间不早了，怕打扰你母亲休息，正在犹豫，正好碰到你们两个也过来。”

池小晚微笑着，温和地说：“牟伯伯，您不要担心，医生已经说过，我妈妈只要好好休息几天就没事了，我先进去看看我妈妈，是否我妈妈已经休息，如果没休息的话，您可以进去看看，如果已经休息，就只好改天再说，可以吗？”

牟德蒙点头表示同意，他很喜欢面前这个温和平静的女子，很像当年余雪琴站在树下微笑着看他的模样。其实记忆已经尘封很久，他已经没有勇气再面对当年那么喜欢他的余雪琴，如果不是被高媛翻出照片，他恐怕还想不起余雪琴，记忆这东西真是奇怪，一想起来，所有的一切就如同雨后春笋般涌了出来。

病房灯光很暗，余雪琴躺在床上已经睡着。池小晚返身出来，有些歉意地对牟德蒙说：“抱歉，我妈妈已经睡着了，等她醒来我会告诉她您来过的事。”

“好。”牟德蒙温和地说，“我只是顺路，明天我再过来看她，让她好好休息，那我先走一步。”

池小晚礼貌地送牟德蒙到了楼梯口，回来看到爸爸拿着份报纸从厕所出来，神情有些憔悴，“爸。”

“小晚。”池森笑笑，看了一眼跟在池小晚旁边的欧阳清，他不是特别喜欢这个斯文的欧阳清，欧阳清太柔弱，配不起自己可爱的女儿小晚，他希望小晚找个警察，但女儿的选择他不想干涉，不想如当年自己的母亲干涉自己的婚姻一般，“欧阳清也来了。你妈妈已经睡了，没什么事，你们回去吧。”

“爸，今晚我陪妈，您回去休息吧。”池小晚笑着说。

池森想了想，说：“好吧，你陪你妈一晚上也好，我回去拿点东西，和医生谈过，其实只是需要静养，没什么特别要紧的，再过上一两日，如果没事，我们就接她回去，在这什么都不方便，还是回家好。”

欧阳清微笑着说：“池叔叔，您回去休息，我在这陪小晚，不会有事。”

池森笑着说：“好的，那我先走了。”

送走父亲，池小晚对欧阳清说：“欧阳清，你也回去吧，我一个人待在这就好。”

“我没事。”欧阳清认真地说，“你一个女孩子独自留在这，我不放心，我回去也没什么事，就留在这陪你，你可以睡会，我们轮着好过一个人。”

池小晚想要拒绝，却被欧阳清用温柔的目光阻止，她想了想，有人作伴总是好些，也就没再坚持。

欧阳蓓觉得头很晕，她喝多了，看杜辉和池小慧都是重影的，杜辉的情形也好不到哪去，傻兮兮地笑，和也有些醉意的池小慧拉着手说话，说些什么，他们都不知道，摊位上已经没有人，除了他们这一桌，付了钱，摇摇晃晃地站起来，杜辉还有最后的清醒，拿出手机给自己的司机打电话，让他立刻赶来，他们这个样子，哪个人都不适合开车。

车子在路上开着，三个人都是醉意朦胧，欧阳蓓坐在后排，头探出去，一路在呕吐，池小慧打开天窗，头伸出去，一首一首地唱歌，杜辉低着头，一脸笑意，不停打电话，不知道打给谁，一个一个地打着说着，司机看着前方，专心开车，面无表情。

池小晚的电话突然响起，吓了她一跳，立刻拿着电话跑出病房，这个时候谁会打电话过来，幸亏声音不大，否则一定吵醒妈妈。是个完全陌生的号码，她不喜欢接陌生人电话，直接按了拒绝。刚走两步，电话又响起，又是这个号码，什么人半夜三更打电话来？

欧阳清从病房里走出来，轻声问：“小晚，是谁呀？”

“不知道。”池小晚犹豫一下，“是个陌生的电话号码。”她再次拒接，心想这谁呀？还没等她想完，电话再次响起，她微皱眉头，看了一眼欧阳清，无奈地笑了笑，接了电话，“你好，请问哪位？”

“我，我呀……”一个听起来有些熟悉但又似乎陌生的声音在电话那边响起，“是我呀，呵呵，是我，小晚，是我……我在路，在路上，她们喝多了……

我也，也喝多了，你，怎么早走了？……”

池小晚眉头一皱，立刻听出这是谁的声音，因为电话里面还传出姐姐小慧的歌声，纵然隔着电话，也听得出来二姐喝多了，正在引吭高歌，打电话的是杜辉，她努力控制着自己厌恶的情绪，说：“你打错了。”然后立刻挂了电话。

“小晚，是不是打错了？”欧阳清看到池小晚脸色不高兴，估计可能是对方打错了，这个时间打来电话，不是人喝多了就是闲着无事。

池小晚刚要说话，电话又响起，她看了一下手机，一生气，把手机直接关机，心想我看你还怎么打！真是讨厌。“是的，打错了，喝多了，也不晓得说些什么，我关机，我们进去吧。”

杜辉一遍一遍地打着电话，对方一遍一遍地提示，您拨打的用户已经关机，他笑着，自己也不知道自己在做什么。

清晨醒来，池小慧觉得头疼欲裂，睁开眼，阳光从窗外照射进来，她躺在一张陌生的床上，独自一人抱着被子，穿着件陌生的睡衣，有人轻轻敲门进来，欧阳蓓的笑脸在阳光下看着有点不真实，她看着迷迷糊糊仍然不算太清醒的池小慧，笑着说：“醒来了？”

“我在哪里？”池小慧轻轻摇了摇头，头疼得似乎要炸开。

“在杜辉家。”欧阳蓓淡淡地说，“昨天晚上我们回来的时候都喝多了，很丢人是不是，喝啤酒都能喝醉。”

“你已经醒酒了？”池小慧看着欧阳蓓，自己昨天晚上喝了多少？怎么会醉成这个样子？昨天为什么喝那么多酒？好像是妹妹和欧阳清离开后，欧阳蓓和杜辉就开始拼酒，她看热闹，然后也跟着喝，喝着喝着，好像就喝多了！

“保姆给我准备了醒酒汤。”欧阳蓓语气淡淡的，却不经意地泄露出她在这儿有些暧昧的身份，“所以醒得早，我已经让保姆给你准备好，起来喝点吧，会好受些。”

池小慧看着欧阳蓓，脱口问：“你和杜辉是一对？”

欧阳蓓漠然地一笑，“你的想象力还真是丰富，我可不想让人家原配打到脸上，我只是杜辉的私人理财顾问，所以熟一些。如果你喜欢杜辉，可以追，我不介意。”

“他?!”池小慧一撇嘴，不屑地说，“他这种老牌的花花公子，我才不感兴趣，本人对婚姻不感兴趣，也不相信爱情，还是留给那些对爱情充满憧憬，幻想可以把一个浪子改造成柳下惠的小丫头们吧，我……”池小慧突然停了一下，笑嘻嘻地说，“别说我还真有喜欢的人，不过，我不知道他叫什么名字，他是个很酷的家伙，不爱说话，甚至不把我放在眼里，嘻嘻，倒希望可以和他有点故事发生。”

欧阳蓓笑了笑，说：“聪明，希望你能够和你的意中人发生些故事。起来吧，我要去上班啦，你不会是想独自一人留这吧，杜辉已经离开，你最好也离开。”

司马静静地看着外面，池小珉一个人站在外面，若有所思地看着饮香食府，他一早来这等着，希望有个机会可以遇到自己。发现旧址，对于他们来说，真的有这么重要吗？对于自己来说，那儿只是一个不愿意去面对的地方，如果自己可以失去记忆，该是多么幸福！可是，真的忘记了意儿，自己还是司马吗？

“他来多久了？”司马问。

“早上六点钟，来了之后就站在外面，估计是希望您外出的时候可以遇到您。”身后的人看着外面的池小珉。

“他是大兴王朝的后人吗？”司马看着外面的池小珉，在阳光下，池小珉看起来俊美出众，非常赏心悦目。

“当时大兴王朝没有一个人留下来。”后面的人语气中听不出悲伤，好像在说一件非常平淡的事，“他应该不是，或许是乌蒙国的后人。”

“他对旧址有种天生的热爱。”司马说，“和那个欧阳不同，他是迷恋，仔细查查，这个旧址沉睡了这么久，能够再次被发现，一定有原因，我不希望当时悲剧再发生。那对红烛，能够毁了就毁了，时间过了这么久，竟然还完好地待在那。”

“是。”后面的人轻声答应，转身离开。

红烛，象征喜庆的红烛，却生生地夺走了他最爱的人。

第十章 思念深种，偏偏小慧生爱慕

等到他快上班的时候，司马仍然没有出来，今天欧阳导师特意嘱咐他早些过去，有些不舍地看着饮香食府四个字在阳光下寂寞地存在着，池小珉转身离开。

“小珉，来了，正好找你有事商量一下。”欧阳瑞祥乐呵呵地说，“还真要麻烦小晚帮个忙。”

“小晚？找她帮什么忙？”池小珉有些意外地看着欧阳瑞祥，不太明白。

“昨天晚上我想了很久，这个地方确实有些诡异。”欧阳瑞祥向下面走，一边走一边说，“但出现状况的时候一般都是小晚在的时候，比如桑心柔那个女的拍照片的时候，就是小晚在，如果这还算牵强的话，那天进入下面的除了小晚，桑心柔和欧阳蓓也在，只有小晚出现类似鬼上身的情形，我觉得，也许小晚是可以和这里产生共同感觉的人，也就是说，也许小晚可以看到或者感觉到什么。”

“您的意思是让小晚再来一次？”池小珉犹豫地问。

“是的。”欧阳瑞祥立刻说，“那对红烛是我们揭开这里所有真实的唯一突破口，而唯一在红烛面前有奇怪反应的只有小晚，如果她再来一次，我们根据她的反应或许可以知道这儿到底发生了什么，最起码可以猜测一下，这对我们下一步非常有帮助。”

“可是。”池小珉犹豫了一下，轻声说，“我担心再出现上次那种情况，会不会伤害到小晚，这太冒险。”

“我就是要她再次出现上次那种情况。”欧阳瑞祥看着池小珉，很认真地说，“如果她不出现上次情况，只能说上次真的是她身体不适应，一个小小的意外，但是，如果再出现类似的情况，就说明她确实可能对这儿有通灵的能力，这个红烛在这个地方存在，这个朝代突然消失，都说明当时一定发生了什么重大的事情，如果小晚她可以再次出现上次的情况，我们就不要着急救她，而是看看到底会发生什么，只是一时的类似‘通灵’的行为，不会对小晚造成身体上的伤害，昨天晚上我查了许多资料，发现有很多国家有类似通灵者的存在，说不定，小晚她就是。”

池小珉没有说话，他是小晚的哥哥，让妹妹再冒一次险，如果出现什么意外，他如何向家人交代？可是，确实只有小晚出现了那种情况，她胸前突然出现突然消失的血痕，她突然间如同利器刺入胸口的痛苦，也许就是当时这儿发生的事情，或许是当时的新娘出了意外，通过小晚来说明当时发生的事情！

“不要再考虑了，去联系小晚，有我和你以及欧阳清在，不会有事。”欧阳瑞祥不容池小珉多想，“你现在就上去，打电话给欧阳清，让他把小晚接来，我们小心些就是了。我先准备一下，不要告诉小晚我们需要她做什么，如果她事先知道，心理上会有障碍，就让她直接下去，她的反应更真实。”

池小珉相当犹豫，一边走一边满脑子斗争，最终，好奇还是战胜了担心，是啊，大家都在，会有什么事情发生呢，如果真有意外，他一定不会让事情继续进行下去。

池小晚的心突然莫名其妙地跳了好几下，看着欧阳清接电话，不知道为什么，电话一响，她就突然紧张起来，“是我哥哥的电话吗？”

“是的。”欧阳清犹豫了一下，池小珉在电话里说，让他把池小晚带到旧址那边去，说他爸爸找小晚有点事，他有些担心，爸爸找小晚做什么？“小珉说，我爸爸找你有点事情。”

“去旧址吗？”池小晚立刻问，不由自主打了一个哆嗦，“能不能换个地方？我对那儿有些害怕。”

“小珉说，只是需要你过去一下帮个小忙。”欧阳清犹豫了一下，电话里小珉说，他爸爸要求他无论如何一定要把小晚带去旧址，具体什么事，小珉没说，“我也不清楚是什么事，不如我们过去一下，只在外面说话就好。”

池小晚不太情愿地点了点头，欧阳清的车拐了方向，本来从医院出来送小晚回家梳洗后要送她去上班，这时，方向改成了去旧址，后视镜中，欧阳清看到小晚的脸色已经有些紧张和不安。

到了旧址，看不到欧阳瑞祥和池小珉，应该都在下面。

欧阳清看了看池小晚，轻声说："小晚，我先进去问问小珉是什么事，然后再上来和你说，你在这稍微等一会，我一会就上来。

池小晚点了点头，她是真的不想下去，能够在上面讲话最好，她绝对不会再下去。目送着欧阳清进了大会议室的门，听着他的脚步声渐渐远去，周围再次平静下来，远处有工人在工作，整个发掘过程工作并不是只有欧阳瑞祥他们，只不过他们几个更接近核心。不是第一次来，最早来的时候并没有什么感觉，现在不知道怎么突然间害怕起来。

好半天不见欧阳清上来，正在奇怪，手机突然响了起来，吓了池小晚一跳，是池小珉打来的，"小晚，在吗？如果在的话，你到下面来一趟。桌上有个塑料袋，里面有我要用的资料，上去拿很麻烦，你送下来吧。下面有点冷，我的工作服还有一套放在上面的橱子里，你自己拿出来穿上再下来。"

"哥……"池小晚刚要说话。

"没事的，是不是担心和上次一样，不会的，可能是你不适应下面的空气，自己在那儿乱想，所以昏了过去，这一次会没事的，我们大家都在。"池小珉挂上电话，轻声对欧阳瑞祥说，"欧阳导师，我妹妹不会有事吧，让她自己一个人下来，她会不会很害怕？"

"不会有事。"欧阳瑞祥笑着说。

池小珉却没有把握，虽然真的是很好奇。

池小晚在上面犹豫着，不知道要不要下去，盯着大门，看着大会议室，里面一个人也没有，欧阳清下去之后就再也没有上来，难道下面真的有非常要紧的事，他们确实没办法上来？走进大会议室，阴冷的空气扑面袭来，池小晚忍不住打了一下哆嗦，到橱子里取出哥哥的衣服，犹豫着考虑着要不要下去。

突然，电话再次响起，吓得池小晚差点叫出声，是桑心柔，"小晚，在做什么，高主任到处找你，你怎么没来上班，难道那天的事情你到现在还不舒服?”

“不是。”池小晚抚了抚自己的胸口,努力平定自己的情绪,慢慢地说,“我现在在旧址,我哥哥让我下去帮他送样东西,我正在犹豫要不要下去。”

“什么嘛,你怎么还在那?”桑心柔压低声音说,“我在办公室里,高主任刚走,说是找你有事,你最好快点回来,否则,回来后少不了要挨顿训。”

“我知道,送完东西就立刻回去,”池小晚无奈地说,“哥哥一定要我过来,说是欧阳伯伯找我有事,我心正跳得厉害,你一个电话已经吓了我一大跳,不和你说了,我拿东西要下去了,希望今天不会有事。”

“快点回来。”桑心柔轻声说。

池小晚挂了电话,在桌子上找到哥哥说的塑料袋,拿着,鼓足勇气向下面走去,只有一条路吧,应该不会出事,池小晚想。

在拐弯的地方有一盏灯笼,什么时候欧阳伯伯在这种地方挂了灯笼,还是里面有蜡烛的那种,可能过道里有风,灯笼在风中轻轻摇摆。走到跟前,用手拂了拂灯笼的穗子,奇怪,手从灯笼的穗子穿过,却什么也没感觉到。

池小晚正要仔细去看,隐约听到有人说:“主人今晚一定很高兴。”

她顺着声音看去,有个人消失在前面的拐角处,没有看真切,好像那人穿着和她不太一样的衣服,是不是看花眼了,应该是哪个允许进入的工作人员吧,想了一下,池小晚立刻跟着那人向前走,却一头撞在一堵墙上,撞得她头有些疼,揉了揉额头,前面是一堵墙,再回头看看,过道里空空的,什么也没有。

灯笼去了哪里?

“小晚,是你下来了吗?”好像是池小珉的声音。

“是的。”池小晚应了一声,越往前走空气越冷,她收紧双肩。“你们在哪?”

“我们就在你前面。”池小珉的声音乐呵呵地传来,看着池小晚从上面小心翼翼地走下来,一边走一边四处打量,似乎很害怕,“你慢慢走下来,没事的。”

欧阳瑞祥失望地看着池小晚慢慢走下来,并没有出现他预期的受伤的表情。

池小晚觉得有些疲惫，扶着墙壁慢慢地继续向前走，过道里安静到她可以听到自己怦怦的心跳声，幸好这次没有出现上次的感觉，只是觉得很累。

“小晚，谢谢了。”欧阳瑞祥接过池小晚手中的塑料袋，让开身子让池小晚看到放在那的红烛，“还要麻烦你。”

“没事。”池小晚觉得呼吸有些不太通畅，轻声说，“这真冷，穿着外套，仍然觉得有些冷。还有别的事吗？如果没事，我就上去回单位了，心柔说，高主任一直在找我，估计是有事吧。”

“噢，没事了，你回去吧。”池小珉也有些意外，看来上次池小晚真的只是一时不适应这里面的空气，所以会昏倒会出现那些状况，虽然失望，心里还是开心的。

“小晚，我下来的时候看到拐弯的地方灯好像坏了，你上去的时候小心脚下的路。”欧阳清从旁边走过来，刚才欧阳瑞祥怕他多事阻拦，特意吩咐他去另外一个空地拿东西。

“没事，我看到欧阳伯伯在那挂了一个灯笼，红色的，挺漂亮，照得很清楚。”池小晚微笑着说，“好像还有工人，我会小心的，你们继续忙吧。”

欧阳瑞祥、池小珉和欧阳清三个人同时彼此看了一眼，什么灯笼？这儿根本没有别的工人，他们都在上面可以公布于众的地方忙碌着，这还是一个对外封闭的地方。

“什么工人？”池小珉脱口问。

池小晚犹豫一下，“我没看清楚，穿了件有些奇怪的衣服，我看他在前面，想追上去，却一头撞在墙上，这人走得真快。”

欧阳瑞祥眼睛立刻睁得极大，激动地看着池小晚，着急地问：“小晚，在什么地方看到了灯笼？那个工人去了什么地方？”

“在上面一个拐弯的地方。”池小晚看着欧阳瑞祥激动的表情，有些犹豫，他的这个表情让她觉得有些可怕，“工人好像就顺着灯笼前方的方向向前走，一转眼的工夫就不见了，估计对这很熟悉，我不太清楚他去了什么地方。”

“带我去看看什么。”欧阳瑞祥立刻说。

池小晚点点头，“好的，就在上面。”

她在前面带路,向上走,找不到来时的路,凭记忆觉得现在走的路不是她来时的路。

“怎么了?”欧阳瑞祥看到池小晚停了下来,不解地问。

“好像,”池小晚没敢看欧阳瑞祥,她有些怕他狂热的表情,看着哥哥说,“好像不是我来的时候走的路,我来的时候,这儿明明有灯笼。”

“这吗?”欧阳清指了指池小晚头上方的位置。

“好像是又好像不是。”池小晚有些困惑,难道是自己来的时候看错了?应该不会,她明明看到了灯笼,还用手碰了碰,想到这,她突然整个人呆在当地,是啊,她是用手碰了灯笼,可是,她却什么也没碰到,她是看到了穿着奇怪衣服的工人,却一头撞在了墙上,难道,她真的见鬼了?!

“小晚,怎么了?”池小珉看到池小晚的脸色突然变得慌乱和紧张,走上前,“没事,不要着急,想想再说,是不是看错了?灯笼是什么样子的?你可以画出来吗?”

池小晚困惑地皱了皱眉头,说:“我试试吧。”

欧阳清立刻说:“我去拿纸。”

欧阳瑞祥看着池小晚,微笑着说:“你不要怕,也许是你与这儿的某些人和事有缘分,我们看不到,你却可以看得到,可能你确实看到了灯笼,但就好像我们所说的海市蜃楼,你只是看到了并不真实存在,或者说仅仅只是现在并不存在的人和事,不要害怕,你看,这些人和事并没有为难你,你只是看到了,你只要告诉我们你看到了什么就可以。”

池小晚努力点点头,觉得口干舌燥,抿了抿嘴唇,勉强笑着接过欧阳清拿来的纸和笔,在纸上画着刚刚看到的灯笼。

“他肯定和这个朝代有关系!”池小珉激动地说,指着池小晚的画,大声说,他的声音把大家都吓了一跳,在空荡的过道里有着嗡嗡的回音,“如果你在这看到这种灯笼,如果你没有画错的话,我可以告诉你,这种灯笼,我在饮香食府见到过,就挂在我们那天吃饭的时候经过的一个楼梯口,一边一个,非常漂亮,我当时还奇怪,他是从哪里买的如此精致漂亮的灯笼,当时让我记忆最深的是,这个灯笼里放的竟然是蜡烛不是灯!”

“你是说那个司马?”欧阳清轻声问。

“是的，就是他。”池小琨肯定地说，“小晚，你是唯一可以和他说上话的人，你一定要想办法接近他，让他接受你，告诉你一些有关这个朝代的事情，他一定知道这个朝代的旧事，他一定是个这个朝代皇族的后人！”

“我不去。”池小晚立刻说，“我不想弄得自己很无趣，他不是一个随便就可以接近的人，他一直掌控着主导权，而且他昨天刚刚告诉我，他和我永远不会是朋友，你们要想知道什么，自己想办法，不要把我牵扯进去。”

“他这样说？”池小琨泄气地说，“那个饮香食府有些奇怪，那的女孩子好像对我不感冒，你就算是不如大姐和二姐漂亮出众，但也绝对是个可人儿，否则欧阳清也不会对你从小着迷一直到现在，可司马对你也不感兴趣。”

欧阳清看了看池小晚，微笑着对池小琨说：“别为难小晚了，她又不是我们考古组的人，没有必要替我们想办法，我们还是自己想办法吧，时间不早了，小晚还要去单位上班，她来得匆忙，假也没请，回去那个高主任又会为难她，我送她回去吧。”

“小晚，帮帮忙。”池小琨有些嬉皮笑脸地说，“你知道，那家伙那么高傲，我看见他就莫名地紧张，我看他只有对你的时候才会有温和的感觉，或许只是人有些清高，不愿意随便和别人来往，帮个忙，尝试接近他，我不是要你去勾引他，这样欧阳清得杀了我，呵呵，我只是让你可以和他做朋友，让他可以和你说说话，说些心里话就行。”

欧阳清说：“小琨，这样的话，小晚会很为难，你要她有意去接近，司马一定可以看出小晚的刻意。”

“好了。”欧阳瑞祥突然说，“就按小琨的意思去做，我们并不是要小晚和那个司马发生什么事情，只是希望她刻意接近他，获得他的好感，通过他的嘴知道这个朝代的事情。小琨不是乱猜，我也觉得，那个司马一定和这个朝代有千丝万缕的联系，他的气质和这里发现的物品有惊人的相似之处。他就像是个王者，有让人不敢亵渎的贵族之气，这绝非是一朝一夕形成。”

池小晚觉得头疼，呼吸不通畅，她看着大家认为她发现灯笼的地方，那儿只有一个坏掉的灯，根本没有什么灯笼的痕迹，她是不是眼花了？

轻轻摇了摇头，不想再理会这儿的事情，转身继续向上走，一下子撞在一个人身上，确切地讲，是和某个人几乎面对面，她脱口说：“对不起。”然后是瞬间的呆愣,那人的目光充满了仇恨和冷漠,冷冷地盯着她,或者说是盯着她的前方,穿着一件黑色的类似披风类的东西。

甚至看不清是男是女。哥哥不是说这没有别的工人吗?这也不可能随便进来外人,不还是有人可以进来吗?

一种说不出的感觉瞬间涌了上来,让她整个人如同坠在冰中。

那人的目光似乎就可以杀死人,是绝望和悲愤,是可以舍却性命的仇恨,如果目光可以杀死人,这人所盯视的人早就死掉了!

欧阳清心中不开心,让池小晚去接近那个什么司马,让他心头有种莫名的恐惧和担心,那么优秀的家伙,只要愿意,吸引如小晚般年轻单纯的女子实在是太容易,不是不相信池小晚,而是不能相信自己可以胜过那个什么司马。他只想快点带小晚离开,"小晚,我先送你去……小晚,你怎么了?"

池小晚被欧阳清轻轻推了一下,一愣,无意识地看向欧阳清,有些茫然地指着站在自己面前的陌生人,问:"什么事?你们不是说没有工人吗?怎么这个人会在这儿?"

欧阳清一愣,看了一下池小晚的面前,只有冷冷的空气,没有什么人,他伸手向前推了推,只有空气,冷冷的空气,小晚是怎么了?不会是又出现上次的幻觉了吧?

池小晚看着自己的前面,是啊,除了空气,什么也没有,微皱起眉头,难道是自己看花眼了?出现幻觉了?她轻轻伸手触摸前面,什么也没有,只有空气。

"小晚。"池小珉盯着妹妹,他开始和欧阳瑞祥一样怀疑池小晚真的有可能通灵,从小他就没听池小晚说过谎话,她从小就是一个单纯安静的女孩子,有时候甚至不容易被人注意到,她刚刚应该不是说谎,"你刚刚看到了什么?"

"一个人。"池小晚扭头看着哥哥,眼中有着浓得化不开的悲哀和不舍,那眼神如同清澈的潭水,让人一望,可以陷进去,这不是单纯可爱的池小晚的眼神,但是放在她脸上,却是如此和谐美丽,"一个穿着好像披风一样服装的人,看不清男女,好像在向某个方向看,如果没有猜错的话,这人的注意力就在红烛的位置。"

“太好了。”欧阳瑞祥开心地说，“我猜得不错，这儿一定发生过一场悲剧，虽然不知道这个朝代是如何消失的，可以肯定的是，在这个朝代消失的同时，这儿发生了一场与婚礼有关的悲剧，看红烛燃烧的程度，应该是婚礼还没结束，也就是说，应该是新人们刚刚开始单独相处的时候。”

池小晚突然再次觉得胸口隐隐作疼，好像整个人陷在池水中，想要挣扎却怎么也动不了，几乎是窒息的。“哥哥，我，很，难受，真的很，难受……”池小晚的声音听来有些恍惚，手捂在胸口的位置，脸色突然变得苍白。

“小晚，小晚，怎么了？”池小珉吓了一跳，他是希望池小晚可以看到一些与这个朝代有关的情景，但是这个样子，他还真是害怕，抢前一步扶住就要昏倒的池小晚，只觉得她手脚冰冷，“你怎么了？不要吓唬我！欧阳导师，我妹妹她怎么了？不会有事吧？我们要不要立刻带她上去？”

“我们立刻带她上去。”欧阳清立刻接口，“这儿的空气对小晚不好，她肯定是不适应这儿的空气！爸，先这样吧，我们不能让小晚冒险，如果……”

“等一下！”欧阳瑞祥看着池小晚，沉声说，“如果她可以看到我们看不到的人，她应该不会有什么危险，可能对方想通过她向我传达些什么。我们再等等看，看小晚她会说什么做什么！”

池小珉觉得怀中的池小晚气息越来越弱，双目紧闭，脸色苍白，他担心地盯着池小晚，听得到自己的心跳之声，看到小晚的眼角有一行清泪落下，整个人仍然安静无声，仿佛生命在这一刻突然间消失！“欧阳导师，我妹妹她……”

饮香食府，司马独自站在顶楼，有人轻轻地走了上来，“主人，我们去看过了，那儿虽然人不多，但是设备非常先进，我可以晚上悄悄过去毁了红烛。”

司马看着天，此时的天气像透了当时，有雨开始静静飘落，他的眉头微皱，一身一心的悲哀涌了上来，慢慢地说：“有多久没有这种感觉了，怎么突然如此悲伤绝望，难道旧址发现，真的是有原因的，不只是一个巧合。”

“主人，您怎么了？”来人轻声说，“这几日您常常长吁短叹，似乎有很多的心事，过了这一千多年，您已经好久好久没有这样过了，是不是，又想丛姑娘了？”

司马轻轻摇了摇头,“时间太久了,我已经想不起意儿的模样,你还记得吗?”

“属下也想不起来了。”来人轻声说,“属下已经想不起太多,忘了小樱,忘了甘北,甚至忘了大兴王朝。时间太长,长到属下已经想不起任何。”

司马看着落雨,突然一阵莫名的悲哀涌上心头,一种绝望,一种彻骨的痛让他差一点没站稳,一个声音在他耳畔轻轻响起,忧伤而缓慢。

“逸轩,答应我,一定要忘记我,忘记曾经爱过我,好吗?”是意儿的声音,她的手握着他的,软软的,冰凉,几乎没有了生命的气息,她那样安静地望着他,眼中全是浓浓的不舍和爱恋,“一定要忘记我,忘记我,你才会幸福,答应我。”

他怎么可能忘记她,怎么可能再喜欢上别的女人!

他怎么可能忘记,意儿就这样握着他的手,不舍的目光看着他,拼尽所有气力说:“逸轩,我爱你。”然后轻轻闭上眼睛,眼角落下一行清泪。他怎么可能忘记,自己如何在终于可以和意儿相守一生一世的时候,亲手送走了自己最爱的女人!

她走了,他却活了下来,从开始的绝望到如今的想不起,时间是世上最冷酷的!

“主人,属下觉得,这么多年了,丛姑娘不可能再回来,在时间面前,一切都变得苍白无力,您不必再内疚再伤心,其实,这一千多年来,有许多很好的女子可以陪您一些时间,您可以不必再坚持了。”来人轻声说,声音听不出任何感情,是啊,再怎么深厚的感情,在时间面前如何坚持?!

一个人以不死之身活着,另外一个早已经化成了尘土,再也不可能回来,初时还有幻想,还有希望,或许有一天,在某一世可以看到丛姑娘,可是,过了一千多年,深埋地下的皇宫提醒他们,原来世上还曾经有过一个叫大兴王朝的朝代存在过,否则,只怕他们自己也要忘记了。

“属下觉得主人对那个池姑娘很有好感,这么多年来,您是第一次对一个陌生女子有一份关心。”来人微笑着说,“属下也觉得池姑娘不错,人很温和,虽然不及她两个姐姐漂亮,但看着却极舒服,主人可以尝试一下,主人太寂寞,有个您看着还好的女子陪着,也是应该,就算丛姑娘知道,也不会怪您的。”

“池小晚？”司马回头看着来人，淡淡一笑，悲哀的情绪仍然在心头徘徊，“我还能爱上意儿以外的任何一个女人吗？甘南，我虽然已经想不起意儿，可我的心也石化成一块石头，再也不可能有任何爱恨，我不恨也不爱，我只是一个不死的生命，活着就是对我最好的惩罚，是我亲手送走了意儿，如今这份绝望，是上天给的处罚，我无法埋怨。”

“主人……”甘南叹了口气，顺着司马的眼光一起看着雨，这一转头，才看到是一张已经不再年轻的脸，和司马比起来，要老许多，“属下的生命已经所剩无几，您这样，属下不放心。”

“甘南，我到宁愿你此刻就离开，我不想让你这样陪着我，对我们来说，能够死，是件幸福的事。”司马轻轻地叹了口气。

“您是不死之身，您一定要好好活着，活得幸福，属下才会走得安心。”甘南悲伤地说，“如今陪在您身边的人一个一个离开，属下也要离开了，您要好好照顾自己。”

“甘南，谢谢。”司马轻轻地说，这雨，总是让他难过，甘南也要走了，对于他们来说，他们不是不死之身，只是在药物的作用下，十年对于他们来说或许只是一年光阴，但是再怎么样，一千年也有一百个年头了吧，他们确实要离开了。

而他，还要寂寞地活着。

池小晚睁开眼，首先映入眼帘的是欧阳清焦急的面容，哥哥正拿着扇子给她扇风，也是一脸的焦急表情，她有些恍惚，一时之间想不起刚刚发生了什么。

“小晚，你醒了？”欧阳瑞祥走了过来，温和地说，“你刚刚昏迷不醒，把我们大家吓坏了，你能醒来就好了。”

池小晚看了看周围，他们一行人仍然在下面旧址中，为什么会是她，会是她对这儿有感觉？“我现在没事，感觉好多了。”池小晚坐了起来，轻轻晃了晃头。

“你刚才吓死我了。”池小珉见池小晚清醒过来，松了口气，擦了一下自己额头的冷汗，一屁股坐在地上，“你还真是通灵，只有你可以看到这儿我们看不到的人和事。”

“地上很脏的。”池小晚轻轻笑了笑，说：“或许只是一个意外，这儿的人好像要通过我告诉你们一些什么事情吧，我好像是在体验另外一个人的感受。”

“是的。”欧阳瑞祥微笑着说，“这里虽然有些奇怪的东西，但并不会对你造成什么伤害，反而像在保护着你，有些国家通灵的人在通灵后都会受伤，需要休息一段时间，你好像两次都是当时有些不适，过段时间就会没事。所以，我没有让他们挪动你，只是让你躺下来休息一会，你看，这么快你就醒来了。”

池小晚站起来，看了看周围，“也不是我说看就可以看到，比如现在，我就什么也看不到。”

红烛还放在原来的地方，她走过去，看着红烛，如果单纯是自己的话，应该不会有什么感觉吧，如果那个想要借助她的身体来传达什么的鬼呀怪呀的不露面，应该不会有什么奇怪的事情被自己看到。闭上眼睛，仿佛有风吹过，有窗，风雨吹动窗纱，轻轻飘起又落下，很闲适，是这样的天气吗？

池小晚心中突然有了好奇，她想知道，这儿到底发生了什么，要通过她来表达？

“我们去饮香食府吃饭。”欧阳瑞祥突然说，“他不愿意告诉我们什么，我们就一遍遍地去接近他，让他慢慢地接受我们，有了起码的信任，我们就可以得到一些消息。”

“是个好办法。”池小珉说，“与其让小晚这样冒险体验，不如让她尝试接近司马，更安全些。”

欧阳清皱了一下眉头，他既不想让小晚在这冒险尝试，也不想让小晚去接近司马，他不知道如何拒绝父亲和池小珉，只有有些沮丧地保持沉默。

车停在饮香食府门前，雨下大了，池小晚撑伞走进大厅，里面已经有客人在说话，坐在桌前，喝茶聊天，等服务生送饭菜上来，热腾腾的饭菜香气在空气中自由游走。

“小晚。”一个娇媚的声音传过来，池小慧亮丽的身影映入大家眼帘，穿了件相当诱惑人的超短裙，露出一双美丽的秀腿，“咦。小珉？你也来了。”

池小珉看着池小慧，一笑，说："二姐，你打扮得这样招惹人，是打算勾引哪位帅哥呀？小心这儿的男士们鼻血流成河。"

池小慧娇媚地一笑，"你没有猜错，我还真是要勾引一个人，我可是为了他特意再来饮香食府的，我见过他的车，今天路过的时候又看到他的车，就特意过来，我打听过，他好像是这里的老板，你姐姐我决定要俘获他的心。"

"这儿的老板？"池小珉先是一愣，接着看了一眼池小晚，笑着说，"好啊，二姐，你可要马到成功，如果你可以成功地虏获他的心，小晚就可以高枕无忧，欧阳清也要好好地请你吃一顿。"

池小慧不解地看着池小晚和池小珉，"这事和小晚有什么关系？你不会是要告诉我，这个人也是小晚的梦中情人吧？如果是，她也要和我竞争才可以，我不会把这个人让给她的，不过要和我争，小晚只有失败一条路。是不是，小晚？所以呀，还是乖乖的不要和二姐抢，欧阳清这小子就不错，长得斯文，对你也好，又极得妈的欢心，去看妈的时候，妈一直在夸欧阳清如何如何好，还要我学着你的样子找个老实可靠的老公嫁。小晚，你还是专心做欧阳清的老婆吧。"

池小晚微笑着说："如果你喜欢他，希望你可以如哥哥所说，马到成功，我对他不感兴趣，是哥哥想要了解他，哥哥对这个人如同对旧址般着迷。"

"希望我们说的是同一个人。"池小珉笑呵呵地说。

"请问几位有订位子吗？"一个清秀可人的服务生走了过来，池小晚认得她，是第一次来饮香食府吃饭的时候遇到的那个温和的姑娘，她似乎也认出了池小晚，微笑着冲池小晚点了点头，温柔地打了声招呼，"您好，欢迎再次光临。"

"你们认识？"池小慧指了指服务生问池小晚。

"有见过，大姐的老板第一次请客就是在这儿。"池小晚说，"当时是这位姑娘照顾我们那一桌。"

"我们没有订位，但是我想到那层有灯笼的楼层找个房间吃饭。"池小珉说，"就是在楼梯拐弯的房间挂着两个极为精致漂亮的灯笼的楼层，房间离灯笼越近越好。"

"好的，几位请跟我来。"服务生微笑着在前面带路。

池小晚一眼看到挂在楼梯拐弯处的灯笼，池小珉的记忆确实很好，这个灯笼和她画出来的灯笼非常相像，不过细节更加精致唯美，比起她画出来的灯笼更多一些灵气。

“是不是几乎一模一样？”池小珉轻声问。

池小晚轻轻点了点头，站到灯笼下面，仔细看着，很美丽的灯笼，似乎在风中轻轻摆动，其实这儿没有风，好像是灯笼自己寂寞地轻轻偶尔摆动，应该是楼梯里偶尔由过客带起的风。

“天呀，是他！”池小慧捂住口，惊讶地盯着由楼上走下来的司马，他的神情有些落寞，静静地从众人眼前走过。

池小慧立刻加快脚步，一下子挡在司马的面前，娇媚可爱地说：“你不许走，我如此辛苦才找到你，你不可以乱了我的心，却一点感觉也没有，这样绝对不行，我是池小慧，我想要认识你。”

有个客人似乎着急有事，匆匆地从一个房间出来，因为几个人聚集在楼梯口，他侧着身子想从一个空隙过去，偏偏池小晚正用手碰触灯笼的穗子，这个人一时着急一下子撞到了池小晚，池小晚一个下意识的动作抓住了灯笼的穗子，然后随着她的踉跄，灯笼“哗”的一声摔落在地上，灯笼里蜡烛的火苗立刻燃着了灯笼。

“你在做什么？！”司马生气地说。

池小晚想要解释，但撞到她的客人已经匆匆走下去，一边走一边接电话，根本没注意到这儿发生的事情，甚至连个道歉的话也没说，她只能呆呆地看着灯笼上的纸在很短的时间内变成一堆灰烬，手足无措地站着，听司马恼怒的声音在耳边响起。

“这儿的一草一木都是饮香食府的，你们只是食客，无权损坏这儿的任何一件物品，你知道你做了什么吗？！”司马盯着池小晚，语气中有着不加掩饰的恼怒。

“我，我不是故意的。”池小晚觉得有些难堪，艰难地解释。

“什么是故意什么不是故意。”司马不屑地说，“谁让你去碰它，如果你不碰它，它就不会有事。”

池小晚轻轻咬着下嘴唇，细细地声音说：“我可以赔给您。”

“赔?！哼。”司马轻轻哼了一声，冷冷地说，“就算你是富甲天下的人，这儿的一物一件也买不到。”

池小晚突然间觉得很委屈，泪水从眼中滑落，她有些不知如何是好，呆站着，说不出话来，司马的语气中有着那么让她不能接受的冷漠和厌恶，就算是他说过他们之间永远不可能是朋友，可是最起码他们之间还有一份可以招呼的熟悉，怎么会突然这样?

“对不起，小晚她真的不是故意的。”欧阳清立刻站到池小晚的前面，对着司马温和地说，“她只是很喜欢这个灯笼，停下来观看，刚才有个客人走得匆忙，碰到了她，刚巧她正好用手握着灯笼的穗子，可能是下意识的一个动作让灯笼落在了地上，你不要生气，需要我们怎么赔偿，你可以告诉我们，我们会做到，但是，请不要再责备小晚，她真的不是故意的。”

司马冷冷地说：“赔偿，你们能找到一个一模一样的灯笼吗?”

看着司马转身离开，池小晚不再掩饰自己的泪意，她有些泪眼模糊地看着地上，蜡烛已经灭了，整个灯笼外面糊的红纸已经变成了灰烬，不复存在，只有竹做的灯笼框架还完好无损。

“好啦，小晚，你又不是故意的，我们去吃饭吧。”池小珉有些遗憾地看着地上已经损坏的灯笼，拉着池小晚的手，微笑着安慰说，“这个司马本来就是一个怪人，你不要理他，你要是实在不喜欢这个人，我们就让二姐出马，估计她应该可以感化司马这颗冰冷的心，好了，还真掉眼泪了，没事了，走，我们去吃饭。”

突然，“砰”的一声，地上灯笼的框架裂成几块，吓了众人一跳，池小珉盯着地上的灯笼说：“还真邪门，蜡烛灭了，怎么这个框突然碎了? 走了，我们不要看了，去吃饭吧，池小慧，和我们一起吃吧?”

“好。”池小慧看着司马消失的方向，长吁了口气，说，“他还真是一个特别的人，不过，我喜欢，对啦，小晚，你不可以记他的仇，虽然我不相信爱情，但是，如果一定要嫁人的话，我就嫁给他了，所以，看在他是未来姐夫的份上，不许和他生气。”

池小晚愕然地看着二姐，哭笑不得，这什么跟什么嘛！

池小珉一副被吓到的表情，盯着池小慧，故作担心地说：“池小慧，你还真是有趣得很，你以为司马就能看上你吗？搞不好，他对你根本就没有感觉。”

“如果不是刚刚发生小晚的事情，他一定会搭理我，这一点我还是有信心的，没有任何一个男人在我面前可以保持清醒。”池小慧自信地说，“这是你姐姐我这么多年来得出的唯一真理。”

池小珉啧啧连声，拉着池小晚和众人一起去了服务生为他们选的一个房间，池小晚回头看了一下地上的灯笼，已经有服务生在收拾，一种极度委屈的情绪涌上心头，司马他算什么人物，怎么可以如此对她，怎么可以如此刻薄？

面对满桌的饭菜，池小晚实在是没有胃口，喝着鲜榨的果汁，一点味道也没有，整个人有点漫不经心，“我去下洗手间。”她站起来，不想再坐下去，她想到个有风可以吹的地方站一会。

一出门，碰到服务生端着水果过来，看见她，微笑着说：“池小姐，您有事吗？”

“没什么。”池小晚有些勉强地笑了笑，“屋里有点闷，想找个地方透透气。”

“噢，是不是刚才我们老板说您了。”服务生微笑着说，“能够让他训也是一件幸福的事，在这儿他几乎不说话，能够听他说一句，哪怕是骂人的话，我们也会觉得是件值得庆祝的事情。那灯笼确实是相当珍贵，但是对于我们老板来说，也不过是件装饰，您不要放在心里。如果觉得闷想去透透气，您顺着这往上走，再上四层，有个平台，里面有桌椅，您可以坐着休息会，那儿可以吹到风，也可以看到雨。”

“好的，谢谢。”池小晚感激地说。

服务生目送池小晚离开，正准备要送水果进去，突然一个声音在她耳边响起：“你为什么对她这样照顾？”

服务生转头看着站在自己身后的人，轻声说：“你总是劝着主人放开丛姑娘，你呢，你何曾给过你自己机会？我只是觉得这个池姑娘看着很亲切，主人从不轻易开口，更不要提他教训人了，他既然肯开口教训池姑娘，就说明，在他心里，并不如表面上表现得如此讨厌池姑娘，我只是希望他们可以友好相处,已经这么久了,主人也需要有人可以陪着说说话,过得真实些。”

“主人是不愿意伤害她们中的任何一个人。”甘南沉声说,“否则以主人的魅力,没有人可以幸免,刚刚那个女的,叫什么池小慧的,不就是一个被主人迷住的女人吗?”

“不是,你不懂得主人的心思。”端着水果,眉清目秀的服务生的胸牌上写着一个简单的名字,小忆,“你放不下小樱姐姐是因为她是你老婆,她把生的机会给了你,你心中有着感激和责任,你全部的注意力都放在如何保护主人上面,主人和你不一样,主人是放不下丛姑娘,他不能够接受任何一个女人,是因为他的心中已经让丛姑娘塞得满满的,再也放不下任何一个人!”

“已经这么久了。”甘南叹息一声,“我都已经想不起丛姑娘的模样,主人却还放不下她,其实主人不应该如此内疚,当时是个意外,并非他故意,他纯粹是被陷害的!”

“是爱,让主人放不下,接受不了任何人,这么多年了,池小晚还是主人第一个发火的女人,或许她可以让主人有片刻的轻松。”小忆轻声说,“能够让主人送花,送她回去,送她伞,特意请她一顿饭,甚至冲她发火,在我的记忆里,这是唯一!甘南,我们不能陪着主人到永远,主人需要一个女人陪他度过那永远没有尽头的日子,世人都想长生不老,永远不死,其实永远不死是件痛苦的事情。”

“我舍不得离开主人。”甘南轻声说,“我们是有幸陪着主人活下来的人,能够陪他一天是一天,哪怕活得寂寞,也是甜的。”

“我要进去送水果了。”小忆轻声说,“但愿这个池小晚与主人是有缘的人,可以让主人能够有片刻的幸福与放松吧。”

“他们还在吗?”司马问。

“在,池姑娘在七楼的阳台,她好像很难过。”甘南叹息一声。

“我刚刚是不是很过分?”司马轻声问,“其实不过是个灯笼,坏了就坏了,不知道是怎么了,就发了通火。”

“主人是不是很喜欢池姑娘?”甘南微笑着说,“小忆说,在她的记忆里您这是第一次冲人发火,她还很惊讶的。”

“喜欢说不上,只是觉得她有些地方让我觉得很温暖。”司马笑了笑,说,

“小忆那丫头到现在还在期望着我可以爱上别的女人，这不能怪她，她只是在婚礼现场见过意儿，不像我，意儿已经是我的生命，没有意儿就没有我。小晚是个好姑娘，她和那个叫池小慧的女子不一样，如果她爱了，会放不下，何必。”

第十一章 心生妄念，杜辉无事献殷勤

池小慧从房间里走出来，好奇地四处闲逛，那个不知名的男子，让她心中充满了好奇，她真的很想认识他，婚姻是什么东西，爱情不过是骗人的玩意，她才不相信呢，但是，喜欢和异性交往是她的习惯，尤其是优秀的男人。

“小姐，有什么需要帮忙的吗？”小忆微笑着走过来，上菜的时候听池小晚叫她姐姐，比起池小晚来，这个女人太强势，她不喜欢。

“我想找个人。”池小慧笑着说，“就是你们老板，刚刚那个酷酷的男人，你能告诉我他现在在什么地方吗？我可以多付你小费，只要你告诉我一个答案，剩下的是我的事。”

“抱歉，我们老板不喜欢被人打扰。”小忆礼貌地回答，微笑挂在脸上，心中却想：确实是个漂亮的女人，女人见了也会喜欢，但是却配不上主人。

“那是我的事，你只需要告诉我他现在在哪就行。”池小慧拿出一张面值百元的钱递给小忆。

小忆轻轻一笑，钱对她来说没什么用，有一些想开玩笑的念头，她微笑着说：“他应该在楼上某一处，你自己找找吧，具体在什么地方，看你运气了。”

池小慧愣了愣，这算什么回答。“你应该告诉我他具体的位置，这座楼这么大，我应该到哪儿去找他？”

“他是老板，我哪里知道他会去什么地方。”小忆一撇嘴，转身离开，娇俏的身影在池小慧眼中晃来晃去。

池小慧恼火地看着小忆离开，这难不倒她，不就是在这座楼里找个人吗？她不信自己找不到。考虑一下，沿着楼梯向上走，作为老板，应该会待在顶楼，因为一般情况下，下面都是食客们待的地方，老板不会轻易出现。

七楼阳台，风吹雨浓，池小晚安静地坐着，突然听到有脚步声传来，回头看到姐姐正东张西望地走着，然后脸色一下子变得兴奋起来，迎着一个人走了上去。

“咦，真的是你。”池小慧开心地说，“还以为要费很大的气力才可以找到你，没想到这么容易就找到了你。我是池小慧，刚刚和你打过招呼，还记得我吗？”

司马平静地看着池小慧，面无表情。

“我是真的很想认识你。”池小慧并不介意司马的反应，她就是喜欢他这种酷酷的不爱搭理她的表情，看起来相当有性格，其他男人见了她口水都快流出来，只有他见了她是这种表情，“可以给我一点时间吗？”

司马漠然地看着池小慧，然后走开。

“只要一小会就好。”池小慧不死心地追上去，挡在司马的前面，脸上仍然微笑着，撒娇地说，“只要小小一会就好，我只是想听你和我说一句话，就一句，就好！”

“再这样，我会随时让人撵你出去。”司马冷冷地说，“你只是一位客人，这儿只提供饭菜，其他的一概不提供。”

池小慧脸上有些挂不住，这人看她的时候为何如此厌恶，她只是喜欢他，又没有别的什么意思，又不是把他当什么特殊行业的人看，他至于如此不屑吗？

“你不喜欢我吗？”池小慧努力微笑着问。

司马没有任何反应，继续走他自己的路。

“喂。”池小慧很是挫败地看着司马离开，站在那儿跺了跺脚，不高兴地离开。

池小晚坐的位子，外面来人看不到，如果池小慧发现自己，一定更恼火，池小慧绝对不会在她面前丢这个脸，二姐是在别人羡慕的眼光中长大，她不习惯于失败。

池小晚为自己倒了杯茶水，闻着茶香，看阳台外面的雨一直下。

“可以打扰一下吗？”一个沉稳的声音在池小晚身后响起。

池小晚回头，身后是一个年纪大约五十岁左右的男子，穿着干净整齐的衣服，看起来很干练。池小晚微微一笑，点点头：“请坐。”

“我叫甘南。”来人微笑着说，拉开椅子坐下，“甘草的甘，南北的南。是这儿的一位服务员，刚走过这，看到姑娘一个人坐在这，就过来和姑娘说几句话。”

池小晚对这个叫甘南的人笑笑，他的打扰并不让她讨厌，看起来是个很有教养和分寸的人。“这儿很好，是个很有特色的酒店，你们的老板很出色。”

甘南温和地笑了笑：“是，我们老板是个相当出色优秀的男子，池姑娘说得一点不错，你姐姐很喜欢我们老板，刚刚凑巧看到，你姐姐是个很漂亮的女孩子，可惜不是我们老板喜欢的类型。”

池小晚不知如何接着说下去，只能淡淡地笑笑。

甘南似乎是觉得这样说有些不太妥当，笑笑说：“池姑娘，你不要误会，我没有别的意思，只是说你姐姐不是我们老板喜欢的类型，并不是说，我看还是不要解释了，再解释就真的起误会了。”

池小晚笑了笑：“没事，我明白你的意思，感情的事，我们谁也说不清。”

“我们老板曾经有过一段刻骨铭心的爱情，在这世上没有人胜得过他心中的唯一，就算你姐姐是天下第一美人，对我们老板来说，也不过是一个与他无关的女子。”甘南温和地说，看着池小晚浅笑的面孔，心里隐约觉得有些熟悉，难怪主人会对池小晚多份温和，池小晚身上的淡然和平静隐约让他想起了从意儿，时间过去这么久，他已经忘记从意儿的模样，但是面前这女子却让他隐约记起从意儿的音容笑貌。

“是吗？”池小晚微微一笑，好奇地问，“是怎样的一个女子让你们老板如此放不下，她现在人在哪里？”

“她过世很久了。”甘南犹豫了一下，“我们老板所有的感情都随着她的离开消失，他不可能再爱上任何其他女子，无论是怎样出色和优秀的女子，都永远不可能胜得过那个女子，如果你见过她，就会知道我们老板为何放不下了。”

池小晚并不想知道司马放不下的女子是何模样,这与她好像没有任何关系,她微笑着却不接话。

“说起来你们还有些相像。”甘南温和地看着池小晚,一个很干净的女子,脸上始终带着浅浅的笑容,礼貌很有教养,很像当年丛意儿给他的印象,“你也喜欢我们老板吧？我想是的。”

池小晚一愣,笑容一顿,盯着甘南半天没有说话,然后笑着说:“好像是不喜欢,确切地讲,是我根本没想这个问题。”

甘南看着池小晚,“我以为你喜欢我们老板,我们老板太寂寞了,他需要一份感情,他不应该老是活在回忆里,我们老板对你印象很好,我希望你们可以发生段故事。”

池小晚笑着,看着甘南:“我想,这不是你我可以决定的事情,这要你们老板自己来决定,毕竟这是他的人生,不是你我的。”

甘南笑了笑:“我只是觉得,池姑娘和我们老板挺有缘分,我们老板是个在感情上太过坚持的人,有时候也需要我们在旁边帮忙。”

池小晚面对甘南的游说和坚持有些无奈,只得微笑着说:“甘先生,你不要再坚持了,你们老板特意和我说过,他与我之间绝对不可能是朋友,我们今生唯一的缘分也就是不做朋友。”

甘南正要继续说话,听到有个清脆的声音在他们身旁响起,“甘南,你还在游说池姑娘呀,算了,别难为她,反正喜欢我们老板的女孩子多得是,让我们老板慢慢挑,他肯出来见人,就已经是我们的意外了。”

池小晚看了一眼小忆,面上带着淡淡的笑容,她不太喜欢这儿的人,他们总给她一种说不出的奇怪感觉,仿佛隔着一层空气,他们就在她的面前,却总觉得无法触摸到,是冷冷的,很遥远的感觉。

“我回去了,”池小晚站起身,礼貌地说,“我是来吃饭的,离开的时间太长不好,你们聊。”

看着池小晚微笑着离开,甘南慢慢地说:“小忆,我有一种非常奇怪的感觉,这个池小晚一定可以让主人动心,她在某些地方和丛姑娘非常相似,你说,世上到底有没有轮回这一说。”

“我看不出来,只是觉得池小晚不让人讨厌,仅此而已,如果主人喜欢她，我不反对。”小忆微笑着说，“反正我是不喜欢她那个漂亮的姐姐，漂亮但是没内容，那种女人，注定会在爱情的路上跌了跟头才知道如何活着。”

甘南叹了口气，“小忆，你能不能讲话的时候，别总是一副老人精的口气。”

“我一直这个样子，你不要把我当成小樱看。”小忆笑呵呵地说，“我们虽然是同时代的人，但我们绝对不是同一个人。”

甘南宽厚地笑着说：“小忆，你是个好姑娘。你有没有觉得，这个池小晚是个相当聪明的女子，我和她接触，感觉她总是安静地站在大家的外围做单纯的观众，她没有介入其中的想法，但是，她比这所有的人都要聪明。”

“同意。”小忆毫不犹豫地说，“而且非常同意。”

欧阳清看到池小晚远远地走过来，笑着迎上前，“你去哪了，我一直在找你。”

“随便转了转。”池小晚微笑着说，“这儿的景致真不错，某些地方的感觉和发掘的旧址有着莫名的相似之处，你们的怀疑是有些道理。”

回到房间，池小珉正和池小慧说话，看到池小晚进来，立刻笑着说：“小晚呀，你终于回来了，快点把这里老板的联络方式告诉池小慧吧，二姐说她迷上他了，难得她会迷上什么人，既然她迷上了，我们就要全力配合。”

“我不知道怎么联络他。”池小晚坐下，“几次遇到都是意外，在这也都是他找我，我找不到他。二姐，这个人太骄傲你还是不要去喜欢他了。”

“哼，他越是骄傲我越想接近他。”池小慧撇了一下嘴，“他绝对钻石级男子，我发现了，就绝对不会放手，我有把握可以让他最后爱上我，只要我池小慧感兴趣的人和事，从来没有从我手上逃开过。你只要告诉我怎么找到他就行。”

池小晚一笑说：“简单，只要天天来吃饭就行。”

池小珉笑着说：“小晚，难得你也有趣一次，这个办法有点损呀，你当这是平常的小饭店天天来吃？这里吃一顿饭就几乎是……啧啧，池小慧，你有这等财力吗？”

池小慧看着池小珉，平静地说：“不是个好办法，但是可以试一试，不就是一天换一个男伴，便宜那些一直想约我我没答应的男人们了，我知道小晚不会说谎，那个男人也不会对小晚这样平常的女子感兴趣，不可能告诉她联络方式，她这个建议我接受。”

池小珉调侃说：“小慧，我怎么觉得司马眼中，小晚更可爱些。”

“池小珉，你故意气我是不是？”池小慧假装生气地说。

“没有。”池小珉懒洋洋地说，“只是说句真实感受，二姐，做弟弟的告诉你一句弟弟的真实感受，那就是，在这，你所谓光鲜的外表一点用也没有，他们根本不吃这一套。”

池小慧看着池小珉，开玩笑说：“难道说，一直所向无敌的大帅哥在这也吃不开？算了，我池小慧还就是不信这一套，我非要成为这儿的女主人！”

池小晚不理他们的斗嘴，安静吃饭，她的安静让欧阳清心生担忧，她好像在想什么心事？

司马看着屏幕上出现的池小晚的面容，她在想什么？她小小的脑袋里放着些什么东西？轻轻地转动着手中的笔，为什么会对这个女孩子感兴趣？他确定他不爱她，对任何一个女子他都不会再有心动的念头，他的心早在从意儿死去的时候就已经死了。

但是，她总是会让他有种莫名其妙的感觉！

池小晚突然放下手中的筷子，看着欧阳清，轻声地说：“欧阳清，还记得我们小时候那个做灯笼的老伯吗？我想找到他。”

欧阳清听池小晚这么说，心中释然了许多，池小晚走神不是因为司马，只是因为那对损坏的灯笼，他笑笑，轻声说：“好，我帮你去找他，前段时间，为了复制旧址里面的一样东西，我曾经找过他，可以联络到他，只是，灯笼上面的图案要如何处理呢？”

“我可以凭记忆尝试着画出来。”池小晚想了想说。

欧阳清点了点头，说：“好，今天下午我就去联系他。”

池小晚笑了笑，继续吃她的饭，并不理会一直在拌嘴的池小珉和池小慧，她已经习惯他们两个人的嘴仗，一般情况下，只要他们两个人碰到一起，总会这样打嘴仗。

司马看着屏幕上的池小晚，嘴角露出一点浅笑，她以为那灯笼是普通的灯笼吗？上面的图案是千年前的，就凭她的记忆可以复制出来吗？不过，她有这个心，还算不错。

池小晚突然抬头无意识地看了看，奇怪，她总觉得有人在看她，这个房间里，除了她熟悉的人以外，没有其他人，也没有任何摄像器材，可是，她总觉得有人在看她。

司马安静地笑了笑，她不会发现他，也看不到他，这是他身为吸血鬼的特殊。很奇怪，他为什么要这样观察她，难道，除了从意儿，还会有别的女子吸引他的注意力？

结过账，一行人离开饮香食府，池小晚抬头看着密密落下的雨，心中惆怅，自己一直是个平静的人，为什么这段时间会心浮气躁？别人看不出来，她自己知道，知道自己有些不能够安静了。“欧阳清，我去上班，如果现在没事的话。”

“好的，我送你。”欧阳清立刻笑着说，“总要解释一下，免得你们主任又要教训你，她既然想要得到有关旧址发掘的消息，我们就以这个为借口，让你自由些，要不要透露一些不太重要的消息，主动权在我们。”

池小晚忍不住笑了笑，说：“欧阳清，你学坏了。”

“哈哈，和我池小珉在一起，学坏太容易。”池小珉得意地说，“你不会想要嫁一个乏味的老公吧？哥哥负责把欧阳清调教成一个浪漫而有趣的男人，如何？”

池小晚笑笑，没有接话。

池小珉眼中划过一些奇怪的表情，他看着池小晚，心里头突然怀疑起来，池小晚心里到底怎么想的？池小晚从来没有让人注意过，她总是安静地待着，从小就是，但是……

“怎么了？”池小慧好奇地问，“你盯着小晚做什么。她有什么不对吗？”

“不知道。”池小珉摇摇头，皱着眉头想了半天，喃喃地说，“只是觉得有点奇怪，好像突然间，我们注意起小晚来了，在此之前，我们好像注意不到她的存在。比如现在，我们大家一直在努力撮合她和欧阳清，好像担心出什么状况，欧阳清喜欢小晚不是一天两天了，好像就在这几天，我们大家都有些热心于他们两个人之间的姻缘。”

池小慧想了想说：“没什么好奇怪的呀，我们姐弟几个，只有她属于可以结婚的类型,不关心她关心谁呀？不关心她,爸妈还不得烦死我们呀!”

池小珉困惑地皱着眉头,想不出所以然来。

一进单位大门,就看到高主任和江萍一边走一边说话,看到欧阳清和池小晚,高媛面上的表情倒还温和,“来了,杜老板刚刚还来过电话,询问你的情况,说他希望可以通过你和池小珉的关系,更多地为杂志社提供有利消息,你可以自由些。”

听到杜辉的名字,池小晚的眉头皱了一下,她不喜欢那个男人,他倒是想得蛮周全,她还真的打算请几天假来处理灯笼的事,她不能让自己对于灯笼的事情表示无所谓。想到司马的愤怒,她的心中就觉得很委屈。“谢谢高主任。”

“不用。”高媛很温和地说,“你是杜老板的朋友,杜老板是我们最大的客户,我们一定会考虑他的建议,并尽力达到。”

池小晚听得出来高媛话中酸酸的味道,肯定有些看法不会说出来,她也不想听,和欧阳清道别后走进办公室,在自己桌前坐下。

“天,小晚,你总算是回来了,高主任有没有为难你?”桑心柔看到池小晚立刻担心地问。

“还好,旁敲侧击说了两句。”池小晚微笑着说,“好歹有我姐姐的原因,她总要有些顾忌,更何况,她知道要想了解旧址的内容,通过我是最方便最容易的一个选择。”

桑心柔点了点头,笑着说:“这倒是真的,尤其是这里面还突然冒出来一个杜辉,这可是我们得罪不起的一个大老板,小晚,你还真是个特别幸运的人,我要是有你这么幸运就好了,就不用天天看江萍的脸色。”

池小晚叹了口气,她其实最怕这种麻烦,可现在,却好像慢慢地陷入其中。

“你今天又去旧址做什么?”桑心柔轻声问,“你还敢去那个地方？有没有发生什么奇怪的事情?”

“有。”池小晚淡淡地说,“不过,也没那么恐怖,当时很害怕,过后就觉得没什么,这些事情对我好像没有什么身体或精神上的伤害。”

“你和旧址真的是有缘分。”桑心柔轻声说,“欧阳教授的猜测好像是正确的，你是唯一可以在其中看到我们看不到的人和事的‘异类’，小晚，你还真是一个幸运的女人。”

池小晚笑笑，“幸运？心柔，我倒宁愿我是个不幸运的女人，可以安静平淡地过一辈子，现在，我已经觉得心里有些起伏，我不喜欢这样。”

“小晚。”桑心柔叹了口气，她很了解池小晚，池小晚真的是一个很喜欢活在众人视线之外的女子，是真的喜欢被人“遗忘”的人。

池小晚又一笑，说：“好了，已经这样了，就由它去了。”

下班时间，池小晚收拾着桌上的东西，拿出手机给欧阳清打电话，问他是否已经联系到那个会做灯笼的男人，她已经在白纸上画出她记忆中灯笼的图案，下午，她一直在忙这件事，桑心柔和江萍去高主任办公室开会，一下午的时间，没有任何人打扰她。

欧阳清的声音在电话里传来：“小晚，正要给你电话，我刚刚联系到他，他今天下午刚从外地回来，他说他目前已经不再做手工的灯笼，我和他说了很久，他答应看看再说。”

池小晚微笑着说：“谢谢，晚上我请客。”

“不用，我去接你，然后去找他。”欧阳清开心地说，“对了，今天下午我外出的时候去看了看阿姨，她准备明天出院，然后回家休养。”

池小晚愣了一下，难怪母亲那么喜欢欧阳清，他真的很细心很体贴，“谢谢，我妈妈一定很高兴看到你。”

“阿姨是个好人，脾气那么好，我巴不得可以经常陪她说说话聊聊天，我也很高兴看到她。”欧阳清笑着说，“我去接你，你稍微等等。对啦，我请你吃饭。”

池小晚把画好的图形装进一个袋子里，听到外面传来脚步声，抬头看到江萍从外面走了进来，看到池小晚，顿了一下，才说：“不是已经下班了吗？”

“我这就走。”池小晚忽略掉江萍努力掩饰的敌意，江萍不喜欢她，虽然不知道理由。

江萍回到自己的位子前坐下，没再说话。

池小晚拿着包离开，感觉到江萍的目光一直在背后目送着她，外面的雨仍然在下，有些许凉意。今年的温度比去年低很多。

江萍透过窗户看着池小晚离开，看着她在风雨中慢慢移动的伞，眼中闪过一丝恼恨，她怎么可以这样平静，江萍厌恶她这种随时都在的平静，为什么自己活在焦虑中，总是觉得不开心，而池小晚总是安静的，很少见她大起大落地表现出情绪来。

不知道，如果她知道了池小曼和杜辉的事，还会不会如此平静，会不会也如自己一般，日日处在焦虑之中？！

一回头，看到桑心柔站在门口看着她。“你好像对小晚充满了仇恨。”

江萍平淡地说：“你想多了，我只是在看外面的雨。”

桑心柔没有继续说下去，回到自己桌前，收拾自己的东西，准备下班。

江萍在位子上坐下，心中不舒服的感觉越来越重，其实与池小晚之间并没有任何的冲突，但她就是不喜欢池小晚。

欧阳清看到池小晚出来，立刻下车面带微笑地迎上前，“还好，正好赶上你出来。正担心你会等得着急。”

池小晚笑笑，回头看了看已经看不到的办公室，江萍的眼光似乎仍然在她后背上跟随，目光中的冷漠和恼怒仍然让她觉得不太舒服。江萍为什么这样不喜欢她？

“怎么了？”欧阳清看到池小晚有些出神，问。

“没事。”池小晚微笑着说，“你和那人说好了吗，我们直接过去？”

“是的。”欧阳清坐进车内，笑着说，“他现在就在家等着我们。”

杜辉坐在办公桌后面，盯着窗外发呆，他不喜欢下雨天，却又懒得出去，没有什么让他觉得有意思的事情。听到有轻轻的敲门声，微皱了一下眉头，应该是池小曼，他听得出来她的敲门声。

不知道为什么，这个时候他很不想见到池小曼，和她只不过是玩了一个青春期的爱情游戏，来补偿一下已经逝去的青春而已，可是，玩那种游戏需要心情和时间，这个时候，他没有心情，所以，他没有吭声，他可以在房间里面控制门的开关，如果池小曼推不开门，会以为房间里没有人而离开。

果然，外面的敲门声在响了一会后，传来渐渐远去的脚步声，应该是她离开了。

“池部长。”欧阳蓓看着从杜辉办公室门前离开的池小曼，她知道杜辉在里面，刚刚她还和杜辉通过电话，他说他在公司里，但是，他没有给池小曼开门，“找杜总有事吗？”

池小曼愣了一下，看到说话的欧阳蓓，有些迟疑，其实没什么事，只是这几日她太少可以看到杜辉，杜辉的电话也很少，“有些工作上的事情需要杜总拿主意。”

欧阳蓓笑笑说：“以他现在的年纪和地位，只怕是耐不住寂寞，总要找些年轻的女子打发一下时间，如果有事，你就打他电话，或者留言给他都可以。”

池小曼脸色一变，匆匆地说：“我还有别的事情，先走了。”

欧阳蓓的眉头微微皱了一下，这个丫头竟然对一个已婚的中年男子动了真心，爱情对于杜辉来说，不过是一朵盛开的玫瑰，他认为花钱可以买到的。

从外面打开门，欧阳蓓冷冷地看着坐在椅子里的杜辉，想到他对池小晚的念头，心中就极度不舒服，“你果然在房间里，为什么不给池小曼开门？”

杜辉打了个哈哈，漫不经心地说：“今天没情绪。”

“那就告诉她，别让她最后落一个凄苦的下场，人家好歹还是个没结婚的姑娘家，对爱情充满憧憬，你别害人。”欧阳蓓为自己倒了杯咖啡，体会着齿间淡淡的微苦和香气，“我看她是真的为你动心了。”

“又不是我逼她喜欢我，就算我说明白了，她一样放不下。”杜辉不以为然地说，“而且，她在爱情上遇到我这样的男人也是她的福气，总比把她交给一个毛头小伙子要好吧，我可以给她享受，可以满足她所有的虚荣心，她有什么吃亏的？”

“她想要的是你的一生一世，而不是一时。”欧阳蓓轻轻晃动着咖啡杯，看咖啡在杯中轻轻晃动。

“我的一生？”杜辉哈哈一笑，“她也太贪心了吧！我的一生只属于我，不属于任何人！”

欧阳蓓心中一颤，这个男人，让她迷恋至今，值得吗？

“在想什么？”杜辉从椅子上站起来，看着欧阳蓓，拍了拍欧阳蓓的面颊。

欧阳蓓轻哼了一声，冷冷地说：“在想我欧阳蓓在你杜辉的一生中占多少!”

“你知道,我是个喜欢新鲜的人,不喜欢旧的东西,你已经是个例外,我们一直相处得很好,要想好好地相处下去,就什么也不要想,这样最好。”杜辉打着哈哈说,“欧阳蓓,你是离我最近的情人,这已经是你的福气,不要再求什么。至于池小曼,她只是一个新鲜的小插曲,与你无关。”

欧阳蓓喝下已经变凉的咖啡,心里立刻变得和咖啡一样苦。

“你弟弟呢?”杜辉为自己倒了杯咖啡,闻着咖啡的香气,很是满足地在椅子上重新坐下,“你一直热心撮合他和池小晚,害怕我和池小晚交往,结果如何?”

“他们交往得很好。”欧阳蓓在靠窗位置的沙发上坐下,双脚放在茶几上,微笑着说,“谢谢你的关心,池小晚的母亲很喜欢欧阳清,而且他和小晚也很配。小晚没有涉足过爱情,只要培养,他们就会产生感情。”

“呵呵,不错,可是,你真的认定池小晚她是爱着你弟弟的吗?”杜辉笑着,看着欧阳蓓,“池小晚并没有承认她与你弟弟之间的交往,她对他始终是个朋友的态度,就如同她对待池小珉一般,她的心中根本就没有所谓的感情,只是你们一厢情愿。”

欧阳蓓没有说话,杜辉虽然可恶,但他有着足够的经历,他说得不错,她自己也没有在池小晚眼中看到所谓的爱情,池小晚就是把欧阳清当朋友和兄长看,没有感情的成分,只是大家在努力撮合,大家让大家相信,他们是谈着恋爱的。

“你还在打她的主意?”欧阳蓓盯着杜辉问。

“呵呵。”杜辉笑笑,“她是个意外,一个纯粹的意外,我也说不出来为什么,或许是因为她不肯与我来往,反而让我觉得她极有趣,我认识的女人多得数不清,没有哪个女人可以在由金钱构筑的所谓爱情攻势面前不中招,她好像是个例外,她是个相当聪明的女人,比你和池小曼都聪明。”

“我看不出来。”欧阳蓓冷冷地说,“在我眼中,她只是一个普通女人,长得不如她两个姐姐,也没她姐姐们吸引人,如果不是因为欧阳清喜欢她,或许我都不会注意到她。”

“你是个女人,你是以女人的眼光看她,你应该以男人的眼光来看,或者你应该问问你弟弟，他到底因为什么喜欢池小晚。”杜辉笑了笑，“她很干净，像氧气一样干净，所以让人觉得舒服，这可能是她两个姐姐一辈子也无法达到的。”

欧阳蓓愣了一下，杜辉难得这样认真地谈论一个女人。“你不会也动心了吧？”

杜辉笑笑，没有回答，慢慢地喝着咖啡。

池小曼走进自己的办公室，关上门，她刚刚躲在拐角的地方，看着欧阳蓓打开了杜辉办公室的门走了进去，杜辉为什么不给她开门？还是欧阳蓓有那间办公室的钥匙？她不敢问也不想知道，宁愿一切只是一个误会。

在自己的椅子上坐下，她知道杜辉是个有妇之夫，她不应该要求什么，从一开始她就知道，她只是一个过客，只能够默默不能够名正言顺地喜欢他，杜辉也没有强求她什么，只是默默地关心着喜欢着她。但是，慢慢地，自己就放不下了。

她的心情有些乱，桌上的手机突然响了起来，吓了她一跳，拿过手机，里面传来池小慧娇媚的声音，笑着：“大姐，在吗？我在你楼下，下来吧，今天妈要出院，我要去医院接妈，你去吗？”

“噢，”池小曼轻声说，“我差点给忘了，小珉和小晚他们去了吗？”

“欧阳清带他们去了，”池小慧笑着说，“欧阳清那小子可真是对小晚用心了，看咱妈比我们这些做儿女的都要勤快，一天两趟，咱妈也喜欢他，昨天小晚和他在外面吃饭，然后去了医院，妈就让他今天和小晚一起去医院，我们这些做儿女的是不是更得过去呀？”

池小曼笑了笑，这几天，欧阳清好像追得特别紧，和以前不太一样，不仅仅是欧阳清，有许多人好像突然间开始注意和关心起池小晚的终身大事，“好，我这就下去。”

“嗯，我在楼下，快点。”池小慧挂了电话，一辆车从她视线中驶过，她的心一跳，那么熟悉的颜色和款式，是那个冷酷的老板。但是一瞬间，车子就消失在她的视线外。

“主人，她在看您。”甘南笑着说，“这位姑娘真的喜欢上您了，她挺漂亮，您可以尝试和这些平凡女子交往一下，免得总是陷在回忆里伤心难过。”

司马看着车窗外，淡淡地说："伤心难过？甘南，我早已经没有这些情绪了，昨天晚上事情进行得还顺利吗？"

"无法接近。"甘南一边开车一边说，"看来只有清风流云两把剑同时出现才可以毁了它，而这种情况，除非丛姑娘还活着，否则它就会一直存在下去。"

"除非有轮回，否则，我们就没办法毁了它。"司马平静地说，"我们接近它，只会再次被迷惑，现在清风流云两把剑已经合成一体，只有流云剑的传人才可以抽出流云剑，意儿是这套剑法的最后一个传人，我们只能任由它继续存在。"

"您抽不出清风剑吗？"甘南轻声问，"如果可以抽出清风剑，我们可以再找一个合适练流云剑法的人来练这套剑法，或许就可以毁了它，让大兴王朝真的从历史上消失，所有过往，全部删除，不再被打扰。"

司马轻轻摇了摇头，看着车窗外的雨，声音听来平静而冷漠，"是我亲手把清风剑插进意儿身体，我根本没办法让清风剑和流云剑分开。"

"你去看过了吗？"司马转过头看着开车的甘南，眼睛中突然闪现出一种期望和悲哀，"那儿是否还是原来的模样？那对红烛真的依然还在吗？"

甘南点点头，"我没办法完全接近红烛，根据发掘到目前的情形来看，那儿应该还是原来的模样，最为奇怪的是那对红烛，还是千年前的样子，我刚一看到的时候，真是吓了一大跳，不过，只要它不燃烧，并且燃烧到一定时辰，就不会有事，估计那些发掘的人不敢随意的点燃它，应该不会出现什么状况。"

"是吗？"司马应了一句，飘进来的雨落在他衣服上，空气中有着潮湿的味道，这个城市，除了雨，再也找不出旧日的痕迹，那时候的雨，干净清澈，不像现在，空气中再也嗅不到青草和树叶的清香，再也看不到花朵干净的颜色，一切就好像是蒙了尘。

在这样的环境里，还能够找到像意儿一般的女子吗？那么宁愿活在众人视线之外。她在他的记忆里，总是微笑着，随时可以看到，安静不张扬，活得只是她自己，不是任何其他人。

"咦，那好像是欧阳清的车。"甘南减缓车速，看着一辆车在他们的车前驶过，隐约看到车内坐着几个人，池小晚坐在副驾驶的位子上，正偏着头和欧阳清说话。

“她是个很可爱的女孩子。”司马轻轻微笑着说，“希望欧阳清懂得珍惜。”

“看得出来，他很在乎她，他的眼中只有她。”甘南微笑着说，“我和小忆都希望主人和这位池姑娘可以发生些故事，但是这种事情我们也勉强不得您。”

司马看着那辆车内的众人，轻轻地说：“除非我失去记忆，否则任何人也无法取代意儿在我心中的分量，她只是一个和意儿有某些相似的女子，她们身上淡淡的味道极为相似，都安于活在众人视线之外，安于平淡的生活。”

“倒是便宜了这个叫欧阳清的小子。”甘南微笑着加快了速度，“不过，看在他痴情的分上，也算不得便宜了。”

“他不懂她。”司马淡淡一笑，“送我去家常小菜馆，我想去和那个人聊聊。”

池小晚隐约觉得有人在看自己，下意识地侧头看去，一辆车消失在她的视线中，她认得那辆车，是司马的。

“怎么了？”欧阳清看着池小晚，他的所有注意力都在池小晚身上，池小晚的瞬间沉默立刻吸引了他所有的注意力。

“没什么。”池小晚收回视线，看着欧阳清，笑着说，“只是让风吹了一下，今年的雨比往年的多，温度也低一些。”

“呵呵。”坐在车后座的池小珉突然哈哈一笑，看着池小晚和欧阳清，对坐在自己身边的父母说，“欧阳清这傻小子简直是把小晚当成天了，全部的注意力都在小晚身上，小晚走个神也紧张得不得了。小晚，这辈子，这个傻小子是跟定你了。”

池小晚犹豫一下，轻声说：“你们不要老拿我们开玩笑，欧阳清只是比你心细些。”

余雪琴看着女儿，轻声说：“小晚，欧阳清是个好孩子，像他这样老实本分，细心体贴的年轻人，真是很少见，你要好好珍惜，我和你爸都很喜欢他，我们很希望他可以成为我们家的一员。”

池小晚看了一眼母亲绑着绷带的脚踝，收回了要说的话，一时之间，大家突然有些沉默，池小晚看着车窗外的雨，心情有些恍惚。

“小晚，没事吧？”欧阳清轻声问。

池小晚摇摇头，她也不知道她是怎么了，不过是司马的车过去了，怎么突然间心情就变得有些茫然，有委屈，有期盼，是不是刚才，她隐约觉得有人在看她，其实就是司马在看她？

车子安静地往前驶，池小曼的车从后面很急地赶了过来，鸣着喇叭，池小珉打开车窗对池小曼喊：“大姐，大白天的，你按这么响的喇叭干什么？”

“不是我，是小慧。”池小曼无奈地说，两辆车并排前行，池小慧从车内伸出脑袋，笑嘻嘻地看着池小珉，不说话。

“真是要命。”池小珉嘟囔一声，冲父亲说，“爸，您真厉害，生下四个孩子，一个也不一样，小慧和小晚简直就是天上地下，她们竟然会是同父同母的姐妹。”

池森宽厚地一笑，对自己的孩子，他总是脾气很好。

余雪琴看了池小珉一眼，没有说话。

“你和小晚不也不一样吗？”欧阳清一边开车一边笑着说，“你们还是双胞兄妹呢。”

“也对呀。”池小珉笑着说，看向母亲，“妈，您怀我和小晚的时候是不是有什么奇怪之处呀？不然的话，怎么会生出我和小晚这样天上地下的双胞兄妹？”

没等余雪琴回答，池森嗔怪地说：“小珉，不要乱讲话，你们待在你妈肚子里，一样的情形下长大，能有什么奇怪之处，是后天的原因，你是家中唯一的男丁，从小就是太惯着你了，才养成你现在这样不知天高地厚的毛病，小晚就比你乖多了。”

余雪琴看了丈夫一眼，只是淡淡地笑了笑，似乎是咽回已经到了嘴边的话。

“小珉，你要是想找女朋友，想找个什么样的？”欧阳清微笑着问，从后视镜里看了池小珉一眼，“我知道你是个眼光极高的家伙，什么样的女孩子才能够让你看入眼？”

池小珉嘻皮笑脸地说："欧阳清，你应该感谢我是你未来的大舅子，不是你的竞争对手。否则，就凭你，早就败在我手里了，我要找，就找我妹妹这样的，安静、听话、乖巧，处处都是优点，长得漂亮，家庭也好……哎，爸，您打我干什么，我这是变相夸您的宝贝女儿。"

"行了，别闹，让欧阳清专心开车。"余雪琴说，"现在是高峰时段，路上车多人多，又下雨，别打扰欧阳清开车。"

"好，我从现在开始封嘴到家。"池小珉乐呵呵地说，"欧阳清，我再说最后一句，你这小子还真是得了我妈的欢心，就算是小晚她再不喜欢你也得嫁给你了，我们家四个孩子，就属小晚最听话，你呀，还真是曲线救国。"

欧阳清一脸开心，专心开着车，池小晚看着欧阳清脸上的微笑，轻轻低下头，面对他，似乎只有一份兄妹般的信赖，她相信他，但是，她喜欢他吗？

余雪琴看着女儿，一直以来，小晚都是这样微笑着安静地存在，从不争取什么，为什么，如今在女儿眼中看到了起伏，却不是为着面前的欧阳清，那是为了谁？

回到家中，看到熟悉的一切，余雪琴的心情立刻好了许多，似乎只有在家里，她才可以获得安静。

"还是回家好。"余雪琴在沙发上坐下来，惬意地叹了口气，把自己很舒服地窝进沙发里，看着忙碌的丈夫和儿女，微笑着说，"待在医院里，天天闻消毒液的味，真的不如回到家中，看着熟悉的一切，心里头踏实，还是欧阳清想得周到，待在家里样样都好，应该早点回家。"

欧阳清倒了杯水递给余雪琴，温和地说："虽然家里不如医院设备齐全，但是却舒服许多，阿姨有什么事，打个电话就可以，我们随时会到。"

"有你池叔叔在就可以，你们该忙什么就去忙什么。"余雪琴微笑着说，看着面前的欧阳清，她还真是喜欢，让人瞧着放心，把小晚交给他，应该是个不错的选择。

池小晚回到自己的房间，把欢笑声关在门外，拿起桌上的发带把头发一拢，看着桌上放着的红纸，那是上好的红纸，是那个会做手工灯笼的人收藏的，放在他家的阁楼上，在一大堆纸的最下面，是她自己发现，她觉得，这是最接近饮香食府里灯笼的红纸。

开始，他就是不肯答应，不论欧阳清怎样游说，直到池小晚拿出下午在单位所画的图案，他才意外地答应，那些图案，美得让他心跳，那些图案，池小晚似乎是深刻在心中，一笔一笔在红纸上重新画了出来。

昨晚，池小晚一夜没睡，仿佛是怀着委屈，仿佛是一种赌气，反正就是，她一定要做出灯笼来。

手指轻轻地抚过那些美丽的图案，心竟然有些莫名的颤抖。

轻轻的敲门声传过来，温和的声音，“小晚，在里面吗？我是爸爸。”

池小晚走过去开门，池森站在外面，温和地看着她，“小晚，怎么一个人躲到房里，不和大家在外面说说话？”

“没事，”池小晚侧身让父亲进来，“进来拿点东西。”

池森在桌前坐下，一眼看到桌上铺开的红纸上面的图案，“这是你画的吗？非常漂亮，你在哪里看到的？”

“在一家饭店，饮香食府，它就挂在里面，我不小心给弄坏了，所以想要重新做出来赔给人家。”池小晚轻声说。

“这些图案，确实很漂亮，我好像在什么地方看到过。”池森微笑着说，“对啦，我看到过比这种红纸更漂亮的红纸，可能出来的效果会更好，好像放在你外婆家里。”

“我外婆家？”池小晚看着父亲，“比这更漂亮的红纸？这已经是我能够找到的最好的红纸。”

“你目前用的红纸是相当不错，应该是很早之前的，但是配上你画出来的图案，红纸还是显得太现代。”池森微笑着说，“小晚，和爸爸说说，你有什么心事吗？”

“心事？”池小晚愣了一下，下意识地说，“没有。”

池森轻声说：“你是爸妈最小的孩子，从小就是一个最安静的女孩子，是爸妈最放心的孩子，可是这段时间，你好像有了心事，是不是和欧阳清有关？”

池小晚微笑着摇了摇头，轻声说：“没有，爸，我很好。”

“你喜欢欧阳清吗？”池森轻声问。

池小晚一愣，看着池森，犹豫一下，轻声说：“爸，在我眼里，他就像我哥哥池小珉，我不喜欢大家这种好心的撮合，婚姻是这样的吗？我不知道我喜欢不喜欢他，爸，喜欢是怎样的一种感觉？”

“有时候，感情在身处旁观者的时候，更容易看得清楚一些。”池森平静地说，“爸看得出来，你还没有真的喜欢上欧阳清，只是不反感他而已。喜欢，怎么讲呢？喜欢是一种相当奇怪的感觉，无法用语言来形容，简单地讲，就是喜欢可以让你忘了自己，心中眼中只有你喜欢的人，如果有一天，某个人左右了你所有的喜怒哀乐，那就说明，你喜欢上他了。不过，你妈妈说得有一定的道理，我也觉得，欧阳清是个好丈夫人选，他可以给你一辈子平静幸福的平凡生活。”

池小晚低头看着桌上的红纸，目光在那些美丽的图案上慢慢地划过，表情突然间变得喜忧参半。

池森看着池小晚出神的表情，犹豫了一下，微笑着说：“好了，不要发呆了，去外面和大家说会话，不然的话，欧阳清坐不安稳的，那小子对你倒是真心。”

池小晚从桌上收回目光，点了点头，随着池森一起走了出来。

第十二章　赌气补过，小晚重做红灯笼

窗户半开着，有风从外面吹了进来，房门刚刚关上，一阵风把红纸吹到了地上，那些图案配着窗外的风雨，映出一室的寂寞和冷清。

池小珉看着走出来的池小晚，推了坐在自己身边的欧阳清一把，笑着说："欧阳清，我妹妹出来了，不用再神不守舍了，这是在我们家，在我们大家眼皮底下，我妹妹弄不出什么花样的，这要是我二姐，你要好好担心一下，因为池小慧不论身在何处，要是不出新闻，就太奇怪了。"

池小慧在沙发的另一边正腻在余雪琴身边，听池小珉这样讲，立刻笑着接话说："就是呀，欧阳清，小晚到底好在哪里，让你这样死心塌地，我还真是觉得奇怪，我们姐妹三个，你怎么就看上最平凡的一个？"

欧阳清有些脸红，不知道如何回答。

池森看着欧阳清，心中叹了口气，这个年轻人，是挺厚道老实，也很可靠，但就是太没主见，做什么事情，不够大气爽快。

池小曼坐在单独的沙发上，没和大家聊天，拿着手机，犹豫着，似乎是想发短信。

池小慧看了她一眼，猜到她一定是在想杜辉，大约是想给杜辉发短信，她今天情绪有些低落，还有点不开心和走神，准保和那个杜辉有关，这个受过高等教育的大姐，还真的把一个已婚男人的一次出轨当成真情了不是？真是够傻的！

"姐，干什么呀？"池小慧从自己的沙发上凑到池小曼所坐的沙发上，笑嘻嘻地说，"对着个手机发什么呆呀？"

“没什么。”池小曼立刻把手机放到身后，面色有些慌张地说，“没什么，我在看短消息，你好好地跑这来干什么，快点回去吧。这儿挤不下两个人。”

“知道了。”池小慧懒洋洋地说，转身回到余雪琴身边坐下。

突然，客厅的电话响了起来，坐在电话机旁边的池小晚拿起电话，客气地问：“你好，哪位？”

“是我，牟佳木，小晚吧，你姐姐在吗？”牟佳木的声音很爽朗，“这两天和朋友外出爬山刚回来，有段时间没联络你姐姐了，也怪我粗心，外出的时候忘了带充电器，手机没电了，不然，早就联络了。”

池小晚捂住话筒对池小曼说：“大姐，你的电话，牟老板打来的。”

“牟老板？”池小曼疑惑地看着池小晚，“哪位？”

池小晚说：“就是你同事介绍你认识的那位牟先生，他说他刚刚从外地回来，想要和你说句话。”

池小曼微皱着眉头，他怎么把电话打这来了。

余雪琴看了一眼池小曼，这个牟老板是不是就是牟德蒙的儿子？“小曼，你朋友？”

池小曼不耐烦地说：“是的，不过，我和他并不熟，怎么把电话打这里了！真是讨厌。把电话给我，我和他说。喂，牟老板吗？你好，我是池小曼，好久不见，你有事吗？”

“姐，你怎么了，口气这么厉害？”池小慧笑嘻嘻地说，“人家可是你的追求者，总要态度温和些，而且还当着我们所有人的面，你总要在电话里给人家留点面子吧。”

池小曼瞪了池小慧一眼，这丫头还真是讨厌，尤其现在，好像知道什么似的，摆明了看自己笑话。

电话里传来牟佳木爽朗的声音，“小曼吗？你好，有几天没见面了，你忙吗？我外出一趟，给你捎来几样好玩的东西，如果有时间，我们出来吃顿饭好吗？”

“不好意思，我家里有事走不开，谢谢你的礼物，我不习惯接受别人的礼物，你还是自己留着吧。”池小曼的语气听来有些生硬。

“怎么了，出了什么事，需要我帮忙吗？”牟佳木热心地问。

"不用。"池小曼漠然地说,"你帮不上忙。"

"小曼,不许这样没礼貌。"余雪琴轻声斥责,"你不喜欢人家也不可以这样生硬地和人家讲话,真是没有教养。我虽然没见过这位牟老板,但也听认识他的人说起过,是个挺开朗豪爽的人,有自己的生意,为人也正直,我觉得不错,你也没有正在交往的男朋友,和他交往也没什么不好。"

"妈,"池小曼不高兴地说,"你又没见过他,听谁多嘴的。"

"不是谁多嘴,他是我一位小时候邻居的儿子,我认识他父亲,我知道他父亲的为人,所以我可以肯定这个人也不会太差。"余雪琴生气地说,"你就是眼界太高,和小慧犯一样的毛病,女人就是要嫁人的,不要把自己弄得高不可攀,让别人看笑话。你觉得你们是美丽优秀的,世界这么大,比你们出色的人多的是,好好和人家讲话,他喜欢你你应该就算是不能接受也要温和些,这样起码不让人家觉得你浅薄!"

"原来大姐的这位朋友是妈的那位姓牟的老朋友的儿子呀,这世界还真是小。"池小慧笑着说,"大姐,如果他是牟伯伯的儿子,你可以试着接受,这样可以亲上加亲。"

"我的事你少管,你还是管好你自己吧。"池小曼生气地说,"啪"的一声挂掉电话,扭头走进自己的房间,"哐"的一声关上了房门,把众人的诧异关在了门外。

"这丫头怎么了?"池森笑了笑,说,"怎么回事,不过这几天的时间,我们家好像每个人都有了心事,看来,大家都要凑热闹谈谈恋爱了。雪琴,估计再过些日子,我们家就更热闹了。"

余雪琴苦笑了一下,"你还真是心宽,这三个丫头,没一个省事的,欧阳清,你快点把小晚娶走吧,少一个在我眼前晃来晃去,我还省心。"

"妈。"池小晚轻声说,"不要乱开玩笑。"

"什么叫开玩笑?妈是说真的。"余雪琴半真半假地说,"你们姐仨,再加上小珉,要是再不找合适的人家,我真的会让你们烦死的,趁着你爸和我还年轻,你们快点结婚生孩子,我们还可以帮你们看看孩子,等我们老了,就是想帮你们也帮不上了。"

"小晚,听妈的话,嫁了吧。"池小珉笑着说,"你是我们家最有希望结婚的一个，你要是决定嫁，我们剩下的三个就可以在一定时间内安全了。”

池森笑着说：“好了，我们不讨论这个，你们妈妈刚刚回来，需要好好休息，你们没事的话，就该忙什么忙什么去吧，不要在这儿让我们看着‘生气’了。”

池小曼躺在自己的床上，盯着天花板发呆，上面什么也没有，除了灯，此时还是白天，灯是不会亮的，所以，白白的天花板上只能够看到一片茫然。她拿着手机，犹豫着，想要打电话，却始终不敢拨通那个熟悉的号码。

“发什么呆呢？”池小慧靠在门上，看着躺在床上发呆的池小曼，慵懒的表情，“又在想你的心上人了？”

“不要烦我，我想一个人待会。”池小曼侧过身子躺向另一个方向，一脸的不高兴，“和小珉拌嘴去，别来招惹我！”

“小珉和小晚跟欧阳清一起走了，他们做他们的事情，妈要去休息，爸也累了，目前只有你和我还闲着，所以，过来说几句话，你不要凶我好不好。”池小慧并不在意池小曼的反应，在床上坐下，笑嘻嘻地说。

池小曼坐起来，看着池小慧，不高兴地说：“我累了，你可以出去吗？”

“是吗？”池小慧依然一脸笑嘻嘻的表情，目光却是漠然的、不屑的，这个受过高等教育的姐姐，此时在她眼中，不过是爱情上的一个傻瓜，竟然真的为一个已婚男人如此牵肠挂肚，真是没出息，“不是在想如何和某人理论？”

“池小慧，出去！”池小曼恼怒地一指门口，大声说。

“你发这么大的火做什么？”池小慧不以为然地看着姐姐，池小曼越是这样，她越是相信，池小曼是真的爱上了杜辉，她不止一次地在别人身上看到这种情形，那些对她着迷的男人都是这样疯狂而不可理喻！“我只是随口说说，难道你真的和某人有了某些和感情有关的事情？如果是这样，倒也是喜事一桩，说不定我们家会有两个人同时嫁出去。”

池小曼有些气急败坏，这个池小慧真是十足可恶，她的表情摆明了知道些什么，却偏偏故意不说出来，真想上去一巴掌打在她脸上才解恨，从小到大，这个妹妹就是自己最不愿意搭理的一个，总是气得自己气不打一处来。“这是我的房间，我有权力让你从这里出去，我不喜欢看到你，所以，你立刻从我眼前消失！”

池小慧面带微笑，挑衅地看着池小曼，摆明了，你如果再对我不礼貌，我就把我知道的事情说出来，她的眼神完全不加掩饰，这个傻瓜姐姐，真是可怜又可气！“这是我们的家，我有权力在任何一个房间出现，你我不过是这家里的女儿，总有一天我们要离开，到时候不要你撵，我也会离开！”

“哼，就凭你，有人肯娶你才怪！”池小曼气急败坏地说。

池小慧一笑，得意地说：“你应该说我有人肯嫁才怪，想要娶我的人可以从这排到饮香食府。”

“美得你！”池小曼心里头烦躁得很，欧阳蓓走入杜辉办公室的情形一再地在她眼前出现，让她逃不掉。

“你们两个怎么了？”池森走了过来，不满地说，“你们两个吵架的声音都快吵到邻居了，好好的吵什么？”

“我们没吵架。”池小慧撒娇地拉着池森的胳膊，轻轻地笑着，“我和大姐在说话聊天，您不要担心，我们从小到大经常这样的，您到现在还不习惯呀？”

池森无奈地看着自己的二女儿，这个女儿，最是让他没有办法，遇到事情，总是这样孩子气地黏着他，让他气不得恼不得，也惯得她不知道天高地厚。

“妈怎么样了？睡了吗？”池小慧微笑着扯开话题。

“她刚刚睡下，让你们吵醒了，让我过来看看，你们姐妹两个是怎么了，好了，不要待在这了，去看看你妈，我和你大姐说会话。”池森好脾气地说。

“好的。”池小慧答应着离开，临走的时候，看了一眼池小曼，提高声音，故意气池小曼地说，“大姐，你还别不相信，我是真的有了想要结婚的对象，他绝对是个钻石级的王老五，别的不说，最起码他是个可以结婚的男人，可以对我承诺的男人，不是那些只会说甜言蜜语，却人事不干的家伙！”

“你快点在我眼前消失！”池小曼气呼呼地看着池小慧，恼怒地说，“我就是不相信有人肯娶你，我倒要看看，我们两个谁结婚在前面！”

“好啊，我们走着瞧。”池小慧笑着，离开。

池小曼气得有些颤抖，指着池小慧的背影，委屈地对池森说：“爸，您看您把这丫头惯成什么样子了？她这是故意气我！您也不管她，只知道训我！”

看着池小曼流下的泪，池森突然有一种感觉，在他不在意的时候，小晚小曼两个女儿都有了心事，而她们的心事都不是因着大家以为的人，小晚不是因为欧阳清，小曼也不是因为那个什么牟老板！

“小曼，出了什么事？”池森温和地问，尽量轻描淡写地说，“和爸说说，或许爸可以帮你想想。”

“没事。”池小曼抹了抹眼泪，“这几天工作太累，心情不太好，真的没什么。”

池森微笑着说，“小曼，你忘了爸是个最出色的警察，天天和那些狡猾的犯罪分子打交道，你的心事瞒不过爸爸的，爸爸不会勉强你，只是爸爸想知道，是什么让我的宝贝女儿如此伤心，是人还是事？”

池小曼看着父亲，好半天才慢慢地说：“爸，能够告诉我到底什么是爱情吗？”

“爱情？”池森微笑着说，“爱情就是找一个最疼爱你的人给你一个安稳的人生，并且用你的时间给他一个值得的人生。”

池小曼看着父亲，有些犹豫，轻声说：“我不明白。”

“爱情就是让自己过得更好一些。”池森平静地说，“而不是让自己难过，爱情是快乐的事，如果不快乐，就不是爱情。”

池小曼突然落下泪来：“爱情里面只有快乐没有悲伤吗？”

“也有。”池森说，“但是悲伤也是快乐的，那才是爱情，爱情是心甘情愿，哪怕不快乐也是快乐的。”

池小曼叹了口气说：“爸，我想躺会。”

“好。”池森温和地说，“休息会，什么也不要想。”

家常小菜馆，司马推门进入，里面已经有位客人，正和小老板在聊天，看见司马进来，小老板站起来，微笑着招呼，说：“难得，你有时间过来。来，介绍个人你认识，这是孟师父，是个专门做手工的师傅，也是我的一位朋友，他的技艺相当好，是祖传的。昨天有人托他做对灯笼，他正和我谈这件事。”

“灯笼？”甘南脱口问，看了一眼司马，难道是池小晚？

“是的。”孟师傅微笑着说，“我们孟家一直以来以做手工艺术品为生，不是自夸,我们孟家的手艺绝对是一流的,不过,现在的年轻人很少对这个还感兴趣,昨天有位姑娘特意找到我,请我帮她做对灯笼,原本不想接,但她是熟人介绍,那姑娘虽然年纪不大,却画出了特别让人着迷的图案,我不由自主就答应了。"

"孟师傅今天特意跑来和我说起这件事,他说他好像在祖辈的旧书中看到过类似的图案,我忽然觉得这件事一定和你有关,因为,若是孟师傅也说是很久很久以前的图案,那一定只有饮香食府才有。"小老板笑呵呵地说。

"这么肯定。"司马淡淡一笑,在桌前坐下,看着面前的小老板,"你以为如今的年轻人可以复制曾经吗?"

"我也不相信,可是,"小老板拿出一张白纸来,上面有铅笔画出的图案,美丽精致,沉静大气,"这种图案,就有人复制出来了。"

司马一愣,有些诧异,"是怎样的一个人去找的你?"

甘南在看到图案的第一眼就确定一定是池小晚,这种图案,就算是他天天可以看到,并且曾经在那个朝代生活过,也不见得可以画出来,池小晚是怎样做到的?

孟师傅想了想,说:"是个年纪不大的女孩子,叫池小晚,看起来很干净舒服的女孩子,长得清秀动人,很好看,很耐看,话不多,眼睛特别传神,是个聪慧秀丽的女子。"

果然是她!甘南在心中轻声说。

"她确实比我想的聪明,"司马恢复了平静,淡淡地说,"仅仅见过一次就可以记下图案,确实让我觉得意外,她有说过什么吗?"

"她说她不小心弄坏了别人的灯笼,她一定要赔给对方,她请求我帮忙,一定要做出来,看她如此简单就画出了如此复杂精致的图案,我就答应了,而且还特意给她准备了存了很久的以前的红纸,估计她画完之后就会来找我。"

司马点点头,端起茶来轻轻喝了一口。

小老板看着司马,微笑着说:"司马,你可以试着接受这个女孩子,会有另外的风景也说不定。"

司马一笑,淡淡地说:"意儿是永远无法复制的,再怎么相似,意儿也永远只有一个，任何人也不会是她！”

小老板叹了口气，说：“算了，你这么固执的人，我懒得理了，你要是觉得从意儿是最好的，你就一头撞南墙得了！”

甘南笑了笑，说：“你呀，说得一点也不错，要是让我们老板喜欢别的女孩子，除非他不是他了，太阳从西边出来了，才有那么一线可能。孟师傅，池姑娘准备什么时候联络你？”

“她说今天下午就会送来画好的红纸，我没有把握，她在纸上画的只是其中一点，要画好整个灯笼，估计不是一时半会儿可以完成的。”孟师傅正要继续说下去，突然听到手机响起的声音，看了一下，诧异地说，“真是太快了，池小晚刚刚发了一个短信给我，说是图案昨天晚上她就已经画好了，现在在去我那儿的路上，我得回去了，我答应她了，一定要做到，是不是？”

“我和你一起去。”司马突然开口，语气听来有些冷。

小老板看了一眼司马，立刻说：“我也去，司马，你的反应有些奇怪，我怕你吓着池姑娘，人家可没招惹你，你不要找事，孟师傅，我这就关门和你们一起去。”

“好的。”孟师傅笑着说，站起身。

一出门，一个响雷把众人吓了一跳，闪电在天空中划过，天空突然变得异常冷漠。

一行人刚到孟师傅所住的地方，就看到欧阳清的车停在那，小老板幸灾乐祸地说：“司马，你看吧，你不想和人家交往，有人巴不得她肯答应交往，嘻嘻，我看你呀，根本就是没有把握才会这样不可理喻。对啦，那个年轻人叫欧阳清吧？”

“是的，是欧阳清，”孟师傅笑着说，“我也觉得欧阳清挺喜欢池姑娘，欧阳清是考古专家欧阳教授的儿子，我和他打过很多次交道，很不错的年轻人，配池姑娘不错的。”

“嗯，嗯，我同意。”小老板笑嘻嘻地说，“好，我们就这样决定，既然司马不喜欢和人家交往，我们就祝福池姑娘和欧阳清幸福一生，白头到老吧。”

甘南看了一眼司马，偷偷笑了笑，这个小老板，和主人交往了这么久，几乎已经没有什么秘密可言，也只有他敢这样和主人讲话，说些主人参不透的东西，甘南觉得，这个小老板，还真是一个奇怪的家伙，他好像可以预知许多事情，却又从不肯明说。

“你好，已经来了。”孟老板微笑着和欧阳清打招呼，车门打开，池小晚从车内走了出来，清秀的面容，有着隐约的说不出的情绪，好像是委屈，也好像是赌气。

欧阳清笑着说，“又要打扰你，不过，小晚已经画好了所有的图案，你看一下，是不是可以帮忙把灯笼做来？”

接过欧阳清递过来的红纸展开，一个闪电再次划过，震耳欲聋的雷声似乎就炸在众人的身边。

“图案画得不错，可惜纸用得太现代。”司马冷冷地说，“这样的灯笼，绝对不会挂在饮香食府，你还是罢了吧。”

池小晚看着司马从孟师傅手中拿过红纸，看了看，随意地抛在雨水中，立刻，雨水把整张纸打湿，红纸上的图案模糊不见。

“司马。”欧阳清一愣，生气地说，“你怎么可以这样，小晚昨晚上一夜没睡，把图案全部画好，就算是你不满意，也不可以这样。”

“好，我再去找合适的纸。”池小晚平静的声音听起来微微有些颤意，努力掩饰着委屈，轻声说，“只要这世上有这种红纸，我就可以找到，赔给你。”

司马淡淡地说：“饮香食府的东西是无法复制的，你不要再存这种想法，我说过，灯笼毁了就毁了，我并没有要你赔，你不要太当回事。”

虽然是劝慰的话，可怎么听，都觉得有些冷嘲热讽的味道。

池小晚看着司马，半天没说话，然后转身坐进车内，关上车门，一道车门把她和司马完全隔开，欧阳清看了司马一眼，也坐进车内，然后众人听到车子发动的声音，欧阳清的车在雨水中消失在众人的视线中。

“司马，你有点过分！”小老板不太高兴地说，“池姑娘不过是和丛意儿看起来有些相似的气质，你不要这样排斥她。”

“是啊。”孟师傅轻声说，“我不知道谁是丛意儿，但是，池姑娘真的是很想赔给你她毁坏的灯笼，她是真心的，你这样对她确实很伤人，而且，她能够在一晚的时间画出如此复杂的图案，就足以说明，她确实是个不同寻常的女孩子。”

司马淡淡地说："我不会爱她，但也不会让她爱我。"

小老板愣了愣，叹了口气，说："唉，还真是难办，算啦，由天意做决定吧，原本就不是计划中的，突然一个意外，成就了现在的你，所以，你如今会如何，我也不知了。"

司马不语。

欧阳清开着车，偷偷看了一眼沉默不语的池小晚，轻声问："小晚，你没事吧？我们不理那个神经了，他根本就是个疯子，他既然说不用赔，我们就不去做了，反正做了他也不识好。"

池小晚轻声说："我想去我外婆家看看，不晓得她回来没有？"

欧阳清知道池小晚的外婆前段时间外出去看池小晚的舅舅，已经七十岁的老人，却还喜欢四处乱跑，是个相当有趣的老太太，他只见过她一面，还是很小的时候，在路上遇到的。"好，你打个电话，我送你过去，等等，现在正在打雷，还是算了吧，我们直接过去，不在的话，我们再回来。"

池小晚点点头，她想着爸爸说的，好像外婆家有更好的红纸，希望有吧。

"外婆好像最喜欢你，我听小珉说过。"欧阳清努力寻找话题转移池小晚的注意力。

"是的，外婆很疼我。"池小晚微笑着说，"外婆说，我最像我外婆的奶奶。"

"我知道，小珉说，外婆的奶奶是个相当传奇的人物，也是因为她的缘故，你母亲才会嫁给做警察的你父亲。"欧阳清温柔地说，看到池小晚重新面带笑容，他喜欢池小晚微笑的模样，让他心里觉得十分踏实。

池小晚轻轻一笑，"我不太清楚，听外婆讲，外婆的奶奶是个相当出色的警察，漂亮出色，让当时做律师的外婆的爷爷追了很久才追上，这还是当时很有意思的一个话题。"

车到了池小晚外婆的家门外停下。

"好像有人在家。"欧阳清微笑着说，"因为下雨房间的光线不好，所以亮着灯。"

"嗯。"池小晚打开车门，按了按门铃。

"是小晚呀，你怎么知道外婆回来了。"是一个爽朗的笑声。

池小晚冲着摄像头微笑，“是巧合呀，我突然想来看看外婆，哪知道您就回来了。开门让我进去，雨下得好大。”

“好的。”林老太太的声音再次传来，门被打开。

池小晚回头冲欧阳清一笑，说：“你要一起进来吗？”

“好呀。”欧阳清立刻停好车，随着池小晚一起走了进去，院子里有着盛开的花，空气中，雨中，夹杂着一份淡淡的清香，应该是茉莉花的香气，“好香，外婆好厉害，养了这一院子的花花草草，而且照顾得这么好。”

池小晚微笑着，走到门口换了鞋，和站在门口的一位老人拥抱在一起。“外婆，您什么时候回来的，如果妈妈知道您回来了，一定开心得不得了。”

“她才不稀罕我回来。”林老太太笑着说，“自从和你爸结婚，她就不愿意搭理我了。”

池小晚笑了笑，说：“外公呢？”

“他还没回来，在你舅舅家，现在让他孙子迷得不知道自己是谁，呵呵，不过，那个小家伙还真是漂亮得不得了。”林老太太笑着，看着欧阳清，“这小伙子是谁？”

“外婆好，我是小珉的同事，我叫欧阳清。”欧阳清礼貌地说，他没敢说他是池小晚的男朋友，在池小晚没有认可前，他不敢这样对外人说，认识小晚这么久，他知道小晚的平静后面是怎样的一份执着。

“噢，好的，进来吧。”林老太太的表情并不是特别热情，看着池小晚，笑着说：“你爸爸还好吧？”

“好。”池小晚微笑着说，“自从受过伤后，已经是处于半退休状态。”

“他是个相当出色的警察，就算是年纪大了，头脑一定是够用的。”林老太太叹了口气说，“可惜你们几个，没有一个是做警察的，太让我失望了。”

池小晚笑着说：“谁让外婆的奶奶这么出色，出色的后面再也找不到可以与她相提并论的后代。”

“这倒是真的。”林老太太点头说。

在客厅的沙发坐下，池小晚拿起放在电话旁边的笔，在一张空白的纸上画了几个图案，递给林老太太，微笑着说：“外婆，我想请您帮个忙，这个图案您认识吗？我听爸说，他好像记得在外婆家见过这几个图案，还见过一些时间相当久远的红纸，我需要它们，您可以找到吗？”

“是的，这是我奶奶的物品上的图案。”林老太太看了看，对池小晚说，“你在哪里发现的？还画得不错，我也只是隐约记得，在很小的时候见过，现在好像不记得放在什么地方了，等会我去找找看，留下来吃晚饭吗？”

“好。”池小晚微笑着点头，外婆是个爽朗的人，最不喜欢所谓的客气，所以，想留就留，不留就不留。

欧阳清觉得林老太太好像不喜欢自己，坐在那看着池小晚和林老太太聊天，犹豫了一下，提出告辞，林老太太没有留他的打算，甚至没有询问池小晚，就让他离开。

“外婆，您对欧阳清好像不太礼貌哟。”看着欧阳清离开，池小晚轻轻笑笑，说：“他是哥哥的同事兼好朋友。”

“不喜欢他，尤其我看见他好像很喜欢你，就更不喜欢他了，他不适合你。”林老太太不客气地说，“这是一个没有主见的家伙，而且太过温顺，不像个男子汉，嫁给这样的男人，生活足够平静，也足够无趣。”

池小晚一笑，说：“外婆，我又没说要嫁给他。”

林老太太隔着窗户的雨水看着欧阳清的车子离开，看了一眼自己的外孙女，说：“小晚，你有心事了，告诉外婆，发生了什么？”

“心事？”池小晚微微一愣，轻声说，“外婆，我没事。”

“外婆是过来人。”林老太太叹了口气，“打你一进来，外婆就觉得不对，你心里头满是委屈，是谁让你这样难过，说给外婆听，外婆一定去教训这个人，是个男的吧？肯定不是这个什么欧阳清。”

池小曼躺在床上，盯着手机发呆，想了很久，犹豫了很久，终于还是忍不住按下几个键，发了一条极短极平常的短信：今天找你，你不在，一切可好？

砰的一声，房门被打开，池小慧伸了一个脑袋进来，捎带着几分故意的口气说：“还在挣扎中吗？嘻嘻，我要走了，本姑娘要去征服一位让本姑娘心仪的男子，看看我池小慧先嫁还是你池小曼先嫁？！”

池小曼吓了一大跳，在床上坐起，心跳得整个人慌乱得很，耳听得同样砰的一声，房门被关掉，听到池小慧打开客厅的门再关门的声音。房间里再次安静下来，池小曼麻木地在床上躺下，拿着手机盯着，期望会有短信回复过来,直到她迷迷糊糊地睡着。

清晨,雨小了,温度低了很多,桑心柔慢吞吞地走进办公室,一眼看到池小晚正在饮水机前接热水,江萍不在,只要江萍不在,就万事大吉,她和池小晚打招呼:“早。”

池小晚端着杯子,轻轻掩口打了个呵欠,面容看起来有些许憔悴。“早。”

“没睡好吗?”桑心柔看着池小晚,“看起来有些疲惫,昨晚上干什么去了?”

池小晚坐下,又打了一个哈欠,“昨天住外婆家,和外婆聊天休息得晚,今天忙吗?”

“忙。”桑心柔叹了口气说,“江萍把时间排得满满的,她现在是主任的红人,她说什么主任信什么,我天天让她支使得头大。还有去旧址吗?”

“昨天没有。”池小晚喝了口咖啡,低头忙手头的工作,眼前却都是那些精致的图案,她昨晚又画了一晚,现在脑子里除了那些图案什么也没有,幸好外婆帮忙找到了爸所说的红纸,和看到的灯笼用纸几乎没有区别,外婆家竟然有如此珍贵的东西,“你还在做这方面的事情?”

“是的。”桑心柔盯着池小晚,轻声说,“小晚,昨天晚上我梦见你哥哥了,我是不是爱上你哥哥了?”

池小晚一愣继而一笑,轻声说:“我不知道,心柔,如果我是你,我就不去喜欢池小珉,他真的不适合做老公,他太自由散漫。”

“喜欢一个人没道理的。”桑心柔叹了口气,说,“没办法,我看见你哥哥的第一眼就不知道自己是谁了,每天眼前就是他帅气的形象晃来晃去,小晚,我在减肥。”

“减肥?”池小晚看着桑心柔,好像瘦了一些,“你并不是太胖呀,你看起来挺可爱,要是瘦了,好像就不太像是你了。”

桑心柔笑笑,说:“没办法,我给自己定了个标准,你哥哥喜欢什么样的女孩子,我就要成为什么样的女孩子,他应该喜欢瘦瘦的,苗条的,性感的女人吧?”

“我不知道。”池小晚摇了摇头。

江萍从外面走进来，手里拿着一大堆的资料，表情严肃，看了眼正在说话的池小晚和桑心柔，静静地走了过去，在自己的位子前坐下，立刻开始工作。

"她真是个奇怪的人。"桑心柔轻声说，"看起来非常柔弱，可是，你要是看到她工作起来的模样和她在高主任面前的样子，你一定不会相信那会是面前这个安静少语的江萍。"

上午在安静的工作中过去，中午休息，池小晚约了桑心柔去家常小菜馆吃饭，两个人相伴从办公室出来，迎面碰上高媛也从她自己的办公室里出来。

"去吃饭呀？"高媛问，她也没休息好，脸色不好，没等二人回答，她的手机突然响了起来，拿出电话看了一眼，不再理会桑心柔和池小晚，一边走一边接电话，声音非常恼怒，"你这个时候打来电话干什么？我爸他怎么样了？好了，不要再解释了！我……"随着她的脚步，声音越来越远，到最后就听不到了。

出单位的大门，看到门前停了一辆车，池小晚认得是牟佳木的车，他来这做什么？

"小晚。"看到池小晚出来，牟佳木从车上下来，和池小晚打招呼，一脸的笑容，"有时间吗？一起吃个饭？咦，这不是你的同事吗，我们上次一起吃过饭。"

桑心柔点头笑着说："是的，你是小曼姐的男朋友。"

牟佳木笑着，爽朗地说："记性不错，想吃什么，我请客，你们随意挑地方。"

"我想去饮香食府。"桑心柔立刻说。

"好！"牟佳木爽快地说。

"不！"池小晚现在有些害怕去那个地方，那个叫司马的人，她害怕见到，他可以那么轻易地击碎她的所有自尊和平静，她只想把灯笼做好，送还给他，就安心了。"我们还是去家常小菜馆吧，那儿离单位近些。"

桑心柔看了池小晚一眼，很奇怪地在池小晚的眼中看到了隐约的害怕和矛盾。"好的，不过就是太便宜牟老板了，去那，饭菜不算坏，就是太便宜，不算你请客才可以。”桑心柔转头看着牟佳木，开玩笑地说，“只当是一顿便饭，我们请你。”

“可以，既然小晚说去那里我们就去那里，不算请客，就是大家一起吃顿饭，下次我们再去饮香食府，如何?”牟佳木笑着说，浑身上下透露出一种运动的阳光感。

看到进来的三个人，小老头，或者大家习惯称呼的小老板，微笑着招呼着他们，也不多话，立刻进厨房去准备池小晚和桑心柔她们一直比较喜欢吃的几样饭菜。

“你姐还好吗?”牟佳木坐下，一边倒水一边关心地问池小晚，“我昨天回来的时候碰到我爸，他问起我和你姐的事，原来我父亲和你母亲是曾经的邻居，很意外再遇到，大概有三十几年了吧。”

池小晚点头：“我见过牟伯伯，人挺和气的。”

“你姐她是不是遇到什么事情了?”牟佳木关心的重点在池小曼身上，“听她电话里的声音很不高兴，是不是工作上遇到什么问题了?”

池小晚摇头，不知道池小曼是怎么了，自从她参加工作，还是第一次看到她烦躁成那个样子。“我不清楚，如果是工作上的事，应该不太要紧，我姐姐在工作上应付自如。”

“你姐姐她不肯见我。”牟佳木微皱了一下眉头，“我今天打电话给她，她根本不接我电话，看来她的情绪是真的不太好，我带了些东西给她，却不知道如何送给她，只好麻烦你帮我捎给你姐姐，再帮我问问你姐姐，有时间可以上门探望一下你的家人吗? 我爸说，他会和我一起过去。”

池小晚有些不知所措地看着牟佳木，她可以肯定大姐不喜欢这个牟佳木，她如何向对方解释，这应该是大姐的私事，她还真是不好介入。

整整一个上午，池小曼忙着处理手头的事情，没有时间去杜辉的办公室，不过，她发现杜辉一上午都没来公司，欧阳蓓也没过来，这让她心里头总是乱乱的，如果不是秘书提醒，这一早上肯定要出错。

拿着一份资料，走到杜辉办公室的外面，杜辉的秘书微笑着迎上来，客气地打着招呼：“池部长，您好，有事情吗?”

“有一份文件需要杜总签字，他在吗?”池小曼表情认真，在公事上，她是个尽职的好职员。

“不在。”秘书微笑着说，“昨天下午杜总带着他的私人理财顾问欧阳小姐外出，大概要三天才能回来。”

“不在呀。”池小曼重复了一遍，似乎是很随意地问，“杜总没有说他去什么地方吗？这份文件很重要，需要杜总亲自决定，我怎样才可以联络到他，他临走的时候是否有过什么交代？”

秘书摇摇头，“杜总外出的时候不带电话，有什么事情只能等到他回来才可以。”

池小曼点点头，转身离开，原来，杜辉不在，他和欧阳蓓一起出去了，他和欧阳蓓为什么走得这么近？

“噢，对了，我可以把文件放在杜总桌子上吗？”走了两步，池小曼突然回过头来，对秘书温和地说，“如果杜总回来，他可以随时看到这份文件。”

“可以，您请。”秘书知道池小曼在公司的位置，而且，池小曼一直是杜辉相当信任和看重的一位职员，她不想得罪池小曼，“您可以自己进去，我去整理下午要用的合同，您放下后走的时候帮我把门带上就好。”

池小曼点了点头，走进杜辉的办公室。

房间里很安静，打扫得很干净，闻不到咖啡淡淡的香气，只有安静和寂寞，池小曼走到桌前，把文件轻轻放在桌上，留恋地用手轻轻滑过杜辉的椅子，她记得，他总是喜欢靠坐在椅子里，舒服地看着来人，很绅士地与人说话。

负责打扫的工人做得很仔细，字纸篓里也清理得干干净净，空气中有着淡淡的消毒液味道，窗户微开，有隐约的风雨吹进来，池小曼恋恋不舍地准备离开，突然，在办公室的一角，似乎有一张纸，压在桌脚下，不太注意根本看不到，不知道什么时候，这张纸被丢弃在桌子的一角，而且被压在桌子的下面，池小曼走过去，小心而努力地拽出一张纸来，好像是张报纸的一部分，应该是用剪子很仔细地剪过。

是一份婚讯，字迹已经不太清楚，可以看到的是上面好像是杜江联姻，大概是近三十年前的。杜江？杜家和江家？杜辉的妻子好像不姓江，不过，这会和杜辉有关系吗？池小曼拿着这张纸离开杜辉的办公室，可以去图书馆查到这张报纸的出处，也就知道了这张报纸上的杜江联姻到底指的是什么了。

站在饮香食府的大门前，池小慧轻轻吐了口气，这是她有生以来第一次去主动追求某个男士，那个叫司马的男人给她的感觉很奇怪，他让她几乎是一见钟情，或许不是什么爱情，她不相信爱情，她觉得爱情这玩意是骗那些不谙世事的小丫头的东西，做空姐，看过太多的你情我爱到最后各奔东西，爱情？池小慧轻轻哼了一声，算什么鬼东西！

小忆从窗户后面看到池小慧，忍不住一笑，说："还真是不死心，又跑来了。"

甘南正在清理桌上的物品，这儿是他们用来休息的房间，可以看到整个饮香食府的全貌，位置相当特殊，并且随时可以赶到司马的身边。"主人绝对不会喜欢她。"

小忆笑着说："这很难说，世人都说女追男容易些，主人太寂寞了，说不定会动心，时间过去这么久了，主人什么时候这么频繁地出入世人间，开始主人总是把自己关在房间里，困兽一般地活着，慢慢才到了现在的模样，所以说，世事难料！"

甘南叹了口气，他无法忘记，丛意儿离开的时候，主人真的是疯了，可偏偏怎么也死不了，主人曾经寂寞地说："原来，死亡比活着更困难！"那个时候，主人真的就像是一只受伤的野兽，把自己关在一个无人可以进入的地方，折磨着他自己的生命，所有可以用来死亡的方法他都试过，却无论如何也没逃出那份诅咒，来自那些人的诅咒！

太上皇离开的时候，主人没有落一滴泪，甘南到现在也没有想明白，为什么太上皇如此敌视丛意儿，如果没有太上皇帮忙，蕊公主不会得逞，蝶润的计划不可能真的实现，就不会有新婚之夜主人亲手送走丛意儿的悲剧发生。

一想到那一刻，甘南的心都会颤抖，他永远无法忘记主人脸上的绝望和悲哀，前一刻还抱着丛意儿，一脸幸福笑容，下一刻却发现手中握着沾满血的清风剑！而剑就插在丛意儿尚未失去温度的身体中！

"与君相识终难忘，何日相遇不相忘。"甘南想起临了的时候，丛意儿微笑着所说的话，看着自己所爱的男子，她认命地闭上眼睛，甘南有一句话一直没说出来，他看到从意儿离开的时候，眼睛中是有满足的，他相信，那是因为从意儿知道，她所爱的男人是完好的，是活着的，她以为司马逸轩活着，只要司马逸轩活着，悲哀就只是一时，司马逸轩会再幸福，她在庆幸死的是自己而不是她所深爱的男子。甘南相信，丛意儿爱着主人胜过爱她自己！

“怎么了？”小忆看到甘南竟然落下泪来，不解地问。

甘南摇了摇头，轻轻叹了口气，“丛姑娘值得主人如此深情执着，没有人可以代替丛姑娘在主人心中的位置，小忆，你不认识丛姑娘，若是你一开始就认识丛姑娘，你就会明白，有时候，忘记她，对于主人来说，比放弃生命还困难。她比主人的命更重要。”

第十三章　若即若离，司马小晚相言欢

池小慧走进饭店，漂亮的容貌很是吸引人，昨天她来过，可服务员告诉她，老板不在有事出去了，今天她再过来，她请假的时间快到了，总要走之前再遇到司马，否则不晓得要到什么时间才可以再见到他。

一个气喘吁吁的声音在她身后传来："小慧，路上堵车，对不起，对不起，我不是故意迟到。"

池小慧回头看着一脸汗意的陆与荣，沉下脸来，生气地说："你还真是费事，好了，快去找个位子我们坐，你这个样子，真是给我丢脸。"

陆与荣陪着笑，忙去找位子，池小慧看着来来往往的人，她今天打定主意要遇到司马，所以特意让陆与荣在这请她吃饭。这个陆与荣也真够傻，真当她喜欢他呀。

小忆边笑边说："主人，池小慧又来了，昨天她来找过您，您不在，她等了一下午就走了，今天她又过来了，您要不要见见她？"

司马没有回答，静静地坐着，喝着茶，似乎小忆并没有在他跟前站着与他说话。

甘南轻轻碰了一下小忆，这个小丫头，经过这么多年，到现在还在感情问题上和主人开玩笑，对于主人来说，这只怕是世上最枯燥最无聊的玩笑了。

小忆看了一眼甘南，低下头，轻轻退了下去。

一直到很晚很晚，司马才从房间里出来，他的房间在顶楼，听得到风声和雨声，以及满满的寂寞，已经没有客人，服务生们已经打扫过，走道里有淡淡的消毒液味道，甘南看到他，似乎想说什么，但又咽了回去。

“她还在吗？”司马淡淡地问。

甘南点头，“她还在大厅里等，整个饮香食府只剩她一个客人，现在是午夜两点，我们早已经收了。”

司马静静地往下走，他不喜欢坐电梯，再高的楼层也喜欢慢慢地走上来走下去，听到暗夜里静静的脚步声，仿佛有人陪着他一起走。

甘南陪着司马，一阶一阶，突然，甘南停了下来，傻傻地盯着楼梯口，窗户没关严，大概是为了让楼道里的味道可以快些散掉，所以有风吹进来，不大，挂着两个东西在轻轻地飘。“灯笼？”

小忆的声音出现在他们二人身后：“是池小晚送来的，刚刚走，我也吓了一跳。”

“她来过？”司马看着楼梯口拐弯处原来挂着灯笼的地方，那儿挂着一个新灯笼，如果不知道那的灯笼已经损坏撤掉，真的看不出，这个新灯笼和旧的有什么区别！

“是的，池小晚来的时候，池小慧刚巧去了洗手间，她们两个谁都没看到谁，池小晚放下东西就离开了。”小忆轻声说，“开始我并没想过要挂上，准备收起来，但我打开的时候，真的以为自己眼花了，不仅图案一摸一样，连外面的红纸都极其相似，在这个现代社会，竟然还可以找得到这种红纸，真是意外。”

“原来你在这。”一个开心的声音，是池小慧，看到司马，高兴得不得了，“我等了你一天，我就说我不相信等不到你，果然让我等到了。”

司马看着灯笼，有些恍惚，过了好一会，才看着池小慧，平静地问：“你找我有事吗？”

“我喜欢你。”池小慧很认真地说，“你是我喜欢的第一个男人，我想让你做我的男朋友，我明天就要再回去上班，确切地讲，应该是再过几个小时我就要飞了，所以我要在离开前看到你，你叫司马？我听弟弟小珉说起过，司马，我真的很喜欢你，见到你第一眼，我就喜欢你，你必须做我的男朋友。”

甘南愕然地看着池小慧，这丫头还真是够胆大！

“他不会喜欢你。”小忆一旁说，“我们主人心里有意中人，他连你妹妹都不喜欢,怎么可能喜欢你,你还是好好地对待和你一起的那个男人吧。”

“我妹妹,池小晚？这事和她有什么关系？”池小慧诧异地看着小忆,“我妹妹认识他吗？我妹妹的男朋友叫欧阳清,他们已经谈婚论嫁,怎么可能？”

司马淡淡地说:“时间不早了,我要休息,甘南,送池小姐回家,时间太晚了,路上只怕不安全。”

“司马,我等了几乎一天的时间,你就这样几句话打发我离开,是不是太过分,我是真的喜欢你,我池小慧是个骄傲的女人,你去问问,我什么时候对男人低声下气过。”池小慧大声说,“我只是要告诉你,我喜欢你,我要你做我的男朋友!”

“时间不早了,池小姐,我送你离开吧,我们老板要休息了。”甘南客气地对池小慧说,“每天都很忙碌,我们老板需要充足的休息,你有事改天再说,可以吗?”

“好,我要说的话已经说完了,司马,你要记得我,我会随时联系你。”池小慧看着司马,然后再看向小忆,“你说司马连我妹妹都不喜欢怎么会喜欢我？你什么意思？难道我妹妹也喜欢司马？我哪里比她差了,凭什么不喜欢她就不可能喜欢我？你什么意思？”

“没什么意思!”小忆不甘示弱地说,“你和你妹妹比差远了,除了长得精致漂亮些,哪里比你妹妹强,而且论起容貌来,你妹妹比你要清丽得多,看起来舒服得多。”

甘南看了一眼小忆,这小丫头今天是怎么了,怎么这样维护池小晚,她好像很讨厌池小慧:“小忆,你怎么了?”

“没怎么。”小忆噘了一下嘴,“我就是不喜欢她!”

说完,小忆转身就走,丢给恼火的池小慧一个很快消失的背影,不仅甘南觉得奇怪,连司马也有几分意外地看着小忆在他们的视线中消失。

“好了,我们走吧。”甘南客气地和池小慧说。

池小慧看着面上表情平静的司马,突然走近,踮起脚,在他脸上快速地吻了一下,笑着说:“司马,这是我的记号,你已经是我的人,从今天开始,你的心中只能有我,我不管你心中原来有谁,但是从现在这一刻开始,你的心中只能有我,我也只会承认你是我的男朋友,我说到做到,我不会再和任何别的男人交往,你是我的唯一!”

司马一点提防也没有,有些愕然地看着池小慧笑着离开,转头看着风中的灯笼,沉默不语。

“哐!”的一声,把大家吓了一跳,雨基本停了,风声是唯一的声音,突然的一声巨响吓了所有人一跳,灯在同时很快地亮了起来。

是客厅的门,继而,是另外几声敲门的声音,池森穿着睡衣匆匆走进客厅,看着一脸恼怒之色的池小慧正站在池小晚的房间外面,用力地敲着门。“小慧,你要干什么?”

池小珉睡眼惺忪地从他自己的房间出来,看着一脸恼怒之色的池小慧,不解地问:“池小慧,你疯了吗?现在几点了,你砸小晚的门干什么?”

池小晚打开门,诧异地看着站在门口的池小慧,疑惑地问:“二姐,有事吗?”

“池小晚,我警告你,少打司马的主意,他是我的,不是你的,你有欧阳清,小小年纪玩劈腿,你还真是厉害,我还真是小瞧你了,竟然连里面的服务生都买通了,竟然让她说我不如你,我哪一点不如你,池小晚,你少惹我!”池小慧大声说。

池小晚一脸茫然,这什么跟什么呀?“你说什么,我听不懂。”

“少给我装。”池小慧不屑地说,“少在我跟前装无辜,你的伎俩还真是厉害,竟然瞒过了所有人!”

“行了,池小慧,你少拿你自己的想法去想小晚,她和你不一样,什么叫打司马的主意,你以为那个司马是你可以左右的吗?什么叫司马是你的人,你还真是想得美。”池小珉不高兴地说,从小到大,池小慧是家中最骄横的一个,都是让爸惯得,敢冲他的同胞妹妹发火,当他池小珉不存在吗!

池小曼从自己房间里出来,她似乎还没睡觉,脸上表情清醒得很,看到一客厅的人都集中在池小晚的房间前,微皱起眉头,不满地说:“小慧,你搞什么呀?几点了,你不睡,还不让大家睡吗?你不是今天就要飞的吗?还不快去休息。”

“这没你的事,你还是先把自己的事情弄利索,亏你还是受过高等教育的人,竟然……”池小慧不屑地说,“算了,看在你是我姐的分上,我就不说了，你少在这掺和！”

“小慧！”余雪琴拄着拐杖，一脸气意，“你发什么神经呀！”

“妈，你就知道偏着她。”池小慧不依不饶地说，“我长这么大，还从来没有那样让人指着鼻子说过那样的话，那个死丫头，竟然说我不如池小晚，竟然说司马连池小晚都不喜欢，就更不可能喜欢我了，这什么话！”

池小珉一听，面带笑意地说：“有趣，是谁说的，这话真是不错，池小慧，你呀，有的地方还真是不如小晚。”

“滚一边去！”池小慧气得口不择言，就差冲上去给池小珉一巴掌了，“你少惹我，你算什么东西！”

“小慧！”池森大声说，“你说的什么话！出了什么事，坐下来慢慢说，深更半夜的才回家，跑回来就骂你妹妹，小晚她怎么惹到你了，司马是谁？”

池小慧眼泪立刻落了下来，走到父亲跟前，不依不饶地说：“爸，你也欺负我，明明是小晚她不对，你们为什么都帮她！”

“坐到沙发上去，慢慢说。”余雪琴生气地说，“你真是越大越不听话，我还没问你为什么现在才回来，你竟然回来就这样撒泼，你是不是觉得你爸和我还年轻呀！”

池小慧噘着嘴，气呼呼地在沙发上坐下，恨恨地瞪了池小晚一眼，咬着牙说：“池小晚，我跟你没完！”

“司马到底是谁？”池森看着池小慧，问。

“我来说吧，估计她现在气成这个样子，说话也没有章法了。”池小珉在一旁笑着说，“爸，司马是饮香食府的老板，是个长得很帅气的男人，而且非常有钱，非常吸引人，要命的是，他还没有结婚。听二姐的意思，好像是她看上了司马，对了，二姐，你看上司马关小晚什么事呀？”

池小慧气恼地看着池小珉，大声说：“那儿的一个小服务生竟然对我说，司马连池小晚都看不上，更不会看上我了！”

池小珉瞪大眼睛看着池小慧，笑着说：“这年头还有说真话的吗？”

“池小珉，你要死！”池小慧恼怒地大声说。

池小珉立刻摆手，笑着说：“好了，不要生气，那个司马确实是个相当帅气的人，但要说他看不上小晚，我倒觉得他对小晚的态度比对任何人都好，你是女人不懂男人，我是男人，多少猜得出来一些，那个司马对小晚应该没什么恶感，只是那是个骄傲的男人，至于你，我想，你确实够漂亮，但是，好像你配不上他。”

“什么叫我配不上他？”池小慧把站在她面前的池小珉推了一个踉跄，“你什么话！”

“实话。”池小珉差点摔倒，指着池小慧，“就凭你这个态度，你这个作风，他会喜欢你？太阳得从西边出。他是个内涵极深的人，欧阳教授和我都猜测他一定和我们正在发掘的旧址有关系，我们怀疑他是那个朝代的后人，应该有着正宗的皇族血统，所以，他就是一个贵族。你说你的为人处事他能够接受吗？”

“什么鬼道理。”池小慧不屑地说，“少拿这些话来哄骗我，我池小慧长这么大还从来没有失败过，我喜欢司马，我要嫁给司马，任何人也拦不了，池小珉，你还别不信，你等着瞧，我一定会让司马娶我的！”

池小晚看着争吵的池小慧和池小珉，觉得很是无趣，她累了，连着两个晚上没睡，已经撑不住，今天得好好睡一觉，她转身向自己的房间走。

“池小晚，你给我站住。”池小慧大声说，“你想溜，没门！”

“我要去睡觉，你喜欢司马，尽可以去追，与我有什么关系，你不累我累。爸妈，我先去睡了。”池小晚头也不回，打开门，走进房间，关上门，把一切纷扰关在门外。

“爸，你看——”池小慧不依不饶地说。

“算了吧。”池小珉微笑着说，“做姐妹这么多年，你还不了解小晚，她是不多事，不如你热闹，但是遇到事情的时候，她拿定了主意，天下就没有人可以再左右她，你就是嘴厉害，吵得厉害。去睡吧，还要飞呢，小心在飞机上睡着了，让机长训，哈哈，我也去睡了，祝福你可以梦想成真嫁给司马，不过，我打个赌，就算嫁，如果一定是你们两个中的一个，我也会赌小晚不会赌你。”

“池小珉——”池小慧简直要气疯了。

池小曼看了一眼池小慧，转身回自己房间休息，这个妹妹，有时候真的是不可理喻，但听她的语气，好像知道些什么，难道她知道自己和杜辉的事情，她是怎么知道的？

清晨，天晴了，阳光清澈地照在地上，树叶绿得醉人，抬头，一架飞机在天空飞过，转眼，天空仍然是蓝蓝的毫无杂质。

“这个时候，估计池小慧已经上飞机。”池小珉叹了口气，想起昨晚池小慧的疯狂，心里真是一颤，池小慧认准的事是不会放弃的，但那个司马会喜欢池小慧吗？

“怎么了？”欧阳清微笑着问，听到手机的铃声响起，拿起放在桌上的手机，看了一眼号码，诧异地说，“咦，是你二姐，她打电话给我，有事吗？”

池小珉一怔，一把抢过欧阳清的电话，“我来听，我这个二姐估计又要发神经了。”

欧阳清笑着看着池小珉拿着电话，躲远一点，他听不到电话里的内容，也懒得去听，他只关心池小晚，别的与他一概无关。

“欧阳清，你给我听好了，你从现在开始给我看住池小晚，不要说我不提醒你，那个丫头另外有了中意的对象，她看中了我男朋友，你最好看好她，免得到时候后悔来不及！”池小慧的声音在电话那头响起，隐约听得见飞机的轰鸣声，她应该还没上飞机，还在地上，否则不可能打电话。

池小珉苦着脸，这个池小慧，真是唯恐天下不乱！还给欧阳清打电话，池小珉笑着说：“以后不要理她，她说什么都不要理她，她现在处于疯癫状态，正在说胡话！”

欧阳清笑着说：“小晚好吗？”

“好，很好。”池小珉说，“我们下去吧，欧阳教授等急了吧，昨天的进展挺顺利，外围工人进展得也很好，不知道今天会不会有更好的收获。”

欧阳清点点头，两个人一起向下面走去。

池小晚坐在桌前，却无法专心工作，昨天池小慧的话仍然在脑海里反复出现，她说她爱上了司马，要嫁给司马，司马会喜欢她吗？为什么知道这些自己心里会乱乱的不舒服？合上放在眼前的文件，池小晚站起身，她无法安静地工作下去，想出去走走，让自己脑子放松些，连着三天不能好好休息，她觉得自己的脑子都是停顿的。

“小晚，去哪？”桑心柔轻声问，“我得去趟旧址，你没事的话，陪我去一趟好吗？我担心欧阳教授他不会让我进去，而且，我见到你哥哥会紧张。”

池小晚吁了口气，说："我有些累，你可以先打电话过去问问他们可不可以，我想出去透透气，这几天太累了。"

"去哪？"桑心柔看了一眼附近的江萍，江萍正低头看她桌上的资料，专心得很，并没有注意她们。

"没想好。"池小晚看着桑心柔，轻轻笑了笑，说，"没事的，不过，今天真的没心情陪你过去，要不，我帮你给我哥哥打个电话，和他商量一下，就算是你不能下去，在上面和他说几句，应付完工作也成。"

桑心柔叹了口气，"算了，我自己来吧，你不开心，去找个地方放松一下吧，我忙完手头的事去找你，到时候电话联络。对啦，有件事和你说一下，我妈给我介绍了一个男的，某个部门的公务员，让我们今天见面，你说我要不要去见？"

池小晚轻声说："要是条件不错，见见也不错，虽然有点老土。"

"父母之命，媒妁之言。"桑心柔叹了口气，"听着不好，但是比较实用，好了，我去忙，等会电话联络。"

在街头走了一会，池小晚还真是不知道要去哪里才好，想了半天，她去了游乐场，因为不是周末，人不多，有些冷清，有些出来谈恋爱的年轻人成双成对地在里面一边走一边说话，但他们的注意力不在游乐园的项目上，很多游乐项目都闲着，经过几日的雨水冲刷，阳光下干净得很。

池小晚一个人买票一个人玩，注意力都放在这些玩乐的项目上，让自己大脑完全空白下来，慢慢地笑容浮现在她脸上，渐渐地笑声从她口中快乐地响起，坐过山车的时候，她终于忘记了所有，紧张的过程让她几乎忘记了她是谁。

停下来，她微笑着从过山车上下来，人有些晃，脚下不太真实，人还有些晕晕的，头重脚轻地往前走，准备到前面的位子上坐下，却险些撞到一个人身上，她立刻停住脚步，匆忙地解释："对不起，我不是故意的。"

淡淡的微笑，温和的面容，阳光下安静地看着她，静静地说："你玩得很开心。"

池小晚瞪着面前的男子，是司马，他怎么会在这儿？

"路上看到你，所以我会在这。"司马似乎看得出她心里怎么想，很平静地解释。

池小晚傻傻地点点头，指着身后的过山车，“坐这个会头晕，我在想我是不是有幻觉，你怎么会出现在这儿？”

司马轻轻笑着，面前这个女孩子总是让他心中有某种温暖的东西出现，他好像很高兴遇到她，在路上看到她跟到这，看她一个人孩子般玩各种游戏，从开始的安静到后面的开心，像一朵花静静地绽放。

确定面前不是幻觉，池小晚在长椅上坐下来，觉得有些口渴，看到附近卖饮料的摊位，对司马说：“我要去买瓶水喝，你要吗？”

司马递给池小晚一瓶水，微笑着说：“猜到你一定会口渴，尤其是坐过山车，你整个人一直处于兴奋状态，一直在快乐地喊着，所以准备好了。”

池小晚脸一红，她刚才坐过山车的时候确实在喊，整个人在快速的进程中，时而会头向下，时而会觉得自己随时会被抛出去，那种感觉下忍不住就喊了出来，却觉得心头的郁闷全部消失，希望样子不要太恐怖。“我刚刚是不是很可笑？”

“没有，很好。”司马温和地说。

阳光下，司马看起来有些不真实，虽然是在阳光下，池小晚仍然觉得他好像是一座冰山，冷冷的，但笑容却是温暖的，眼神如同深深的古潭，望不到底，一望就似乎沉下去再也浮不上来，接过那瓶水，打开喝了几口，“谢谢。”

“灯笼做得很好。”司马在池小晚身边坐下，两个人中间隔着一个肩宽的距离，阳光下看起来就像是一对正在谈恋爱的男女，一种奇怪的氛围在他们中间游离着。

“谢谢。”池小晚轻轻笑了笑，有几分孩子气的满足，“要谢谢我外婆家里还留着那几张红纸，找到近似的红纸真是太不容易，你的饮香食府真是个奇怪的地方，那样珍贵的物品当成摆设，我外婆说，那些红纸还是我外婆的奶奶那个时候留下来的，是我外婆的奶奶自己染制用在她自己的婚礼上。”

司马一笑，说：“你有个相当有趣的外婆的奶奶，这种红纸她竟然可以自己染出来，可惜她已经不在了，否则真要去见见她，毕竟可以做出这种红纸的人几乎是不应该活在这个时代。如何称呼她？”

“外婆说她叫叶凡。”池小晚微笑着说，“外婆说她是个相当出色的女子，有着一段让人羡慕的爱情，外婆常说，她的故事适合放在寂寞的夜晚慢慢道来，可以温暖整个夜晚。"

"叶凡？"司马轻轻一笑，"和我某个已经故去的旧时前辈同名，能够有这个名字的女子一定是相当出色的女子，若是有时间，希望可以听听她的故事。"

池小晚轻笑，"有时间我慢慢讲给你听，听外婆讲的时候，真的觉得爱情原来可以那般让人醉。"

风在二人中间慢慢地吹，两个人安静地坐着，看树叶在他们前方轻轻摇动。

有人轻轻敲门，池小曼漫不经心地说："进来。"

门打开，有人微笑着走进来，站在那儿，开心地说："小曼，不打扰你工作吧？"

"牟佳木？"池小曼看着面前站着的男子，有些茫然地说，"你怎么来这了？"

"我今天没事，昨天没有联络到你，今天想过来看看你，托小晚捎给你和阿姨的东西收到了吗？"牟佳木微笑着，看着池小曼，"几天不见，你还是一样美丽动人，能够娶你做老婆真是我人生的一大幸事。"

池小曼有些尴尬地一笑，说："你还真会开玩笑，我还没想结婚的事呢。"

"我知道，你是个女强人，做得很好，我不会勉强你，结婚并不妨碍你继续做你喜欢的事情，而且有我做后盾，你可以做得更好。"牟佳木眼睛亮亮地盯着池小曼。

"我们才刚认识，说这些太早了吧。"池小曼勉强地说，盯着桌上的电话，心想，这个时候来个电话打扰一下也好，她真不知道如何和这个人说下去，她应该告诉他，她根本就不喜欢他，但是，要怎么说？

"不早，婚姻这种事情，合得来就可以在一起，和时间没关系，我看到你第一眼的时候就喜欢你，一定要交往很多年才可以在一起吗？那不是在浪费时间吗？"牟佳木很认真地说，"我爸爸知道我们在一起很开心，很希望我们可以尽快走到一起，我正想着要拣个时间去你家看望一下两位长辈，听说你爸爸是警察，不知道他喜欢些什么，我应该投其所好才好，是不是？"

池小曼觉得头有两个大，立刻说："不行，我还没和家里人说，我们只是认识，你不要觉得我们是在谈婚论嫁，算了，我也不知道如何说，现在我在上班，不适合处理私事，我们改天再说吧，有什么事我会和黎姨说，她会转告你。"

牟佳木好脾气地说："好，没事，你忙，我就坐这看你忙，我还带了一些新鲜的蛋糕过来，我想你们女孩子都喜欢吃这个，你要不要吃一点。"

"不了，谢谢，这儿是公司，不能处理私人事务，你先走吧，如果有事，我们电话联系。"池小曼巴不得牟佳木立刻离开。

"好。"牟佳木微笑着说，"我先出去转转，等你下班后我们一起去吃饭怎么样？"

池小曼不耐烦地说："到时候再说。"

牟佳木放下蛋糕，微笑着离开，等他关上门，池小曼恼怒地把蛋糕塞进垃圾桶，恼怒地把手中的文件啪的一声扔在桌上，拨了外面秘书的电话，生气地问："是谁放刚才那个人进来的？"

秘书小心翼翼地说："是黎姨，她说这先生是您的朋友，所以就放他进去了，他说他是您的男朋友。"

"男朋友个头！"池小曼生气地说，"下次谁要再放他进来，我就立刻让谁从这个公司滚蛋！"啪的一声挂上电话，池小曼靠在椅背上，一心的懊恼。

手机响起，看了一下号码，是池小慧，她这个时间打来电话做什么？"什么事？"

"这么凶？"池小慧娇媚的声音听起来有些腻腻的，"谁招惹你了，我去收拾他。"

"有事说事，少在那发嗲，我是你姐，不是你要吸引的男人。"池小曼没好气地说。

"是吗？"池小慧娇媚的笑声从电话里传来，"是不是某人惹你不开心了，我特地向你汇报一下，今天在某次航班上看到某位男子和某位女子在一起，想不想知道？"

池小曼心中说了声无聊，没有理池小慧，"没事我挂了。"

"别着急。"池小慧不急不躁地说，"我看到杜辉了，那个男人和欧阳清的姐姐在一起，他们的情形看起来很暧昧，就我看来，欧阳蓓应该是杜辉的情人，是不是杜辉在和你来往的同时，保持着和别的女人来往？”

“你什么意思？”池小曼有些心虚，池小慧知道多少，若是和父母说了，母亲活剥了她都有可能！

“我是想要告诉你，我的傻姐姐，你最好是好好找个男人谈谈恋爱，不要把感情赌注放在这个男人身上，他不值得，他根本就是玩你，你可真是够傻，难得的是你竟然是个受过高等教育的家伙！”池小慧不屑地说，“不过，我告诉你这个是有条件的，要想让父母们不知道这事，你就得帮我，否则，我就告诉父母你和杜辉之间的事，以妈妈的态度，估计得气死，你呀，真是作孽呀！”

“什么条件？”池小曼强压着怒火问。

“替我看着池小晚。”池小慧简单地说，“不让她和司马来往。”

“司马是谁？”池小曼皱了一下眉头，“司马到底是什么人，让你和小晚反目？小晚不是在和欧阳清来往吗？你闹了半天，我也没弄明白司马是谁？”

“你不要管那么多，你去找到欧阳清和他说，如果他不想失去小晚就要看紧点小晚，最好是马上结婚，否则他会输给司马，如果他有什么问题，就让他打电话给我，我会给他解释。”池小慧快速地说，“我一会就要上机，不能和你说了，你记得我的话，我就不会和父母提及此事，也会帮你好好收拾一下杜辉，否则，不要怪我多事。”

池小曼皱了一下眉头，池小慧怎么知道她和杜辉的事？司马到底是谁？和欧阳清说池小慧说的话，肯定会搅得大家不得安生，不如先问问小晚再说。

小晚的手机关机，无法接通，池小曼犹豫了一下，站起身收拾一下，离开办公室，听池小珉说，司马是饮香食府的老板，不如她自己过去看看，到底是怎样一个男子，让池小慧如此痴迷？

路上，池小曼想起要先给池小珉打个电话，池小慧闹的时候好像听池小珉介绍过司马这个人，电话很快接通，那边是池小珉快乐的声音：“大姐，什么事？你打得真及时，再早一会我还在下面没上来，刚上来休息一会。”

池小曼微笑着说：“小珉，有件事想问你，还记得小慧和小晚闹的时候提到的司马吗？怎么才可以找到他？是不是直接去饮香食府就可以找得到？”

“司马？你找他做什么？”池小珉说，“是不是池小慧让你找的，这丫头真是要疯！”

“她刚刚打来电话让我看紧小晚，不许小晚和司马交往，否则……”池小曼把后面的话咽了回去，“我觉得很好奇，到底司马是怎样的一个男子，让小慧如此乱了分寸，长这么大，从没有看到她这样失态过，尤其为了一个男人。”

“司马确实是饮香食府的老板，但不是说找就找得到，你不要理会池小慧，她一定是疯了，由她去吧，小晚和司马比较谈得来，仅此而已。”池小珉在电话里生气地说，“他们两个人根本就没什么，我还真不是说大话，就凭池小慧，休想得到司马的心！”

池小曼忽然在街道上看到两个人微笑着走过，刚刚从游乐场里出来，一个是她妹妹池小晚，一条合体的牛仔裤搭一件浅色 T 恤，头发束成马尾，很随意的模样，阳光下干净而安静。另外一个她不认识，但是相当吸引人的注意力，是个相当帅气相当贵族的男子。不是欧阳清，难道这就是池小慧所说的司马？

他们两个并肩而行，中间隔着些许距离，看二人面容表情，应该是聊得不错。池小晚的眉眼间有着淡淡的笑意和浅浅的羞涩，小女子的模样让人怜惜。那个男人在一米八左右，随意的打扮，透露出一种干净而贵族的味道，仿佛王者，相当帅气，但更多的是一种味道，让人着迷。

池小慧喜欢他，一点也不奇怪，这个男人绝对是个极品。

“姐，怎么不说话，还有事吗？没事的话我挂电话了，我还要下去。”池小珉的声音在电话那边传来。

“噢，没事了，你去忙吧，我路上看到了熟人。”池小曼立刻说。

“好，我先挂了。”池小珉挂了电话，今天的发现真是不少，是值得高兴的一天。

“好像遇到了你熟悉的人。”司马微笑着淡淡地说，池小曼的车从发现他们开始，他就感觉到了探究的眼光。

池小晚一眼看到了池小曼的车。“是我大姐，我和她打声招呼。”突然想起池小慧的吵闹，此时池小曼看到了，会不会越描越黑？“大姐，这么巧，遇到你。”

池小曼看着站在池小晚身后的司马，装作不经意地问：“没去上班吗？这位是？”

“他是司马。”池小晚微笑着说，心里有些起伏，估计大姐肯定会问一些问题，但应该不会太失礼，大姐是个有分寸的人。

池小曼点点头，自己猜得果然没错，这个男人果然就是司马，她微笑着把车靠路边停下，从车上下来，上下打量着司马，笑了笑说：“原来你就是司马？难怪小慧会为你动心，闹得家里一团乱，你不会是真的和小晚在谈恋爱吧？”

司马淡淡地说：“我和小晚是谈得来的朋友，仅此而已，至于你另外一位妹妹，很抱歉，我并不认识她。”

池小曼一挑眉，说：“为了你，小慧和小晚已经闹翻，怎么可能你不认识小慧？”

司马冷漠地一笑，说：“这与我有关吗？”

他的态度如此漠然不屑，池小曼有些难堪，他摆明了讨厌池小慧，傻瓜也看得出来，怎么会这样？

“你到底喜欢她们中哪一个？”池小曼不知道自己怎么会说得如此直接，“不要在她们两个中间左右逢源，小慧不是那么好打发的人，如果她认准了，真的会乱套的。”

池小晚瞪着姐姐，大姐是怎么了，怎么如此急迫？如此关心池小慧的事？她好像不记得大姐和二姐彼此之间有如此的关系。

司马漠然地说：“我说过，我并不认识她，说得还不够明白吗？”

对方漠然的表现让池小曼的心非常慌乱，她有些仓促地说：“噢，我知道，可是，小晚她有男朋友，你这样算不算是第三者插足呢？这样不好吧。”

“我说过我与小晚是谈得来的朋友，这和她有没有男朋友没有关系。”司马冷冷地说，看着池小曼，眼睛中已经有了厌恶之意，这个女人还真是啰嗦！

池小曼看着池小晚，说：“你这样做对得起欧阳清吗？”

池小晚看着姐姐，不解地说：“我有说过欧阳清是我男朋友吗？是你们一直在撮合，他对我来说就如同池小珉一般。司马和欧阳清一样，都是我的朋友。”

目送池小曼的车离开，池小晚困惑地说：“我姐姐今天有些奇怪，以前她不这样，不好意思，司马。”

司马摇摇头，微笑着说：“是不是池小慧回去后说了些什么，让你大姐如此态度？”

池小晚面上一红，“二姐很喜欢你，她告诉我，她喜欢你，希望我不要介入。”

“你很维护你二姐。”司马温和地说，“我和你二姐见过几次，她的性格不是你说得如此温和，只怕是她回家之后和家人发生了吵闹，尤其是和你，警告你不许再和我来往。不过，我确实不喜欢你二姐，希望她能明白，不要纠缠在这个问题中放不开。你和欧阳清是怎么回事？”

池小晚意外地看着司马，“欧阳清？”

司马温和地一笑，说：“如果我们算是谈得来的朋友，我是否可以关心一下？”

池小晚点点头。

“爱情可遇不可求，欧阳清是个好人，但是你好像并不喜欢他，如果不喜欢，最好是告诉他，你的沉默会害了他，大家没有得到明确的答案，就会觉得你们是在谈恋爱，自然会努力撮合你们。”司马温和地说着。

池小晚抬头看着司马，轻声问：“爱情是怎样的？”

司马微微一笑：“爱情无法用语言形容，它来的时候，你就明白了。”

“小慧，你怎么了？”一个空姐小声说，“你今天已经和三个乘客吵架了，你疯了是不是？这次航班上的乘客不是达官就是显贵，你想死呀？今天投诉你的人会让你离开空姐这一位置的。”

池小慧瞪了对方一眼：“随便，有权有钱就了不得了，想投诉随他们的便，不做空姐就不做，本小姐照样可以过得风光！”

头等舱内，欧阳蓓微笑着说：“那个池小慧是盯上你了，和你、我、我们的司机吵了三架，真是有趣，她是不是知道了你和池小曼的事？或许说不定是在吃醋，你不会也招惹她了吧？”

杜辉满脸不屑地说：“不过一个浅薄女子，如果不是看着小曼的面子，我一个投诉就可以让她从此在空姐的位置上消失，该干吗干吗去，有点太猖狂了！”

欧阳蓓笑笑：“你可以试试能不能够让她安静下来，难得如此漂亮的女孩子，你要是不招惹，好像不是你的本性。”

杜辉脸一沉，说：“没兴趣，她不是没招惹过我，这种女人，我根本没兴趣。”

“是不是还是觉得池小晚更好一些。”欧阳蓓似乎是不经意但颇有深意地问。

杜辉不高兴地说：“你没完了是不是？一路上总是找机会旁敲侧击，好了，我记得她是你弟弟的女朋友，敬而远之可以了吗？”

飞机停靠在机场，远远地有一辆车等着杜辉他们一行三人，上了车，开车的人脸色有些低落，轻声对杜辉说：“大哥，出了点状况，你要做好思想准备。”

杜辉看了一眼欧阳蓓和司机，他们识趣地戴上耳机听音乐。“什么事？”

“江露死了。”开车的男子犹豫了一下，轻声说，“前天晚上，她突然从楼上跳下来，当场就摔死了。”

“这不可能！”杜辉的声音提高了三分，盯着面前的人，“你是怎么搞的，我把她托付给你，她精神有毛病，根本不可能自己想到跳楼的，到底是怎么回事？”

“嫂子前几天来这度假。”开车的男子低声说，“医院的人说，她去看过江露。”

杜辉一句话也没说，整个人一下子靠在椅背上，长吐了口气。

“我也不知道嫂子是怎么知道的，这家医院是以你的名字建立，是你名下的财产，她过去看也正常，但是，那天也是凑巧，正好江露犯病，在走道里大喊大叫，让嫂子听到了，我担心当时江露叫的可能是你的名字，我怕嫂子猜到了。”开车的男子有些无奈地说。

“她应该不知道。”杜辉叹了口气，“小露当时喊了什么？”

“听护士说，她突然说她要结婚了，然后情绪开始激动，在走道里喊你以前的名字。”开车的男子小声说，“那天正好是你们结婚的日子，她疯了这么久，竟然还记得这个日期。”

杜辉落下泪来，情绪低落，喃喃自语：“我对不起她。”

“尸体已经火化，怕嫂子猜到，所以先火化了，骨灰已经派人送回她老家安置，选好了风水宝地，准备安葬她。”开车的男子依然低低的声音，“嫂子还在，你要小心些。”

“她还在？”杜辉皱着眉头，不满地说，“还没把她打发走？真是越来越不中用！”

“大哥，嫂子这边你也得适当安抚一下，她的家族势力很大，惹火了她不是好事，许多事情她已经睁一只眼闭一只眼，允许你处处留情，只要不是认真就好。如果她知道你和江露曾经先她有过婚姻关系，估计她杀了你都敢。”开车的男子轻声说，通过后视镜看了一眼后面的两个人，“是不是先安排欧阳蓓离开，嫂子在，她也在，不好吧。”

轻哼一声，杜辉冷冷地说：“在她眼里，那些可以换成钱的东西比我有价值，如果我可以拿到旧址里发现的东西，她们家族的人恐怕会高兴到做梦也笑出声来。”

“江萍发现的那对红烛吗？”开车的男子轻声问。

“是的，江萍是个可靠的人，不过，江露的去世会让她有些难过，她是她姑姑一手养大，如果江露没疯，江萍也不用这样低调做人，她应该是个社交名媛，我已经对不起江露，一定要让江萍过得顺心顺意。”

“江萍的进展如何？”开车的男子低声问。

“她正在了解所有情况，只要可以掌握那对红烛的所有，我们就可以找人复制把红烛替出来，那对红烛我去看过，确实是宝贝。”杜辉看着前方，“等到了地方我先下车，你送欧阳蓓去机场，让她立刻返回，不要在这逗留。”

“好。”开车的男子轻声说。

桑心柔没敢去旧址，要是让池小珉拒绝了，还真是很丢人。她在路上转悠了整整一个上午，一路上想着如何和江萍交差，进到办公室，却发现江萍的位子空着，文件已经收拾整齐，估计不是匆忙外出。

“江萍呢？”桑心柔看着江萍的位子问其他同事。

“好像是家里出了事，请了几天假。”一个同事抬头看了桑心柔一眼，微笑着说，“你可以偷懒几天了。”

桑心柔长出一口气，“天帮我也，我真让她治着了。”

同事笑了笑，继续低头工作。

突然间得到轻松，桑心柔一时之间不知道做什么才好，想了半天，突然想到给池小珉打电话，拿着电话，走到院子里，心中似乎是装着小兔子般，不知道如何才好地激动着，冲动地拨通了电话，笑着，傻乎乎地等着电话接通，脑子里拼命地想：等会说什么才好？对呀，和他说什么才好呢？

电话很快接通，池小珉的声音响起，声音很愉快，“桑心柔，这个时间打电话给我，不会是想请我吃饭吧？”

“是啊，是啊，”桑心柔傻兮兮地笑着，做什么都好，只要他肯接电话就好，“你想吃什么？”

池小珉拿着电话，一笑，对欧阳清说：“桑心柔想请我吃饭，你去吗？”

“她是请你，又不是请我。”欧阳清微笑着推辞。

“只要她请，小晚就一定在。”池小珉笑着调侃，“反正我们今天收获颇丰，去吃顿庆贺一下也应该。”

桑心柔听着电话那边的对白，一脸笑容，心快从胸膛中跳出来，心中说：一定要答应呀，一定要答应呀！

欧阳清犹豫一下，池小晚是个最大的诱惑，是呀，桑心柔和池小晚是关系极好的同事加闺蜜，她请客的话，一定会带上小晚，“好，不过我们都去，让桑心柔一个人掏钱，不太好吧。”

“没事，真的没事。”桑心柔大声说，声音大到这边欧阳清都可以听到。

欧阳清一笑，冲池小珉做了口语：“她是不是爱上你了？”

池小珉没理会欧阳清，对着电话说：“去哪？”

桑心柔脑子里一片空白，不知道选哪里，脱口说：“去家常小菜馆吧，那儿的菜很好吃，我和小晚常去。”

“好，在什么地方？”池小珉爽快地答应。

第十四章　暗藏牵挂，无爱放手欧阳清

说了地址，挂了电话，桑心柔觉得自己的手心全是汗，整个人却兴奋得不得了，抿了一下嘴唇，开心地笑着，哼着歌回到办公室，坐下来对着小镜子臭美。

突然想起要电话联络池小晚，她现在在哪，好像有些乱，应该是街边，她笑着问："小晚，你在哪里？今天中午我请客，在家常小菜馆，请你哥哥，还有欧阳清，他们希望你能去，你可以过去吗？如果你不过去，欧阳清会失望的。"

池小晚拿着手机，有些犹豫。

身边的司马微笑着说："你有个很可爱的同事，至于欧阳清，要说的总是要说，你的沉默不好。"

池小晚想了想，对电话那头说："好，我直接过去，等会见。"

"要和他说开吗？"司马温和地问。

池小晚看着前面，有些出神，认识欧阳清的时候她还很小，在池小珉的形容词里常常说他们是青梅竹马，书上总是说，青梅竹马是最甜蜜的，如果走到一起，会非常幸福，可是这么久了，她仍然找不到任何感觉。

"说开什么？"池小晚有些困惑，"其实在我们之间什么事情都没有，但现在，却让我觉得我们之间好像有着太多的纠葛，是我对不起欧阳清，这是怎么了？"

司马微微一愣，看着池小晚，没有说话。

"我当他是朋友，如果说我们之间不能再做朋友，我们就真的连朋友都做不成，难道感情真的是这样，男女之间只有感情没有友情？”池小晚困惑地说，“不过，你说得不错，如果我依然保持沉默，他会继续误会下去，反而对他不好，我会和他说清楚。”

司马说：“我送你过去，我把车停在了游乐场的停车场，我去取车。”

“不用了，我自己走过去，也不是特别远，正好可以想想如何和欧阳清说。”池小晚顿了一下说。

顺着路边慢慢走，迎面有人喊了她一声：“小晚。”

抬头看到父亲提着买的东西迎面走来，“爸，您怎么到这儿来了，提了这么多的东西，我帮您。”

“过来到站牌坐公交车，三站就到家了，不远，你妈说要吃水果，我去市场买了新鲜的，你怎么一个人在路上，没去上班吗？”池森笑着，看着池小晚，“没事吧？”

池小晚知道爸爸问的是池小慧吵闹的事，摇了摇头，微笑着说：“没事，今天不忙，出来一趟，正要赶回去，心柔来电话说要请我哥哥和欧阳清吃饭，约我一起过去，我送您回去吧。”

“不用，一会公交车就来了，我上车就可以回家了，你们约好了，就去吧，那个桑心柔挺可爱，是不是和你哥哥关系不错呀？”池森笑着，跟着女儿走到站牌处停下，额上有些汗，年纪大了，有些体力不支，才走了一段路就觉得累了。自从受伤后，真的是体力不如从前，想着，突然觉得有些莫名的悲哀。

池小晚笑着说：“爸，您晓得哥的脾气，他可能交女朋友吗？心柔确实挺喜欢他，只是不知道哥有没有那个福气，若是真的娶了心柔，真的不错。”

一辆车静静地开了过来，司马摇下车窗对站在站牌下的池小晚说：“你父亲？我送你们一程吧，今天温度有些热，你父亲又买了许多东西。”

你父亲？这个称呼让池森听得有点不高兴，这个人怎么这么没有礼貌，要么是叔叔要么是伯父，他怎么来了个“你父亲”？看着说话的人，池森却忍不住打了个寒战，这个人，眼神怎么如此冷漠！

“谢谢，”池小晚微笑着说，“公交车应该马上就来了，我坐公交送我爸回去就好，你有事的话，去忙吧。”

“我没事，上来吧。”司马微笑着说。

池小晚犹豫了一下，说："爸，我们搭车回去吧，天气越来越热，您已经出汗了。"

"他是谁？"池森看着女儿，轻声问，"长得挺吸引人，很有味道也很有气质，就是眼神很冷，是个很理智的人，是你的新朋友吗？比欧阳清是强一些，但是……"

"他是司马。"池小晚低声说，"我们只是认识。"

坐进车内，池森盯着司马，脱口说："原来你就是司马？搅得我家小慧回到家大吵大闹的家伙就是你呀？小晚，原来你真的认识司马，那么说，你二姐吵闹确实是有原因的。"

司马专心开车，并不理会池森的话。

池小晚看了一眼司马，轻声说："爸，这事和司马没有关系，我和司马只是认识的朋友，比较聊得来，至于二姐，我不清楚是怎么回事，但以二姐的性格脾气，有些事只怕是只能怪她自己。"

"是吗？"池森不高兴地说，"你偏着外人，你姐也不是没人追，怎么会因为一个司马就这样不懂道理？"

"这事和小晚没有任何关系。"司马冷冷地说，"如果要怪，就请回去让池小慧安生些，我的事由不得她做主。"

池森觉得恼火，但看得出来，司马根本就不喜欢池小慧，对池小晚倒是很和气，和池小珉说的差不多，生气归生气，有些事情他心里也明白，如果没猜错，可能是池小慧自己自作多情。看了一眼池小晚，叹了口气，这段时间是怎么了，好像许多事情一下子全冒出来，这一次又加上历来任性的小慧，这姐妹三个，要么不找朋友，要找一起找，而且，还纠缠在一起，真是热闹。

"那你到底喜欢哪个？"池森有些低声下气地问。

司马轻轻一笑，等着前面红灯变成绿灯，"哪一个都不喜欢，我与她们中间任何一个，都与爱情无关。"

池森瞪着眼睛，看着前面的司马，心里说：这小子还真是够狂，不喜欢她们你招惹她们做什么？！

池小晚看了一眼父亲，有些尴尬地说："爸。"

"没事。"池森看了一眼女儿，不想小晚太难堪，好在小晚还有欧阳清，那小子对小晚可真是痴心一片，叹口气，爱情面前，痴情算什么，不心许，再痴情也没用。“你有你的自由，但是，如果不喜欢她们中任何一个，就不要招惹她们，小晚，以后离他远一些，免得到时候痛苦的是你。”

“爸。”池小晚有些无奈地看着父亲。

下车，池森有些沮丧，走进房间，去厨房洗水果，做了父亲，由不得人家说任何一句不中听的话。

“怎么啦?”余雪琴看着丈夫有些茫然的面孔，不解地问，“是累了吗? 别忙了，不过是说一声喜欢吃水果，你就跑去市场，附近的超市就有得卖，快坐下来休息会吧。”

“我看到司马了。”池森表情沮丧地说，“确实是个相当优秀的男人，难怪小慧会动心。”

“司马?”余雪琴愣了一下，“就是那天小慧和小晚吵闹的主人公? 你见到他了? 怎么认识他的?”

“他和小晚在一起，”池森叹了口气，说，“那小子还真是狂，见了我，也不称呼叔叔或者伯父什么，上来就是‘你父亲’。在他眼里，我只是小晚的父亲而已，虽然狂，却有狂的气势，不得不承认，这次小慧的眼光还真是不错，但是看样子，这个司马对小慧根本就不感兴趣，我担心，小慧……”

“她让惯坏了。”余雪琴不满地说，“三个女儿中，你从小就特别惯着小慧，如果不是你那样迁就她，她也不会长成现在这个模样，吃点苦也好。”

“来，吃水果。”池森转移开话题，不想谈论这个，他是惯着小慧多一些，小慧出生的时候，正好赶上余雪琴身体不好，没法母乳喂养，是他从小照顾大，养成了天不怕地不怕的性格，他也惯着，由着她自己的性格来，到了如今就成了这个模样，“我们不谈他们了，儿孙自有儿孙福，由他们去吧。”

“小晚和欧阳清怎么样了?”余雪琴突然问。

“还好吧。”池森削着水果，漫不经心地说，“不过，欧阳清的性格太过软弱，也不算是特别好的对象。”

“婚姻是现实的，哪里来那么多的好或者不好。”余雪琴不高兴地说，“我看欧阳清这年轻人很好，人本分，家庭也好，小晚过去不会吃苦，日子也过得舒坦。”

“嗯。”池森低头答应着。

到了家常小菜馆，池小晚下了车，冲司马微笑着摆了摆手，道了声再见，走进饭菜馆，小老头正一个人坐在椅子上听音乐，很是逍遥。“你好，心柔还没来吗？”

“来了，那丫头说要出去买好酒，嫌我这儿的酒不好，一溜烟跑出去了，说是要再买些海鲜回来，她这是要请谁呀，搞得如此隆重，就差亲自下厨，早知道这样，我今天早上连菜也不用去买。呵呵，是司马送你过来的吧？”小老板拔了耳机，笑眯眯地说。

池小晚点了一下头：“正好碰到他，就搭了顺风车过来。”

“什么时候请我吃你的喜糖呀？”小老板笑着打趣。

“喜糖？和谁呀？”池小晚笑着说，“你不会也是在误会我和欧阳清吧？他只是和我哥哥般的亲人。”

“我没说他，我说司马。”小老头认真地说，“听孟老板说，你终于做出了完全符合要求的灯笼，我怀疑是不是司马那家伙对你已经动了心，躲起来这么久，偏偏这个时候出来，不是动心才怪。”

池小晚笑着说：“再乱开玩笑，我要生气的，司马郑重地说过，我和他之间永远不可能是朋友，我们只是比较聊得来，不是你认为的男女朋友。”

“是吗？”小老头半真半假地说，“感情这东西可难说得很，说来就来，由不得当事人。”

池小晚在桌前坐下，看了一下茶壶，微笑着说：“你可要用心些，今天心柔在这里请我哥哥吃饭，她很在乎我哥哥，你一定要让她请得开心，不要让她有遗憾。”

“桑心柔是个可爱的傻丫头，你哥要是娶到她，说不定还是好事一桩。”小老头乐呵呵地说，“你看，真是不经念叨，说谁谁来，这小丫头回来了，天，她居然跑到饮香食府去买酒，那儿的酒好是好，就是太贵了点儿，我都不舍得去买，不过，司马那家伙会送我。”

“小晚，已经来了。”桑心柔跑了进来，额上有汗，脸色微红，看起来挺激动，“你哥哥他们来了吗？”

“没呢，”池小晚笑着说，“你怎么紧张成这个样子，请池小珉吃饭，你至于吗？”

“至于！”桑心柔认真地说，“小晚，我是真的喜欢他，真的想要讨他的欢心，我知道他不喜欢我，我不够优秀，但是，能够喜欢他也是件值得开心的事情。”

池小晚叹了口气，看着桑心柔，不知道说什么才好。

“唉，傻丫头一个，就算是喜欢也要矜持些，你这样，他反而觉得得来容易，不会珍惜。”小老板调侃道，“好了，我去做饭，保证你今天请客请得舒服，请得心想事成。”

“谢了！”桑心柔开心地说，把酒放在桌上，“好不容易才买来，人家不卖，连哄带骗地才得来，希望你哥会喜欢。”

“什么东西我会喜欢？”池小珉的声音在外面响了起来，很开心很愉快，“桑心柔，这样会让我怀疑你是在追我哟。”

桑心柔脸一红，张着嘴，不知道说什么才好，只能傻笑着，看着池小珉和欧阳清一起走进来，不得不承认，池小珉真的很帅，招惹自己的注意也很正常。

“好了，哥，别开心柔玩笑了，请你吃饭，你总得怀着份感激的心吧，还乱猜。”池小晚微笑着说，“就算心柔喜欢你，也是你的福气，你别不知足。”

“好，好。”池小珉笑呵呵地说，“今天我高兴，不计较一切，只开心吃饭，对啦，小晚，你知道昨晚我们发现什么了吗？”

池小晚一笑：“我不感兴趣，少拿那些再来游说我，你这样笑，我觉得心里不踏实。”

池小珉盯着池小晚，笑嘻嘻的，“真不愧是我的妹妹，我想什么不用说你都知道，既然这样，我就不再拐弯抹角，直说吧，我们在下面发现了一幅画，是个女子的画像，但不敢轻易从上面取下来，想请你过去帮我们把画像画下来，我觉得你对那的物品最有感觉，也最有可能真实表现出来，欧阳清说，你完整画出了灯笼的图案，这个忙你一定要帮。”

“不去。”池小晚简单地说。

“小晚，帮个忙。”池小珉笑嘻嘻地说，“只是画个画，不用你做别的，我们也想请专家去做，但欧阳教授说你是最合适的人选，帮个忙嘛，就算不看我的面子，也要给欧阳清个面子，只是画个画，真的只是画画。”

“为什么要给你们面子。”池小晚看着池小珉，“我又不是你们同事，你为什么一定要把我牵扯进来，你的面子我不给，欧阳清的面子我也不给，在我心中，你们是一样的，一个不给，另一个也肯定不给。”

“不一样。”池小珉不肯放弃，乐呵呵地说，“我是你哥哥，他是男朋友，你可以重色轻友的。”

“我郑重声明一下，你是我哥哥不错，欧阳清不是我男朋友，他是如你一般的朋友，在我眼中他就和你一样。”池小晚平静地说，手却微微有些颤抖，这样说够明白了吧？

池小珉有些意外地看着池小晚，再看一眼欧阳清，一时之间有些短路。“你们不是一直在交往吗？欧阳教授今天还问我你们交往得怎样了，怎么突然成了哥哥。”

不看欧阳清，池小晚淡淡地说：“一直是这样的，不然你以为我们如何，别用你们的想法揣测我的想法，好不好？”

欧阳清心中有些慌乱，低着头，不知道说什么做什么才好，池小珉看了他一眼，突然想起池小慧的话，难道池小晚真的和司马交往了？怎么从没听她提起过。

“来，大家吃饭吧。”小老头这个时候刚好出现，一脸的笑容，端出的菜味道很诱人，短时间分散了大家的注意力，他似是无意地看了一眼池小晚，但什么也没说。

饭桌上的感觉有些奇怪，池小珉不说话，欧阳清也不说话，池小晚安静地喝着茶水，桑心柔看着这三个人，呆呆地坐着。

“我们吃吧。”池小晚打破有些尴尬的局面，“这的饭菜真的不错，心柔还买了饮香食府的酒，不要辜负心柔的一片好心，你们谁喝？”

池小珉看了欧阳清一眼，为自己倒了杯，为欧阳清也倒了杯，最后给桑心柔倒了杯。桑心柔人坐着，不知道说什么好做什么好，端起酒杯就喝一口，抬头看到欧阳清也一杯酒一口入肚，瞪着眼睛看着池小晚。池小晚安静地喝着茶水，并不抬头看任何人。

“小晚，怎么回事？”桑心柔借口洗手把池小晚拉到后面，一边洗手一边问，“你怎么突然这样拒绝欧阳清？”

“我想说清楚，不想误会下去，我不喜欢他，也不希望他喜欢我，拖下去只有一个结果，就是彼此受伤。”池小晚快速地说，表情不开心。

“可是你们一直处得不错呀。”桑心柔轻声说。

“那是因为我们之前一直是普通朋友，我没有压力，但是现在所有人都撮合我们，我觉得有压力，不想再和他来往了。”池小晚甩了甩手上的水，低头轻声说，“在一切还没有发生前，把事情说明白，或许好，长痛不如短痛，是不是？”

“你是不是喜欢上别人了？”桑心柔小心地问。

“没。”池小晚立刻说，“你先过去，我等会就过去，我一个人待会儿。”

桑心柔点点头，一个人先回到了前边。

池小晚在一张凳子上坐下，以手托腮，叹了口气，不知道下面应该怎么办，要怎么去面对欧阳清。也有自己的错，如果一开始就说清楚，或许就不会有现在的局面，是自己一再的纵容才有了今天，说开了，可以解决问题吗？

“发什么呆？”小老头看着池小晚，一脸微笑，“来，帮我剥些花生，等会加个炒花生，炒得香香的脆脆的，一定很好吃，估计今天得有人喝醉，我们不去理他们，我们先剥花生，昨天刚买的，很好吃。”

池小晚机械地接过装花生的筐子一个一个地剥着，不错，今天肯定会有人喝醉，最起码欧阳清就会喝多！

“见过司马了？”小老头似是无意地问，并没有一定要池小晚回答，“是不是喜欢上他了？他呀，是个好人，是个情深义重的家伙，你要是喜欢他，要做好足够的思想准备，爱上他很容易，让他爱上你却比登天还难。是个好人呀。唉，丫头，那是花生壳，别放在碟子里，扔垃圾桶里，对了，你不能等会吃炒花生壳吧。觉得对不起欧阳清是不？这没有什么对得起对不起的，喜欢就是喜欢，不喜欢就是不喜欢，你不能因着同情过一辈子，人都有自己的日子要过，没有谁可以替谁活着。丫头，你又把花生仁当成花生壳扔了，好了，差不多了，这些就够了，去前边看看吧，咱大方点，反正已经说开，由他去吧。”

池小晚勉强笑了笑，洗了洗手，回到前面，很意外，没有看到欧阳清的身影，难道他生气走了？看着池小珉和桑心柔，“欧阳清生气走了吗？不会这么孩子气吧？”

池小珉一笑，“原来还是关心的呀，没有，他去车里拿东西去了，刚才欧阳教授打了个电话过来，他去车里找一些东西，一会就回来，怎么回事，怎么好好的就提出分手？难道你真的和司马交往了？”

“分手？”池小晚无奈地说，“我说过，我们只是普通朋友，不是男女朋友，你们一定要这样想，弄得我们连普通朋友都没得做，这样很有趣吗？”

池小珉看了一下外面，说：“小晚，说不定你越是拒绝，欧阳清越是在意你，人呀，都是得不到的是最好的，你要做好思想准备。”

欧阳清从外面回来，脸上带着微笑，似乎已经忘记刚才的一幕，把一件东西递给池小珉，笑着说：“应该就是这个吧，你看看，怎么不吃了？菜凉了就不好吃了。”

桑心柔拿起筷子夹了一口菜，夸张地说：“喂，小老头，你手艺越来越好了，我不夸你都不好意思了。”

“哈哈……”小老头哈哈一笑，端着花生米出来，嘴里说，“热，小心些，这道菜凉些才好吃，还想吃什么？说，我去做，今天小胖丫头请客，我得好好服务，否则，会被她骂死的。”

桑心柔瞪了小老头一眼，假装不乐意地说：“别把我说得这么可怕，我其实蛮温柔蛮可爱的，是不是，小晚？”

池小晚一笑，很认真地说：“这个我可以保证，桑心柔是个温柔可爱的好姑娘。”

“原来是个名字。”池小珉轻声说，“那么说，这幅画的作者应该就是当时婚礼的主人公之一，小晚，你去看看吧，我总觉得那个地方有个动人的爱情故事，你去把那幅画上的女子画出来如何？”

池小晚接过池小珉递过来的纸，上面有两个字，逸轩，很飘逸洒脱的字，她的心突然一跳，说不出的难受，仿佛突然间胸口被某种东西狠狠地撞击了一下，她的手轻轻抖了一下，眼泪夺眶而出，说不出的委屈，整个人似乎想要立刻找个地方躲起来。

“怎么了？”池小珉和欧阳清吓了一跳，立刻同时问。

池小晚闭上眼睛，半天没有说话，安静地坐着，手里拿着纸，整个人都有些颤抖，好半天才平静下来，慢慢地说，"不要让我介入了好吗？这个名字你们是如何得到的？他是谁的名字？我不希望再通过我的身体和精神传达些什么。"

"是从画上尽可能描下来的文字，那的东西根本没办法拍，你也晓得，桑心柔曾经拍过红烛，却在后来变成了白纸，我们只好把上面的东西一点一点地画出来，这两个字是通过一种特殊的办法，我们通过镜子把图案映到镜子里，然后用毛笔在镜子上一点一点地画出来，然后趁着没干映到纸上，非常麻烦，用了整整一天的时间才成功，开始我们并不知道这两个字是什么意思，后来想到有可能是名字，可惜不知道这个人的姓是什么。"池小珉微皱着眉头，轻声说，"小晚，我们都没有感觉，只有你可以感知那儿的所有，你不可以拒绝我们，对于我来说，这个旧址是我一生的梦，我怎么也放不下的一个梦，你可以帮我把梦变成现实，你一定要帮我。"

池小晚叹了口气，再次看向这两个字，心头的隐痛让她有些害怕，怎么回事，怎么偏偏是她，不是别人？"好吧，我考虑一下，现在我们先吃饭，今天心柔请客，我们不谈别的。"把纸递回给池小珉，拿起筷子夹菜，放到嘴里，却没有任何的味道。

池小慧坐在椅子上休息，今天有点累，脑子里乱哄哄的，倒了杯水，加了些冰块，一仰头一口气全喝了下去，觉得心里全是火，恼得厉害，耳边是那个服务生的话，什么叫连池小晚都看不上，就更不会喜欢她了！那个小死丫头，简直是可恶至极！

就算是她亲妹妹也不可以！池小慧什么时候输给过任何人，那个可恶的小服务生简直是太没眼光了！不行，她要回去，现在就要回去，就算是丢了工作也要回去！

从椅子上跳起来，把身边的同事吓了一大跳。"池小慧，你疯了？搞什么？一惊一乍的！"

池小慧看着同事，又颓然地坐下，她现在还在天上，怎么回去，她还要再飞一个来回才有可能回去！但是，她很想立刻站在司马面前，挽着他的胳膊，从那个可恶的服务生和自己妹妹面前走过，告诉她们，她，池小慧，字典里就没有失败这两个字。

“你今天是怎么了？”上司看着她，不高兴地说，“你不要冲动做事，不要因为你一个人害了全组的同事。”

“我恋爱了！”池小慧大声说，“所以我有些不知道要做什么才好，原来喜欢一个人是这样坐卧不安，巴不得立刻可以见到他。”

同事一笑，骄傲的池小慧会谈恋爱？“你不是说你是个独身主义者吗？不是说爱情是骗小孩子的东西吗？怎么，你也会恋爱？是那个叫陆与荣的帅哥吗？”

“切，怎么可能是他，简直是天大的笑话，我池小慧的眼光就那么差吗？”池小慧不屑地说。“我看上的是一个钻石级的男子，帅得没法说，气质也好得没道理，反正就是让我着迷，他是饮香食府的老板，饮香食府知道吗？那个最大最豪华的饭店，他是那的老板，我就是和他在谈恋爱。”

“听说过，但是没见过酒店的老板，听说好像是不错，希望你可以美梦成真吧。”同事看到有人按铃，站起来去服务。

池小慧在位子上坐着，想着和司马一起甜蜜的情形，脸上的笑容像花朵一样慢慢地绽开，自己陶醉在自己的想象中。

池小曼盯着屏幕，看着上面的文字，她找了整整一个上午，才在图书馆的电脑里找到这张二十五年前的报纸，看着上面的文字，杜江联姻，一个小小的结婚启示，内容很简单，但有一张照片，在电脑上放大，虽然名字不对，可是，她一眼认出，照片上的男子是杜辉，二十五年前的杜辉，还是个青涩的青年，挽着一位清秀斯文的女子，打扮在现在看来有些落伍有些土，但看得出他们的表情是幸福的。

这是杜辉，绝对不会错，她看过杜辉和他妻子结婚时的照片，除了衣服不同，模样没有什么变化，这张照片里的女子不是他现在的妻子，而是一个叫江露的女子，是某所学校的老师，那个时候，杜辉还不认识现在的妻子吧。

杜辉在和目前的妻子结婚前还有过一段婚姻？

池小曼微皱眉头，只要他妻子不介意，离婚的男子世上多得是，这是他们的自由，无权干涉。关上电脑，池小曼伸了个懒腰，准备回公司。

手机上短信一响，是池小慧：记得帮我看紧小晚，如果我回来发现她和司马在一起，我就把你和杜辉的事情说给父母！

“要死！”池小曼恼怒地骂了一声，这个池小慧，简直是疯了！回了一个短信：池小慧，你少威胁我，你要说随便，我什么也没做，不怕爸妈知道，少给我来这套，我见过司马了，他和小晚在一起，而且，小珉说得不错，你根本不可能获得司马的爱情，他根本不可能爱上你！

发完了，心中真是解恨，池小慧要说，随便，她还真是不怕，反正她什么也没做，她是喜欢杜辉，但仅仅限于喜欢，杜辉也没怎么她，他们之间的关系很干净，她不怕！

池小慧看完短信，啪的一声把手机扔在地上，摔得碎成两半，发出清脆的声音，引得路人驻足，池小慧嘴里稀里哗啦骂了一大堆，还不解恨，在手机上狠狠踩了几脚，然后把行李一扔，冲到走在最前面的机长面前，大声说："今天我不飞了，我要回去，我家里有急事。"

机长看着池小慧，还没反应过来，就看到池小慧风一样地在他面前消失，他愕然地看着负责空姐的同事，"她今天是怎么了？"

"她说她恋爱了。"对方笑着回答。

机长苦笑了一下，这个池小慧，根本没道理，如果不是因着她在工作上说得过去，有许多的乘客很喜欢她的服务，早就让她下来了！

池小慧走到出站口，听到后面有人喊她，回头看到同机的一位男同事拉着她的行李气喘吁吁地追上来，把行李递给她，笑着说："小慧，你的行李忘在路上了，出了什么事，这么匆忙地离开？"

"没事，谢了。"池小慧拉着行李从出站口离开，一招手拦了一辆出租车，她刚刚飞回来，今天还有一个来回，她现在做短程，但是，她等不及了，她现在就要回去。

快要到下班时间了，池小曼收拾好，一推开门，看到欧阳蓓从杜辉办公室出来，杜辉回来了吗？她的心猛烈地跳一下。

欧阳蓓看到池小曼眼中的激动，客气地说："池部长，你好，找杜总有事吧？不好意思，他还没回来，有些事情还没做完，你放他桌子上的文件要等他回来才能签。"

池小曼点点头，掩饰着自己的失态，客气地说了声再见，匆匆离开。

看着池小曼的背影,欧阳蓓叹了口气,这个女人不会真的为杜辉动心了吧?想了想,不晓得私人侦探查得怎么样了?那个江萍和杜辉到底是什么关系?

车子刚刚驶上马路,一个身影突然冒出来,把池小曼吓了一大跳,一个紧急刹车,心跳得几乎要冒出来!盯着车前的人大喊:“池小慧,你要死啊!”

“对呀。”池小慧靠在车前,面带娇媚的笑,看着池小曼,“我收到你的短信,就赶回来了,幸亏今天是短程,否则真的没机会站在这,不请我上车吗?”

池小曼没有理她,池小慧打开车门上了车,笑嘻嘻地说:“大姐不愧是大姐,不怕我的威胁,可是,我不是随便说说,我是真的会和爸妈说你喜欢上一个已婚男人,成了人家的情妇,你说他们会怎么想?”

池小曼瞪了池小慧一眼,冷冷地说:“我没做什么怕人的事,不怕你和爸妈说,要不我替你说,如何?”

池小慧有些意外地看着池小曼,顿了一下,说:“你别骗我,你现在说实话还来得及,要是等我和爸妈说了,你就难收场了。”

“随便。”池小曼发动汽车往前走。

“好的,好的。”池小慧舒服地坐在车内,惬意地说,“你的车是不是杜辉送的?还是你厉害,刚刚参加工作不久就买了辆十多万元的车,爸妈一定会为你骄傲,可是,如果他们知道这车是别人送的,只怕是气得吐血。”

池小曼停下车,对池小慧说:“立刻从车上滚下去,免得这车弄脏了你,我还怕你的话弄脏了我的车,你放心,我告诉你实话,这车是我分期买的,不是杜辉送的,我是喜欢他,但仅仅是喜欢,我和他之间是干净的,没什么见不得人。你要是去说,随便,我还告诉你,小珉说得不错,就算是司马要在你们之间选一个,他也只会选小晚不会选你,你根本就不懂得尊重人,你让爸和那些臭男人惯坏了,太可恶了!快点下去!”

池小慧看着发火的池小曼,突然落下泪来,眼泪汪汪地看着池小曼,撒娇地说:“你真生气了?我是太喜欢司马了,才会这样,我不告诉爸妈就是了,你不会让我一个人在马路上拉着行李回家吧?我知道大姐不会的。”

“算了,别来这一套,”池小曼冷冷地说,“从小就属你脸变得快,动不动就掉眼泪,动不动就一副委屈模样,让所有人都让着你,你真是让爸爸给惯坏了，你给我下去。”

“偏不。”池小慧收住眼泪，“我的手机摔坏了，没办法联系陆与荣，否则，才懒得坐你的车呢！”

池小曼隔着池小慧打开车门，“立刻下去，我不会载你回去，你自己想办法，你才不会一个人拖着行李走回家，快点，我现在多一眼也不想看到你！”

池小慧噘着嘴不情愿地下了车，看到池小曼毫不留情地开车离开，跺脚骂了两句，这个池小曼，还真把她丢在这不管，不过，这难不倒她，以她的美貌，随便一伸手就可以拦到帅哥的车，她才不怕，站在路边，看到过往的车，池小慧伸出手，想要拦车。

“要我捎一程吗？”一个声音在她身后响起，回头看到欧阳蓓的车停在她身后，微笑着说，“你好像让你姐姐从车上撵了下来，如果不介意，我送你回家吧。”

“好的。”池小慧眼睛一转，坐进欧阳蓓的车内。

欧阳蓓开着车，眼睛看着前方，语气温和地说：“怎么从你姐姐车上下来了？”

池小慧偷偷瞟了欧阳蓓一眼，有些怯，欧阳蓓和池小曼不一样，坐在那，摆明了是经过世事的人，坦然而洞察，犹豫了好半天，才笑着说：“我姐她有急事，我和她不同路，就下来了，没事的。对啦，有件事想要问你一下，什么时候让欧阳清娶我妹妹小晚呀？现在小晚可是一个香饽饽，欧阳清要不抓紧点，说不定到手的鸭子也会飞。”

欧阳蓓笑着说：“小晚是个漂亮出众的女孩子，又聪明讨人喜欢，安静贤惠，当然会有很多人喜欢，这很正常，欧阳清有数，不用我这个当姐的说什么，不过，谢谢你的提醒，我会让欧阳清多花些心思。对了，你有合适的对象吗？听说你有个自小就认识的男朋友，交往得还不错，什么时候有好消息告诉我们大家？”

池小慧轻挑一下眉，这个欧阳蓓倒是滴水不漏，难怪和杜辉可以走得那么近，“你说陆与荣吗？那个青涩家伙，是他自己要喜欢我，我喜欢杜辉那样成熟的男子，可惜他已经结婚，否则可以考虑一下，好像你和杜辉蛮熟的，一起坐飞机外出。”

欧阳蓓一笑，把车停在池家的外面，微笑着说："女人不要太好奇，容易长皱纹。"

池小慧下了车，回头冲欧阳蓓一笑，"谢谢！"

欧阳蓓冲她随意地点点头，开车离开。

一进门，就看到池小曼正坐在客厅里看电视，听见她进来连眼皮也没抬一下，就当她不存在，池小慧恨恨地瞪了池小曼一眼，拉着行李进了自己的房间，把门砰地一声关上，气恼地把自己丢在床上，盯着天花板发呆，想了半天，一下子坐起来，冲到客厅，拿起电话打给陆与荣，语带命令口气地说："陆与荣，我想吃饮香食府的饭菜，立刻来接我，请我去饮香食府！"

放下电话，池小慧进了浴室，她要自己香喷喷地出现在司马眼前，她就不相信，以自己的美貌，司马会不动心！

看着池小慧进进出出，池小曼坐着，眼皮不抬，倒是池森从厨房出来，看到池小慧有些意外，"小慧，你怎么回来了？不是说明天才能回来吗？怎么提前回来了？"

池小慧头发湿湿地靠在池森肩膀上，笑嘻嘻地说："我想你和妈了，所以就飞回来，今晚我不在家吃，我去饮香食府，今晚我要和司马一起度过，放心，不要吓成这个样子，我只是说晚饭时间，十二点之前我一定回来。"

池小曼鼻子轻轻哼了一声，面无表情地看着电视，这丫头是不是前世是只狐狸，这么肉麻无耻的话都说得出来，她还真以为她可以和司马在一起吃饭？虽然自己只见过司马一面，但是相信司马绝对不是一个浅薄的人，会喜欢如此浅薄的女子，她现在真是哪眼看池小慧哪眼够！

池小慧换了身漂亮性感的衣服，故意从池小曼眼前走过，得意扬扬地打开客厅的门，微笑着离开，关上门，池小慧长长吐了口气，她自己也没有把握可不可以见到司马。但是，只要去就有机会，如果她真的可以和司马走到一起，一定第一时间把那个可恶的小服务生从饮香食府赶出去！

陆与荣的车停在门口，笑着，着迷地看着池小慧，她真是太漂亮了，漂亮得让他诚惶诚恐，从看到她第一眼开始，一直到现在，就死死地认准了这一个，竟然有人给他介绍女朋友，要命的是，他父母竟然同意，说什么是个不错的女孩子，在一家杂志社上班，想来一定是个顶着眼镜，死板至极的女孩子，他打死也不会见。

饮香食府门口车辆排成一排排，人还真是多，陆与荣得意地说："幸亏提前订了桌，否则还真是找不到位子。"说着，在前面带路，走进了酒店，扑面是热热的饭菜香气，和喧哗的人声，热闹得很。

到了他订的位子前，陆与荣得意地拉开凳子让池小慧坐下，得意地说："还有很多人在等位子，这家酒店还真是生意好得很，真是让这儿的老板赚疯了！"

池小慧四处看看，微笑着说："很快，这儿就会成为我的。"

陆与荣没有听清楚，看着池小慧："慧，你说什么？我没听清楚。"

池小慧白了他一眼，叫过一个服务员，不客气地说："去告诉你们老板一声，就说我有事想要见他，你告诉他，我是池小慧，他一定会见我，如果他今天不来见我，我就不会离开这儿。"

"又要等那个老板吗？"陆与荣有些醋意地说。

"关你屁事，如果嫌烦就立刻在我眼前消失。"池小慧不乐意地说，看着服务生，"快去，我就在这等着。"

服务生笑笑，客气地说："真是抱歉，只有领班和少数几个人才可以见到老板，所以，我没办法帮你传话给我们老板。"

"那谁可以？"池小慧立刻说，"把他叫过来。"

服务生浅浅笑了笑，离开，忙着招呼其他客人，好半天没有回来，池小慧恼火地看着她忙碌，气得直奔服务台去，盯着服务台的人说："你们什么态度，我要投诉！"

"出了什么事？"一个清脆的声音在她身后响起。

回头看到一个清秀的服务生站在她身后，正是那天那个说她根本不可能被司马喜欢的可恶的小服务生，刚要发火，一想或许这个服务生可以让她见到司马，努力咽回心头的怒火，勉强笑着说："是你呀，帮我通知你们老板一声，就说我想见他。"

小忆看着池小慧，简单地说："不行。"

"你什么意思？"池小慧简直要气疯了。

"意思很明白，就是——不行！"小忆简单地重复着，看着池小慧，笑了笑,说,“你以为你什么人,想见我们老板就见,你几斤几两呀,真是可笑,我们老板岂是你这种人可以随便见的,要么吃饭,要么走人,别在这惹我生气!”

“哼,你不要以为离了你我就找不到司马,我自己去找!”池小慧冷冷地说,“我是顾客,是这儿的上帝,你说你们老板会为了你而得罪我这样一个顾客吗?”

“随便。”小忆懒懒地说,“但是,迷路的话自己负责出来,这可不是你们家,出入自由。不是我吓唬你,上面的几层是一些客人包下的,如果你乱闯,得罪了什么人,惹出什么事来,可不要叫救命,你是够美丽,但是美丽也会惹来麻烦。好吧,你随意,我要去服务其他客人了。”说完,小忆转身就走,把池小慧一个人丢在服务台前。

池小慧杀了小忆的心都有,看着楼梯,小忆的话吓不到她,她还就不信这个邪,她一定要找到司马。

楼上很干净,池小慧上去下来有几趟,但是没有发现司马的身影,这座楼太大,她是可以随便敲开任何一间房看看里面有没有司马,大家因着她的美丽也不会太介意,逐一房间找来,她失望地发现,司马根本不在。

陆与荣坐在位子上,有些焦急,饭菜不停端上来,但不见池小慧回来,她去了哪里?他又不能离开去找。打电话提示关机,他并不知道池小慧的手机已经摔碎。坐在那,如坐针毡。

小忆经过,看了一眼陆与荣,觉得他的样子挺有趣,忍不住停下来,微笑着说:“你女朋友还没从楼上回来吗?不会一个人走丢了吧?我们楼上可是很多房间,不会找不到回来的路了吧?”

陆与荣不乐意地瞟了小忆一眼,不高兴地说:“你什么意思?”

小忆瞪了一眼陆与荣,这小子和池小慧一样不知天高地厚,一样可恶,她立刻扭身就走,扔下陆与荣坐在那发呆。

过了好半天,桌上的饭菜都凉了,池小慧也没回来,陆与荣有些焦急,盯着楼梯,看着下来的每个人,始终看不到池小慧高挑性感的身材,她今天打扮得很招惹人注意,只要她出现,他一定会认出来。

这个时候,陆与荣的手机突然响了起,他以为是池小慧,脱口就说:“慧,你跑哪去了，担心死我了，菜都凉了，要不要换新的？”

“又是那个池小慧。”电话里是个生气的男子声音，不高兴地说，“说过很多次了，不要去招惹池小慧，她不是你娶得回来的女人，那种女人不适合做老婆，你就是不听，要是让你妈听到，又得气出病。你下午下班后去和那个女孩子见面，她是一家杂志社的编辑，是你母亲以前高中同学的女儿，我见过照片，人长得很喜庆，那种人才适合做老婆。”

“爸……”陆与荣不高兴地说，“我的事不要你们管！”

“说得好听，没有我们，有你！”陆与荣的父亲在电话那端恼怒地说，“没有我们就没有你，就这样说了，如果你喜欢的是池小慧的妹妹，我们可以接受，那个女孩子安安静静的挺讨人喜欢，池小慧疯疯癫癫的让人看着不放心，我去打听过，她在航空公司的名声并不好，娶老婆是要娶贤惠的女子，不一定非要是漂亮的女人！”

“行了。”陆与荣不高兴地说，看着楼梯口，“别上政治课，我还没吃饭，行了，有事回家再说吧。”

“你听好，时间地点已经说好，不要使性子。”陆父生气地说，然后就扣死了电话，明显生气了。

陆与荣放下电话，焦虑地看着楼梯，期盼着池小慧下来。

看到司马走进饭店，小忆立刻走过去，轻声对司马说：“主人，池小慧又来了，这一次她自己进去找您，小忆很讨厌她，可不可以让小忆把她打发走？”

司马微皱了一下眉头说：“随她自己折腾，让甘南来见我。”说完向另外一个方向走，走进一个特殊的门，那个门上有“员工专用”字样，打开门，是个专门的电梯。

小忆看着司马离开，微微一笑，哼，就凭你池小慧，想接近主人，美得你，我就是看你不顺眼，怎么着。

甘南迅速地到了楼顶，问道：“主人，您找属下。”

“把楼道里的灯笼拿到这来。”司马坐在桌前，看着阳光安静地洒在前面的各种花草上面，“甘南，她是个很奇怪的女人，在她身上，有太多意儿的东西，她和意儿在某些地方特别像，你说，世上有没有轮回？”

甘南微皱一下眉头，过了一会，轻声说：“属下也不知道，不过，当时红烛中的毒导致您一时恍惚失手杀死了丛姑娘，属下亲眼看到丛姑娘死去，并不是以主人和属下等人的方式活下来，至于有没有轮回，属下不清楚，如果轮回，难道需要过这么久？而且，太上皇送来的酒中所下的药让您和属下等人对丛姑娘的印象几乎不存在，属下也想不起来丛姑娘的模样如何，不过，倒瞧着池小晚挺顺眼，要不属下去旧址看看，能不能找到一些您留下的丛姑娘的画像？”

司马轻声说：“罢啦，你无法靠近红烛，我也只是猜测，过些日子再说吧。”

甘南突然说：“主人，池小晚的哥哥池小珉就是旧址发掘中的参与者，我们不如通过池小晚来了解旧址的情况，当时只有丛姑娘没有中毒，因为她随身带着可避百毒的手链，可惜不知道手链当时去了哪里。如果有那串手链，我们就可以随时接近红烛。”

司马没有吭声，眼睛望着前面的阳光，一个不错的天气，他们大概是少有的可以在阳光下出现的吸血鬼吧？这个称呼，听起来有些无趣，是家常小菜馆的小老头送他的称呼，当时笑着对他说，这个称呼如今很时髦，其实，他吸食的是一种花草提炼出来的血般颜色的酒，那种酒，每每喝下，总如同回忆，需要一点一滴地暖热。

闭上眼，有泪水悄然落下，无声。

第十五章 可惜无缘，心有所属难倾诉

池小晚觉得一种很奇怪的感觉突然袭上心头，说不出的难受和悲哀，仿佛失去了最珍贵的东西，一时间人有些恍惚。

出乎小老头的意外，几个吃饭的人没有一个人喝醉，大家吃着饭，池小珉刻意地把话题扯到旧址上，这是他最感兴趣的话题，桑心柔绝对捧场，所以聊着，酒就忘了，菜倒是吃了不少，酒只在杯中倒着，偶尔喝一口，并不畅饮。

站起身，池小晚走到门口，突然觉得有些莫名的寒意，很冷，需要阳光的温暖，站在阳光下，突然回头对池小珉说："哥，好吧，我答应你，去旧址看看，或许我们可以知道逸轩到底是谁。"

逸轩，两个字从池小晚的口中念出，一种奇怪的温暖的感觉，仿佛是最熟悉的人的名字，念得非常温和亲切，让欧阳清的心一跳，这种称呼，仿佛是在称呼最心爱的人。但池小晚并不知，只是看到吃饭的三个人，包括小老头一起，脸上有着奇怪的表情看着她。

池小曼一口一口吃着饭，有些心不在焉，整个下午没去上班，躲在自己房间躺在床上想心事，想了很久，什么也没想出来，池小慧中午就去了饮香食府，现在不知道是和司马在一起还是和陆与荣待在一起，池小珉打电话回来说和小晚去了旧址，要晚些回来，不回家吃晚饭了，这个池小珉也是，自己喜欢搞考古，就一定要拉着小晚。

"小曼，有心事吗？"余雪琴的声音听起来有些遥远。

池小曼抬起头看着母亲，有些茫然。

“真是奇怪，要么没有心事，要么三个一起有，你们姐妹三个，突然间个个都有了心事。”余雪琴微笑着说，“说给妈听听。”

“妈，不是，我有些累，不太想吃饭，可能是今天天热，在家休息了一下午，反而没有了食欲。”池小曼掩饰着，低下头，努力向口中拨着饭。

余雪琴淡淡一笑，正要说话，听得门铃响，正在厨房炖汤的池森出来开门，寒暄着，带进一个人来，来人很爽朗地笑着，大声和余雪琴打招呼，“阿姨，我是牟德蒙的大儿子牟佳木，今天特意过来看您，真不好意思，挑个吃饭的时间过来。”

余雪琴一愣，看着站在面前的年轻人，不太像牟德蒙，或许和他母亲长得像，她微笑着，很客气地说：“吃饭了吗？没吃的话，就一起吃。”

牟佳木大方地说：“阿姨，不怕您笑话，我还真没吃。”说着，把手中的东西放下，是些新鲜的水果和食品，沉沉的一大堆。

“那就一起吃。”池森挺喜欢面前这个小伙子健康的形象，很阳光很爽朗，一看就是练体育的，他想，这大概就是那天打电话来池小曼冲人家发火的牟佳木吧，“我正在炖汤给你阿姨补补，马上就好，你先坐，我去去就来。”

池小曼差点蹦起来，大声地，没有礼貌地说：“牟佳木，谁让你上我们家的？你搞什么名堂？我有邀请你吗？”

“小曼，不许没有礼貌。”余雪琴瞪了女儿一眼，“坐吧，一起吃，小曼让我惯坏了，你不用理她，你既然来了阿姨这，就是阿姨的客人，陪阿姨一起吃。你爸妈好吗？”

牟佳木好像没有看到池小曼的表情，微笑着在椅子上坐下，高兴地说：“我爸妈身体挺好，就是这段时间我外公生病需要他们照顾，所以有些辛苦，阿姨好些了吗？我听我爸说阿姨不小心摔倒了，可惜我当时正好在外面，不然，早就应该过来看您了。”

池小曼瞪着牟佳木，心想：这小子还真能说！

吃过饭后，牟佳木很主动地跟在池森后面进厨房帮忙，很快就听到里面传来两个男人爽朗的笑声，余雪琴坐在沙发上扭头看了一眼厨房的位置，面上带了几分满意的笑容，这个牟佳木是个挺不错的年轻人，虽然很遗憾长得和牟德蒙不太像，可也不难看。

池小曼简直要气糊涂了，坐在那，好几次差点从沙发上起来冲进厨房里，但看了母亲一眼，还是选择硬着头皮坐着不动。

一会，两个男人从厨房里出来，两个人好像在谈论拳击，这个运动是池森最喜欢的，但是从来没有人可以和他谈论这个话题，今天这个牟佳木来了，竟然也是个爱好者，而且还练得不错，这让他立刻喜欢上这个年轻人。

一直到晚上十点，牟佳木也没有提出告辞，池森更是留下他一起下棋，两个男人一边下一边谈论世事政治，聊得投机，池小曼觉得自己就如同坐在火上一般，却偏偏不见其他人回来。

就在这个时候，门被人从外面哐的一声推开，带着明显的怒气，池小慧一脸恼怒地从外面走进来，陆与荣小心地陪着笑脸跟在后面，一进门，池小慧甩掉脚上的鞋，冲余雪琴大声说："妈，小晚呢？"

余雪琴瞪了池小慧一眼，不高兴地说："怎么这么晚才回来？你妹妹她有事，要晚些时间回来，应该和小珉在一起，你找她有事吗？"

"这个死丫头回来，我一定要和她算账，她竟然敢和我抢男朋友，就凭她，真是气死我了！"池小慧一屁股坐在沙发上。

陆与荣站在原地不太好意思和余雪琴打招呼，他每次出现，基本上都是这样，让池小慧训得灰头土脸，余雪琴已经习惯，指了指沙发，微笑着说："坐吧，茶几上有水果，想吃自己拿，你不是外人，我就不和你客气了。"

"我自己来就成。"陆与荣在沙发上坐下。

"你怎么还在这！"池小慧好像才刚刚发现原来陆与荣也在，瞪着他，不高兴地说，"你已经跟了我快一天了，你不烦吗？我现在看见你就够了，立刻在我眼前消失，真是的，看见你就添堵！"

"小慧！"余雪琴生气地说，"与荣，不用理她，坐吧。"

"不了，伯母，我先走吧，时间也不早了，您得休息了。"然后看了一眼正和牟佳木下棋的池森，微扬了一下声音，说，"伯父，我走了，您玩着。"

"刚来就走呀。"池森正看着棋盘，没特别注意，陆与荣在池小慧面前如此情形，实在是太平常，这小子也是皮实，都这个样子，竟然还能够坚持。

看着陆与荣离开，余雪琴瞪了池小慧一眼，斥责地说："你想干什么？不就他对你死心塌地，你就这个态度，你以为你是谁呀！我是妈，我都看着不顺眼了，你要是喜欢人家就交往，不喜欢就算完了，你这算什么？”

“是他自己乐意，关我什么事。”池小慧声音稍微低了些，在父母面前，池小慧似乎较平常要安静一些，听话一些。

“小慧，你什么时候才能长大，懂得这个世界不是你一个人的。”余雪琴叹了口气，自己也曾经年少无知过，也曾经笃定天下男人不会变心，但是，现实面前，何时可以真的永远被人宠爱，“陆与荣对你真的不算坏了，起码包容你这种说翻脸就翻脸，任性刁蛮的脾气，以后很难再碰到这样的人，你该试着好好看一下自己了……”

“妈。”池小慧撒娇地坐在余雪琴身边，挽着余雪琴的胳膊，笑嘻嘻地说，“妈，我知道了，以后注意，一定，呵呵，等我把司马领回来的时候，一定做个温柔的女人。”

池小曼坐在沙发里眼皮不抬，冷冷地说：“等到司马同意和你交往的时候再来说这些话吧，也不害臊。”

池小慧挑衅地看着池小曼，面带笑容地说：“谢谢，这是早晚的事，倒是你要管好自己的事，免得一个当姐的给我们这些做妹妹的带一个坏头，那可是责任重大。”

池小晚站在旧址的前面，因为大家喝了酒，欧阳教授不许他们一行人下去，大家坐在上面待了大约三个小时，闻不到酒味才准备下去，原本要回去的桑心柔忍不住心头的好奇，还是跟了来。

“小晚，你永远可以这样平静地对待所有事情吗？”看到虽然也面带犹豫之色，但是表情仍然平静，没有讲话的池小晚，桑心柔轻声问，“说实话，我现在就想回去，可脚却不听自己的，要怎么办才好？”

池小晚轻轻一笑，悄声说：“我和你一样害怕，只是懒得说话。”

桑心柔没有听明白，刚要问什么，看到池小珉和欧阳清已经开始向下去，就闭了嘴，心中猜测今天下去池小晚会如何？

虽然有思想准备，但池小晚每走一步，心里仍是忐忑，不晓得下一步会出现怎样的情况，每一次到这，总是心中有一份忧伤，仿佛这儿的一切既是她熟悉又是她害怕的。

“前面就是了，小心些。”欧阳清轻声说，并没有回头，不知道他是说给池小晚还是桑心柔听，语气有些平淡，但仍然透出一份关心，“路会变窄，高度会低一些，因为无法确定这儿布局，所以发掘的速度很慢。”

桑心柔一碰池小晚，轻声说：“这小子好像记仇了，你说和他不是男女朋友，他好像立刻变得礼貌起来。”

池小晚看了一眼欧阳清的背影，继续走自己的路。

“你们下来了。”欧阳教授的声音突然传来，就在他们面前，把一直四处乱瞧的桑心柔吓了一大跳，前面，欧阳教授独自一个人站在一处，全神贯注地看着墙上某处，光线不够清楚，隐约可以看得见好像是一幅画，“这幅画为何这样挂着，看起来有些奇怪？”

池小晚看着面前的画，不知道为什么，觉得有些晕，莫名的晕，想了好半天，才发现自己为何晕了。刚才欧阳教授说他很奇怪“这幅画为何这样挂着，看起来有些奇怪？”，也许欧阳教授觉得这幅画是挂着的，但从池小晚的感觉，她现在好像是凭空悬着，这幅画应该是放在桌上而不是挂在墙上，所以，画的下面有些倾斜和折痕。

如果是这样，她现在的姿势虽然看起来是站着的，但实际上不是，所以她会觉得头有些晕，她此时所面对的墙其实是桌子。她应该是头朝下站着，这个样子，不晕才怪。

“小晚，有什么感觉吗？”池小珉盯着池小晚问。

池小晚的注意力完全在她不适的感觉上，她看着池小珉，犹豫地问：“哥，你没有觉得有些头晕吗？”

“有，不过，这儿的空气不太通畅，这种感觉很自然，没关系，适应就好了。”池小珉笑笑说，“好好看画，你可是很难得可以看到如此物品。”

“小晚说得不错，我也觉得头有些晕，感觉，就好像自己是悬着的。”桑心柔迟疑了一下，轻声说。

“好像我们就是悬着的。”池小晚看着哥哥，轻声说，“这幅画在我的感觉里，应该是放在桌子上，如果我的感觉正确的话，我们现在的位置就是整个人凭空悬在桌子上面，当然会觉得不适。”

欧阳瑞祥看着池小晚，有些犹豫。

不过，池小晚这样一说，所有人都有些不太舒服的感觉，突然知道自己是凭空站在桌子的正上方，与桌子平行，这在平常绝对做不到，却因为发掘中一个小小的错误做到，但一想，就觉得莫名的可笑。

“小晚，你确定吗？”池小珉不太放心地问。

池小晚点点头，“我只是一种感觉。”

“我们先来看画吧，就算小晚说得是对的，但是，如今因为发掘的小小失误，可以这样看画，就暂且不去理会所谓的感觉了吧。”欧阳瑞祥笑了笑，说，“反正，我们关心的是画，不是我们是以何种形式站着的。”

池小晚这才抬头看着面前的画，试着忽略掉自己的感受，因为岁月的缘故，画看起来有些发黄，奇怪的是，这么多年，它竟然可以保存下来，这已经是个奇迹，尤其是，池小晚竟然看到上面似乎有许多泪痕，将整个画晕得有些不太清楚。是泪吧，应该不是岁月的痕迹，是泪水将这幅画冲淡了痕迹，而并非是岁月。

“看得清楚吗？”池小珉轻声问，很高兴到目前为止，池小晚还没任何不适的表现，除了说有点晕以外。

池小晚没有回答，有一种相当奇怪的感觉，仿佛有种莫名的熟悉，却说不出来熟悉在哪。她盯着画，努力看着，觉得不明白怎么就是如此熟悉，盯了半天也没得出什么结果，这一次，她正常得不得了，根本没有任何感觉，如果说一定有感觉的话，唯一的感觉就是她好像在照镜子，除了看见自己，什么也没看见。

池小晚有些困惑地看向哥哥，无奈地说：“哥，今天我特别正常。”

池小珉有些失望，但却安慰说：“时间久了，这幅画已经看不清楚，没事。”

“我们上去吧，待在这也没有用。”欧阳清突然插了句。

“不能一时之间没有结果就放弃。”欧阳瑞祥不高兴地说，“你这是最让我不满意的地方，你总是容易放弃，容易觉得失望，你这种性格其实一点也不适合做考古这份工作，你呀，真是不像我的儿子！”

欧阳清神情显得很烦躁，看了父亲一眼，走到一边，远离那幅画，说：“您眼中只有考古，您什么时候关心过家人，您永远只是一个家长。您把所有责任放在小晚身上，不觉得有些过分吗？她又不是我们同事，她只是小珉的妹妹，她乐意做是她帮忙，她不乐意，我们谁也无权勉强她，您不应当把您的工作放到与此事无关的人身上。”

欧阳瑞祥很意外地看向儿子，他怎么了，语气这样恼怒，欧阳清一直是听话的孩子，很少顶嘴，参加工作在自己手下工作这么久，还真没见过他说过什么。

池小珉猜测欧阳清的反常可能和池小晚今天中午说出与他不是男女朋友的事有关，立刻在一旁笑着说：“也是，小晚，你是打算继续留在这，还是先上去休息一下？”

池小晚看了看哥哥，再看看画，说：“先上去休息吧，大约因着始终觉得自己是凭空悬在桌子上的缘故，总觉得有些恶心和不适，我想先上去。”

“好的，我陪你上去休息一下。”池小珉微笑着说，“欧阳教授，目前小晚没有任何感觉，不如让她上去休息一下，等等再说。”

欧阳瑞祥点点头，说：“也好，我正好上去重新计算一下发掘路线，或许小晚说得不错，可能我们真的是出了点失误，小晚，谢谢你，你虽然不是我们考古专家组的成员，但你的直觉比我们任何一个人都要好，这对于我们发觉旧址真的是太有帮助了。”

一行人重新回到上面，欧阳清坐在桌子前，盯着面前的东西发呆，连欧阳瑞祥和他讲话都没有听到，欧阳瑞祥很奇怪地看着他，问池小珉：“欧阳清怎么了？”

“没事，”池小珉笑着，脑子里飞快地转着，想着合适的理由，“可能是今天中午酒喝得有点多，您不知道，桑心柔是个酒量绝对不一般的女孩子，别说欧阳清了，就说我们合在一起，也不见得能够喝得过她，您不用担心，过了今天就会好的。”

桑心柔立刻一边接话说：“是啊，大家在一起太高兴，就没注意，没吃饭就开始喝，所以可能喝得有点多，下次一定注意。”

欧阳瑞祥看了一眼发呆的欧阳清，去忙自己的事。

“小晚，我回去了，今天家里安排我相亲，如果我不去，爸妈一定唠叨我，我总得去应付应付，”桑心柔笑着说，“但愿那个人不要出现，这样，还能说得过去。”

池小晚点点头，说："路上小心，说不定会遇到一个适合的人。"

目送桑心柔离开，池小珉好奇地问："咦，都什么年代了，还去相亲，我以为她只喜欢我呢。"

"哥，你能不能不这么脸皮厚？"池小晚忍不住笑着说，"难怪外婆一直说，不论是男孩子还是女孩子都不要太漂亮，太漂亮了会招人注意，大家自然会宠着些，就生得不知人间冷暖，这是外婆的原话，外婆说，外婆的奶奶就曾经这样说过，人还是平常些好。"

池小珉不以为然地笑着说："这绝对是嫉妒，容貌是上天给的，这是上天觉得我池小珉好，特意给我这样一张英俊潇洒的面容，卓然不俗的气质，而且给我这样一个幸福的家庭，一个像你这样的妹妹，说实话，小晚，我还真是高兴你是我的妹妹，不是别人的。"

池小晚笑着，不说话，这个哥哥真是狂，但他的狂不像二姐那样惹人注意，他的狂中还有些许的内敛。

欧阳清站起身，池小珉看着他到了门外，在门外不远处的椅子上坐下来，点了支烟，欧阳清不经常抽，但是，心情烦的时候会抽，累的时候会抽，现在肯定是心情不好，想了一下，转头看向妹妹："小晚，你今天是怎么了？怎么突然说不想和欧阳清交往了？你不知道他有多么在乎你吗？从看见你第一眼开始就认定了你，这小子虽然不是个出色的人，但是个不错的老公人选，现实点说，他的家世不错，你不用担心衣食之忧，他的性格脾气温和，以后绝对不会打骂你，而且他很听你的话，这些都是好的一面。当然，他可能没司马那么出色，那么引人注意，可太过引人注意的男人，有时候，也是很难定性的，就比如我，到现在我对婚姻的要求都是苛刻的，还没一个人让我心动，喜欢出色的人，是一件相当痛苦的事情。"

池小晚轻轻叹了口气，轻声说："哥，我们不是不再交往，而是不以大家认为的形式交往，我们一直来往，但仅仅是朋友，也许我不懂爱情，可是和他在一起的时候，我真的没有任何感觉，就好像和你在一起一样，只是一份信任，一份亲情，甚至我在他面前都不会撒娇，不会害羞。哥，大家为什么会认定我们是交往中的男女朋友？我不想让大家再误会下去，所以说开，我们还是会来往，就好像以前一样，我说开了，他可能会难受，可总比我一直不说他一直误会的好。而且这件事情，和司马没有任何关系，司马曾经很明确地和我说过，我们之间永远不会有男女之间的爱情，他还曾经当着爸的面说过，他和我们家任何一个女子都和爱情无关。”

池小珉愣了一下，说：“这个司马真是比我还狂，我真是服了他，不过，他确实是个出色的男人，在他身后一定有着我们不知道的故事，我敢打赌，这个司马和这个旧址一定有着千丝万缕的联系！”

欧阳清进来倒了杯水，犹豫了一下，拿出纸杯给池小晚倒了一杯，放在池小晚面前，语气尽量平静地说：“来，喝杯水吧。”

池小晚轻轻说了声谢谢，看着欧阳清从房间里走出去，心中情绪有些乱，她好像伤害到他了。

饮香食府顶楼，司马看着天上的星星，手中的酒杯轻轻摇晃着，杯中酒微微荡漾。从这可以看到旧址，那里有着太多的回忆，却在岁月中一点点变淡，父亲的声音突然在耳边响起：“忘了吧，全都忘了吧，你永远也不会想起她来，永远也不会，就算她在你眼前，就算你们再爱上，你也不会知道她是谁。你祈祷吧，她再也不会回来了，这世上没有死而复生一说，她死了，就彻底消失了。”

是吗？也许是真的。过了这么久，意儿也没再回来过，甚至在梦中，她都不曾出现过，活着，是件无助无奈的事。

“主人。”甘南轻轻站到司马的身后，低低的声音中，有着无奈，看着自己的主人这样难过，他却无能为力，“池小慧已经走了。”

池小晚上上下下三回，但仍然没能把画像画出来，她一点感觉也没有，总觉得像在照镜子，拿着白纸，用铅笔在纸上随意涂抹，只是点点滴滴的凌乱画面，无法合在一起。

欧阳清一直默默地陪着池小晚上去下来，安静得好像不存在，但是他的注意力全部都在池小晚身上，池小珉觉得怪怪的，欧阳清的沉默有些赌气，有些消沉，就是没有放弃的意思，他执着地看着池小晚，眼中再无别人。池小珉担心这种执着既会伤害了欧阳清也会伤害了池小晚。

他们和欧阳瑞祥一起简单吃了工作餐，讨论旧址发掘的问题，欧阳瑞祥对于池小晚提出来的桌子和墙面的问题表示了肯定，他发现，在发掘当中，急于知道下面情况的自己犯了一个相当大的失误,他太主观了,反而不如池小晚的直觉来得更清晰。

欧阳清开车送池小珉和池小晚回家,经过游乐场,已是晚上九点多,整个游乐场已经没有一个人,连灯光也没有,仿佛是无意间,池小晚看到一个闪烁的点,像萤火虫一闪一闪。应该是根香烟,在一处摩天轮里,一个闪烁的点。她心中一跳,莫名地紧张起来。

"停下车好吗?"池小晚完全不经大脑地说,不知道为什么,直觉中觉得那一定是香烟在闪烁,会是谁呢? 会是一个她认识的人吗? 会是司马吗? 她在心中轻轻地念出这个名字,会是他吗?

"有事吗?"池小珉不解地问,顺着池小晚的目光看着外面,是游乐场,她看那儿做什么,已经什么也没有了,除了黑暗和值班的人以外,根本就没有人了。

突然,欧阳清的手机急促地响了起来,问道:"爸,有事吗?"

"你们马上回来,你和小珉,立刻,我们这好像有人在窥视,我看到一个人,但不清楚是来做什么的。"欧阳瑞祥的声音听来急促而困惑。

"现在吗?"欧阳清有些迟疑,看了一眼池小晚,"可小晚还在车上,她还没到家。"

"出了什么事?"池小珉不解地问,"听教授的意思是让我和你马上回去?"电话里欧阳瑞祥的声音比较清楚,估计池小晚也听到了。

"爸说好像有人进入了旧址。"欧阳清皱下眉头,"旧址的保安措施做得不错,除了我们自己带人进去,外人进不去,怎么会有外人这个时间进入? 是不是爸看花眼了? 我先送小晚回家,然后我们再回去。"

"不用。"池小晚再看一眼那个一闪一闪的香烟头,立刻说,"现在时间还不晚,我打个车回去,你们去忙,如果欧阳伯伯的猜测是真的,他现在就很危险,你们发掘出来的一些物品就在旧址里面,如果丢失,责任会很大。"

"这……"欧阳清有些犹豫。

池小珉一笑,说:"现在时间还早,可以自己走回家,到家给我电话,免得我担心。"

池小晚点点头,下车目送欧阳清的车离开。转回头,看着夜色中一闪一烁的香烟，犹豫一下，这个时间，她不可能进入游乐场，那个闪烁的烟可是司马？他看得到自己吗？一想，那么远的距离，他怎么可能看得到自己？他说过，他们之间永远不可能是男女朋友，难道自己还要不知趣？

可是，站在那儿，她迈不动脚，静静地看着那点光亮，有人从她身边走过，好奇地看了她一眼，这个时间，一个女孩子，站在游乐场外面，盯着里面看，看起来怪怪的。

池小珉看了一眼专心开车的欧阳清，犹豫一下，轻声问："欧阳清，是不是在生我妹妹的气？"

欧阳清愣了一下，车速慢下来，叹了口气，说："小珉，我担心，一直以来风平浪静，我们过着平静的生活，但自从这个旧址开始发掘，很多东西变了，我爸爸变了，小晚变了，我爸爸变得痴迷，小晚变得敏感而倔强，仿佛突然间一切开始混乱。这个旧址，究竟可以带给我们什么？"

池小珉想了想，说："我倒没怎么觉得，小晚还是以前的模样，安静得几乎让人感觉不到她的存在，我爸妈常说，我们家几个，就小晚最不引人注目，她一直这样，小女生涉及爱情的时候，总会情绪不定，说不定，她现在已经喜欢上你，所以才会如此任性。"

欧阳清摇摇头，慢慢地说："不，她现在的拒绝让我害怕，她的心中一定有了别人的影子，才会如此，她以前不接受我，我不觉得害怕，我觉得有足够的时间，但是这一次，不知道为什么，我开始觉得害怕，非常非常害怕。"

"她能喜欢谁？"池小珉笑着说，"这你可以放心，小晚最听话，最乖，如果她有喜欢的男孩子，一定会告诉家里，从小她就是一个不让家人操心的人，永远不是最好的，但永远不会招惹事情，不像我二姐，从小就是风口浪尖的人物，她竟然说她喜欢上了司马，要嫁给司马，简直是……"说到这，池小珉突然一愣，一个念头冒了出来，难道，小晚她喜欢上了司马？

"怎么了？"欧阳清看着突然沉默下来的池小珉，有些疑惑。

"没事，没事。"池小珉掩饰地笑着，心里头却突然有些疼疼的感觉，怎么回事，怎么突然这样难受，难道他不希望妹妹有个可以喜欢的男子？

"那个司马，他是不是喜欢小晚？"欧阳清迟疑地问。

"怎么会？"池小珉立刻笑着，看着车窗外，心里头乱乱的。

“小珉，是我不对。”欧阳清开着车，慢慢地说，“我姐说得不错，是我自己不够主动，不够热情，是我对小晚太粗心，不能怪她拒绝我，我不会放弃，她是我从小就认定的女孩子，无论如何，我一定要爱她一生一世，有怎样的追求者，都是我的错，从现在开始，我要好好地爱她，认真地爱她。”

池小珉扭头看着欧阳清，一种奇怪的念头冒了出来，小晚，或许是池家最平常的一个女孩子，但一定是池家活得最精彩的一个，最起码有人真心爱着。但是，如果小晚真的爱上司马会怎样？小慧是绝对不会放过小晚，他太了解二姐，从小就是一个以自我为中心的女孩子，被宠坏了，任何在她眼中，都是理所应当属于她，如果她发现小晚和她同时爱上一个男子，她会用尽一切办法，甚至不惜以伤害小晚为代价获得司马！可是，有他池小珉在，哪一个人敢伤害小晚，他会跟对方拼命，哪怕对方是自己的二姐，也不可以，他和小晚是同胞兄妹，伤害她，就等于是伤害了他！

“小珉，你怎么了？”欧阳清诧异地看着池小珉，“你的表情怎么那么恐怖？好像咬牙切齿地恨着某个人？”

池小珉打开前面的镜子，盯着看了半天，“有吗？我觉得我还是很帅呀？不会小晚说了分手，你就变得如此敏感吧？走吧，再晚，小心欧阳教授收拾我们两个，你还别说，我还没注意，你这样一说，我还真是觉得欧阳教授有些怪怪的，尤其是发现红烛后，他好像整个人都变得冷漠了，尤其是对小晚，凶巴巴的。”

“小晚现在到家了吗？”欧阳清突然盯着外面，“好像要下雨，刚刚还有月亮。小珉，我总觉得这个旧址，我们不应该打扰，打扰了这个旧址，会乱了我们的生活。”

“不会。”池小珉不以为然地说，“已经消失了不知多少年，有什么好害怕的，你呀，纯粹是自己吓自己，不要乱联系，小晚的情况有些特殊，可能是她确实可以和旧址的某些东西交谈，但并不表明其他的什么呀，再说，我们只是发掘，并没有破坏。”

游乐场外，池小晚一直盯着那香烟闪啊闪，直到它消失，游乐场变成一片黑暗，才收回眼光，慢慢向前走，路上有出来散步的人，她懒得坐车，其实走走也不远，这条路是大路，来来往往的人很多，不担心安全问题。

有风轻轻吹过来，刚刚还是月亮在天上明亮地待着，这一会，就突然变了天，似乎雨就在云后，随时可以落下。

“你在等我吗？”一个声音在她身后安静地响起。

池小晚立刻回头，呆呆地看着来人，黑夜中，他安静地站着，面色平静地看着她，看不出喜怒，声音也平静如水，眼神深不可测，真的是司马！他怎么会突然出现？

“我，”池小晚有些意外的慌乱，轻声说，“我看到香烟在闪，我想，那应该是……香烟吧，我爸爸他吸烟，我看到过香烟在黑暗中闪烁，我想应该是，我在想……会是谁？”

司马唇畔似乎有浅浅的笑意，似真似幻，看不清楚，他淡淡地说：“是的，是我，我看到了你，所以过来打声招呼。”

“现在你在游乐场？”池小晚诧异地说，“你怎么进去的？这儿早就已经关门了吧，你竟然还可以进去并且出来？”

司马忍不住笑了笑，说：“不过一扇门而已。你怎么在这？”

池小晚奇怪地看了看游乐场的门，好好关着，他怎么进入的？怎么出来的？值班室亮着灯，他越门而入？好像不太可能。突然记起司马的问题，“噢，我哥和欧阳清送我到这儿，欧阳伯伯有急事，让他们立刻回去，我就在这下车了。”

司马笑容中隐有不屑之意，路灯下有细雨轻轻飘落，不真实，连带着让司马看起来也有些不太真实，仿佛是个影子，仿佛隔着不可跨越的距离，看得池小晚一心悲哀，这种悲哀瞬间吞没了她，如同海，让她随时可能溺死，他那么明白地告诉着她，他永远不会喜欢她，他从心底最深处拒绝着她，虽然他人站在她面前，但他的心并没有对她张开，她对他来说只是陌路！

“他们很喜欢研究旧址。”司马并没有注意池小晚的表情，淡漠地说，站在那，纠结在一种奇怪的情绪里，想留下来说几句话，却又一再命令自己远离这个女人，矛盾比他预想的厉害，看着黑暗，“时间不早了，我送你回去吧。”

“不用。”池小晚慌张地说，她害怕司马带给她的感觉，冷冷的，毫不掩饰的距离感，低头轻声说，“不远，走着就可以回家，路上有散步的人，不怕。”

司马突然温和地一笑，这一笑，让他身上的阴冷之意轻了许多，“反正我也没事，也没开车，我们就走走吧。”

池小晚没说话，两个人顺着人行道安静地走，细雨如丝，若有若无，带着些许寒意。

“下雨了。”司马递给池小晚一把伞，“这雨一会就下急了，你打着伞吧。”

池小晚心里划过一丝疑惑，她并没有看到司马手里有任何东西，怎么突然间冒出一把伞来？还是自己刚刚没注意？接过伞，是那把她用过的，精致美丽，有一种说不出的寂寞，她撑开伞，听不到雨落的声音，雨下得极安静，慢慢地大了许多，路灯的灯光中，可以看到雨丝微斜的痕迹，带着凉意。

“雨下大了，我们合用一把伞吧。”池小晚轻声说。

“不用。”司马淡淡地说，眼睛看着前方，“我一生只和一个女子共在一把伞下，不会再和其他女人共用一把伞。”

池小晚握紧伞把，身体有些收紧，他的心中有另外的女子，一个让他放不下的女子，虽然撑着伞，她却觉得好像整个人都被淋在雨中一般，竟然有隐约的委屈，想要落泪，将头轻轻低下，不让司马看到她的表情。

司马并没有看她，走她身边，始终隔着一个距离。是一份礼貌，也是一份冷漠。

“她，”池小晚犹豫着，轻声问，“是怎样的一个女子？”

司马轻轻一笑，声音突然温柔起来，“你说意儿吗？她是一个无法用语言形容的女子，用语言形容她会发现语言是如此苍白，她就如同我的生命，想起，就一心的幸福，只是，”司马的声音突然低下来，仿佛了无生趣，“她，早一步离开了。”

池小晚抬起头，看着身边的司马，原来他爱的女子已经辞世，难怪他如此悲伤，如此放不下，“有你如此，她定是幸福的。”

“她离开了，幸福重要吗？”司马淡淡地说，“我倒宁愿她活着，活在这份幸福里。”

池小晚轻轻抿了抿嘴，低下头慢慢走，不知道说什么才好，她平常不太喜欢多语，现在却是觉得语言是如此无法表达，她找不到要说的话。就这样，安静地走到了家门前。

“你姐姐在等你。”司马看着前面不远处，池小慧在他冷漠的眼光下，不自然地看向池小晚，完全不掩饰她眼中的恼意，“我想，她要找你的不是。”

池小晚抬头看向姐姐池小慧，很奇怪她怎么会站在门口，晚上，她要么在外面与朋友玩，要么就是躺在沙发上看电视，这个时间，看她站在家门口等人，有些奇怪。

“真难得，终于回来了。”池小慧心中恼怒，池小晚还真敢和她抢男人，明知道她喜欢司马，竟然和司马一起散步走在路上，如同一对甜蜜恋人，这不是故意不给她面子吗？

池小晚想起那晚的事，担心池小慧当着司马的面做出失礼的事，立刻收起伞还给司马，急急地说：“谢谢你，司马，我已经到家。二姐，我们进去吧。”

“小晚，你还真是让二姐大开眼界。”池小慧似笑非笑地说，“刚才欧阳清打电话来，足足打了十个，每隔十分钟打一个，说你的手机忘在他车里，不知道你什么时候回家，原来，你另外有了心上人，真是让二姐佩服！”

“二姐，司马只是不放心我一个人回来，路上遇到我，送我回来。”池小晚低声解释，只想立刻回房间去。

池小慧看着池小晚，却不敢去看司马，他身上冷冷的漠视让她莫名心慌，“你最好立刻给欧阳清回个电话，免得他担心地跑到我们家来，你知道妈最喜欢他，你和他的事情大家都同意，别弄得家人跟着你丢人。”

门从里面打开，池森走了出来，他刚刚在房间的窗户看到小女儿从外面回来，那个叫司马的年轻人陪着，想到二女儿也在外面，担心出事，特意走了出来，听到池小慧的话，嗔怪地说：“好了，小慧，你打算让小晚在外面待一晚上吗？时间不早了，小晚，快进去收拾一下睡觉吧，明天还要上班呢。小慧，你也进去吧，在外面站半天，你妹妹回来就没事了。”抬头看着司马，礼貌地笑笑，说，“司马是吗？谢谢你送小晚回来，这么晚了，她一个女孩子在路上确实不太安全，你想得真是太周到了。”

司马看了一眼池小晚，淡淡地说：“再见。”然后转身离开，没有理会任何人。

真是够傲气的！池森想。

进门，池小慧用邻居也可以听到的声音大声说：“池小晚，你故意的是不是,明知道我喜欢司马,你竟然敢打你未来姐夫的主意,你是他未来的小姨子,你竟然这样!”

“如果我是你,就不对他动心。”池小晚低低的声音,有些悲伤地说,“他心中有人,再也容不下其他女人。”

“你不也喜欢他吗?”池小慧不屑地说,“不喜欢他,以你的性格,你会让他送你回来吗?你会在他说话的时候声音也会不由自主地放缓放温柔吗?少说这些好听的!”

“好了!”池森生气地说,“你们两个都去睡觉,十一点半了,还想干什么,幸亏牟佳木走了,否则,不够我丢人的。你们两个谁都不许去喜欢什么司马,小晚,好好和欧阳清来往,他虽然不够精彩,但做丈夫是个好人选。至于小慧,你也好好和陆与荣交往,他对你很好,家世也不错,你们两个都不许多事。”

池小慧刚要说话,池小晚已经离开去洗漱,丢了个背影给池小慧,池小慧盯着池小晚的背影,恼恼地说:“还真是够可气的,别以为你是我妹妹,我就会网开一面,没门。”

客厅的电话响起来,池小慧瞪了一眼电话,刚要发火,眼睛一转,跑过去拿起电话,笑着说:“是欧阳清吧?真是准时,又打电话来了,不用担心,小晚她已经回来了,是司马送回来的。”

电话那边似乎有短时间的沉默,过了一会,传来欧阳清的声音:“她到家就好,司马送她的事我知道。”

“欧阳清……”池小慧刚要继续说话,那边传来电话挂断的声音,对着电话,池小慧真是一肚子的火发不出来,这个欧阳清真是窝囊废,自己女朋友变心,他竟然不敢说句重话,鬼才信,司马送池小晚的事情他知道?他根本就不可能知道!

“时间不早了,去睡觉吧。”池森叹了口气,回到卧室,看到余雪琴正安静地躺在床上默默地看着他,“没事,天气热,容易上火,到秋天就好了。”

余雪琴没有说话,闭上眼睛,挪了挪枕头,似乎是睡着了。

过了中午,桑心柔才来上班,忙了一上午的池小晚刚刚停下来,在纸上凭着回忆画那幅画上的女子,她今天没去旧址,给欧阳清一些时间接受好一些，毕竟让大家误会是一对交往的恋人，突然提出分手，他难免不能接受。

桑心柔一脸奇怪的笑容走进来，傻笑着，盯着池小晚，好半天才慢吞吞地说："小晚，我今天中午去相亲了，昨天晚上对方有事耽误了，你猜我今天相亲的对象是谁呀？"

池小晚看了一眼桑心柔，笑了笑，说："心柔，你今天的打扮很淑女，头一次见你穿高跟鞋，蛮漂亮的啊。"

"别提了，我要是不穿，我妈能生吃了我。"桑心柔在椅子上坐下，乐呵呵地说，"你听了可不许给我说出去，否则，有人会要了我的命。小晚，我估计你怎么也不会想到我相亲的对象是谁，我才知道，我父母和你二姐男朋友的父母，也就是陆与荣的父母竟然是高中时的同学，两家老的想撮合我们，他们哪里知道，我和陆与荣各自心里有人，本就是应付的，只是一看到是陆与荣，我差点疯掉。"

池小晚盯着桑心柔，失笑说："真的假的？听起来挺有趣。"

"当然是真的，我能拿这个开玩笑吗？"桑心柔自己也笑了，"我还是以前在某次机会里见过你二姐和他在一起，他也算是个长得不错的小子，家庭不错，独子，你二姐跟他下半辈子不会吃苦，他对你二姐是死心塌地，唉，真是各人有各人的命，不服不行。"

池小晚有些迟疑，陆与荣如果真的很爱自己二姐，怎么会去和桑心柔相亲？要是让二姐知道，又是一场没完没了的吵闹。

"想什么呢？"桑心柔微笑着问，"是不是在想，为什么，我和陆与荣各自心里有心上人，却偏偏要答应相亲？"

池小晚一笑，点点头。

"这是现实。"桑心柔叹了口气，喝口水，"我喜欢你哥哥，真的很喜欢，见到他就没有了我自己，但我知道他不会爱我，也不可能娶我，他可选择的人实在是太多了，和我有来往，不过是因为我是你的好朋友，你哥哥在很多时候，对你有着强烈的保护欲望；而陆与荣，他是一个自小被家人照顾的孩子，不缺钱，一直活得很滋润，他很喜欢你二姐，从小就迷恋，但他是一个离了家人活不了的人，他要是真的和他父母闹翻，吃亏的是他。说白了，婚姻和爱情对我们来说，是完全不同的两码事。"

“我还是不明白。”池小晚一笑，“算了，我们不谈这么深奥现实的问题，你们打算交往下去吗？”

“没有，我们两个说好了，表面上答应我们父母的要求来往，私底下，我们各交往各自的，他继续追求池小慧，我继续喜欢池小珉，如果我们到了不得不面对婚姻的时候，他没有娶到池小慧，我没有嫁成池小珉，我们就结婚。”桑心柔一笑，很认真地说，“我们的家人熟悉，我们的生活环境相同，作为婚姻中的两个人，我们可以相处得不错。”

正说着，江萍从外面走了进来，一身黑衣，头发短了许多，面色憔悴，她的出现吓了桑心柔一跳，天，她怎么这么早就回来了？不是要休息几天的吗？好像同事说她请了几天假，怎么今天就回来了，昨天才刚刚请的假，真是的！

“来了。”高媛的声音响了起来，“看起来气色不好，怎么没在家好好休息一下。”

江萍很温柔地摇了摇头，看起来我见犹怜，“没事，在家待着也是难过，不如出来上班，有同事们陪着，心情会好许多，而且，旧址的事一直由我负责，我不能因为自己的私事耽误公事，姑姑已经过世，是不可改变的事实，我想她一定不希望我活得不开心，我一定会好好活着，让她在九泉下放心。”

“真是个好女孩。”高媛叹了口气，突然想起什么，说，“小江，你到我办公室来一趟，我有事情要和你说。”

江萍很听话地点点头，随着高媛到了主任办公室。

高媛在桌后坐下，指了指前面的沙发，笑着说：“小江呀，来，坐，我有话要和你说。家里还有什么人？”

“有爸妈和一个妹妹，妹妹在外面上学，还没有毕业，不回来了，会留在她上学的城市。”江萍轻声说。

“你也是大学毕业的吧？”高媛瞧着江萍，是个稳重可靠的人，可以成为自己的得力助手，“今年二十六了吧？我在你简历上看过，有合适的男朋友吗？”

江萍轻轻摇了摇头，面上微红，害羞地垂下头。

“这没什么不好意思的，我知道你是一个上进的好孩子，是这样，我有两个儿子，大儿子自己做生意，电器生意做得很不错，自己有房有车，长得也不错，和我有几分相似。”高媛微笑着说，“他也没有找到合适的，比你大三岁，我看着你觉得挺顺眼，想介绍你们认识，我们是同事，大家都了解，我儿子，噢，对了，他叫牟佳木，也是个相当不错的年轻人，你觉得怎么样？”

江萍不好意思地垂下头，轻声说：“谢谢高主任。”

“好，你既然不反对，我就安排你们见面。”高媛高兴地说，“我们家也该有件喜事冲冲，今年运气特别糟。”

第十六章　心机巧设，江萍交往牟佳市

池小曼拿着文件匆匆下楼，今天的事情有点多，昨天休息了一下午，今天一上班发现已经堆了一桌子的文件需要处理。

“小曼。”一个高兴的声音响起，吓了池小曼一跳，抬头看到牟佳木举着一大束红玫瑰站在楼梯口微笑着看着她，“喜欢吗？我觉得这花真的很配你。”

池小曼眉头一皱，这人还真是脸皮厚，瞪了对方一眼，想要从他身边目不斜视地过去，刚走过去，牟佳木的鲜花就举到了面前，露着一张灿烂的笑脸，高兴地看着她。

“有事吗？”池小曼生硬地说。

“没事，就是想过来看看你。”牟佳木高兴地说，“见到你就觉得开心，这花是送你的，有时间吗？下午一起去看电影吧？”

“没时间。”池小曼看到有同事走过来，立刻面露不悦地说，“我很忙，没时间看，你约其他人吧。”

“那我等你忙完再看，电影院下面有个活动室，要不，我先约小晚妹妹去玩一会，等你下班以后，大家一起吃饭，然后一块看电影，好像有个叫欧阳清的挺喜欢你妹妹，不如我们约他们一起，怎么样？”牟佳木开心地笑着提议。

池小曼巴不得他快点离开，点点头，匆匆离开，既然约了小晚，有小晚帮她应付就可以了，不必要她亲自去，这样也好。这人还真是奇怪，她没对他怎么样，怎么他就热情到这个程度。

目送池小曼拿着花离开，牟佳木开心地一笑，他是真的挺喜欢这个有点聪明、有点冷傲、有点小心计的池小曼，最主要，她真的是挺漂亮，而且漂亮得挺端庄。

拿出手机，看着上面的号码，牟佳木微皱了一下眉头，“妈，什么事？”

“中午有时间吗？妈想和你一起吃顿饭。”高媛看着害羞的江萍，对着电话说，“就我们单位附近吧，找家干净的饭店，妈有事要和你说。”

“好吧。”牟佳木懒得拒绝，反正他现在也没什么事，原本打算请池小曼吃饭看电影，但池小曼很忙，原本打算约池小晚出来打保龄球，既然妈找他有事，就先迁就妈这边吧，“去饮香食府吧，那儿不错，味道好，我们娘俩吃饭花不了多少钱。”

“妈还有一位客人要一起过去，你定三个人的位子吧。”高媛放下电话，对儿子的合作很满意，微笑着说，“小江呀，去换件素淡些的衣服过来，我知道你姑姑去世你很难过，但和佳木第一次见面一定要给他留下好印象，去换件颜色不太鲜艳但浅些的再回来。时间可能有些紧，这样吧，我让司机送你回去。”

“谢谢高主任。”江萍轻声说。

饮香食府，牟佳木坐在临窗的位置，漫不经心地打量着出入门口的人，看到母亲和一个年轻女子一起走了过来，第一感觉，母亲一定没好事，这个女子是不是和母亲此次来吃饭有关系？

女孩子年纪不大，看着算得上稳重斯文，不是他喜欢的类型。

“妈，有事吗？”牟佳木明知故问。

“这是小江，我的下属，这是我儿子，牟佳木，不许没礼貌，小江她不仅是我的下属，更是我欣赏的下属。”高媛笑着说，“来，小江，在我身边坐下，咱们两个好说话。”

“你好。”牟佳木客气地打了声招呼，并不热情。

江萍看着牟佳木，浅浅的微笑，透着几分羞涩之意：“你好，很高兴认识你。”

高媛瞪了儿子一眼，笑着说：“小江呀，别理他，他就是这样的倔脾气，不过，他人可是真的不错，不是我这个当妈的夸，能够嫁给我儿子的女人一定会过得很幸福。”

牟佳木看了看时间，心里暗自后悔，早知道应该约小晚出来打保龄球，好过在这相什么亲，明知道妈打电话来一定没什么好事，偏偏还是来了。真是后悔都来不及。

“妈，您搞什么呀？”牟佳木不乐意地说，“别乱点鸳鸯谱，我现在还不想谈朋友，再说，我已经有了意中人。”

高媛愣了一下，下意识看了江萍一眼，江萍立刻低下了头，没有任何反应，很安静地坐着，她看着儿子，怀疑地问：“你什么时候有了意中人，我怎么不知道？不要拿这种低能的说词来打发妈！”

“您也许认识她，或者有可能见过她。”牟佳木看了一眼江萍，他不喜欢她，不如这个时候就表现出来，反正他已经有了自己喜欢的女孩子，“你们单位有个叫池小晚的女孩子，是不是？我和她姐姐池小曼认识，并且正在交往，我们处得不错，爸对这件事挺赞成，说来也巧，小曼的母亲还是爸小时候的邻居，挺和气挺漂亮的一个人，他们一家人都很好。”

江萍的身体轻轻颤抖了一下，眼神轻轻扫过高媛和牟佳木，一种冷漠而恼怒的表情瞬间闪过，对儿子所说感到诧异的高媛和正在说话的牟佳木都没在意。

“你说的是S公司的池小曼？”高媛有些意外，盯着儿子，“你是怎么认识她的？是你爸介绍的吗？听说她长得很漂亮，而且很受杜总的重视。”

“是的。”牟佳木没有否认，很开心的表情，“小曼是个很聪明可爱的女孩子，而且单纯，我很喜欢她，所以很抱歉，还是请你另外给江小姐介绍吧，对了，妈，你真应该认识一下小曼的母亲，那才是高贵温和的女子，说起话来柔柔的。”

“你倒是很着急讨好她。”高媛酸溜溜地说。

“我说的是实话，虽然知道您不爱听。”牟佳木不以为然地说。

高媛突然想起什么，那个公园里的女子，好像也是牟德蒙小时候的邻居，难道是同一个人？“她是不是脚受了伤？”她盯着儿子，直直的声音问。

“是啊，您怎么知道？”牟佳木好奇地看向母亲，笑着说，“我也是听爸说起才知道，听爸说，阿姨在外面锻炼的时候不小心扭伤了脚踝，但已经没什么大碍，池叔叔也很有趣，他是个警察，有很好的身手，虽然年纪大了，但是身体……”

“不行,你们绝对不许交往!”高媛的声音很高很急促,引得旁边的食客把目光转向这边。

牟佳木不解地问:“您怎么了? 激动什么?”

“我说,你们两个绝对不许来往,你可以和任何一个女孩子来往,如果你没有看中江萍的话,你可以去认识任何一个女孩子,但就是不能是池家的,那个女人,”高媛恼怒地说,“她是个狐狸精! 是她勾引了你爸,让他对我变了心。”

“您在说谁?”牟佳木不高兴地问。

“那个,那个池小曼的母亲,那个你口中漂亮高贵的女人!”高媛想起那张杂志里的照片,就一心的慌乱,那是个眉清目秀的女子,却让牟德蒙藏了很多年。

“真是无聊。”牟佳木生气地说,“难怪爸说您进了更年期,真是一点不假,人家余阿姨怎么得罪你了,余阿姨和池叔叔很恩爱,有儿有女,听爸说,余阿姨是他三十几年前的邻居,有三十多年没见面了,就算有什么,也早就淡得没有痕迹! 而且这事和小曼无关,我的事情您少管!”

“我说不行就是不行!”高媛生气地说,“原来池小晚就是那个女人的女儿,难怪我看着她总是不顺眼,她和她妈还真是一路货色!”

“这和小晚有什么关系,您真是不可理喻!”牟佳木生气地说,“我和您没话可说,您想吃就在这吃,不想吃就走,我还有事,我先走了!”

看着儿子远去的背影,高媛咬着牙,对一直安静无语的江萍说:“江萍,我不管你用什么办法,一定要从池小曼那丫头手中把佳木夺过来! 我绝对不允许池家的人踏入我家半步!”

江萍低头无语,面上看不出什么表情。

接到牟佳木的电话,池小晚很意外,他怎么知道办公室的电话,他的语气很开心,说和她姐姐池小曼说好一起看电影,现在小曼很忙,他就约她一起去电影院等,当然最好是带上欧阳清。他不是个坏人,池小晚想,可是,大姐好像不太接受他。

正要说什么,外面风风火火进来一个人,一个高高的声音,充满了愤怒,大声说:“池小晚,你能不能好好上班,就知道电话聊天,立刻去旧址,你负责帮助小江做好有关旧址的一切,从今天开始,小江就负责你们这个办公室!”

牟佳木在电话里听到自己母亲的声音,暗暗骂了一声,想要说什么,电话那边传来电话挂掉的声音,他猜到,脾气暴躁的母亲会相当为难“倒霉”的小晚,都怪他多嘴!

池小晚迅速挂掉电话,有些愕然地看着主任,出去的时候还好好的,怎么一顿饭的时间就变了脸,问题现在还不是上班时间,她和桑心柔正在一边吃调的凉菜一边闲聊,这个时间接电话也不成吗?

“看我做什么!”高媛瞪着池小晚,怎么以前没发现她那么像那个女人,和照片上的女人一样可恶,凭什么要长得这样眉清目秀!“在办公室里吃饭,你们还想做什么,以后吃饭都到外面蹲着吃,不许弄得整个房间一股子饭菜的味道,简直是太可恶了,从现在开始,这间办公室,只有江萍说了算,任何人不许不经她的同意做任何事,以后离开要找江萍请假,她的话等于是我的话!”

说完,高媛一摔门,恨恨地离开。

有早到的同事站在门外尴尬地不知道进来好还是不进来好,看着高媛黑着脸离开,听到她最后的话,个个都在心里猜测:今天主任是怎么了?主任喜欢江萍,大家都知道,但要说江萍的话就等于是主任的话,却有些夸张。

“祝贺。”进来的同事努力笑着打招呼。

江萍浅浅微笑,点点头,没有任何高兴或者骄傲的表情,保持着稳重和谨慎。

池小晚和桑心柔相互看了一眼,不知道发生了什么,好好的,高主任怎么恼成这个样子,好像吃了池小晚的心都有。

“你们去趟旧址吧,今天早上来的路上听到广播里说,昨天晚上,旧址的地方好像发生了奇怪的事情,但具体是什么事不知道,你们去看看可以打听到什么。”江萍面带微笑,表情笃定地说,“拍一些合适的照片过来,这段时间我们杂志上发表的有关旧址的文章很受追捧,我们必须保持。”

池小晚一愣,昨天晚上哥哥没回来,也没打电话回来,只有欧阳清来过电话询问她的情况,她的手机忘在欧阳清的车上,所以到现在也没接到哥哥的电话。旧址那边出了什么状况?

走到外面,桑心柔叹了口气说:“看来,不仅我倒霉,你也够倒霉的,怎么让高主任盯上了?你什么时候得罪她了?好像她走的时候还挺高兴,难道是那个可恶的江萍又告我们的状了?她不应该坏到那么无耻的地步吧?”

池小晚摇摇头,她心里担心旧址发生了什么?

打车到了旧址附近,远远地看见有警车,有警察在四处转悠,看见她们两个下了车,立刻有人走过来询问。

桑心柔看了一眼面带担心之意的池小晚,抢在前面说:“我们是杂志社的,和这边的人约好过来采访,这位是里面一位工作人员的妹妹,听说这出了事,出了什么事?”

“没什么大事,有人偷偷进入正在发掘的地方盗取一样东西,被这的工作人员发现,跑掉了。”一个警察认得池小晚,笑着说,“是不是来看你哥哥,他怎么没做警察,池老师一直希望他做警察。”

池小晚认得对方是爸爸以前一位手下,他喜欢称呼爸爸为老师,也是因为他是爸爸一手带出来的,“我哥哥他喜欢考古,所以我爸就由着他了。”

“这个工作也不错,和以前打交道,神秘,比做警察安全,我刚刚下去看了,和那些古代的东西打交道,比抓一个小偷困难多了。”对方笑着说,“你们进去吧,他们正在做笔录,估计已经差不多结束,你哥哥受了点轻伤,皮外伤,不要紧。”

池小晚立刻赶去那间大的工作室,一眼就看到哥哥头上缠了绷带,正和欧阳清说话,看到池小晚,池小珉立刻笑着说:“小晚,我这个样子帅不帅?不用害怕,是皮外伤,我不小心碰到的,那个人并没有对我怎样,他的身手太快了,我连和他照面也没打。这个年代,竟然还有这种来无影去无踪的家伙,厉害!”

池小晚松了口气,看样子伤得不重,绷带缠得不厚,只渗了些浅浅的血痕,脸色也好。“怎么回事?”

“没事,不用担心。”欧阳清完全没有了昨天的不开心,看到池小晚进来,立刻起身倒了杯水,放在池小晚面前,“这儿偏寒和潮湿,我问过一位做医生的朋友,他说在这里要多喝热水,适当喝点白酒,我是说吃饭的时候,对身体好。”

看到欧阳清走路有点不太方便，池小晚关心地问：“你没事吧？好像也受了伤。”

“小事一桩。”欧阳清很开心地说，原来小晚还是关心他的，注意他的，“追那个人的时候，不小心扭了一下脚，不严重，休息一下就没事了。”

“欧阳伯伯没事吧？”池小晚没看到欧阳瑞祥的身影，担心地问，“他怎么没在？”

“他？”池小珉笑了笑，说，“整个人守在红烛的旁边，没有人可以劝他离开半步，对方的目的好像就是这只红烛，但对方好像并不是要拿走红烛，感觉上更像是要毁了红烛，这可是会要了欧阳教授的命的，暂时就由他去吧，过了这几日，没事了，他就好了。很奇怪，这对红烛是稀世珍宝，如果说想要偷走还有情可原，毕竟这对红烛出售的话，一辈子吃喝就不愁了，但……桑心柔，你怎么了？你哭什么？”

桑心柔眼泪汪汪地看着池小珉，她也不知道自己为什么掉眼泪，听刚才那个人说池小珉受了伤，她就开始紧张，一看到池小珉头上的绷带，就立刻觉得整个人的心收得非常紧，就落下泪来，越想控制越控制不住。“我不知道，可是，我很难受。”

“没事，傻丫头。”池小珉猜到桑心柔是因为他受伤的缘故才落泪，立刻笑着安慰说，“可别再这样，再这样下去，我可就真的以为你爱上我了。”

桑心柔的脸一红，眼睛和笑容让她灿烂得如同花开。

池小晚轻轻笑了笑，“你们聊一会，我下去看看欧阳伯伯。”

“我陪你吧。”欧阳清立刻说。

“不用，你照顾我哥哥吧。”池小晚微笑着说，“已经不是那么害怕，昨天上上下下好几趟，已经知道如何走了，我只是下去看看欧阳伯伯，这么多人下去，欧阳伯伯可能更不肯答应上来了。”

“那你小心些。”欧阳清不愿意勉强池小晚，纵然他心中不放心。

池小晚拿了件哥哥的衣服穿上，站在入口处，感觉到一股阴冷的风吹上来，迈步向里面走，隐约看得见路，今天的灯光特别昏黄，池小晚觉得有些紧张。

走进入口，池小晚下意识地用手按住紧张到怦怦乱跳的胸口，顺着路向前走，隐约听到一声很轻微的声音，轻轻的努力控制的呻吟之声，似乎就在她附近的某一处，离她不远，倏地回头，入口早已被抛在后面看不到，光线似乎比刚才要好一些，大概是没有上面明亮光线的比较了。池小晚提声问了一句："谁？"

没有人回应，周围安静，这儿有发掘出来的一些类似道路的地方，有一些因为不能确定究竟是什么而没有发掘，如果藏一两个人，并不困难。

听到里面传来一声，"小晚吗？我在这。"是欧阳瑞祥的声音，"进来吧，那群警察想要进来，让我给撵出去了，这儿全是珍贵的东西，万一一个不小心损坏，我罪过大了。"

"欧阳伯伯。"池小晚应了一声，偷偷看了一眼黑暗的地方，她觉得那应该有人，只是感觉不到敌意，最起码对她来说，对方保持着一种温和而警惕的感觉。"我这就过去。"走了两步，池小晚突然猛地一回头，一声惊呼呛在嗓子眼处，觉得手腕上一紧，有人立刻抓住了她，捂住了她的嘴。

"是我。"来人低低的声音，"我是饮香食府的甘南，我们见过面，请不要喊人过来。"他的声音有些虚弱，确定池小晚的惊呼咽回去的时候，甘南松开手，重新隐入黑暗中，喘着粗气，"我并无恶意。"

池小晚呆呆地看着面前的甘南，听那边欧阳瑞祥又喊她："小晚，怎么了？没事吧？今天光线不好，小心别摔倒了。"

"没事，欧阳伯伯，已经适应了。"池小晚回头看了甘南一眼，再看看来时的路，向着欧阳瑞祥发出声音的地方走去，低低的声音，"你小心些，不要紧吧？"

"没事。"甘南微笑，虚弱地说，"与他们无关，是红烛。对了，池小晚，去见欧阳瑞祥的时候要小心些，尤其是红烛在的时候，一定要小心，千万不要点燃红烛。"

池小晚不太明白，但见到红烛的时候她是不舒服的，所以，点点头，继续走路。

欧阳瑞祥正坐在一个土墩上，看着放在玻璃罩里的红烛，看到池小晚进来，笑笑，指了指一旁的一个土墩说："坐吧，没事的，是不是欧阳清和池小珉担心我，告诉过他们，我没事，只是看着红烛才心安，这种玻璃防盗，砸也砸不坏。”

“昨天晚上发生了什么？”池小晚好奇地问，“外面有警察，其中有一个是我爸爸的旧下属，他说，好像有人闯了进来。”

欧阳瑞祥走过去，轻轻打开玻璃罩，深深地呼吸了一口气，“这对红烛实在太美了，一定有很多很多故事，经过这么多年，竟然还有淡淡的蜡香，不信，你闻闻。”

池小晚笑了笑，说：“不要了，或许对那些对红烛感兴趣的人来说，这对红烛重要的只是它的价值。”

“他们是蠢材！”欧阳瑞祥的声调有些许变化，抱着红烛，转头看着池小晚，眼神有些狂热，很吓人的狂热，“他们不懂，只有我懂。”

池小晚有些讶然地看着欧阳瑞祥，怎么突然间变了表情，从和善变成狂热和偏执！“欧阳伯伯，您怎么了？”

“你是怎么知道的？”欧阳瑞祥抱着红烛向池小晚走近一步，步调有些杂乱，“你是个普通的女孩子，普通到我都不明白欧阳清为什么喜欢你，但你却可以感知这里的一切。”

池小晚觉得自己的胸口突然疼了起来，是啊，她只是一个普通的不能再普通的女孩子，怎么会偏偏对这里的事情如此敏感。“欧阳伯伯，您把红烛放回去吧，万一不小心摔了怎么办？”她捂住自己的胸口，弱弱地说。

“是的，我得小心。”欧阳瑞祥把抱着的红烛放了回去，很小心很虔诚。

“我上去看看，告诉他们一声，您很好，免得欧阳清和我哥哥担心。”池小晚急急地说，一边说一边退了出去，她其实有些担心甘南，他好像受了伤。未等欧阳瑞祥答应，池小晚已经匆匆退了出去，急急赶回来时遇到甘南的地方，他仍然还在，脸色非常苍白。

“回来了。”甘南努力微笑着，“没事吧？”

池小晚心有余悸地说：“欧阳伯伯很奇怪，我进去的时候说话还好好的，不知道为什么，拿了红烛出来，就突然变得莫名狂热，眼神也怪怪的很吓人。”

甘南长出口气，慢慢地说：“池姑娘，有件事需要你帮忙，我知道有些为难你，但现在能够帮我的只有你，我不能待在这，会连累我主人。你能够帮我去趟饮香食府找到我们老板，告诉他我现在的情况，他会让你给我带药来，有药的话，晚上我就可以离开。”

池小晚点头，刚要走又轻声问：“你为什么也要来这？”犹豫一下，咽回了那个偷字，“那对红烛，你也很喜欢吗？”

“我不喜欢。”甘南苦笑一下，“我不仅不喜欢，而且深恶痛绝，我来这并不是想要偷它，是想要毁了它，有些事情不知道应该怎么和你说，它是邪恶的！”

池小晚依然不明白，不过她相信，那对红烛虽然是用在婚礼上，却是不吉利的。

回到上面，池小晚对房中的三人说：“我有事要离开一会，很快就会回来，有什么事的话打电话找我，心柔，你先在这等我一会，我去去就来，来回大概半个小时吧。欧阳伯伯在下面挺好，不过，不要再让他去碰那对红烛了，我觉得那对红烛怪怪的。”

“要我送你吗？”欧阳清立刻问。

池小晚笑笑，“不用，我有点私事去办一下，很快就回来，你离开，如果我哥哥有事情要你帮忙，或者欧阳伯伯有事找你怎么办？”说完，匆匆离开。

桑心柔叹了口气，说：“小晚和以前不一样，她开始有事情不让我与她一起了。”

池小珉一笑。“桑心柔，你是个女孩子，怎么也盯我妹妹盯得这么紧，欧阳清吃醋也就罢了，你叹什么气？”

“我不是吃醋。”桑心柔认真地说：“小晚不像你两个姐姐，她真的是个好女孩，我的意思不是说你两个姐姐不好，小曼姐美丽得有点冷，高傲不让人亲近；小慧姐美丽得性感妩媚，让男人喷血让女人嫉妒；但小晚，她真的很好，我说不出她好在哪，看见她，我就觉得心里很踏实，就像饮料再好，酒再烈，也比不过一杯清水的甘甜，看似平常，却可以化解所有。小晚，她是注定的命运，我相信，一定会有好的婚姻，欧阳清，我不是说你不够好，你爱小晚爱得不够，你温暾得让我看着都急，这么久都没有让小晚心动，你们是从小就认识的吧，可你和池小珉有什么区别，你是爱她的男人，不是疼她的哥哥。

唉，我真是不懂你们男人！”

“什么道理。”池小珉嘟囔一声，“不过，想想也有道理。”

“她没和我说实话，她和我们撒谎了。”桑心柔说，“她变了，她不想让我们介入她要去做的事情。”

“好了，”池小珉笑着说，“桑心柔，你再说下去，我真要怀疑你的取向问题，我妹妹说她有私事要办，也许是我们家里的事，也许是她自己的私事，不方便外人知道，你瞎联想什么。欧阳清，别理这丫头，我看她也开始变得神经兮兮。”

打车赶到饮香食府，迎面就碰上小忆，看到她，立刻笑着说：“池姑娘，您来了，正好，我们老板正在顶楼等着您。”

池小晚心中奇怪，难道司马知道她会来？

到了顶楼，轻轻敲了门，里面传来司马的声音：“门没锁，进来吧。”

推开门，司马坐在桌后，没等她开口，先开口说：“甘南他没事吧？”

“你怎么知道我来和甘南有关？”池小晚诧异地看着司马，“难道你知道他去旧址和那对红烛的事情？”

“是的，我知道，这件事是我安排的。”司马平静地说，“是我想要毁了那对红烛，但我还是低估了它的力量，没想到这么久了，千年之后它依然有着不可毁灭的力量。我们依然没有办法接近它。甘南伤得重吗？”

“他还好，只是脸色很苍白，人很虚弱。”池小晚说，“他说让我来找你，你会让我带药给他，他晚上就可以离开旧址。”

“好的。解药我已经准备好，我送你回去，越快越好。”司马站起身，“我在附近找个地方等他出来。”池小晚还没反应过来，司马已经从她身边走过，丢下声音说，“知道你心里有许多问题，但现在，甘南的生命比任何问题都重要，我不能让他出事，就算离开，也必须让他安静地离开，不能在任何人前离开，他需要平静地离开。”

池小晚听不明白，乖乖地跟在司马的身后离开。

司马的车开得很快，脸色不算好，说：“很高兴你今天会去那，否则，不知道甘南要如何获得救援，如何回得来。”

“他晚上能够一个人离开吗？”池小晚轻声问，“如果困难的话，我可以尝试着把其他人引到下面，让他有充足时间离开。”

“如果是这样，更好，谢谢你，小晚。”司马侧头看着池小晚，顿了一下，继续回头开车，“有意儿，我不会再爱任何女人，我的心也装不下任何女人，但我会把你当成朋友，仅仅只是朋友，小晚，不要让你爱上我。”

池小晚轻轻扭过头去，看着车窗外，心里头委屈得很，泪水就在眼眶里转啊转，不敢落下来，慢慢地说：“不会，如果爱是打扰，绝对不会爱，永远不会爱，司马，我们只是认识，只是认识。”

司马心中轻轻叹了口气，说不出的奇怪感受，伸出右手，在池小晚的左手上轻轻拍了拍，轻轻地说：“我不想伤害你。”

司马的手落下时，池小晚的心似乎突然抽紧，一种奇怪的感觉涌上心头，是快乐还是悲哀，说不出来，只是紧张的欢喜的，感知着那份陌生的感觉，有隐约的喜悦在心中。司马的手凉凉的，落在池小晚的手背上，却带给池小晚一身一心的欢乐和温暖。

司马把车停在离旧址有段距离的地方，“不能再往前送了，他们会发现，告诉甘南，我就在这等着他，如果你可以引开其他人，让甘南早些时间出来，就更好了。”

“我哥哥和欧阳清倒好说，只是那些警察，需要些时间，我想想办法，尽可能早些让甘南出来。”池小晚微笑着说。

“谢谢。”司马微笑着很真心地说。

走了两步，池小晚突然站住，轻声问：“旧址里发现一张画，上面有两个字‘逸轩’，大家都猜测你是这旧址的后人，如果是，你可知道他是何人？那张画，不是被岁月淡了颜色，是眼泪，那个逸轩是不是和画上的女子有着一段悲伤的爱情？”

司马一顿，失笑，然后悲哀，半天才说：“是个熟悉的人名，那画上的女子是他的妻子。”

池小晚咬了咬嘴唇，原来，司马真的是这旧址的后人。

欧阳清走出来，微笑着打招呼：“小晚，这么快就回来了，事情办好了吗？”

桑心柔正和池小珉说话，看到池小晚进来，笑着说：“你哥哥正在讲你的笑话，你小时候的笑话，果真是有趣，小时候你也曾经活泼可爱过，你哥哥说，你小时候常常摔伤自己，因为你太听他的话，会和他一起出去，然后被骗着玩许多危险游戏。”

“是的。”池小晚笑着说，“有一次，他跳那种大孩子才会跳的沙坑，他跳过去，我摔伤了膝盖，回家我妈把他好好训了一通，在外婆家庭院里站了一个小时。”

池小珉得意地说：“如果没有我，你能够有如此美好的童年回忆吗？你应该感谢我。”

“谢你？才怪。”池小晚一笑，“不和你们说了，我想要下去看看欧阳伯伯如何了，门外的警察什么时候离开，已经是下午，到了晚上他们也要在吗？”

“他们大概十来分钟就会离开，人虽然没有抓到，但肯定不会还在这了。”欧阳清接话说，“想要从这偷走红烛是妄想，这对红烛几乎是我爸的命，他用了全部的力量保护它。”

池小晚笑笑，没说话。

桑心柔心里说，她敢打赌，池小晚一定有什么事情瞒着她！

一行人顺着入口向下走，走了一会，池小晚突然说：“糟糕，我忘了带纸和笔下来，我想过去再看看那幅画，我需要纸和笔，你们先走着，我上去很快就下来。”

“我陪你吧。”欧阳清似乎永远可以在池小晚讲完话后立刻接上，“上面已经没人，你一个人害怕吗？”

池小晚摇头，“没事，我只是上去拿纸和笔，外面还有警察，不会有事。”

欧阳清失望地低下头，和池小珉、桑心柔一起向下面走，听得到池小晚离开的脚步声，却连回头的勇气都没有。

池小晚走了几步，躲入黑暗中，等到众人消失在她的视线里，才匆匆赶到甘南躲避的地方，把司马交给她的药递给甘南，甘南的脸色煞白，有隐约的灰暗。“你没事吧？司马他在外面等你，再过二十分钟，外面的警察会离开，你上去就好，可以离开吗？”

“没事，吃了药就不会有事了。”甘南感激地笑着，冲池小晚摆了摆手，轻声说，“快些上去吧，不然他们会怀疑。”

“嗯。”池小晚轻声答应，回到上面拿了些纸和笔，再重新返回到下面，以最快的速度赶上了前面的三个人，他们走得不快，正在说着什么，听不真切。

池小曼收拾好桌面上的东西，刚要离开，电话响起，里面传来她一直期盼和熟悉的声音：“曼，过来一下。”

他回来了！他真的回来了！

第一反应是激动，完全的激动，她冲到镜子面前检视自己的模样，感觉还好，除了有几分因思念而在的憔悴，已因着他的电话一扫而光，眉宇间全是快乐的笑容。轻敲门，手刚碰到门，门就轻轻打开，他没有锁门，他在等她！

池小曼关上门，欣喜万分地看向杜辉。他似乎很累，眉头紧锁，很疲惫，很难过。“辉，你怎么了？”

杜辉轻轻摇了摇头，长长地吐了口气，伸出手，示意池小曼过去，“曼，我不在的时候有没有想我？”

“想。”池小曼的眼泪立刻流了出来，止也止不住，她扑进杜辉的怀中，恨不得立刻融化进杜辉的身体，再也不要分开，这几天，她几乎要想疯了，“你怎么可以这样，一点话也没有就离开，我还以为你不要我了呢。”

“我有一个很在乎很在乎的人离开了。”杜辉抱着池小曼的身体，手轻轻地抚过她的脊背，慢慢地说，“她是一个对我很好很好的人，但我却辜负了她。现在她死了，到死也不知道我是谁。她已经想不起来我是谁了。”

池小曼抬头看向杜辉，发现杜辉竟然落泪了，这是她认识的一向坚强出色的杜辉吗？他口中的朋友是怎样重要的一个人，竟然可以让他如此伤心？

“你和她有些地方有些像。”杜辉让池小曼坐在他怀中，抚着她的手，慢慢地说，“我认识她的时候，她就如你现在一般，单纯可爱，可是，时间过了这么久，却只知道她已经离开，因为我的辜负。”

池小曼突然想起那张出现在报纸上的照片，难道他说的是江露，那个也许是他前妻的女子，早知道，多找一些江露的资料就好了。

“我们是在恋爱吗？”杜辉突然一笑，看着池小曼，突然这样问。

“是的，我爱你。”池小曼毫不犹豫地说。

“爱？这个词听起来最滥！”杜辉冷冷地说，“他对她说我爱你，她对他说我爱你，说来容易，三个字，但是承诺起来不容易，曼，我们是在谈恋爱，就如以前，但是爱太沉重，轻易付不得。对了，好像听说你认识了一个不错的男朋友，姓牟，是不是真的？”

“他不是我男朋友。”池小曼脸一红，恼怒地说，“是黎姨做的媒，其实不是我去见他，是我妹妹小晚，我并没有和他相亲和他约会，他对我来说，只是一个陌生人。”

杜辉疲惫地一笑，池小晚，那个平凡的丫头，站在那，就是干净一个印象，不如小曼美丽高贵，不如小慧性感妩媚，却偏偏比她两个姐姐更容易引起人注目，一个女子，甘愿承认平凡，甘愿藏起锋芒，本就是一种勇气，寻常女子，哪个肯舍了容貌和岁月？

“你紧张成这个样子做什么？”杜辉慢慢地说，“来，帮我去倒杯咖啡，你应当再认识些优秀的男孩子，我是有家室的人，我们之间只是纯精神，不可能有其他，我不会为着自己的私念和欲望占有你，那对你太不公平，我们彼此心里明白就好。”

池小曼委屈地起身去给杜辉倒咖啡，轻声说：“我确实不喜欢他，是谁告诉你的，欧阳蓓吗？你对她好像比对我更好些。”

杜辉哈哈一笑，说：“好了，别吃醋了，我是有家室的男人，除了老婆，我不可能对任何女人承诺。曼，我是真的希望你可以有不错的男朋友，我们之间是清白的，你可以正大光明地爱别人。”

池小曼低下头，把咖啡递给杜辉，低低的声音说：“如果和你没有结果，我知道我们之间不会有结果，那我就嫁人，一辈子把你放在心里慢慢地想，那个地方谁也无法进入，谁也无法把你从我的心中抢走，你夫人也不行！”

杜辉再次把池小曼搂入怀中，在她唇上轻轻亲了一下，笑着说：“好，乖，我就住在你心里，好好藏着，让任何人都找不到。不哭了，今晚请你看电影，算是道歉，如何？”

池小曼把头放在杜辉的肩头，满足地笑着，面上是绝不放弃的喜欢，是的，杜辉是个有家室的人，她不会让他离婚，但是她会爱他一辈子，他永远是她心中唯一的最爱。

“叫上你妹妹小晚，她不是有个正在交往的男朋友，好像叫什么欧阳清，一起叫上。”杜辉无意地说，“那个欧阳清是欧阳蓓的亲弟弟，你和她是我的左膀右臂，你们再成为亲戚就更好了。”

池小曼微微一愣，今天怎么了，牟佳木请她看电影，提醒她捎带着叫上池小晚，现在杜辉也这样说，没想到一直不起眼的小晚会如此突然间引起所有人的注意力，真是意外而有趣。

“想什么呢？”杜辉喝了口咖啡，微笑着问。

“想小晚。”池小曼微笑着说，“好，我记得联络她和欧阳清。”

池小曼离开杜辉的办公室，脸上挂着幸福的笑容，却没有注意到，在她离开后，关上的门后，有两个人语气平淡地谈论着她，她没有想到欧阳蓓就在里面的套间，听到了看到了她和杜辉在一起的所有，怀着兴趣，同情地看着她。

拿了酒杯，欧阳蓓仰头喝下，脸上带着奇怪的笑容，看着杜辉，很是感兴趣的模样，好像在欣赏一个她觉得有趣的物品。

“什么表情。”杜辉冷冷地说，“该看的你看到了，该知道的你知道了，想好了吗？”

“我们是最好的合作伙伴。”欧阳蓓很有兴趣地玩着手中的杯子，慢吞吞地说，“杜辉，从认识你开始，十六七岁的我，就把所有的爱都给了你，但是，你却瞒我到现在。如果不是无意中看到那张照片中有江萍那丫头，我还真是想不到，那丫头的姑姑竟然是你的前妻，你竟然滴水不漏地瞒过了你老婆，瞒过了她整个家族，厉害，我真是不得不佩服你，不得不爱你。”

“我只想得到红烛。”杜辉冷冷地说，“我们之间没有什么秘密，江露是死掉的杜辉的前尘旧事，不是现在这个风光的杜辉的故事，你既然已经让侦探查到，我也不必隐瞒你，既然这样，我们就达成协议，你帮我弄到红烛，我放弃别的女子，包括池小曼，以及你一直怀疑的池小晚，如何？”

欧阳蓓依然慢吞吞地玩着手中的杯子，心中却起伏着，原来，这个男人心中藏着一个女人，一个叫江露的女人，他原来有个结发妻子，他原来也爱过！那自己算什么？

“我可以帮你成全欧阳清和池小晚，你帮我搞到红烛的内幕。”杜辉的手拿着咖啡杯，微微有些颤抖。

唰的一下，欧阳蓓一下子拉开窗帘，看着外面的景色，留着一个寂寞的背影，她已经不年轻，快三十岁的女人，能够有的妩媚越来越少，却把很多时间放在了这个男人身上，值得吗？

“想好了吗？”杜辉有些着急，他必须得到红烛。如果连欧阳蓓都可以查出他和江萍的关系，那他现在的妻子也有可能发现这件事，如果他可以拿到红烛，他就是一个有用的人，她们家不会对他如何，否则……

“好吧。”欧阳蓓回过头来，脸上带着杜辉熟悉的、妩媚的笑，看着杜辉，一个字一个字地说，“如果你敢背叛你的承诺，我就亲手送你去见阎王，我说到做到！”

杜辉点点头，没有丝毫犹豫。

站在电影院的外面，牟佳木有些焦急地看了看手腕上的表，这个时候了，池小曼还没有来，也没见池小晚出现，来回走了好几趟，随着夜色出现，街头的恋人多了起来，手牵手，在夜色下甜蜜地笑着，逛着，说着。

“牟佳木。”一个沉静的声音在他身后突然响了起来，有点冷冷的，“这么巧，在这遇到你。”

回过头，有些眼熟，才想起是今天中午刚刚见过的江萍，和中午不太一样，穿了件颜色略深的衣服，面色有些憔悴，“是啊，很巧。”

“我家住在附近。”江萍指了指前面一个小区，淡淡地一笑，轻轻地说，“要看电影吗？约好朋友了吗？”

“是啊，约了小曼。”牟佳木客气地故意说。

“是吗？”江萍不经意地说，“你已经约好她了吗？我在来的路上看见她和S公司的杜总在一起，好像也是向着这个方向过来的。”

牟佳木眉头一皱，看着江萍。

江萍面色安静地看着牟佳木，礼貌地说：“我先离开了，你要再等一会吗？不如打个电话确定一下，免得两个人走岔了。”

看着江萍离开，牟佳木犹豫一下，拿出电话，如果池小曼今天又有应酬，最起码应该给他一个电话解释一下，电话拨过去，对方没有接，过了一会再打过去，对方关了机，牟佳木愣了愣，什么事情，连个电话也不接？

一辆车从他身边经过，在一处空车位停下，皱着眉头的牟佳木并没有注意到下车的池小曼和杜辉，远处没有离开的江萍冷冷地看着杜辉和池小曼，姑姑才去世几天，他就和别的女人在一起了，这个池小曼也是无耻，竟然这样心甘情愿做人家的情人！

牟佳木拨通池小晚的电话，池小晚的声音在电话里有回声，似乎在地下某处，“小晚，在吗？”

“牟佳木？”池小晚拿着笔，一边在白纸上涂，一边拿着电话接，这信号不好，声音听不太清楚，这个时候，牟佳木打电话给她做什么，“有事吗？”

“约了你姐姐看电影，正巧她和她上司有事情要处理，不能过来，电影票已经买了，原本也打算请你和欧阳清过来，既然这样，不如你们一起过来，免得电影票浪费。”牟佳木笑呵呵地说。

池小晚看着坐在对面的桑心柔，想着如何拒绝。

“什么事？”桑心柔用口型表达着自己的意思。

捂住电话，池小晚说：“是牟佳木，那个很喜欢我姐姐的男人，他说约了我姐姐看电影，但是我姐姐临时有事失约，他想请我和……你有时间吗？去应付一下。”

桑心柔刚要说话，手机也在同时响起，是短消息，她看了眼，一脸苦笑地说：“我的事情也来了，那个陆与荣发短信要请我看电影，天，要是让你二姐知道，杀了我都可能，肯定是他爸妈安排，我们得演戏，否则这个陆与荣会失去他目前拥有的一切。他妈妈是个绝对的铁腕，在公司就是个说一不二的人物，天，我妈怎么和她是高中同学，我实在是不喜欢陆与荣那个花花公子！”

“桑心柔，厉害，追小慧的人竟然约你去看电影，”池小珉笑着说，“如果让我二姐知道，又会视为她人生一大耻辱，她可以甩别人，别人却万万不可以甩她。”

“知道。”桑心柔皱着眉头，一张脸苦瓜般。

看着桑心柔，池小晚放开手，客气地和牟佳木解释，“不好意思，我现在还有些事情没有做完，可能需要一些时间，谢谢你的好意。”

牟佳木口中说着没关系之类的客套话，挂了电话，现在做什么好？

“还在？”已经换了一身休闲衣服的江萍又出现在他面前，浅蓝的运动服，素淡干净，看着牟佳木，温和地说，“家里没有人，我准备在外面吃点东西，你还没吃饭吧，不如一起。”看着牟佳木面上的犹豫，江萍一笑，“别想那么多，只是凑巧在一起吃顿饭，忘记中午我们见面的事，只当是认识的人，路上碰到一起吃顿饭，我请客，找家干净的小店，我知道这附近有一家小饭店，不大，但鸡炒得不错。可以吗？”

犹豫一下，牟佳木确实有些饿，中午就没吃饭，晚上想等着池小曼一起吃，偏偏她不接电话，估计今天晚上的电影是看不成了，反正也要去吃饭，就一起吃吧。虽然和江萍不可能交往，但看她模样是个端庄稳重的，吃顿饭而已，没什么大不了。“好吧，我请客。”

“随意。”江萍很温和地笑着，声音不高，透着一份小家碧玉的羞涩和安静，“就在前面不远处，我们直着走就可以。”

第十七章　游戏爱情，池小慧终酿大错

扶着受伤的甘南上车回到饮香食府，他看起来还好，只是脸色苍白，身体虚弱。

看着小忆忙碌，进进出出地照顾甘南，司马搭了一下甘南的脉，基本上没什么大碍，只要好好休息，过个两三天应该可以恢复如初，毕竟，甘南本就是个武艺出众的人，这点伤，比起千年之前，实在算不得什么。

“甘南，怎么会受伤?”小忆微笑着，“也是命大，竟然可以在别人眼皮底下跑出来，正在想是不是晚上才回得来。”

“那对红烛。”甘南叹了口气，“它被下的咒还没有解除，药效依然在，主人，真的很对不起。”

司马摇摇头，人有些出神，眼睛看着甘南，眼神却不知跑去了哪里。

等小忆离开，甘南轻声问：“主人，是不是您开始喜欢池小晚了?”

司马微皱眉头，没有回答。

“有意儿主子在，您是断断不会接受池小晚，这属下知道。”甘南轻声说，“但是，意儿主子已经离开千年多了，再也没有重新活过来的可能，您还是放下吧，这个池小晚，虽然不及意儿主子，可也不是个不济的人物。”

司马笑了笑，说：“好了，好好养伤吧，别再操心了。”

甘南笑着欠了欠身子，“属下跟着主人这么久，主人哪怕一个眼神，属下也大约猜得出来主人心里是如何想的，属下觉得池姑娘是个好姑娘，长得清秀干净，如果您愿意接受，属下替您开心，意儿主子不会埋怨您的，她一定希望您可以活得幸福快乐。”

“不是爱情。”司马淡淡地说，“只是心乱。”走到窗前，看着窗外，隐约的风中有了些许秋的味道。

坐在沙发上，池小慧觉得无趣，吃过晚饭，坐在客厅里看电视，其他人都没有回来，下午只有爸妈陪着她，没有可谈的话题，快把她给闷死了，那个该死的陆与荣，今天晚上也奇了怪了没有露面约她外出，还真让她给撵走了吗？

“发什么呆呢？”余雪琴在沙发上坐下，找了个舒服的姿态，微笑着说，“想得这么出神。一会欢喜一会恼怒？”

摆弄着指甲油，染着指甲，池小慧的注意力根本无法集中，听到母亲跟她说话，吓了一跳，抬起眼睛，睫毛闪啊闪地看着母亲，表情有些茫然。

余雪琴笑了笑，难得这个疯疯癫癫的二女儿能够老老实实地待在家中没有外出，那个陆与荣也没有打电话来约她。

“妈，有事吗？”池小慧一只手拿着指甲油的瓶子，一直手拨弄开沙发上的抱枕，它们有些碍事，“吓了我一跳。”

“怎么没出去？”余雪琴扫了一眼电视，上面放的是戏曲，这是池小慧最讨厌的节目，她竟然在看，“难得今天你能够在家吃东西。你大姐说她公司有事，和老总有应酬不回家吃饭，你弟弟和妹妹还在旧址那边，你弟弟现在经常让你妹妹帮他处理一些事情。你呢？没和陆与荣一起出去吗？”

“和老总有应酬？”池小慧有了点兴趣，老总，应该是杜辉吧，大姐竟然还没死心，还和这个臭男人纠缠在一起，还说什么他们之间是清白的，两个成年男女在一起说什么清白，鬼才信！

“是的。”余雪琴漫不经心地说，拿过遥控器换了个台。

“我要给大姐打个电话。”池小慧说着，伸手扯过家中的电话，刚拨了一半号码，突然一笑，重新拨了一下号码，等着对方接电话，他应该不知道这个号码吧，如果知道，要么不接，要么让池小曼接。

电影院里人不多，光线很黑，屏幕上大场面的激战看得人热血沸腾。池小曼斜靠在杜辉怀中，他们坐的是鸳鸯位，没有人打扰。杜辉的电话放在静音上，但是震动提示他有电话。放在池小曼手上的手挪开，拿出手机看了一眼，是个陌生号码，有些奇怪。

接通电话，问了一声："你好，哪位？"

对方一笑，笑声妩媚，池小慧看了一眼自己的母亲，笑意盈盈地说："是杜总吗？我是池小慧，还记得我吗？我姐姐在吗？"

杜辉一愣，这边电影的声音清晰传到池小慧耳中，听到杜辉有些奇怪地对池小曼说："是你妹妹池小慧，她找你怎么找到我手机上了，她怎么知道我的号码？"

池小曼一愣，坐起身子，恼怒地轻声说："肯定是这丫头在家待着无聊故意惹事，她肯定在妈的旁边，否则她才不会如此，把电话给我，我跟她说。"

杜辉把电话递给池小曼，轻声提醒："这是电影院，别让人说三道四。"

"嗯。"池小曼接过手机，低下身子藏在前面椅子的后面，低低的声音说，"池小慧，你故意的是不是，不就是想找妈妈告我一状吗，可以，你现在就告诉她，她的大女儿，池小慧的大姐，竟然成了一个令人不齿的第三者，狐狸精！若是妈妈不清楚，让她直接电话里问我。"

池小慧面带甜蜜笑容，拿着话筒，温言细语地说："你急什么呀？妈正和我说话，我可不想多事惹她生气，和杜总一起外出看电影，你真是不打算好好上班了！"

"收起你的好心。"池小曼言语间刻薄起来，"管好你自己，别仗着爸妈疼你，做错事就不用承担结果，你自己如何你自己清楚，说我介入别人的生活，你呢？你曾经欢愉过多少男子？说小晚抢了你的司马，司马可承认过他是你男人吗？"

池小慧脸色一变，手中的指甲油啪的一声丢在茶几上，"闭嘴，你好意思说我，我摆明了是玩，合则一起不合则分，哪像你，明知道没可能却放不下，你才是个蠢货！"

"小慧，你发什么神经。"余雪琴被指甲油弄了一身，香蕉水的味道呛得她一皱眉，不满地瞪着女儿。

看了母亲一眼，池小慧对着电话恼怒地说："池小曼，你不用拿话气我，司马我喜欢定了，就算是我亲妹妹，我也一样要争取，真是奇了怪了，凭什么我喜欢他就不行？"

池小曼恨恨地盯着电话，一下子扣死，盯着屏幕，满脑子乱乱的。

杜辉隐约听到一些，保持沉默不吭声。

池小慧听着电话里嘟嘟的声音，气得脑袋疼，这个可恶的大姐，傻瓜一个，喜欢一个花花公子，还痴情得不得了，那个杜辉的老婆是个有权有势的人，飞机上的同事曾经和她说过，那个同事最是八卦，但消息一向是准的。杜辉根本给不了池小曼任何！

最可恶的是，池小曼竟然嘲笑自己，说什么司马根本不喜欢她不在乎她！池小曼知道什么，有什么理由说这些！想着，恼着，气着，坐在那儿表情变化着。

“怎么了？”余雪琴皱着眉，“扶我起来，我去换身衣服，你起来收拾一下这。”

池小慧不高兴地说：“让爸收拾吧，我心情不好，懒得收拾！”站起身，进了自己的卧室，很大的声响关上房门。

大家这是怎么了？余雪琴心口微微疼，这三个女儿……

电影院里，突然响起一阵很响的电话铃声，桑心柔瞟了陆与荣一眼，两个人坐在最后面，中间隔着两个位，桑心柔专心地看电影吃爆米花喝饮料，就像是一个人在看电影，与其他人无关，陆与荣两只脚蹬在前面椅子的后背上，皱着眉头想心事，电话铃声吓了他一大跳，也引得前面的人纷纷回头。看到号码，陆与荣立刻跑到外面，急急地接电话。

“陆与荣，你跑哪里去了？”电话那头池小慧的声音听得出来非常生气，声音很高，陆与荣把手机稍稍放得远一些。

“我，我在……”陆与荣犹豫一下，他要是说和桑心柔在看电影，池小慧保不定会吃了他！“我在外面，和朋友一起玩，有事吗？听你的声音好像不高兴，怎么了？”

“说谎骗我很好玩是不是？”池小慧大声地说，“是不是一个个都中邪了？你说谎的时候从来不敢叫我的名字，就会正正经经地和我说话，你这点小花花肠子还想瞒我，立刻到我家门口，十分钟之内，否则，明天就在我眼前消失！”

陆与荣点着头，知道池小慧看不到，怕习惯了，迁就惯了，随时好像池小慧就在面前，忘记了电影院里还有一个桑心柔，拿着电话冲出了电影院取车，口中一迭连声地说："立刻，立刻就到！"

电影院里，桑心柔悠闲地看着电影，手机上发了个短信给池小晚，"电影很有趣，陆与荣估计已经以赛车手的速度奔去小慧姐那。"

池小晚看着短信，微微一笑，继续画她的画，慢慢地有了形状，池小珉伏过头来，笑着说："池小晚，你画自己呢？不过，别说，古装的模样还是蛮漂亮的，呵呵。"

池小晚看着自己的画，是有些像，沮丧地说："我画不出来，我又不是专门学这个的，画已经不清楚了，有本事你画，要不找个专业画师吧。"

池小珉一吐舌头，收回身子，不再多言。

"今天就算了吧。"欧阳清说，"不过，从画上模糊的痕迹看，小晚画得还有些像，也许这古代的女子和小晚就是长得有些相似，这不奇怪，小晚本身就有些古典的味道。我们去吃点东西吧，已经很晚了。"

"好的，我头还有点疼呢，吃过饭就回家休息，明天再来处理这件事，我看我们得让欧阳教授出面帮小晚请假，否则，她把太多的时间耗在这，不太好。"池小珉笑着说，"我们去小晚单位附近的家常小菜馆吧。"

"好。"欧阳清点点头，"我去和爸说一声，看他要不要一起，不过，估计他今天不会回家，得守着红烛。幸好今天有警察来过，否则真不放心他一个人待在这。"

车停在外面，家常小菜馆亮着灯，不太明亮，但很温暖，三个人推门进去，里面还有一个客人，坐在桌前吃饭，很难得，小老头陪着。

看到他们一行人进来，小老头微笑着打了声招呼，吃饭的人回头看了大家一眼，是个四十岁左右的女子，眉眼温和，安静地吃着东西，很有教养。

"来吃饭？"小老头笑着，明知故问，言语间似乎有些掩饰。

池小珉乐呵呵地开着玩笑，"不方便？如果不方便，我们立刻去别处，你立刻打烊。"

小老头叹了口气，半开玩笑地说："池小珉，你这张嘴，厉害。"

池小晚看着对方有些眼熟，仔细想了半天，一时却想不起在什么地方见过，对方已温和地打了声招呼，"你是心柔的朋友吧，我是心柔的姑姑。"

"是桑阿姨。"池小晚想起来，在路上和心柔一起的时候，曾经遇到过这名女子，桑心柔喊她姑姑，悄悄告诉过她，这个姑姑，终身未嫁，不知道为了什么。

桑月温和地一笑，点点头，回头继续吃她的面。

“我们饿死了，做些好吃的给我们吃好不好？”池小珉在一张空桌子前坐下，“我头碰了，做个菜给我补补如何？”

小老头一笑，“好，整只老母鸡你吃如何？等一会，菜马上就好。”

“我吃好了，”桑月轻轻的声音，“我帮你。”

她的声音温和平静，池小珉讶然地看着，小老头和她，好像夫妻般！“你们？”

桑月看着池小珉，浅浅地笑，没说话，从小老头身边走过，进了厨房，身影看来有些单薄，但腰身柔美。

“是你女朋友？”池小珉笑嘻嘻地说，看着桑月的背影，“是个挺有味道的女人，你眼光不错嘛，为什么没在一起？”

小老头笑着，眼神突然变得有些飘忽，慢慢地说：“有时候，相遇的时候，我们还不懂得如何去爱，等到可以爱的时候，已经力不从心。爱情这玩意，沾不得，一碰到，再聪明的人也会变得痴痴傻傻。呵呵，池小珉，你知道你爱谁吗？”

“不知道。”池小珉大大咧咧地说，“本人不相信爱情，爱情这玩意就像你说的，最好不要沾，沾了就废了，哈哈，我想吃东西，我不要结婚，还是小晚比较适合婚姻。”

小老头笑了笑，走进厨房，和桑月站在一起。

桑月温柔地笑着，侧着头，手里收拾着菜，眼睛却只停在小老头身上，小老头切着菜说着什么。二人不再理会外面的人，时而低语，时而侧头轻笑。

“她是桑心柔的姑姑？”池小珉好奇地问，“这么大年纪还没有结婚吗？不过，看起来和小老头倒是挺合适。”

池小晚的手机响起，吓了她一跳，声音有些急迫，好像预示着什么不吉利的事情！

“小晚，你在哪？”桑心柔的声音听起来着急得让人慌张，“出事了，陆与荣出事了，你们快点过来，到电影院这来，快点，通知你二姐！”

没等池小晚明白，桑心柔的电话已经挂掉。池小晚有些不太有反应地重复着桑心柔的话，“哥，心柔打电话来说陆与荣出事了。”

“陆与荣？”池小珉一时之间思想还没有从桑月身上转移到陆与荣身上，陆与荣是谁？接着想起，瞪着眼睛看着池小晚，“喜欢二姐的那个傻小子？他出什么事了？”

“不知道。”池小晚已经站起身，嘴里匆匆地说，“心柔没说，只说让我们立刻赶去电影院，她说陆与荣出事了，之前心柔发过短信，说他正以赛车手的速度……不会，他不会……现在要通知二姐吗？”

“我们先过去看看再说。”池小珉猛地站了起来，站得急了，头有些晕，暗骂了一句，冲厨房那边喊，“老板，我们有急事，不吃了，你们两个说话吧，我们走了。”

没到电影院，一辆救护车呼啸着冲了过去，搅得大家的心一下子乱了起来，电影院前围了许多人，离电影院大门只有一百米，一辆车停在路边，车前有辆摩托车和一摊血。隐约听到有人在和警察说：“这车也开得太快了，简直就是直接从里面冲出来的，这骑摩托车的人也是倒霉，就在路边停着，就让车撞上了，这人呀，真是命呀，可怜呀……”

三个人的心立刻悬了起来，他们三个都认识陆与荣。

“这小子不会有事吧？”池小珉轻声嘟囔着。

人群里看不到桑心柔，估计是跟着救护车走了，最近的医院，三个人同时想到这个答案，立刻驱车追着前面的救护车赶去最近的医院。一路上，三个人都没有说话，拿着手机，池小晚不知道这电话要不要打。

进到急救室，一眼看到桑心柔，衣服上有血，拿着一个手机，手机响个不停，看到池小晚他们三个人进来，苦笑了一下，“是小慧姐的电话，估计是催陆与荣快点过去。他太着急了，接了电话，直接开了车，我的短消息刚刚发给你不久，就听到有人冲进来说出他的车号，问有没有人认识，他撞了一个路人，自己也受了重伤，正在抢救。”

池小晚接过电话，电话上显示的是一个字“慧”，这是陆与荣称呼池小慧的方式，从开始认识她就没改过。看了一眼池小珉，不知道这电话要如何接。

“手机给我。”池小珉接通电话,急救室前人声嘈杂,他按了免提键,里面立刻传出池小慧恼怒的声音。

“陆与荣,你个混蛋,你不要来了,死在路上算了,已经二十分钟,我告诉你,从现在开始,你立刻在我眼前消失!”话音刚落,池小慧的手机立刻挂掉,池小珉哭笑不得地拿着手机,看着面前的三个人。

“这个可恶的女人。”顿了一下,池小珉突然用很生气的声音说,“要不是她是我亲姐姐,我一巴掌扇她脸上,陆与荣就是对她太好了,惯了她一身毛病!”

焦急的等待,和着随后赶来的受伤者的家人,乱哄哄地聚集在门口,听到消息赶来的陆氏夫妇,拼命地想往里面冲,伤者的家属大声地吵闹,弄得这里乱成一团。

“心柔,他怎么了? 怎么会这样?”陆与荣的母亲伤心地问,手有些哆嗦,脸色苍白。

桑心柔不知道要怎么说,告诉她是池小慧的电话让陆与荣拼了命地以赛车手的速度冲出了街道,撞上了骑摩托车的人,自己也一下子从车窗里飞了出来? 快速瞟了池小晚池小珉兄妹二人一眼,摇了摇头,轻声说:“我也不清楚,他好像有急事匆匆离开了电影院,然后就有人进来问有没有人知道……”

“与荣——”陆与荣的母亲哇的一声哭出来,无措地看着自己的丈夫,“他不会有事吧,他肯定没事的,是不是?”

五个小时,整整五个小时,急救室门的灯才灭掉,一脸疲惫的医生走了出来,对外面的人说,“两位病人都需要输血,我们血库的血不够,你们谁是病人的亲人,他们两个人的血型是一样的,有谁是 B 型的?”

“B 型?”池小珉看了妹妹一眼,“咱爸妈一个是 A 型,一个是 B 型,我们两个肯定有一个是 B 型,你知道你是什么血型吗?”

“不知道。”池小晚摇摇头,“妈前段时间住院的时候查的是 B 型,爸以前就知道是 A 型,不如我们去验一下,如果有一个是或者两个都是的话,就可以帮到陆与荣。”

“我儿子怎么样了?”陆父冲上前抓住医生的手,紧张地问。

“我哥怎么样了？”一个年轻人也猛地冲了上来，推开陆父，大声问，“你还有脸问，要是我哥有什么闪失，我和你们没完！”

“目前还没有脱离危险期，你们小声点，吵闹有什么用，等人救回来再讨论吧。”医生不耐烦地说，“一个车开那么快，一个喝了酒还骑车，到底有没有B型血？现在已经联系了其他医院，但是，一时半会血过不来，病人急着用！”

“我们两个有可能是。”池小珉大声说，“我和我妹妹过去验一下，应该很快就可以出结果吧？”

“是的。”医生吩咐护士去准备。

“我是B型血。”桑心柔说，“先输着我的。”

护士看着验血的结果，无意识地问：“你们是兄妹？”

“是啊。”池小珉看着刚刚刺过的指尖，开玩笑说，“我今天刚刚受了伤，就要输血，真是……陆与荣这小子太傻，如果我是B型血，或许输了我的可以让他变得厉害点。对了，护士，我和我妹妹谁是B型血？”

护士说：“很遗憾。你们两个都不是，一个是AB型，一个是O型。”

“开什么玩笑？”池小珉瞪大了眼睛，看着护士，“你不会搞错吧，我爸妈是A型和B型血，哪里来的O型，是不是刚才那个受伤的人他的家人验血的结果？”

“你看着我扎的，怎么可能出错？”护士说，但还是重新验了一下，确定无误，“你看，应该没有错，是不是你记错了你们家人的血型，你们再回去确定一下吧。”

“我们两个谁是O型？”池小珉迟疑地问。

“你。”护士肯定地说，“你妹妹是AB型。”

池小珉抬头看到池小晚有些困惑的表情，是啊，这是什么结果？他笑了笑，说：“可能是出了一些差错，回去问问爸妈，怎么搞得，我们这对双胞胎是怎么生出来的，怎么一个人一个血型！”

池小晚不知说什么才好，自己是AB血型，而同胞的哥哥竟然是O型，这也太奇怪了吧？是不是护士搞错了？可是，她确实是在他们眼皮底下做的呀，没有什么不对的地方！

桑心柔从里面走了出来，脸色苍白，在门口坐下，虚弱得一句话也不想说，没想到陆与荣伤得那么重，现场只看到两个昏迷的人躺在血泊中，她吓坏了，有热心的路人早已拨打了警察和医院的电话，当时只是看到陆与荣的头上不停在流血，进去才知道，陆与荣的手术是做在头上，那个受伤的人伤在腿上。

“谢谢，谢谢……”陆母拉着桑心柔的手，流着泪，不停重复地说着。

桑心柔想说不用的力气都没有，抬头看到表情有些奇怪的池小珉和池小晚，轻轻点了点头，算是打了招呼，唇微微一提，全当是微笑了。

“怎么样？”池小珉问，语气关切，但有些不太自然，“可惜我和小晚的血型都不是B型。”

“应该不太要紧了。”桑心柔勉强说，“医生说很快血就送来，我输的血足够用。他伤在头上，手术进行得很顺利。你姐，她过来吗？”偷偷看了一眼守在门口的陆与荣父母，桑心柔声音低低问。

池小珉摇了摇头，思想怎么也集中不起来。

很晚了，池小慧迷迷糊糊睡着了，生了很久的气，胸口堵得很，辗转一夜，到了天亮，隐约好像听到门被打开的声音，是父亲的声音：“回来了，累吗？想吃点什么？小珉，你以后不要总把单位的事情交给小晚，对她不好。”

这两个人还真是厉害，在外面待了一夜，那个旧址真有那么吸引人吗？池小曼回来了没有？想着，池小慧觉得很累，便不再想。

池小珉在门口换鞋，看了一眼父亲，再看看同行的池小晚，似乎不在意地问：“爸，我不饿，小晚，你去厨房找些吃的吧，我想和爸说点事情。”

池森奇怪地看着池小珉，池小珉的表现有些奇怪，语气间说不出来的不妥，似乎压着什么。“小晚，厨房里有粥，你妈刚刚吃过，你脸色不好，吃过收拾一下去休息会，今天给单位请个假吧。对啦，小珉，你的头怎么了？”

池小晚看了看父亲和哥哥，点点头，她知道，池小珉一定是想要问有关血型的事，突然想起那天，父亲奇怪的电话，“…他(她)很好，你不用担心，他(她)和我的孩子处得很好，虽然不是亲的，却一直相处融洽。你如果想看他(她)，可以随时去看他(她)，但是，请不要告诉他(她)这些旧事，现在他(她)知道，恐怕会不能接受。”难道，哥哥是那个叫小芸的女人的孩子？

进了书房，池森回头看了一眼池小珉，“好吧，有什么事要和我说，你的口气很严肃，发生了什么？先解释一下你的头怎么了，让你妈看见又会生气。”

“爸，我和小晚真的是双胞胎的亲兄妹吗？”池小珉认真地问，没有回答父亲关于他头上缠着绷带的原因。

池森一愣，看着池小珉，似乎想从他眼中看出他是怎么想的，但池小珉的眼神里只有困惑，别的什么也没有，“你想知道什么？”

“今天有件意外的事情发生，我突然发现，A型和B型血的父母生下的双胞胎，其中一个是AB型，另外一个。”池小珉苦笑一下，耸了耸肩，很无奈地说，“竟然是完全不着边的O型血！爸，你说，我是打哪冒出来的？”

池森的心一轻，淡淡一笑说：“小珉，你在考古上是个出色的人，那个护士的话，你确定过吗？”

“她在我们眼皮底下检验的，不会出错！”池小珉认真地说。

池森静静地说：“小珉，去找个医生问问，你是不是爸爸和妈妈的孩子。小晚是不是也在场？和她一起去医院问问，你母亲抚养你很辛苦，这种事情不要去打扰她，免得她伤心。”

池小珉一愣，走出书房。

池森坐下，幸好，幸好！他轻轻叹了口气，事情可以瞒多久？这件事情，余雪琴也查过，当他抱着小珉和小晚出现在妻子面前时，妻子的眼神也有怀疑，但他做了手脚，他做了任何人也不知道的手脚，为了小芸。

孩子送来的时候，他不想小芸难过，他知道小芸是实在没办法才托付给他。当时，他一位做医生的至交好友告诉他，余雪琴不可能对自己怀的是不是双胞胎没有任何感觉，所以一定要做好所有准备，因为，他是AB血型，余雪琴是B型，如果事后余雪琴怀疑，到医院检查，任何有经验的医生都会告诉她：是的，如果父母的血型是AB和B，孩子的血型绝对不可能是O型，偏偏小珉的血型就是O型。幸好，当时听了至交好友的劝告，在所有资料上将有关自己血型的资料由AB改成了A。

如果没有这事先一步，今天小珉就会知道一切。

知道他只是一个被人遗弃的私生子，一向骄傲的小珉该如何接受？幸好，池森念叨着，就连自己受伤，也是请这位至交好友将输血袋子上的血型由AB改成A的字样。

突然，门被人从外面推开，池小珉又走了回来，看着父亲，安静地问："爸，我是不是那个叫小芸的女人的儿子？"

池森笑笑，平静地说："你是不是偷看了我的日记，抱歉，那只是爸爸的初恋记忆，和你的身世无关，如果想知道这个小芸的故事，你有时间的时候，爸讲给你听，她是个很可爱的女孩子，可惜我们有缘无分，后来我遇到你妈，她也嫁了别人，我们如今早就没有联系，也不知道她现在是生是死，别把这种愚蠢的想法讲给你妈妈听，免得她伤心。"

池小珉有些困惑，关上书房的门，看到池小晚从厨房里出来，脸上带着关心的表情，咧嘴笑了笑，困惑地说："小晚，我让爸骂了一顿，他让我找个医生问问证明一下是我的想法正确还是事实如何？难道，我在医学上的知识太过缺乏？"

池小晚想了想，说："于伯伯是医生，也是爸的好朋友，我们去找他问问吧，或许可以明白些什么，既然爸这样说，就有可能是我们弄错了，那个护士也许在检验中出了一些小小的错误也说不定。"

"嗯，我们现在就去，如果我弄不明白，我会吃不好睡不好的。"池小珉皱着眉头，闷闷地说，"我可不想背个不明不白的身份。"

"那——"池小晚轻声问，"要不要告诉二姐陆与荣的事？"

"看她醒了吗？"池小珉想了一下，说，"估计她不会太难过，而且，听桑心柔讲，当时是二姐联系了陆与荣，陆家人早晚会查出来，如果现在二姐赶过去，陆与荣的父母非吃了二姐不成，算了吧，等晚上回来再说，反正她也不在乎陆与荣，现在正对那个司马着迷得不得了。我们先去于伯伯那吧。"

出门，欧阳清的车停在外面，他昨天陪了他们一晚上，今天早上才回家吃饭，怎么突然又出现在这。

"怎么了，欧阳清？"池小珉有些奇怪地问，"你不是回家了吗？怎么又回来了？吃饭了吗？"

"简单吃了些，要去旧址看看，经过这，不知道你们去不去，正要电话联系你们，你们就出来了。"欧阳清微笑着，"小晚，还要去单位吗？不如请假休息一天。”

“没事。”池小晚微笑着，还好，欧阳清还是以前的欧阳清，并没有因为她提出分手就表现得不理不睬，希望以后他们还是兄妹般的好朋友。

“正好，欧阳清，送我去第一人民医院。”池小珉说，“免得我还要打车。”

“那些漂亮姑娘们没来接你吗？”欧阳清微笑着打趣，“这么早你去第一人民医院做什么？”

“有点事情。”池小珉看着欧阳清，想了想，问，“欧阳清，问你一个相当简单的问题，如实回答：你的医学知识如何？……算了，我还是去咨询一下专业的医生吧。”

于华推开门走进自己的办公室，看着坐在沙发上的池小珉和池小晚，笑了笑，说：“什么风把你们兄妹俩吹来了？”

“于伯伯，早上好。”池小珉和池小晚同时礼貌地打了声招呼。

于华微笑着看着池小珉，刚刚接到池森的电话，好久没见池小珉，这小子长得越来越像小芸，和小晚不同，一个灿烂一个娴静，小晚很像她外婆家的人，“喝点什么？”

“不用了，于伯伯，我有件事情想要问一下您。”池小珉笑着，有点心虚，“您一定要和我说实话。我爸和那个小芸到底有没有事情？我，有点怀疑……”

于华哈哈一笑，“没想到池森一世英名‘坏’在你手里，那个小芸你要喊阿姨，她是你爸爸的小学同学，算是青梅竹马，可惜后来她家搬去了别处，就没有了消息，她算是你爸爸的初恋情人，你爸他到是想和小芸发生些事情，但是得有机会呀，再后来遇到雪琴，也就是你们的妈妈，就淡了。”

“那为什么，我父母是A型和B型血，我却是O型，这可能吗？”池小珉咬着牙说了出来，“今天在医院有位护士说这不可能，她不说我还真不怀疑。”

于华一笑，“这是哪个笨蛋护士告诉你的，告诉我，我立刻辞了她。小珉，在医学上，A型和B型血的父母，他们的孩子可以是任何一个血型。”

池小珉愕然看着于华。

“小珉，你大学怎么上的？”于华温和地一笑，走到书架上拿出一本书，递给他,“你自己看看吧。”

书递给池小珉,于华拿起杯子为自己倒水,没注意到池小晚安静的眼神静静地落在他身上,他眼中的隐忧完全落在池小晚眼中。倒完水,回过头看着池小珉,微笑着说:“大清早跑来找我就是问这么个幼稚的问题,可别回去再问你爸爸了,我要是他,首先骂你脑子进水了,哈哈。”

池小珉一挑眉,心情立刻好了起来,下楼的时候,池小珉再三嘱咐妹妹,“小晚,这事可千万别跟妈说,否则,她肯定收拾我。”

于华拨通池森的电话:“他们两个已经离开,这一次应该没事,不过,小珉长得是越来越像小芸,雪琴没有再怀疑吧?”

池森对着电话苦笑一下,扶了一下自己的腰,当时受的伤仍然会隐隐作痛,“她可能一直都在怀疑,只是不说罢了,她看小珉的眼神就表达了她的怀疑,不过,雪琴是个知书达理的女子,并没有为难小珉,也照顾得很好。”

“小珉和他母亲很像,浪漫得不可救药,你一心想让他做警察,他却迷上了考古,对那些以前的东西着迷得不行,和当年他母亲的执着如出一辙。”于华看着池小珉和池小晚上了车,看到池小晚看向这边,下意识往窗帘边一闪,“小晚出落得越来越漂亮,有点可惜,如果当时由我来收留小珉,或许小珉和小晚会成为一对,圆了你当年的心愿。”

池森叹了口气,因着对小芸的爱,不舍得小珉这个可怜的私生子过得可怜,执意要由自己带大,骗了所有人,如今大了,倒有些后悔,也许当时托给于华,小晚真的有可能嫁给小珉,从小,小珉总是特别对小晚,既有兄妹之间的情谊,也有奇怪的感觉。“是啊,有些后悔了。”

桑心柔请了假,池小晚独自一人坐在桌前处理工作,江萍走到她跟前,“池小晚,昨天去过旧址有怎样的收获,我希望你有合适的文字和照片交给我,你是去工作不是去玩,我听说你哥哥在那,他应该可以帮到你。”

正专心工作的池小晚被无声无息出现的江萍吓了一跳,抬起头看着江萍,“我哥哥他不会随便透露他工作中的东西给我,旧址昨天出现一些小小状况,有警察在场处理,我只是站在一边看,你需要什么内容?”

“红烛的。”江萍盯着池小晚,眼前是昨晚看着池小曼和杜辉一起笑着走入电影院,她姑姑刚刚去世,他们就这样!一对不可饶恕的狗男女,姑姑真是瞎眼了，一生给了这样一个男人！

“抱歉，我拿不到。”池小晚摇了摇头，“红烛是考古专家组不准备对外公布的物件，当时走漏了消息，已经让欧阳教授相当恼火，我不想再继续在这件物品上，只是一对结婚用的喜烛，不一定非要盯着不放。”

“这事是你说了算还是我说了算？”江萍冷冷地说，“我们要考虑的不是应该不应该，而是绝对服从，高主任这样安排一定有高主任的原因，我们要做的是尽全部努力。”

池小晚心中叹了口气，有点赌气地说：“我已经尽了全力。”

“池小晚。”江萍稍微提高些声音，“不要仗着你姐姐和 S 公司杜总的关系比较暧昧，就可以无视高主任的存在！”

池小晚立刻站起身来，看着江萍，声音中稍带愤怒地说，“我工作和我大姐有什么关系？什么叫‘仗着你姐姐和 S 公司杜总的关系比较暧昧’，你暗示什么？”

江萍稍微后退一下，冷静地说：“我说什么你姐她自己明白，杜总确实是我们这最大的客户，但是，杂志社不会因为这一点就置杂志社的名声和前途不管不问，你是杂志社的员工，就要遵守这的规章制度，最好不要再迟来早走，再用各种理由搪塞，好好工作，完成高主任的安排。”

池小晚盯着江萍，真是说不出话来，表面上听，处处是江萍考虑周全，为单位着想，而且句句在理！但怎么听怎么不舒服，尤其是提到杜辉，大姐怎么可能喜欢那个花花公子呢？“江萍，我请假！”

江萍漠然地说：“现在办公室里事情太多，如果不是天大的事不许请假，不要再找些什么身体不舒服，早上起晚了之类的理由给我，开始工作吧。”

池小晚心中想，桑心柔怎么能忍江萍这么久？

“我的理由只有一个，不是天大的，但是我在意的，我绝对不会和诋毁我家人的人一起工作，如果有人可以胜任我目前的工作，随时可以过来。”池小晚在想，自己什么时候变得如此“刻薄”，怎么如此讨厌面前这个女子，“你曾经说过你有熟悉的人在旧址里面工作，你可以通过他来获得，我无法让我哥哥泄露旧址发掘的不可泄露的内容，如果你亲戚可以做到，随便。”

“池小晚，你什么意思？”江萍盯着池小晚。

“没什么意思!”池小晚心里头烦烦的,不明白为什么,仿佛心中窝了一团火,发泄不出来,“你既然可以得到红烛最早的照片,超过我和心柔,现在也可以得到任何你想要得到的东西,就是这个意思。”

办公室里的人都停下手中的工作,第一次看到一直安静随意的池小晚如此生气,如此高声和人讲话,而且是和深受高主任宠爱的江萍,负责这间办公室的江萍! 昨天有人在外面看到江萍和高主任的长子一起吃饭一起看电影,池小晚这是自找麻烦。

江萍顿了一下,盯着池小晚,然后一字一句地说:“请你去和高主任请假,不要和我说这些没用的话。”

收拾好桌上东西,池小晚看了一眼江萍,“好,我去请,大家都眼前舒服!”

出了办公室,长长地吸了口气又吐了口气,走到高主任办公室前,敲门,里面没有人回答,推门进去,准备找张纸写张请假条,正在愤怒中,哪里理论得出自己的对或者错。

高媛的办公桌前没人,房间也没人,池小晚在桌上找了张纸写下请假条压在电话下,突然,看到旁边的抽屉忘了关,里面有张放大的黑白照片,很熟悉,这张照片她在外婆家见过,是自己母亲小时候,梳着辫子,温柔害羞地笑着,眼睛纯净如水地望着前方,黑白的色调使她的样子愈发清秀可人,

自己母亲的照片怎么会在这儿?

照片下面压着一张纸,打印机打出的字,整齐,毫无感情地写着:余雪琴,牟德蒙先生幼年的邻居,青梅竹马的玩伴,后……还没看完下面的文字,隐约听到外面有脚步声传来,池小晚立刻推上抽屉,离开两步,等着高媛走进来。

看到池小晚在这,高媛愣了一下,“谁让你进来的!”

“我过来找您请假,”池小晚看着高媛,想起桑心柔曾经说,这段时间高主任和她老公闹得很不开心,为一个女人,据说是她老公很久以前的爱人,难道和母亲有关?

“请假? 请什么假?”高媛皱了一下眉头。

池小晚想了一下,说:“我答应这段时间帮我哥处理一些事情,顾不过这

边，所以找您请段时间的假，半个月。”

高媛看着池小晚，说实话，她现在看见姓池的人就恨得牙根痒痒，但杜辉电话里说过，不可以对池小晚有任何针对，杜辉是大客户，她得罪不得，听江萍说，好像池小晚的姐姐和杜辉关系非常暧昧，那个女人，竟然和杜辉暧昧的时候还勾引自己儿子！不过，池小晚请假也好，最起码有段时间可以不必看到这张脸，不必再想起什么池小曼！“好。”

“谢谢。”池小晚转身离开，心中却放不下那张照片，或许外婆知道这一切。回办公室收拾好自己私人物品，离开，外面天微微有些阴。

一声汽车停住的声音，吓了池小晚一跳，抬头才发现自己走神了，前面有个下水井井口上没有井盖，差一步就要掉进去，有辆车猛地停在她面前，恰好地提醒了她。

“这样很危险，走路的时候绝对不可以走神。”一个温和的声音响起，是司马，“怎么了？心情不好吗？”

池小晚微皱眉头，“有许多的事情一下子冒了出来，有点理不清，你怎么会在这？甘南好些了吗？”

“他已经好多了。”司马笑笑，“去哪里，我送你过去。”

池小晚想了想，去哪？她还真没想好要去哪。

“想不出来？”司马看着池小晚，她此时困惑的表情很熟悉，仿佛那时的意儿，虽然记不清当时意儿的模样，却觉得像，“不如我们去上次的游乐场？”

池小晚点点头，上了车，看着司马，轻声说：“我们相处和爱情无关是吗？我们只是单纯的交往是吗？

司马点点头，发动车子，向前方驶去。

“这样挺好。”池小晚看着前方，喃喃自语，“我们只是普通朋友，我就不会生气，不会觉得二姐可气，我们不是男女朋友，二姐就有权利喜欢你。”

“没上班吗？”开了一会车，似乎想打破车内有些冷冷的氛围，司马开口问。

“我请假了。”池小晚看着车窗外，眉头有些皱。

“有什么我可以帮得上？”司马温和地问。

池小晚摇了摇头，茫然地说：“我自己也不知道我为什么这样？如果有需要帮助的地方,我会告诉你。”

司马微笑着点点头,很奇怪,看见她,心情总会有些轻松的感觉。

和上次的情况很相似,除了一些来恋爱的年轻人,游乐场很安静,池小晚进来就坐在秋千上,司马从后面轻轻推着,池小晚越荡越高,情绪慢慢好起来。

“我去了旧址。”池小晚的声音在空中荡来荡去,“我哥哥的怀疑不是没有道理,你让甘南过去毁了红烛,我不知道为什么,但可以说明,你和旧址有着千丝万缕的联系。那到底是个怎样的王朝,寂寞地在地下深埋了千年?”

司马让秋千慢慢停了下来,看着池小晚,静静地说:“那儿有个故事,非常伤感的故事,所以,我想毁了那对红烛,因为那对红烛毁了所有,有时候爱是可怕的。”

池小晚不太明白地看着司马。

第十八章　难忘意儿，司马心碎说往事

“来，我们坐下来说。”司马指了指对面的椅子，“我给你讲一个故事，和你口中旧址有关的故事。”

“我坐在秋千上可以直接看到你，不用侧头。”池小晚并没有从秋千上下来，秋千有靠背，她可以慢慢地荡来荡去，很舒服，“而且这样会很舒服。”

“好。”司马微笑着在长椅上坐下，看着池小晚，慢慢地说，“你一定非常好奇，我为什么要让甘南去毁了那对红烛？一对普通的结婚用的红烛有什么可怕？很久很久之前，久到要用千年之前来说，时间在这里已经模糊，我们姑且不去理会时间。那时那个王朝有一位君王和他深爱的一位女子举行婚礼，想着从此就可以幸福地无忧无虑地生活在一起。但是，在结婚的时候，出了一些可怕的意外，来自因爱而有的诅咒。”

司马顿了一下，神情有些恍惚，眼前似乎重新出现了当时情景，突然间，一切扑面而至，悲伤，绝望，如同巨浪，一下子扑头盖脸地冲了过来，让他几乎窒息。

红衣的丛意儿，烛光下美丽动人，身形略有些单薄，喜庆的红衣穿在身上，透着让人怜惜的娴静。散了众人，所有贺喜的皇宫人员和大臣们都离开了，整个房间只剩下她和司马逸轩，微笑着看着彼此。司马逸轩伸手帮丛意儿摘了头上所有的饰物，散了一头乌黑的秀发，一天的时间带着凤冠，一定很辛苦。

小忆从外面端了酒进来，上好的瓷，透明的质地，和脸上的微笑一样干净，精致的酒壶，虽然盖着盖子，仍然有隐约的酒香飘出来。

“皇上,娘娘,这是太上皇特意差人送来的好酒,太上皇说,这酒藏了许多年,他老人家都不舍得喝,特意送了来,让您和娘娘尝尝,太上皇老人家还特意嘱咐奴婢,说这种酒放的时间久了,怕喝了会有后劲,让娘娘少喝些,不是心疼,是怕,”小忆忽然调皮地一笑,“怕耽误了皇上和娘娘的好事。”

司马逸轩微微一笑,指了指桌子,“放下吧,去休息吧,有事朕自会叫你们,留一两个人在外面伺候着就成,忙了一天,你们也累了。”

“谢皇上。”小忆一边施礼,一边看着丛意儿,来的时候,小蝶姐姐再三嘱咐她,一定要好好伺候娘娘,娘娘是个大好人,好不容易皇上和娘娘走到了一起,真的是太不容易了,一定要仔细体贴些,她是第一次见到丛意儿,真的是个很让人喜欢的女子,不张扬,眉眼间的娴静味道,让人看着舒服极了。“祝皇上和娘娘生生世世幸福相守,也祝皇上和娘娘夜夜如此,相守到老。”

“好一张能言善道的嘴,难怪小樱特意荐了你,下去吧。”司马逸轩微笑着摆摆手。

小忆放下酒,瞧着桌上的红烛火苗有些小,走过去轻轻挑了一下,火苗并没有什么变化,就在她返身准备掩上房门的时候,突然发现红烛火苗突地一跳,莫名地艳丽起来,说不出的奇怪感觉。这红烛是太上皇特意为新人们选的,宫里御制,也许和外面的不一样,想着,掩上房门离开。

甘南和甘北看见小忆出来,瞧她脸上表情,知道里面很安全,相视一笑,继续巡视。

司马逸轩揽丛意儿在怀中,感觉怀中的身体微微颤抖,轻轻地说:“意儿,我们终于在一起了,开心吗?”

“嗯。”丛意儿羞涩一笑,瞧着司马逸轩近在眼前的面孔,突然有些调皮地说,“不过,敏枫居还在吗?”

“在。”司马逸轩轻轻抚弄着丛意儿垂肩的秀发,光滑亮泽的头发透着淡淡的香气,他的意儿,一切都让他满意,“怎么?”

“我在想,若是有一天你厌烦了,我会一个人到那儿去待着,那儿大约是我每一次都会去的地方,好像是我的避风港湾。”丛意儿将手放到司马逸轩的手中,微笑着,轻抬头看着司马逸轩,温暖的气息令人陶醉。

司马逸轩一笑,“我才是你的避风港湾。”

从意儿幸福地笑着，视线中，那对清风流云剑双剑合璧地挂在墙上，如同此时幸福的他们，相依相偎，终于他们也在一起了，不会再分开，从这两把剑铸成开始，它们就分别在两个有缘的人手中，终于它们如他们一般，可以永远在一起了。

"……他和他喜爱的女人，终于走到了一起，有了他们的婚礼，有了彼此的承诺，他们终于可以不必担心什么地待在一起。"司马的语气悠长而平静，如同此时静静的天空。

"这不是很幸福的事情吗？"池小晚坐在秋千上，微微笑着。

司马轻轻叹了口气，回忆对于现在的他已经没有太多感受，似乎他只是一个讲述者，但是为什么，心却颤抖得自己也控制不了？

当时，历经世事的他，以为再不会有什么阻拦，他成了大兴王朝的皇上，九五至尊，没有人可以阻拦他和意儿长相厮守。他以为，司马溶放弃了；他以为，父亲让步了；他以为，蕊公主疯了；他以为，蝶润死了……

但是，他不知道，司马溶在他和意儿的洞房外站着，就躲在一处树木的后面！他不知道，司马溶和蕊公主有了交易！他不知道，失去了意儿的司马溶再也无法去爱，纵然丛惜艾有了身孕！他不知道，贵为乌蒙国公主的蕊公主因为失去他，恼恨了天下所有的人，看不透参不透！他不知道，太上皇事先通知了蝶润，让蝶润如他当年一样诈死骗过了甘南和甘北！他不知道，他竟然被所有人算计！

"我们终于可以在一起。"司马逸轩微笑着，满足地叹了口气，听着外面的风雨声，看着红烛，觉得天下自己是最幸福的，"这段时间，你瘦了许多，我要把你养得胖胖的，为我生下许多孩子，看他们在我面前跑来跑去。"

从意儿面上一红，轻轻扭头看着桌上的红烛，眼神朦胧。

"我要为你画张像。"司马逸轩微笑着说，"记下此时的你，有一天，我们聊起旧事，可以想起种种。"

从意儿下意识地说："我一直在，你的话听来为何如此悲凉？"

司马逸轩觉得空气中有种说不出的温暖味道，淡淡的香气，他伸手握住意儿柔柔的手放在胸口，"有你在，是我司马逸轩最大的幸福，我真希望时间可以在这一刻停止。"

从意儿把头伏在司马逸轩的胸口，听着司马逸轩有力的心跳，觉得幸福满满的，轻轻抬起头，安静而温柔地看着司马逸轩。

“来，我们喝杯酒。”司马逸轩觉得幸福满得他竟然不知道做什么才好，他想要好好地温柔地对待面前的女子，给她幸福，给她快乐，他需要慢慢来，慢慢地让她快乐地享受这人生的初夜。

“好。”从意儿点点头。

司马逸轩温柔地看着意儿的眼，轻轻脱下了那件红色的嫁衣。

从意儿的脸红得发烫，有些慌乱地用手轻轻一推，羞涩地说：“我们喝酒，喝酒。”

司马逸轩轻轻一笑，轻轻抬起从意儿的脸，指尖顺着从意儿脸的轮廓轻轻划过，每一下，都可以感觉到意儿紧张的心跳和不知所措的羞涩，他的指尖接触着意儿光滑的皮肤，仿佛把自己的生命交付，“意儿，我，要你。”

从意儿紧张得不知所措，傻兮兮地想要躲开，身体却无法挪动半步，只得僵着，面上的笑，羞涩而紧张。

“但不是现在。”司马逸轩不忍看到意儿的紧张，立刻微笑着温柔地说，“来，我们喝酒，喝酒可以让我的意儿有些醉意，如何？”

从意儿羞红了脸，不知道手脚如何放，任由司马逸轩握着她的手带她到桌前。

司马逸轩亲自倒了两杯酒，递给从意儿一杯，目光温柔地注视着意儿，“来，意儿，我们喝下这杯，希望我们可以生生世世在一起。”

“……他倒了酒，那酒很醇香，他素擅饮酒，知道这酒确实很好。”司马的目光突然变得有些无助，看着前方，当时的自己，怎么也没想到，自己的父亲会在酒里下毒！

池小晚看着司马，没敢说话，静静等着。

那酒里装了可以解红烛之毒的药，可以让他中毒杀了从意儿却不会丢了性命！

但意儿她没有喝，羞涩的她轻轻抿了口酒，有些辣，放下杯子，调皮地说：“不喝，这酒好辣，我喝茶，我以茶代酒。”她转身去倒了杯茶，举起来，看着司马逸轩喝酒，微笑在她的唇畔慢慢地荡漾开。

红烛很明亮地燃烧着，透过窗户可以看到红烛跳跃的火苗在窗户纸上一闪一闪，甘南看着，有些奇怪地说，“咦，今天的红烛真是激动。”

“激动？”甘北一愣，下意识地看过去，是啊，甘南的词有些奇怪，但挺恰当，他和甘南都成亲了，他们成亲的时候也有红烛，红烛可不是这个样子，没有如此怪异，“是有一些，可能太上皇太用心了，哈哈。”

司马逸轩开始觉得有些热，面上微红，奇怪，他没有喝酒喝醉的时候，怎么现在有些许醉意，他脱下外衣，眼神有些迷离。

从意儿轻轻一笑，只当他酒喝得急了，笑着说：“我去倒杯浓些的茶给你，不打扰小忆了，让她休息，我自己来。”起身去倒茶，桌上的红烛火苗蹿得老高，一下一下，空气中有些奇怪的淡淡香气在她鼻畔轻轻飘过，她觉得空气有些闷，走到窗前打开窗户。

窗外的天阴得很，已经有雨落了下来，打在窗外的树枝上，发出悦耳的声音。

“逸轩，外面下雨了。”意儿微笑着转过头。

司马逸轩觉得鼻端有一种奇怪的香气，很奇怪很奇怪的香气，他摇摇头，晕，天旋地转，酒喝多了吗？倒了倒酒壶，已经一滴酒也没有了。好像有人在和他说话，努力集中精神，隐隐约约有个人向他冲了过来，他想看清楚，但视线模糊，是谁？

“……他以为他喝多了，其实，他中了红烛的蛊惑之毒。”司马疲惫地说，“那种毒可以让人一时鬼迷心窍，乱了心智。”

“那他也不认得他爱的女人了吗？”池小晚有些紧张，天空开始落雨，她从秋千上跳下来，和司马一起到旁边亭子里避雨，石桌石椅，还算干净，“后面发生了什么？”

“他杀了她，杀了他最爱的女人！”司马坐下，看着池小晚，语气平缓地说，看不出什么感觉，好像真的只是在讲一个故事。

池小晚愕然地看着司马，虽然猜到有可能是这个结果，听在耳中却是一心茫然，不知道要说什么才好。

司马转头望向雨，那个时候，也是突然下起了雨。

“逸轩，你怎么了？”意儿觉得意外而慌乱，怎么突然间，逸轩的脸上充满了杀气？

一把推开跑过来扶住他的丛意儿，司马逸轩身形一纵，从墙上取下了清风剑，愕然的丛意儿根本来不及去拿流云剑，清风剑就已经迎面刺了过来，带着不容置疑的杀气。

窗外的司马溶透过打开的窗户看到房内的情况，立刻从隐藏的地方跑了出来，跑得过于仓促，不小心碰倒了一盆放在一边的花，发出哐当的声响，惊动了附近的甘南甘北。

“好像有人？”甘南看了甘北一眼，两个人立刻朝发出声响的地方跑了过去。

蕊公主藏在阴影中，面带冷漠的微笑看着房内发生的一切，司马逸轩的武功她知道，丛意儿绝对不是司马逸轩的对手，丛意儿一定会死！但是，为什么先中毒的是司马逸轩而不是丛意儿？她的计划是让丛意儿先疯，然后刺杀司马逸轩，让司马逸轩在疯狂中杀死丛意儿，这样，事情发生在大家眼皮底下，可以解释为是丛意儿蓄谋已久，所以才被司马逸轩处死。

躲过司马逸轩的攻势，丛意儿大声说：“逸轩，你怎么了？出了什么事？你怎么会突然对我动手！”

“……当时，他什么也不记得，那药让他迷失了心窍，否则，就算是送了性命，他也不会伤害他爱的女人。”司马的手按在石桌上，关节发白，看得出来他的愤怒和悲哀。

池小晚有些不明白，忍不住插了一句：“为什么他会中毒而她不会？如果他中了毒，她也应该会呀？”

“她不会。”司马顿了一下，想着当时的情景，心里头突然脆弱得不得了，他竟然真的对她动了手？到现在，他都不能相信！

意儿是不会中毒的，她没有中毒，所以才悲哀，清醒地死在自己所爱的人手中，没有人想到意儿不会中毒，安排计划的人都相信，中毒的应该是两个人，以丛意儿的功力，先出现状况的应该是她，不会是司马逸轩，然后司马逸轩才会中毒，但是，中了毒的司马逸轩不会出事，那酒中有放好的解药，也是一种毒，正好可以和红烛中的毒彼此相解，只是，他们都没有想到，丛意儿没有中毒。

因为她有那串手链，那串可以避百毒的手链，所以她没有中毒，她清醒地面对着中了毒，已经疯癫的司马逸轩。

司马溶嘭的一声推开门，丛意儿听到声音，回头看了一眼，险险被清风剑刺到，衣服划了一道，一缕青丝也被削了下来。

“意儿，小心！”司马溶激动地喊，他事先服过解药，不会有事。

甘南甘北顺着声音赶来这，嗅到空气中隐约的奇怪味道，听到丛意儿大声说：“小心，红烛有毒！”他们立刻屏住呼吸，避开风向，却不能向前冲一步，因为他们看到皇上已经面色发青，一脸的杀气！

“娘娘，小心！”甘南看到丛意儿一再地小心避让，立刻把自己的剑抛了过去，“用剑挡一下，属下立刻去找萼公主，她现在还在宫中，她或许解得了。甘北，小心照看着！”

甘北点头，紧张地看着房内的司马逸轩和丛意儿。

丛意儿用剑挡住司马逸轩的剑，却听到一声脆响，手中的剑断成两截，清风剑削铁如泥，任何挡它的武器都会如此，丛意儿一个不提防，肩上中了一剑。

“意儿！”司马溶大声地喊，想要冲上去，但他功力弱，向前两步，就被清风剑的剑气挡在了外围。

鲜血从意儿的肩膀上流了出来，染红了她的衣袖，看着面带杀气的司马逸轩已近疯狂的模样，心收紧到她无法控制地悲哀起来，她突然明白，不是司马逸轩要杀她，而是如今的大兴王朝要杀她！

“逸轩。”丛意儿躲闪着司马逸轩的招式，没有去取墙上的剑，“怎么会这样？”

她的泪水落了下来，她知道他们已经没有未来！只有杀了她，他才会清醒！她想多看他一眼，哪怕他是疯狂的，不认识她的，她如果死在他的剑下，也是幸福的吧，只是，放他一个人在大兴王朝，该是如何寂寞？她不舍得！

泪水在躲闪中轻轻洒落，她不是为了逃命而躲闪，只是为了想多看他一眼，多留一分钟，她的死是他清醒的必须。他们一定要这样的，否则不会如此计划！

“怎么会这样？”甘南带着阿萼、丛克辉和丛惜艾匆匆赶来，一看到场内的情况，阿萼立刻大声说，“我姐姐她在哪，这种药，只有她能配出来!”

“她不是疯了吗?”甘南不解地回答。

“她骗了我们!”阿萼愤怒地说，“她太可恶了，一定要这样吗！快想办法把红烛灭了！不行，没用的，除非意儿她死!”

“什么?!”甘南听不明白，盯着阿萼。

“是的，我们骗了你。”声音在众人身后响起，众人回头看去。

“姐姐，蝶润!”阿萼简直不敢相信自己的眼睛。

“我妹妹她说得不错，”蕊公主的声音中有着说不出的怪异，“除非丛意儿这贱人死掉，否则红烛一灭，皇上就会出意外！丛意儿好像明白，所以只是拼命闪躲却不还手，她打不过皇上，她在期望着你们去救她！哈哈。”

“可是这样下去，”小忆不知道哪儿冒了出来，大声说，“如果娘娘死了，就算皇上没事，会放过你们吗？他会全部杀死你们，你们怎么会做这种损人不利己的事情!”

“他不会杀我们，因为一切是太上皇的计划!”蕊公主冷冷地说，“没有太上皇帮忙，这下了毒的红烛不会送进来!”

所有人全部呆愣在当地。

甘南想要冲进去，就算他不能伤害皇上，但可以拖延时间让阿萼想办法。

“退出去。”丛意儿一掌把甘南挡了出去，“这红烛中的毒你们谁也对付不了，立刻离开，避开风向。”说话间，身上已经因着清风剑的剑气伤了好几处，流出血来。

“娘娘!”甘南退了出去，看向阿萼，“萼公主，您快想想办法，这样下去，娘娘会出事的，如果娘娘出事了，就算皇上活下来，他也会生不如死。”

阿萼难过地低下头，“我没有办法，是这大兴王朝不容她，不是一两个人，这大兴王朝不允许皇上和她如此相爱，他们不允许有第二个司马锐和慕容枫出现！太上皇一定计划得很周详，这其中肯定有很多的人介入。”

“蕊公主，你不是答应我不会伤害意儿吗?”司马溶恼怒地大声说，“怎么你现在说必须意儿死才能救得了皇上?”

“哼!”蕊公主冷冷一笑，“我的话你也信，你算什么东西，连个棋子也算不上！”

“我要杀了你！”司马溶像受伤的野兽，冲向蕊公主。

“溶王爷！”丛惜艾立刻挡住司马溶，大声说，“你不是她的对手，她浑身上下都是毒，你去了就是送死！”

“我的事你少管！”司马溶大声说道，“你算什么东西！”

“我是你妻子！”丛惜艾平静地说，“蕊公主自会有清醒后的皇上收拾，我们目前最重要的是如何救下意儿！”

阿萼看着一直躲闪但不还手，身上已经伤痕累累的丛意儿，突然明白了丛意儿的念头，泪落了下来，伤心地说：“且由她去吧，由她去吧，她这是舍不得皇上，皇上有她如此，纵然无缘，这一生也值得了。大家且由她去吧。”

“萼公主，您讲的话属下听不懂。”甘南不解。

“她知道她的死才能换来皇上的命，所以她不会选择生。”丛惜艾悲伤地说，她深知乌蒙国毒药之歹毒，她就深受其苦，乌蒙国的毒药毒就毒在不是要了人的命，而是摧毁所有意志和慢慢折磨，“我们现在谁也帮不了她，如果红烛熄了，皇上必受重创，所以太上皇会拼了老命地保护红烛，以我们大家目前的情况，任何一个人上去，都有可能受到蛊惑攻击意儿。”

甘南茫然地看着已经体力明显不支的丛意儿，手心攥出了汗。

“她是不舍得，不舍得去死，但不是怕死。”阿萼轻声说，但每个在场的人都听得清清楚楚，“她不去拿流云剑，不还手，却拼尽全身气力去躲闪，为的只是可以多看皇上一眼，她舍不下皇上，她一定会拼尽所有气力坚持到最后一刻，我们由她去吧。”

终于，丛意儿再也无法坚持下去，整个人被剑气逼得喘不过气来，但她宁愿顶着剑气坚持，司马逸轩根本不清楚自己在做什么，他只是觉得前面有一个人，一个身手很好的人在攻击他，那一刻，他脑子里空白一片，唯一的反应就是还手。

突然，司马逸轩向前递进一步，清风剑快速而无情地插进了丛意儿的胸口，鲜血一下子喷了出来，溅了司马逸轩一身一脸，几乎是同时，司马逸轩突然间看清了面前的女子，丛意儿！整个人如同瞬间掉进了冰窟中，甚至没有反应过来要去接住丛意儿倒向地面的身体，看着丛意儿面上有着浅浅的微笑，努力地睁着眼看向他，生命的痕迹一点一点地涣散，他整个人是空白的，他在哪里？在做什么？

“他醒了。”阿萼低下头，不看蕊公主，悲伤地说，“姐，你这样伤害你所爱的男人，你觉得幸福吗？为什么不放开，让他心中对你还有一丝怜惜？他生不如死，你就开心了吗？”

司马逸轩的呼吸变得异常急促，他觉得他快要疯了，怎么了？为什么意儿，他的意儿会在他面前倒在地上，胸口会插着他的清风剑？为什么？为什么？为什么？

“逸轩，”丛意儿的声音轻轻响起，忧伤而缓慢，“逸轩，答应我，一定要忘记我，忘记曾经爱过我，好吗？”

司马逸轩僵硬地蹲下身子，茫然地握着丛意儿的手。意儿的手握在他的手中，软软的，冰凉，几乎没有了生命的温度，她那样安静地望着他，眼中全是浓浓的不舍和爱恋。

“一定要忘记我，忘记我，你才会幸福，答应我。”意儿用不舍的目光看着司马逸轩，突然，拼尽所有气力说，“逸轩，我爱你。”然后轻轻闭上眼睛，眼角落下一行清泪。

“……他亲眼看着她离开，他对她许诺要陪她一生一世，但是，他却亲手送走了她。”司马很疲惫地说，没有泪，没有情绪，语气平缓，仿佛亭外的雨。

池小晚呆愣愣的，眼里有泪意，那个女子让她心疼。

司马静静地坐着，第一次对外人，对一个女子讲出了他的故事，悲伤和难过已经变成欲哭无泪，说不出悲喜，当时悲哀和无助，如今只有茫然。

亲眼看着丛意儿在自己怀中安静地闭上眼睛，睛角落下泪，仿佛只是睡着了，司马逸轩觉得心疼得他整个人哆嗦，他抱着意儿，感觉到意儿的身体越来越冷，他疼得难受，只能紧紧地抱着。

红烛安静地燃烧着，火苗越来越弱越来越弱，突然，司马逸轩仰天一声喊，听不清他喊了句什么，那一声，喊得所有人的心都悬到嗓子眼处，眼泪唰地流了出来，仿佛一只野兽，受了伤，无助！

一连三日，司马就这样安静地抱着他的意儿，坐在新房的地上，他知道再也不可能看到微笑的意儿，但是，却执意地抱着，没有人敢上前阻拦，司马逸轩用足够的内力，让意儿的身体始终保持着干净的模样，那种功力让他在三天时间内鬓角有了白发。

他没有说话，没有任何安排，没有质问任何人，安静地待着。

甘南和甘北守在外面，不敢离开半步，担心却没有任何办法，三天时间，皇上水米不进，而且还要用内力保证意儿的身体不发生任何变化，这会要了他的命。

第三日，司马逸轩突然对甘南说："大兴王朝容不下意儿一个弱女子，朕就容不下这大兴王朝，我要毁了整个王朝！"

甘南和甘北面面相觑，不知道司马逸轩是什么意思。

"传朕的旨意下去，朕要取消大兴王朝，从此后，这王朝任由它灭亡，从此之后，这世上再也没有大兴王朝。"司马逸轩漠然地说。

三天的时间不长，却让他忆起从遇到从意儿到如今的所有。

第四天，大兴王朝宣布从此消失，天下归由天下，天灾人祸，天降暴雨地为之动，大兴王朝的皇宫于一夜之间消失于所有人记忆之外，仿佛一夜之间，记忆全部消失。

"好像天意注定，就在事情发生不久，这个王朝就突然间消失在众人视线之外，纷乱之后，再也没有人记得这个王朝，如果不是旧址被发现，也许永远不会被人提起。"司马淡淡地说。

一切，仍然是乌蒙国捣的鬼。终于，他们获得了权力，他们取消了这段历史，不在任何记载中出现大兴王朝四个字，仿佛历史上没有过这个朝代，不久，乌蒙国为外族吞并，历史就奇怪地在那个时候拐了一个弯，一切全部消失。

"一个王朝怎么可能说消失就消失？"池小晚不解地说，"是地震吗？还是别的什么原因？"

"没有人知道当时到底因为什么，或许就是现在大家说的地震吧，那一晚，不想死的死了，想死的没死成。"司马淡淡地说，"一切乱了套。"

是啊，突然间，一切消失了，消失得很突然，蕊公主趁他气力不支挟持了他，逼他服下不死的药，在蕊公主准备服药的时候，小樱拼死抢过了药，阿萼得到了配方，救下了一部分人，在皇宫消失的时候，有些人活了下来。

司马溶死了，司马还记得当时司马溶是如何对丛惜艾发火，拒绝喝下药，当时身体虚弱的他昏迷着，但是听得到司马溶的声音，“不，我绝对不喝药，意儿已经死了，没有可能再回来，我活着有什么意思！我宁愿死！”

阿萼的药只够几个人用，来不及多配制，乌蒙国的人围在外面，当时，大雨三日不止地动山摇，皇宫慢慢下沉的时候，丛惜艾做出了一个决定，选择一些可以陪着司马逸轩的人让他们服下药，陪伴司马逸轩面对未知，而其他人选择了死亡。

丛惜艾走到他身边，轻轻地说：“皇上，好好活，惜艾发誓，如果有来生，如果可以再相遇，一定不会让任何人再打扰你们，好好地去爱吧，活着，就总有可能。溶王爷，惜艾去纠缠，如果奈何桥上有缘，但愿来生还会相识。”

甘南说，丛惜艾一剑刺死了司马溶，然后自刎而死，阿萼和丛克辉选择了放弃，因为药只够几个可以保护他的人服用，他当时只是一个活死人。

太上皇最后如何了？

甘南说，司马溶杀了他，当时司马溶如同疯子一般，一剑一剑地刺了过去，样子非常恐怖。蕊公主和蝶润，没有人知道她们如何，因为皇宫突然下沉后，他们就死的死，活的活，到了现在！

其实，事后的事情很简单。

蕊公主做了乌蒙国的女王，夺了大兴王朝的天下，不许天下再出现大兴王朝四个字，她囚禁了蝶润，蝶润在狱中绝食而亡。数年后，乌蒙国国力渐弱，为他人所灭，蕊公主在她的皇宫中被莫家昆一箭射死，莫家昆也死于乱军刀下，天下纷乱，不复太平。

陷于悲哀之中不死的司马逸轩，却隐于世外，未做任何事情。

“我在旧址里看到一幅画像，画中女子是否就是你口中的女子？画像之上有泪水浸湿之痕，可见当时你口中的男子是如何以泪研磨，画下这画。”池小晚轻声说。

那幅画？

司马苦笑一下，意儿死后，三日之中他未离开新房一步，红烛被甘南悄悄熄灭，一切模样不改，只怕改了司马逸轩会难受。那画，是他在第四日画下，一笔一行泪，那墨真的是用泪水研磨而成，最后落笔，正好是皇宫下沉之时，他没来得及带出来。

“一切就这样了，如果不是你哥哥他们发现了旧址，这些陈年旧事也不会再次被翻起。”司马长叹了一声，再怎么被打扰，也无法让意儿再回来，活着真是恐怖的事情。

“是不是现在红烛依然有那种效果？”池小晚轻声问。

司马点点头，“只有那串手链才可以令人不必受其所害，红烛如果不点燃不要紧，但地下的温度和密封的程度让蜡烛本身的毒气慢慢渗透出来，平常人挨近，肯定会受其影响，如果不及早毁掉，迟早出事。”

池小晚的心跳很奇怪，有些羞涩，有些小小的幸福，她是欢喜的，在司马面前，听他讲着遥远的故事，那份心情是莫名的满足，她看着司马，是一份小女子的心情，她并不知道，她的眼神是如何专注。

“如果它只是被封在密封的玻璃罩里，应该不会造成什么影响吧？”池小晚想了想，说，“欧阳伯伯一直很小心地保护着它，只要它不被公布，只是被保护着，应该不会有什么问题吧。你知道这对红烛的故事，但大众不知道，他们只会把它当成文物来小心翼翼地保护和崇拜。”

司马不屑地一笑，“人，你可以相信吗？如果这对红烛被一些窥视的人偷走，流落到世上，要么被保护起来不被发现，要么一而再再而三地伤害到无辜的人。有些东西，存在并不代表就有存在的价值，活在平常日子里，没有波澜地活着，是一种幸福。”

池小晚不太明白司马的话，只看到他眼中有抹不去的悲伤和一份浓浓的厌世之意。

桑心柔从病房里出来，重症病房进入一次相当麻烦，她换下身上的消毒衣，陆与荣的情形不算好也不算坏，脑子受了重创，能够活回来已是幸运，目前仍然在昏迷中，医生担心如果长期昏迷下去，会不会成为植物人。

陆与荣的母亲身份特殊，医院里相当重视，所以那家临时接手的医院给送到本市最好的第一人民医院。这儿的设备和环境确实是最好的，医生们重新诊断，肯定了原来医院的医治，目前只是监护中。

“心柔。”陆母坐在外面，哭得眼睛肿成一条缝，拉着桑心柔的手，儿子的命是这个女孩子的血给救回来的，如果儿子平安，她一定要让儿子娶这个女孩子回家，是同学的女儿，同学的品性她知道，女儿自然不会差，“谢谢！”

“阿姨，不要哭，我进去看过了，目前陆与荣恢复得还不错，医生们也说，只要小心不出现什么状况，应该可以恢复。”桑心柔嘴上讲，心中却一点也不相信自己说的话。

“是不是池小慧那个贱人？”陆母气得口不择言，“我看过那天事情发生之前的电话记录，是她给与荣打的电话，与荣这孩子心眼直，就认定她了，我怎么劝他也不听，我不会和她罢休的。”

“阿姨，事情已经如此，还是先照顾好陆与荣，谁也不想出这种事。”桑心柔轻声说，“小慧姐也不想如此。”

“不用替那个贱人说好话，我说过，她害得与荣变成这个样子，休想还安生活着，我要让她吃不了兜着走！”陆母恨恨地说。

桑心柔不知道说什么才好，觉得有些累，只得傻傻站着听陆母哭泣抱怨。

池小慧打车去飞机场，心情不好，陆与荣那个臭小子，竟然真的没来找她，现在还关了机，消失不见，真是胆大了！看他能逃到什么时候，让她逮到，看她怎么收拾他。

同事看到她，表情有些怪，有些人的表情摆明了就是幸灾乐祸，就算池小慧不知道发生了什么，也可以猜到肯定不是什么好事，否则不会这样看着她，能出什么事？池小慧不屑地想，这世上可以难倒她的事情还没发生过！

“池小慧，你过来一下。”她的顶头上司脸沉如水，她心跳了跳，感觉不太妙，是什么人投诉她了还是？走进办公室，这个时间，还开着空调，真是太腐败，池小慧想，习惯性地摆出美丽的姿势，微笑着看着上司。

上司看了她一眼，避开目光，然后面无表情，语无情绪地说：“池小慧，这段时间关于你的投诉太多，乘客对我们航空公司的服务提出质疑，再加上一批新的空姐到来，决定让一批年长的空姐离开目前岗位，一部分留在地勤，一部分表现不佳的直接打道回府，你就是其中之一。”

上司不给池小慧解释的机会，说完就很直接地安排池小慧去领取这段时间的薪水，退回制服，离开航空公司。

池小慧看着上司，眉头皱了一下，搞什么名堂，她确实脾气坏一些，遇到事情容易发火，但只针对她看着不顺眼的，她的口碑不是最好的但也不是最坏的。可是，听上司的意思，这事情根本就没有回旋余地。

想要辩解，看到进来的其他同事幸灾乐祸的表情，池小慧收回疑问，没什么大不了，不就是不做空姐吗，好啊，此处不留爷自有留爷处，离了这，她照样活得风生水起！一扭头，池小慧转身离开上司的办公室，看也不看身边走过的同事，拉着行李，领了最后的薪水，高傲地仰着头离开。

余雪琴拄着拐杖在阳台上给花浇水，听到有人按门铃，口中应着，放下手中的东西去开门，门口没人，只有一盆她喜欢的丁香花，花盆手工制造，是她喜欢的图案，拿起花盆看到下面，雪琴两个字映入眼帘，几乎立刻就知道送花的是谁。这几天，一直没有他的任何消息，除了他儿子来家中吃过一顿饭外，再也没有机会听到他的名字。

刚转身，听到身后传来一阵乱响，回头看到二女儿拉着行李，气呼呼地上楼，表情愤怒得像要杀人，没有看余雪琴，径直走进房间，鞋也没脱，大力关上门。余雪琴一愣，有些费力地把花弄到客厅，脚踝不太方便，一动隐隐有些痛，池森不在家，只得自己弄。

“小慧，怎么了？”余雪琴走到池小慧的房间前，轻轻地敲了敲门问。

“没事。”池小慧应了一句，隐约有哭声，听不太真切。难得她如此，余雪琴一愣，听到里面池小慧大声说，“我没事，妈，您不要管了，我想自己待一会！”

余雪琴犹豫一下，没再追问，慢慢把花挪到阳台，细细地浇着水，偶尔有些出神。

过了大半天时间，终于听到池小慧开门的声音，化了妆，眼睛里还有些泪痕，和刚进门的池森碰了对面，“爸，我有事出去，不用等我吃晚饭。”

池森似乎有心事，没怎么在意，随意地点了点头。

池小慧走到门口，顿了一下，突然回过头来对池森说：“爸，我很不开心，我的运气怎么这么倒霉！”

池森一愣，看着女儿，不解地问，“怎么了？”

“怎么了？”池小慧一笑，笑得池森看着不舒服，“你说怎么了？我也不知道怎么了？我出去了，我要好好玩一个晚上，或许明天早上才回得来！”

看着池小慧离开，池森不明白地看着从阳台回来的余雪琴，“小慧她怎么了？是不是遇到什么事了？”

余雪琴摇了摇头，淡淡地说：“她这种脾气，早晚要出事，目中无人，自我为中心，你太惯她，你这不是爱她，反而是害了她。”

池森没说话，拿着买的东西进厨房。

余雪琴看着池森的背影，突然难过起来，嫁了这么多年，两个人从来没有机会坐下来好好说会话，总是这样相敬如宾，他和她结婚是为了什么？是为了自己母亲的撮合，还是别的什么？她很希望可以有个人说说话，而不是这种一成不变的顺从。

“你没话和我说说吗？”余雪琴声音很轻地问。

池森已经进厨房，听不到，客厅里电视开着，茶几上茶水冒着热气，一切如常。

池森切着洋葱，余雪琴的话他听到了，做警察的时候，他的听力就特别好，可以随时发现危险和隐藏的歹徒，但是，和余雪琴过了这么久，却还是没有找到共同语言，他们在一起似乎只有亲情。

她比小芸漂亮，也比小芸知书达理，务实，但却没办法如同小芸一般让他乱了分寸，小芸和那个男人走到一起后，他消沉了一段时间认识了余雪琴，很快就结婚了，他明显地发现，他的心不在她身上，她的心也不在他身上，他娶她，她嫁他，不过是媒妁之言，父母之命！爱情，如此遥远，亲情，近在眼前。

洋葱辣到了眼，他辣出了眼泪，停下手中的动作，快到小芸的祭日了，他特意提前去替她扫了墓，落不出眼泪来，只是告诉她，她孩子的父亲找来了，那个人一直没后，终于在年纪大的时候想起了她们母子，想要给她们母子一个名分，多么可笑的结局，多么像电视剧中的情节！但是，她死了很多年，她的孩子也已经成了自己的孩子。

他对不起余雪琴，这是他一直放在心中的内疚，所以迁就余雪琴，纵然不爱，却给她最好的照顾和家庭。

“你怎么了？”余雪琴走进来，看到池森两眼泪水流个不停，吓了一跳，问。

“让洋葱辣着眼了。”池森回头笑着说，“你脚还不行，不要乱动，到沙发坐着休息，看看电视，等会吃午饭，几个孩子有回来的吗？”

余雪琴摇摇头，“没有，就我们两个，少做点，多了也吃不了。我没事，就是给花浇浇水。”犹豫一下，不经意地说，“对了，我添了盆丁香，让人送过来放阳台上，忘了和你说了。”

“噢，好的，你最喜欢丁香。”池森微笑着继续切菜。

池小慧打了好几遍陆与荣的电话，每次都是“您拨叫的用户已关机，请稍后再拨。”这真的是难得一见！他在做什么？

走在路上，其实也没想好去哪里，有许多的人可以约，不止陆与荣一个，但陆与荣竟然敢不理她不开机，这让她恼火得不得了，她一肚子的火不知道如何发，她唯一想做的就是立刻见到那个倒霉蛋，立刻收拾他。

一辆车慢慢地跟上了她，漫不经心的她根本没有注意到会被人跟上，而且是大白天，车子慢慢地靠近她，慢慢地向她身体靠拢过来，挤得她不得不退到路的边上。

“找死呀！——”池小慧大声说。

有人打开后门，不认识，一个年轻人，微笑看着她，和气地问：“池小慧吗？”

池小慧下意识点了一下头，心里觉得不妙，四下看了看，有路人经过，没有人在意，在外人看，好像她遇到了熟悉的人在说话，大家走过去，甚至眼睛也不会向这边扫一下。

手腕突然一紧，身体不由自主地被拉进车内，想要张口喊，嘴被同时堵了起来，脑子一片空白，身体被迫卷曲地躺在后车座上，闻到一股好闻的香水，男士香水的清香。

“抱歉，是个美人，可惜，要这样收拾你。”对方说话的声音不大，不急不躁，好像在说一件平常事，“对方也没说如何，只说让我们好好收拾你，弄些皮外伤就成，万一他要是醒不过来，你还要好好嫁进去！”

池小慧根本无法思考，身体扭曲得极是痛苦。

桑心柔倒了杯水给陆母送过去，听见她在打电话，语气恼怒至极，狠毒至极，“给我狠狠地打，打得她爬不起来，但不要打死，要是我儿子醒不过来，她还得给我嫁进来，我绝对不会放过她，现在让她吃点苦，打完，天黑的时候，扔到医院门口就可以。”

桑心柔一愣，第一反应，陆母口中的她是池小慧。悄悄退后几步，放下纸杯，迅速跑到外面，拿出电话，电话打给谁呢？小晚还是池小珉？还是池小珉吧，这种消息告诉小晚，也许会吓到她。

电话没人接，估计人在下面忙，没带手机。没有办法，桑心柔拨通小晚的电话，听到小晚清脆的声音，带着隐隐的喜悦，有什么开心的事情吧，“心柔，你好，有事吗？”

“小晚，快些联系小慧姐，我担心……”桑心柔偷偷回头看了看，“小慧姐会有麻烦，刚才听到陆与荣的母亲给人打电话，说要好好收拾一个人，不准打死了，只要打得爬不起来就行，打完后趁天黑扔在医院门口，我担心她说的这个人是小慧姐。”

“好，我立刻联系她，你有消息随时通知我。”匆忙挂上电话拨打池小慧的手机，没有人接，打了两遍，再打，对方关机了，小晚的心开始狂跳，立刻把电话打回家中，接电话的是余雪琴，听得到有电视的声音，小晚强迫自己保持声音的平静，简单地问，“妈，二姐在家吗？”

“没有，她出去好半天了。”余雪琴喝了口茶水，心中突然有些莫名的不安和慌乱，不知道为什么，“你找她有事吗？没打她手机吗？”

“她关机，我以为她在家休息，对了，她今天应该去上班，没去吗？”池小晚想了想，“妈，我打去她公司吧。”

“今天回来的时候不开心，刚化了妆出去，大约在和她的朋友们一起疯，要不就是和陆与荣在一起，所以没有开机。”余雪琴把电视声音调小。

和陆与荣在一起？池小晚苦笑一下，陆与荣现在还在昏迷中，池小慧还不知道，怎么可能在一起，也许真的是和朋友们在一起，所以关了手机，想着，心中却始终不踏实，电话打到池小慧所在的航空公司，对方礼貌地告诉她，今天池小慧已经被航空公司辞退。

“出了什么事？”司马看到池小晚一脸的无措，轻声问。

“心柔说她担心陆与荣的母亲会对我二姐不利。”池小晚低声说，“二姐打电话给陆与荣，陆与荣从小就极喜欢我二姐，对我二姐言听计从，大概急于赶着和二姐见面，在电影院门口发生意外，现在在医院，陆与荣的母亲肯定猜到这件事和我二姐有关，心柔担心我二姐会出事，让我立刻联系她，但是她的手机打不通，也不在家里，刚才打的时候她还开机，再打就关机了，我担心她现在已经出事了！”

池小晚的脸开始紧张，无助地看着司马。

司马看着池小晚，有时候，这个女孩子确实和印象中不大清晰的意儿有近似之处，其实并不一样，如果意儿遇到这种事，会表现得很淡然，会想办法处理，因为意儿会武功，而且聪明绝顶，轻轻叹了口气，意儿，是永远不可能回来了。

“现在我要怎么办才好？”池小晚有些求助地看着司马。

“报警，靠运气来寻找。”司马平静地说，“你二姐最多是被教训一顿，不会有生命之忧，如果陆与荣的情况非常严重，你二姐就更不会有事，她太任性和自私，接受点教训不是坏事。”

池小晚低下头，沉默不语，好半天，才突然说：“我已经听完你的故事，我现在着急找我二姐，先走了。”

司马浅浅地点点头。

池小晚心中悲伤，她以为司马会帮她寻找二姐，她以为自己是司马的朋友，纵然不是男女朋友，但是看得出他并不反感她，他似乎是当她为朋友，她以为他会帮她，但是，他的表现却如此冷漠，还说自己的二姐应该受些教训才好，二姐是不对，但也轮不到一个外人教训，二姐还对这个人那般着迷，他怎么可以这样？

第十九章　惹祸上身，小慧出事遇不测

电话立刻打到欧阳清的手机上，池小珉的电话打不通，而欧阳清基本上是不放手机在身外，随时可以找得到。一边走一边打电话，完全没有注意到身后司马目送她的眼光，司马知道她此时的电话是打给谁，她需要帮助的时候，并没有提出来请他帮忙，不过，她好像问过他她应该如何面对现在的情况。

接到电话的欧阳清立刻和池小珉赶到池小晚现在所在的地方，游乐场向东两百米的一个站牌。看到出现的欧阳清和池小珉，池小晚的心中总算安稳了些，有哥哥和欧阳清在，总比她一个人处理好。

“桑心柔说什么？”池小珉紧张地看着池小晚，他上来的时候发现自己的手机上有桑心柔打来的未接电话，“她知道二姐在什么地方吗？我刚才试着打二姐的电话，已经关机，家里妈说她早就出去了，打她几个朋友的电话都说没见到。”

“我担心二姐已经出事。”池小晚的声音中有隐约的哭声，她真的不知道该怎么办，“我打到二姐在的航空公司，对方说二姐今天让航空公司辞退了，是不是也是陆与荣的母亲的原因？”

“有可能。”池小珉皱着眉头，无可奈何地说，“但是，城市这么大，我们要去哪里找二姐呢？”

欧阳清想了想，“我们开车四处转一下，或许可以遇到。”

“够呛，说实话，我不抱我们可以找得到的希望，只有一个可能，在某家医院的门口看到浑身是血，昏迷不醒的池小慧，那个时候我们就找到她了。”

池小珉的话听起来完全没有玩笑的味道，认真得很，但也赌气得很，“她就是太任性，仗着陆与荣喜欢她，就随意折磨人，这一回希望她长点记性。”

司马静静坐了一会，电话打给甘南，慢慢地说：“池小慧出事了，小晚现在和她哥哥以及欧阳清在一起，凭他们几个找到明天也不可能找到，你和小忆去看看。陆与荣的母亲应该是政界人物，她不可能认识太多黑帮人物，找最容易找到的大的黑帮打听一下。”

“好。”甘南回答。

主人愿意为池小晚做事是个好兆头，这么多年来，池小晚还是第一个让主人愿意出面的女子。多数时间主人是封闭自己在一个黑暗空间里，那是个黑白平衡的空间，有时候觉得，大兴王朝就在他们伸手可及的一层空气的后面。

小忆有些不太情愿，她讨厌那个叫池小慧的女人，主人竟然为了这样一个女人浪费时间，简直是可恶至极。那种女人就不要理她，让她好好接受教训，否则她就不知道，这世上除了她之外还有别的人存在！不是个十足的坏人，但是个十足不知天高地厚的家伙！

“好了，小忆，别发牢骚了，主人是因为池小晚的缘故，你不是很喜欢池小晚吗？我们就只当是为了池小晚，为了主人。”甘南看着倔强的小忆，微笑着说，“毕竟池小慧再怎么不堪，也是池小晚的姐姐，主人都可以看在池小晚的份上救池小慧，反正在店里闲着也是闲着，不如出去玩玩。”

“好吧，看在池小晚的分上，看在她可以做出灯笼的分上！”小忆嘟囔了几句，和甘南离开饮香食府。

池小慧觉得脚麻腿酸，车似乎开到路况不好的地方，颠得她一上一下，头一次一次碰到前面椅子的后背上，听到抓她进来的男人说，“开慢点，我们有的是时间，现在离天黑还早，对方交代过，不能伤了她的头，也不可以打残废，还指望着她以后伺候那小子呢！”

“知道，老大。”司机答应一声，车速明显慢了下来，但是，仍然会有些颠簸。

池小慧觉得闷得要死，鼻子碰到一个硬硬的物品，男士香水的味道扑鼻而入，勉强看到是一瓶香水，她闭上眼睛，眼泪流了出来，她很害怕，她想爸爸，她想妈妈，也想她的兄弟姐妹！

桑心柔坐在医院的长椅上，盯着陆母的手机，陆母心不在焉地拿着手机，不知道在想什么，桑心柔很想知道刚才陆母打出去的电话号码是多少，她悄悄地到了主治医生的房间，微笑着诚恳地说："于大夫，可不可以让病人的母亲进去陪陪病人，她已经难过得不知道做什么好了。"

于华抬起头，看了一眼桑心柔，笑了笑，说："今天不是已经看过了吗？病人现在需要休息。"

"我知道，可是今天进去的仍然是我，我想让病人的母亲进去，她看到自己儿子，可能情绪会好一些。"桑心柔诚恳地说，心里头一句句念叨：快点答应呀，快点答应呀……

于华考虑了一下，点点头，"不过，要让病人的母亲不要激动，病人现在需要安静的休养，他的情况不算太好，但也不算坏，如果不出现状况的话，应该可以醒过来。"

"嗯，谢谢您，于大夫。"桑心柔立刻跑出去。

陆母听到桑心柔的话，激动得不得了，拉着桑心柔的手，连声说："心柔呀，你真是阿姨的好孩子，谢谢你呀，我这就去准备。"

"阿姨，您要答应我，不要情绪激动，不要去碰病人，对了，您不能把手机带进去，我帮您拿着吧，如果有事，您出来后我会告诉您。"桑心柔温和地说。

"好的，好的。"陆母没有考虑，把手机放到桑心柔手中，着急地去换衣服，"有什么人打电话进来，你不用理，也不用接。"

"嗯，好的。"桑心柔很乖巧地答应。

陆母进到重症监护病房，桑心柔立刻调出刚才拨出去的号码，按时间估计应该是其中一个没有标注名字的号码，立刻电话打给池小晚，告诉她这个号码，让她查一下这个号码的主人是谁，或许有帮助。

"桑心柔很聪明。"池小珉听池小晚说完电话内容，立刻查询电话号码的主人。

池小晚紧张地握着手，看着车窗外的景物，沉默不语。

欧阳清停下车子，伸出手放在池小晚握在一起的手上，轻声说："小慧姐不会有事，我看能不能让我姐姐帮忙，她认识的人多一些。"

池小晚轻轻抽回手，看了一眼欧阳清，犹豫一下，回头看着坐在后面的池小珉，轻声问："哥，我们要不要先去报警？"

"不行。"池小珉立刻摇着头说，"那样，爸妈就会知道，他们肯定会着急，你又不是不晓得，爸最疼二姐！"

欧阳清尽量忽略池小晚刚才的闪避动作，拨通电话给欧阳蓓。

忽然，池小晚的手机响了，一个陌生号码，一条陌生短信：池小慧在一院急救室，正在抢救，伤得重，但生命无忧。池小晚皱了一下眉头，号码她不熟，但对方好像知道她和池小慧的关系，匆忙对欧阳清说："去一院，我姐在那！刚才我收到一个短信！"

池小珉疑惑地看了一眼池小晚。

赶到急救室，一眼看到池小慧正躺在床上，陷于昏迷中，样子很狼狈，头发凌乱，衣服皱成一团，沾了不少的血和泥土，鼻青脸肿，身上青一道紫一道，很恐怖。

"大夫，我姐她没事吧？"池小珉吓了一跳，池小慧看起来有些滑稽可笑，他看到竟然想笑，觉得池小慧应该受点教训。

"没什么大事，受了惊吓昏迷，身上是些皮外伤，内中没有受伤，好好休息几天就可以。"大夫看了一眼池小珉，对他脸上似笑似悲的表情有些奇怪，"算她命大，幸亏发现得早，送来得早，否则，就不会这样只是单纯的皮外伤了。"

"谁送来的？"池小珉四下里看着，猜测谁有可能。

"早走了，你们去个人给她办住院手续。"大夫说，"她得住院几天。"

"好。"池小珉答应，对欧阳清和池小晚说，"好了，我们先安排她住院，这件事暂时不要和爸妈说起，免得他们担心，不过，于伯伯在这，我们最好事先和他打好招呼。"

"二姐她真的没事？"池小晚放心不下地问。

"没事。"池小珉笑笑说，"不是坏事，接受点小教训，免得她以后还是那样让人讨厌，对了，陆与荣也转到这家医院了，我们要小心些，免得陆与荣的家人找不是。"

池小晚点点头，"我们先去办住院手续，然后你们去忙，我在这照看二姐，她的样子很狼狈，得回去拿些衣服过来，她最爱漂亮。”

“算了吧，在这住，只能穿这里的病服。”池小珉笑着说，“不用担心，我觉得这不是坏事，二姐的性格脾气确实需要收敛，你看能不能联系上桑心柔，告诉她，我很感谢她，虽然她的号码没有多大用处，但是尽了心，改天我请她吃饭。”

池小晚看了一眼躺在床上仍然昏迷的二姐，叹了口气，“要怎么跟爸妈说，我们两个今天都有电话回去问起二姐，不解释一下，妈妈肯定会担心。”

池小珉想了想，“也是，就说二姐她飞某个线，一时半会回不来，让妈放心，等到二姐身体恢复，再找个合适的机会跟爸妈说一声，你想想如何说吧。走，欧阳清，和我一起去给池小慧办住院手续，但愿她这次接受教训。”

池小珉和欧阳清去帮池小慧办住院手续，池小晚陪着仍然昏迷的池小慧待在嘈杂的急诊室，二姐还不知道陆与荣的事，知道了会怎样？

“小晚。”桑心柔的声音在她身后轻轻响起。

“心柔。”池小晚回头，桑心柔看起来有些疲惫，才想起来这两日一直是她陪着陆与荣，原本应该是二姐，“还没能回家休息？”

“没事，这里有休息的地方。”桑心柔看了一眼躺在床上昏迷且狼狈的池小慧，小声说，“她没事吧？刚才碰到你哥哥和欧阳清，他们说大夫说没什么大碍。”

池小晚点点头，“是，只是一些皮外伤，好像是让人给救了。”

“小晚，有件事，我要和你提前讲一下，你们好有个思想准备。”桑心柔犹豫一下，“刚才我听陆与荣的母亲和主治大夫商量陆与荣的情况，大夫说，陆与荣极有可能成为植物人，就算醒来，因为大脑受损，也会影响他以后的生活，陆与荣的父母商量要让你姐姐嫁进陆家，如果你姐姐不答应，他们绝对不会放过你姐姐。”

“嫁给陆与荣？”池小晚看看池小慧，蹙眉说，“她不会答应，她不想做的事，任何人也勉强不了。”

“如果小慧姐不答应，她以后的生活会相当辛苦，我妈妈说，陆与荣的母亲年轻的时候就是一个相当难缠的人，很有魄力，也相当霸道。”桑心柔轻声说，“小晚，你好像很不开心，是不是因为小慧姐的事？我觉得你哥哥说得不错，让小慧姐吃点亏不是坏事。”

池小晚愣了一下，她有不开心吗？“没事，我只是担心我姐。”

桑心柔没有继续问下去，她从池小晚眼中看到了爱情，那种眼神像透了她看到池小珉时的表情，小晚不是不爱欧阳清吗？难道她喜欢上了司马？“你们小心些，要不就换家医院，比如离你家近些的三院，免得两家碰了面觉得难堪，陆与荣的母亲天天在这，很容易碰到。”

正说着，池小珉和欧阳清从外面走了进来，池小珉和桑心柔很热情地打了声招呼。

欧阳清站在池小晚身边，轻声说：“病房已经订好，小珉说在你父亲好友的管理区内，于大夫是我们市最有名的脑外科大夫，也是陆与荣的主治大夫，特意安排了两个不同的方向，一般情况下不会碰到一起。”

“我二姐的大脑有问题吗？”池小晚惊讶地问。

“没有，这里的病房不多，刚好碰到于大夫，他特意安排的，也答应了池小珉不通知你的父母。”欧阳清轻声说。

池小晚接了水，用干净的毛巾小心擦拭池小慧的身体，尽可能不去碰触伤口，那些伤口看起来触目惊心，青紫的，流着血的，虽然医生已经做了清理，仍然恐怖。池小珉和欧阳清在外面等着，直到池小晚从病房里出来。

“小晚，你和欧阳清回趟咱家，帮二姐拿些换洗的内衣，不要引起爸妈注意，然后你们两个借口出来看电影再回来，今晚我来值夜，明天你借口去外婆家来值一晚，后天让大姐帮忙值一晚，我们轮着来，等二姐身体恢复得差不多再通知爸妈。”

池小晚点头，刚要出去，迎面有人冷冷地站在门口，把她吓了一跳，轻轻惊呼一声，池小珉和欧阳清看到一个中年妇女面如冰霜地站在那，看着他们三人的目光全是仇恨。

陆母咬着牙，恨不得一口吞了床上的池小慧，“她竟然没死，还活着，你们父母什么时候出现，我还有事情要和未来的亲家商量。”

池小珉眼皮跳了跳，她什么意思？不会是要池小慧嫁给几乎变成植物人的陆与荣吧？“你什么意思？”

“什么意思？”陆母冷冷地一笑，“看起来这么聪明的一个年轻人，怎么这么简单的话也听不懂，倒也不奇怪，有这样一个不知天高地厚、张狂至极的姐姐，有个笨蛋白痴的弟弟不奇怪！我的意思很明白，你们的姐姐害我儿子变成现在这个模样，从一个生龙活虎的人变成一个不吭一声不吃不喝的植物人，你说我能让你姐姐做什么？当然是乖乖地嫁进来伺候我儿子了！”

“医院里有特护！”池小珉生气地说，“我姐姐变成现在这个样子，你以为她能做什么？又不是我姐逼着你儿子，他自己想不开要开那么快的车，出了事，怎么要让我姐负全部责任！”

“哼！”陆母冷冷地说，“我就这么一个儿子，他出了事，我就没有了希望，但是，只要他活着，他以前如何我现在一样也不会让他少，他以前喜欢池小慧这贱人，想要娶她，成，我现在让他娶，就你姐那个人品，如果不是目前这种状况，我连门都不会让她碰，除了长得漂亮些，别的有什么？”

池小珉一窒，气恼地说：“我姐她现在情况也不好，不知道谁这么狠毒，把她伤成这个模样，不怕有报应吗！”

陆母不屑地一笑，“是我做的，我可以明白地告诉你，这只是开始，如果你们不答应我提出的条件，我照样会继续下去，反正现在我已经没什么后顾之忧，与荣已经成了这个模样，我自然不会放过你们其中任何一个人，尤其是姓池的，我不会让你们有好日子过！”

“随便。”池小珉不屑地说。

“如果你父母现在还不出现，我明天就亲自去府上坐坐，说说两人之间的亲事如何定下来。”陆母冷冷地说，“所以最好麻烦你们父母现在就出现，我们也好不吵不闹地坐下来商量一下婚事。”

看着陆母恼怒的面容，池小晚轻声说：“可否给我们一些时间和父母解释一下，二姐这件事他们还不知道，他们如何处理，到时候自然会和您联系，可以吗？”

“那现在呢？”陆母看着池小晚，“一直是心柔帮我照看与荣，她已经很累，你们只是嘴上说，什么实事也没做，你们只关心你们的父母，你们的姐姐，与荣怎么办？”

池小晚想了想说：“我去替心柔照顾陆与荣可以吗？我们是小学同学，他认识我，潜意识里应该不会排斥我，而且我和心柔认识，有些事情您也可以立刻了解。”

陆母漠然地说：“好！”

“小晚。”欧阳清担心地喊了一声。

“没事。”池小晚轻声说，然后对陆母说，“您给我半个小时，我回一趟家，和父母说说今天的事，另外拿些二姐的换洗衣服过来，可以吗？”

陆母点头，转身离开。

“小晚。”池小珉担心地说，“这女人气成这样，肯定不会放过二姐，你过去的话，不知道她要如何对你，要不换我过去？”

池小晚摇了摇头，说：“她不会答应。”

欧阳清的车停在池家楼外，池小晚一路上也没想好如何和父母说。

“要我陪你上去吗？”欧阳清轻声问。

池小晚摇摇头，说：“事已至此，想要父母不生气不担心已经不可能，尽可能让他们不太激动吧，你在这等一会，我上去，和父母说完，我们就立刻赶回医院。”

欧阳清点点头，目送池小晚上楼。

余雪琴听到门响，接着看到池小晚走了进来，问了一句：“小晚，回来了，今天你和小珉找你们二姐做什么呀？找到了吗？”

“妈。”池小晚犹豫一下，轻声说，“找到了，大姐在家吗？”

“刚回来，在洗澡。”余雪琴换了一个台，这个时间没有好看的节目，有些无趣。

“我去找点东西。”池小晚说着，走进池小慧的房间，挑了几件换洗的内衣，万幸的是，那些人虽然打得很重，却并没有对她非礼，虽然身上内衣的带子断了，但医生说她没有遭到侵犯。

池小曼换妥衣服，吹干头发，坐在沙发上休息，看池小晚也在沙发上坐下，脸色苍白，关心地问：“小晚，是不是不舒服？”

池小晚努力平静一下情绪，开口慢慢地说：“妈，爸，姐，有件事要和你们说一下，你们听了之后不要着急。”

“怎么了？”池小曼笑着说，“你的语气消沉，是不是你单位同事又为难你了？你告诉姐，姐帮你解决。”

池小晚长吁口气，说："二姐出事了……你们不要着急，现在她在医院，已经没什么大碍，于伯伯说，好好休息几天就会好，只是些皮外伤，没伤筋动骨。"

"怎么回事？"池森脸色一变。

池小晚轻声说："爸，您不要着急，昨天晚上，二姐打电话让陆与荣来找她，您也知道，陆与荣对二姐一直是言听计从，凡事不会说半个不字，所以他匆匆赶来，撞上了一位骑摩托车的男子，两个人都受了重伤，陆与荣的大脑受了重创，医生诊断他极有可能成为植物人，陆与荣的家人对此非常恼火，他们首先让航空公司辞退二姐，又找人打了二姐一顿，幸亏被人发现及时送到医院。陆与荣的母亲要让二姐嫁给已经有植物人倾向的陆与荣，并且让你们今天必须赶去医院给她一个答复，所以，我不得不回来，和你们说这事，看看你们准备如何处理。"

池森和余雪琴两个人呆呆地坐在沙发上，说不出一句话。

"陆与荣的母亲是政界人物，她出面，小慧不想嫁也不太可能，陆与荣真的伤得那么厉害吗？没有任何回旋的余地吗？"池小曼小心翼翼地问。

池小晚摇了摇头。

"我们先去医院。"余雪琴叹了口气，"早知道这丫头要惹出事来，没想到来得这么快，不仅害了人家也害了自己，难怪她一直没联络上陆与荣。"

"妈，你真要小慧嫁给已经成为植物人的陆与荣！"池小曼着急地说，"小慧再怎么不听话，我们也不能眼睁睁地看着她掉入火坑里呀，要是真的嫁给陆与荣，如果陆与荣真的成了植物人，小慧不就等于守活寡吗？我们可以赔偿。"

余雪琴叹了口气，说："先去看看再说吧。"

赶到医院，池小晚立刻去替桑心柔，她没有勇气去面对父母和陆与荣的家人在一起的情形，陆母肯定不会轻饶自己的父母，指不定说多么难听的话，父母得硬着头皮听，她宁愿听不到看不到，陪着一个沉睡中的陆与荣。

"他好些了吗？"一个轻轻的声音在她身边响了起来，吓了她一跳，寻声看过去，甘南正微笑着站在她的附近。

"你怎么在这？"池小晚意外地问。

“我也有些不舒服，过来瞧瞧。”甘南微笑着，看着池小晚，又看看躺在里面的陆与荣，“正好看到你在这，就过来打声招呼，桑心柔走了？你一个人在这很辛苦。”

池小晚轻声说：“好过看陆母与我父母的交涉。”

甘南点点头，说：“里面有床，累了就躺着歇会，不是你的错，别太放在心上，世上的事皆有定数，或许这是他命中注定的一劫。”

池小晚的目光落在重症监护病房里的陆与荣身上，他此时睡得真是安稳，只怕是再也没有烦恼了吧。他那么爱姐姐，从小时候看到姐姐第一眼开始，就再也没有放下过，爱到完全放弃了自己，那晚，肯定是姐姐在电话里说了一些过激的话，不外乎是如果他赶不到两个就分手之类，他当了真，所以会开车疯了般，不仅伤了自己，也伤了别人。

“他其实很可怜。”池小晚轻声说，“他那么爱姐姐，真希望他可以醒过来，姐姐也可以懂得珍惜，经过这些事情，他们可以好好走到一起，再也没有烦恼。从小到大，爸爸最疼她，让她任性了点，不过她真的不坏，她没有害人之心，她只是喜欢刺激的生活。”

“如果有一天，她和你同时爱上一个男人，你还会如此看她吗？”甘南突然直接地问，“还能够如此宽容地看待她吗？”

“你说司马吗？”池小晚安静地看着如同熟睡的陆与荣，轻声慢慢地说，“不会，因为爱情永远不可能用占用这个词来代表，它是心与心的交融，我是喜欢司马，从见他第一眼开始，我就喜欢他，那是个误会，我把他当成了别人，他温和平静地对我，不点破我的错，不让我难堪，他给我的感觉就是干净，像阳光，像落雨，让我心里头特别舒服。我并不能不让别人喜欢他，不让他喜欢别人，不让他深爱他心中的意儿，虽然我从来没有见过这个意儿，但那是他的唯一。我只希望可以安静地站在一边喜欢他，不打扰他，我相信，他的生命中只会有意儿，不会有别的人，那是他的命，无人可以替代。”

“我们主……老板是个好人。”甘南低下头，哀伤地说，“他对娘……丛姑娘的爱永远不可能消失，这么长时间了，根本没有任何办法可以让他忘记她，她就是他的生命，忘记了她，他就不再是他，但我们还是希望他可以再有别的女子陪着，毕竟他独自一人活在回忆里很可怜。”

“他有自己的世界，谁也进入不了。”池小晚明明白白地听到自己心里对他的喜爱，可是，他那么明白地告诉自己，他永远不会爱她，永远不会和她做男女朋友，她勉强不了他，也不想勉强他，她可以安静地站在一边，用全部的身心来喜爱他，她不太懂得爱，但她知道，他可以左右她所有的心思，所有的喜怒哀乐！

“小晚，你是个好姑娘。”甘南温和地说，“我和小忆都希望，有一天你可以成为我们老板心中的另外一个女人，虽然对我们来说，老板忘记丛姑娘是件很难接受的事，但是，这么长时间了，我们已经希望老板可以忘记，开始新生活。丛姑娘走了，不会再回来，老板不能总是活在回忆里。”

“丛姑娘走了？”池小晚一愣，原来，那个意儿已经死了，难怪司马总是放不下，一个已经离开的深爱的女子，是永远无法完全抹去痕迹的。她刻在了他的心上。

“是的，她死于一场意外，老板一直认为是他的疏忽造成了丛姑娘的过世，其实，当时的情况太意外，很多事情都在我们意料之外，老板当时也是……”甘南叹了口气，“不说了，说了难过。我们老板真的是个值得托付终身的好男人，他挺关心你，你姐姐这事就是老板安排我们联络了介入此事的人才提前找到你姐姐，否则，池小慧会伤筋动骨。”

池小晚愣了一下，其实也隐约猜到，但是不敢确定，虽然知道大家没有可能成为男女朋友，听到他出面帮她，仍然是一心的感激，心中的那份怅然立刻轻了许多，他还是关心她的，纵然他不爱她，也很开心。

甘南离开后，池小晚就一直安静地待在监护病房的外面，做着桑心柔离开前嘱咐的所有事情，她害怕看到父母在陆母面前低声下气的模样，待在这儿，似乎可以减轻二姐的一些罪过，自己是二姐的妹妹，她做和二姐做没有太大区别。

监护器材发出一些轻微声音，有些冷，池小晚收拢双肩，靠在椅背上闭了眼睛，隐约觉得有人走进来，想要睁眼，却似乎在梦中，对方并没有恶意，脚步放得很轻，走过来为她盖上一件衣服，站了一下，轻轻离开。

是欧阳清吧？爸妈和陆与荣的家人已经谈完了吧，想着，慢慢地睡深了。

听到噼里啪啦的声音，很大很急，池小晚醒了过来，一室的明亮灯光，一室的寂寞，没有任何人，一件衣服从自己身上滑落掉在地上，是件男士外套，她捡起来，是欧阳清的吗？这件衣服没见欧阳清穿过。站起身，走到监护室外透过玻璃看陆与荣睡得依旧安稳，器材也很正常地运作着，走到通阳台的门前，打开，扑面雨落在脸上，雨下得真大，凉意很重，她把那件男士外套披在身上，站在阳台看着外面的雨，空气中有着潮湿的味道，闻着很舒服。

“小晚。”是欧阳清的声音。

池小晚在阳台上轻轻应了一声，欧阳清也走到阳台上，“你在这儿，累了吧？你休息一会，我替你。”

“没事，刚刚睡了一会。”池小晚回头看着欧阳清，“我爸妈和大姐还在吗？事情商量得如何？我哥哥呢？二姐的情况怎样了？”

“他们还在。”欧阳清轻声地说，“刚才吵得很厉害，陆与荣的母亲跟发疯一样，绝对不肯退让一步，说是如果小慧姐不嫁的话，就不会让池家人得半天安生，她会用她剩下的所有时间与池家人纠缠到底，池叔叔和阿姨在和他们谈，小曼姐和小珉在一边陪小慧姐。你不要着急，事情会得到解决，而且，目前只是担心陆与荣会变成植物人，并没有确定就一定会成为植物人，也许会有好转也说不定。”

“嗯。”池小晚叹了口气，看着雨，希望二姐不会有事，希望陆与荣不会有事，爱情应该没有遗憾才好。

“冷吗？”欧阳清觉得有些冷，看到池小晚身上的衣服，笑了笑说，“原来小珉已经来看过你，我还担心你一个人在这害怕，他还记得带件外套过来，什么时候带来的？还是你捎给他的？”

池小晚犹豫一下，轻声说：“是啊，下雨了，很冷，多亏有这件衣服，否则刚刚睡着的时候就会冻到了。”衣服不是欧阳清的，也不是池小珉的，会是谁的呢？是已经离开的甘南吗？

两个人站在阳台上，看着外面的雨，各自想着自己的心事。

“你回去吧，时间不早了。”池小晚轻声说，“趁着雨还没有完全下起来，快回去吧，幸亏这离你们家只有一站的距离，说不定明天还需要你帮忙，去吧。”

欧阳清并不想离开，但看到池小晚坚持的眼神，只得退了出来，他绝对不会勉强她，只要她不愿意，他一定听从。

欧阳清走后，池小晚回到房中，看一下监护室内的陆与荣，想到走廊走走，空气中满是消毒水的味道，入目全是白色，没有一个人，走了一个来回，隐约听到有人在洗手间里说话，好像是在打电话。

“辉，我很害怕，我怕她会纠缠个没完没了，我不知道如何处理了，小慧是我妹妹，我不希望她出事，不希望她嫁给成为植物人的陆与荣，那天我们去看电影，当时听到外面乱乱的，如果我出来看看就好了，或许可以帮上忙。”是池小曼的声音。

辉？难道是杜辉？池小晚的眉头轻轻皱在一起，家里怎么突然出现这么多意外？二姐出了意外，陆与荣受了重伤，大姐和杜辉纠缠到一起，这是怎么了？牟佳木呢？他那天不是也要去看电影的吗？姐没答应，他和谁一起看的呢？有没有看到姐和杜辉在一起？

“我知道，我会小心，小慧只是受了些皮外伤，受伤严重的是陆与荣，医生说他很可能成为植物人。”池小曼的声音中有着深深的信赖和撒娇味道，池小晚身体靠在墙上，努力平静自己的心跳和讶然，听里面继续说，“我们现在在医院里，我明天会去看房子，我喜欢那的环境，住在家里不方便，我一个人住外面，你想来看我随时可以，不，我不会怪你，我一早就知道你是有家室的人，我不会要求什么，不会要求你离婚娶我，我只希望我可以是你心中的唯一，只要你好好在乎我，爱我就可以，辉，我好想你。”

池小晚不想再听下去，心里头一阵悲哀，回到重症监护病房，看了看陆与荣，跑到阳台上，雨下得更大了，大到足够可以让她哭而不让人发现，但是她发现，她哭不出来，大姐的事，她哭不出来，二姐的事，她哭不出来，她自己的事，她哭不出来。

寂寞顶楼，大雨如注，司马坐在桌前，和甘南对弈，两个人谁也不说话，只看到棋子落在棋盘上，一步一步。

“主人。”甘南终于忍不住了，低声说，“属下觉得，她是个不错的女子，主人可以尝试着和她交往，虽然不过短短一生，也好过寂寞。”

“寂寞？”司马轻轻一笑，落了一个棋子，“甘南，下棋的时候最好不要分心，我已经让你五子，你还是输了。甘南，我不寂寞，意儿其实一直没有离开，你们觉得她死了，消失了，其实她一直在，在我呼吸的空气里，她不舍得我难过，不舍得我寂寞，所以她一直在我的心里，在我的周围安静地存在，你们看不到，我却感觉得到，似乎随时可以碰触到她。”

甘南看着输掉的棋，心中叹了口气，让主人忘记意儿，还不如杀了他来得容易，当然，他是不死之躯，杀死他没有可能，可让他忘记意儿，却是比杀死他还要困难的事。

“我们回不去了，但是，这个空间也不属于我们。”司马淡淡地说，“我们只不过是走错了门，在一个空间里串了个门，如同两个时空，交错了一下，那天，在家常小菜馆里和那个小老板聊天，他开玩笑说，‘当时出现的情况打乱了整个次序，或许为了成全司马，才有了这个时空’，你知道，为什么这个时空没有有关大兴王朝的事情吗？”

甘南摇了摇头，说：“是啊，当时虽然乌蒙国取而代之，可就算没有史书记载，也应该有些野史，但是，好像没有任何人知道大兴王朝的存在，甚至没有人知道它的名字。”

司马轻轻一笑，说：“我们大兴王朝和这个时代只有短短的几次交叉，每次交叉，小老板说都是为了成全大兴王朝，我不明白，但这人能够活几世，一定有他的道理，我姑且信之，如果按他所说，很简单，我们大兴王朝根本就不是存在于这个时空，它只是不小心和这个时空有了交融，成了这个时空的一个存在，我在想，或许我们回到属于我们的时空中，或许有机会，只要我还活着，也许我可以回到意儿离开前的某个时间，带她离开。”

甘南摇了摇头，他还是不明白。

司马淡淡一笑，小老板说得不错，他很少出来，很少在现实中真实存在，他只是偶尔出现，多数的时间他待在黑暗中，如果没有那次茶馆偶遇，如果没有发现旧址，他不会出现，依然会沉默地待着，不会建立饮香食府，这是他第一次介入现实生活。这一定是有原因的。

“主人。”甘南看着司马，不知道他在想什么，一脸奇怪的笑，似乎是笃定了什么。

“甘南，我对那个旧址开始有了好奇心，你知道吗？这个池小晚一定和小老板有类似之处，那幅画，那上面的字，我留下的名字逸轩，时间这么久，没有人可以一下子认出这两个字，她可以认出这两个字，我想，她一定可以知道些事情。”司马微笑着说，“我希望可以通过她了解一些旧址的事情，也许可以知道意儿的一些事情。”

甘南一愣，脱口说：“主人，您打算利用池姑娘？”

司马摇摇头，“小晚是个好姑娘，我并无意利用她，我曾经明确和她说过，我与她之间永远不可能有任何与感情有关的东西，我与她之间，最多只是认识的朋友，她也许仅仅只是一个红颜知己，除了意儿，没有人可以让我爱。”

甘南松了口气，“属下觉得池姑娘真是不错，和当年娘娘有些相似，沉静温柔，所以属下才会希望您可以和池姑娘有个今生。属下要和主人说一声，离开医院的时候和池姑娘聊了几句，属下听得出来，池姑娘对您早已经有了喜爱之意，但她也说，您心中只有意儿，她绝不做任何妄想，她只想安静地站在一旁喜欢您。”

司马看着外面的雨，慢慢地说：“甘南，喜欢这雨吗？只有这雨可以让我真实地感受到大兴王朝的气息，只有这雨掺不得半点假。小晚是个不错的女孩子，但是我的心中只有意儿，如果我爱上任何一个女子，你能接受吗？也许你可以接受，因为你面对了时间，但是小樱肯定不肯，如果她肯，就不会舍了性命让你陪着我，而自己送了性命，如果此时，让你爱上别人，你能接受吗？小忆一直喜欢你，你为什么装作不知道？不过是因为，你的心中只有小樱，你无法接受别的女子，我们同样。”

甘南低下头，小樱，那个相处了短短时间的女子，灵秀的笑脸，他无法忘记，觉得爱了别人，就不是自己了。或许主人同样的想法，池小晚再怎么出色，也不是主人深爱的意儿，纵然她像意儿，可她不是意儿，就如同，自己面对小忆，从不否认小忆如何优秀，但是爱却永远不可能，他的心满满的全是小樱。

池小慧勉强睁开眼，觉得浑身上下哪根骨头都痛，痛得她龇牙咧嘴，表情恐怖，脸上的肿还没有消，而且经过一夜的休息，肿得更加厉害，一张脸，几乎没有好地方，全是青紫的痕迹。发生了什么？

她想不起来，隐约好像记得是让人一把拉到车上，然后到了一个偏僻的地方，再然后就是一顿痛揍，长这么大，她没挨过一手指头，从小就是天不怕地不怕地长大，她的美丽几乎是她的通行证，处处畅通无阻，现在是怎么了？

“小慧。”好像是爸的声音，池小慧勉强寻找着声音的来源，她的眼睛肿得根本睁不开，只剩一条缝，看起来既滑稽又可怜，“你醒了？想干什么？”

池小慧想了想，她想干什么？想不出来，她为什么会在这儿？

“爸，你去休息一会吧，已经一晚上没休息了，带着妈回去，我留下来照顾小慧，再说还有小珉，你们不用担心，至于陆与荣的母亲，我们慢慢和她商量，小晚还在那边，有事会立刻通知我们。”池小曼看了一眼面部变形的池小慧，对父母说，“再说，就算是她逼得再急，如今小慧的情形也不可能。”

池森看了一眼躺在床上的池小慧，和坐在床边表情伤心并恼怒的余雪琴，他不得不承认，这个女儿确实让自己给惯坏了，惹出这样的大祸来。

他们在说什么？池小慧听不明白，心里头烦烦地想要发火，她怎么了？为什么这样？陆与荣的母亲又找什么事？等她好了，一定要好好收拾收拾那个臭小子！

“小慧已经这样，就不要再怪她了。”池森轻声说。

“爸，带妈回去吧。”池小曼提高些声音，努力控制着自己的情绪，“你让妈回去休息休息吧，就因为你太过娇惯小慧，让妈昨晚上被人说得一文不值，还挨了耳光，小慧她太不懂事，应该让她吃点亏长长记性，如果不是她，陆与荣不会出事，如果不是她，妈也不用看人脸色挨人耳光。”

陆与荣出事？出了什么事？难怪他不接电话，池小慧模糊地想，头很疼，妈挨了打？谁敢打妈？找死是不是?！她想说话，但声音就是发不出来，在嗓子眼上吐不出来。

池小晚睁开眼，她好像在阳台上睡着了，昨天晚上她搬了把椅子在阳台上坐着看雨，后来不知不觉睡着了，幸亏身上有那件不知是谁的外套，否则她一定会感冒。

桑心柔走进来，微笑着说：“雨下得太大，我赶不过来，好不容易雨小了点，涉水过来的，现在路上除了公交车，什么车也不敢跑，积水好深，昨晚这场雨下得还真是恐怖，你累了吧？去休息会吧。”

“没事，你怎么又来了，都有黑眼圈了，陆与荣没什么事需要做，有特护在，我只是待着就好。”池小晚去洗手间洗了洗脸，让自己看起来精神些。

“反正也没事，向单位请假了。对了，你知道吗，同事电话中说，江萍和高主任的儿子在谈恋爱，你知道高主任的儿子是谁吗？就是喜欢小曼姐的牟佳木，真是奇怪，转眼工夫就和江萍好上了，原来这个江萍不仅在工作上有心眼，在感情上也是有筹谋的。”桑心柔笑着说，“幸好小曼姐不喜欢他，否则就惨了。”

池小晚一笑，说：“感情的事情本来就很奇怪，江萍，我们和她只是同事，不是朋友，不值得为她生气，我也请假了，和江萍发生了冲突，正好可以好好休息下。”

“嗯，同事打电话给我说了。”桑心柔笑着说，“我们小声些，背后说人长短可不好，再者说，陆与荣还昏迷不醒，我们多少得悲哀些，免得陆与荣的家人找事，只看她把小慧姐打成那个模样，就知道她心里有多恨了，她也不想想，她还指望着小慧姐进他们家呢，打成这样子，婚还怎么结呀。”

池小晚叹了口气，说：“二姐虽然任性些，可是，想到她要和成为植物人的陆与荣结婚，就觉得很难过，我希望陆与荣赶快醒过来，也希望二姐可以接受这次教训，好好和陆与荣在一起。”

“昨天陆与荣的父母过来了吗？”桑心柔轻声问。

池小晚摇头，昨天只有她一个人待在重症监护室外的病房里。

“我来的时候也没看到陆家的人，我爸妈来了，在外面看了一眼，离开了，反正人在重症监护室内，只能隔着玻璃看一眼，陆家的人估计是昨天晚上回去，今天雨太大，没赶过来，他们家不太习惯坐公交车，这样也好，免得他们多事。”桑心柔笑嘻嘻地说。

正说着，于华从外面走了进来，看到池小晚，微微愣了一下，笑了笑，说：“小晚，昨天晚上是你在这值的夜班？怪不得昨天没看到你，只看到你父母，你大姐和你哥哥，病人的家人没有为难你吧？”

“于伯伯早。”池小晚轻声说，“他们昨天晚上没有过来，”

“哦，昨天争吵得太厉害，再加上病人的母亲这两天一直水米未进，情绪又激动，和你父母争吵中昏迷了，现在也在病房里待着，病人的父亲在照顾病人的母亲，所以他们不在。”于华笑着说，“累了吧，我让护士找个房间你休息会。”

“谢谢于伯伯。”池小晚说，“昨天晚上的时候睡了好几觉，现在不困，也不算累，其实晚上什么也没做。”

回到池小慧所在的病房，父母已经离开，只剩下大姐和哥哥守在床边，二姐的情形看起来比昨天还糟，经过一夜的休息，身上脸上所受的重创此时都已经变成了青紫色。

黄昏的时候，池小慧终于发出了弱弱的声音：“我，渴。”

池小晚正坐在床边看一份报纸，听到池小慧的声音，立刻起身端了杯温水过来，用小匙一口一口地喂着她，关心地问：“姐，你觉得怎样？”

能怎样？池小慧恼怒地想，我现在浑身疼得好像散了架，到底是哪个可恶的家伙这样对她？是不是陆与荣的父母看她不顺眼，怕她耽误他们孩子的前程，故意这样的！等她好了，她一定要让陆家付出惨痛代价，想着，更觉得疼，眉头忍不住一皱。

“二姐，怎么了？”池小晚吓了一跳，本来池小慧的表情已经够恐怖，再这样一弄，眉头一皱，更看着心惊。

“没，什么！”池小慧有气无力地说。

“醒来了，可以说话吗？”池小曼从门外走进来，刚刚她去买了些吃的，“我看到陆与荣的母亲正和陆父在那边走廊里说话，她真是厉害，昨天晚上昏迷，今天就下地走路，看着精神还是很疲惫。”

“我去陆与荣那边替心柔，她是白天我是晚上，明明她与这件事没有一点关系，却让她替我们池家受累。”池小晚从床边走开，轻声说，“二姐好像可以说话，只是声音特别小，我刚才喂她喝了点水。”

陆与荣那边？陆与荣怎么了？

“他……怎么……啦？”池小慧想，那小子一定是出了什么事，否则，他父母不会找自己父母的不是，好像他妈妈还打了自己妈妈。

池小曼在池小慧床前坐下，池小珉累了，在下面她的车里休息，昨天晚上一晚上没睡，又撑了一上午，实在是没气力。

“他……怎么……啦？”池小慧再问。

池小曼看着池小慧，她现在的样子真难看。“等你好了再说吧，你知道了只会着急，他现在没办法过来看你，你也不要再想他了。”

想他，才怪！池小慧想，我只是好奇！